譚嗣同的家春秋

劉運華——著

一

發源於大圍山，最後注入湘江的瀏陽河，在淮川段拐了一個彎，幾條鋪鵝卵石的街道趴在河岸邊，百多家要死不活的店鋪，除了賣豆腐的六駝背吼幾嗓子，整個瀏陽縣城趕得出鬼來。北正街往右拐彎，就是梅花巷，聽名字便可以猜到那兒的特色，可是，一樣的冷清啊。偶爾有一兩位陌生面孔的男子路過，門洞裡就會閃出花枝招展的女子，拋來一個媚眼，尖起嗓子發幾聲嗲，如果瞄準了目標，還會扭動腰肢，像水蛇一樣纏著不休。這天下午，很少上街的小譚從梅花巷「夜來香」的妓院門口經過，腳步遲疑了一些，被老鴇發現了，迎上前去，笑咪咪地向他招手：「打炮不？」

小譚瞪大兩眼：「打炮？」

老鴇笑嘻嘻地：「肉炮。」

「六炮?!」

老鴇「咯咯」一笑，身後閃出幾名濃妝豔抹、搔首弄姿的女子，發一聲嗲，往他身上靠，終日埋首書齋的白面書生小譚，很少拋頭露面，何曾見過這樣的陣勢，心裡慌亂，撒腿就跑，背後傳來粗魯的叫罵：「傻逼——」

這事很快就傳遍了整個縣城，刺激著人們的神經，給冷清的縣城增添了茶餘飯後的談資。

瀏陽縣不知道十九歲知縣唐步瀛正常；不知道二十歲書生譚繼洵就有些奇怪。

小譚到底是一個怎樣的人呢？瞧，他又來了，身穿灰布長衫，手握一本線裝書，目不斜視，步子不緊不慢。他足不出戶，一心向學，極少在外面拋頭露面。雖然在縣城居住的時間很長了，只要他從大街上穿過，立刻就會招來他背後的指指點點——

「呵呵，聞到什麼味兒了嗎？」

「什麼味兒？」

「桐油呀。」

「你是狗鼻子吧？」

「哈哈，哈——」

小譚心裡窩火，不願意與這些粗人爭辯，目不旁騖，加快腳步，有時候被攔住實在沒有了退路，便會昂起頭來吼一嗓子：「燕雀安知鴻鵠之志！」

小譚，名繼洵，字子實，號敬甫。目前還是一個窮書生，在取名稱號方面，已經為日後的發達做好了準備，他自個兒的解釋是：未雨綢繆。因此，任憑別人如何譏諷嘲笑，風刀霜劍嚴相逼，苦讀寒窗不動搖。這就是小譚與其他老百姓的區別。

譚氏，在瀏陽縣沒有根，地方誌記載：祖籍福建清流縣，遠祖淵佐明成祖與靖難之師，死於夾河之戰。事定，敘功封崇安侯，故後世以武功顯。四傳宗綸，官湖廣行省總兵官，配平南將軍印。剿九溪蠻有功，久留湖廣，故其子功安、功完留居。功安定居湖廣省長沙縣。又三傳逢其避明季流寇之難，率弟弟及侄兒輩遷居瀏陽縣城，居住在梅花巷，再後來遷居北正街。

從此，譚氏世代以教讀為生，遠離衙門，成了布衣之士，日子也過得清貧。小譚的父親學琴，字貴才，也是一個讀死書的角色，潛心向學，韋編三絕，衣帶漸寬終不悔。他靠一份塾師的微薄收入養家糊口。他以扎實的學養贏得了世人的尊重，連當時的縣太爺都對他禮讓再三。見其家裡兒女眾多，入不敷出，幾次三番動員他入衙門做縣吏，均被婉言謝絕了，直到兒女們一個個長大成人。

他的四個兒子中，老三小譚，在世人的眼裡有些另類，招來了閒人的非議，這使得他心裡很不爽。我兒子怎麼樣？不偷不搶，行為端正，苦讀寒窗，謀取功名，礙你什麼事了嗎？隨著老三的一天天長大，做父親的也感到頭上有壓力了。那些與子實年紀差不多的小夥子，一個個先後結婚成親，有的孩子都可以打醬油了，他還在耍光棍。

老大生兒育女，老二經商掙銀子，老三一心一意讀書，將自己的前途這一寶押在「十年窗下無人問，一舉成名天下知」上面。當爹的不反對，但是，對這種一條道走到黑的做法，心裡感覺有點懸。天下讀書人知多少，最後能走上仕途的又有幾人？千軍萬馬擠獨木橋，說得難聽一點，叫吊死在一棵樹上，道理再明白不過。

道光二十三年，老三已經滿二十歲了，仍然光棍一條，每天一個勁兒地讀書，除了讀書，還是讀書。周圍那麼多譏諷的目光，尖刻的言辭，難道對他真的沒有一點兒影響嗎？兒女的教讀婚配，原本是爹娘應該做的事啊。他老伴和他一樣著急，擺在眼前要解決的問題是成親，不孝有三無後為大。於是經常在老三面前叨念：「了實，你爹的話，裝進耳朵沒有？」

老三卻笑嘻嘻地回答：「著什麼急呀，我只要發憤讀書，什麼都有了！爹，娘，你們只管放心吧！書中自有顏如玉，書中自有千鐘粟……」

學琴老倆口及二位哥哥一致認為老三的婚姻大事再也不能耽誤了。行動還得靠一家之主，清貧了一輩子的教書匠譚學琴老先生只好央請媒人物色對象。他家裡雖然過著清貧的日子，但對娶兒媳還是有自己的標準，即一定要同樣的書香門第，也可以解釋為門當戶對。老三長得相貌堂堂，一表人才哦，像這樣的帥哥，又讀了一肚子書。娶媳婦這樣的大事，模樣屬於硬體吧，也不能太差，上要對得起祖宗，下對得起親戚朋友。然而，作為婚姻當事人，小譚卻能沉得住氣，讀書很安心的，一點也不著急，生活有規律，黎明即起，灑掃庭除，而後埋首書齋，兩耳不聞窗外事，一心攻讀聖賢書。

在婚姻方面，他不愁，很自信。最上心的，第一個是他娘，第二個是他爹。他們見老三嘴唇周圍的鬍子越來越密，講話的時候嗓子也粗了，更加著急。他們四處打聽誰誰家裡有沒有待字閨中的妹子，還打擾一些很久沒有走動的親戚。俗話說，女大不中留，應該還有潛臺詞，兒子不用愁。很少見為兒子的婚姻這麼著急的父母。學琴先生和他婆娘的不懈努力，終於有了一些眉目。

老二繼墉與瀏陽北鄉豪紳熊美是很要好的朋友。熊美早就知道譚繼洵這個瀏陽縣城的名人，像這樣一個角兒，要想完成其說媒的任務是有點難度。礙於朋友的面子，也只好硬著頭皮勉強答應下來。熊美既然是專門吃這一碗飯的，對周圍一些人家到了談婚論嫁年紀女子的情況熟悉。可是，他連走了幾家，一聽說家裡窮，讀死書，便將媒人下面想講的話全都給堵回去了。熊美思來想去，最後把目光瞄準他堂妹夫徐韶春家裡的長女慶緣。

徐韶春家在瀏陽北鄉爐煙洞，偏僻的大山深處，交通不是很方便。從縣城出來的官道往北至淳口集鎮，而後就是一段約二十里的鄉間小路，連結著徐家祖居的青龍屋場。幾棟氣勢恢宏的瓦房昭示，這個家庭絕對不是一般意義上的農戶人家。其實徐家的情況和譚家非常相似，曾經也是官宦門第。徐韶春一個從九品的小官，後來被敕封中憲大夫，再後來家道衰落，淪為爐煙洞一普通的農戶人家，靠耕種幾畝薄田的收入勉強維持全家的生活。熊美想到這裡，拍了一下腦門，容光煥發：「絕配啊！」

徐韶春瞭解小譚的家境不怎麼樣，心裡還是有過猶豫。作為父親，哪有不希望女兒嫁入豪門，過上錦衣玉食的日子；但是，他對讀書人還是抱好感的，書中自有千鐘粟，書中自有顏如玉。他在聽了堂姐夫熊美的遊說之後，腦門發熱，巴掌一拍，痛快地將這門親事答應下來了。當事人慶緣在飯桌上聽到她爹宣佈這個決定時，一口飯也沒有吃，放下筷子走進自己的閨房，躺倒在床上，大放悲聲。

女兒的哭，聲聲入耳，老徐的心裡煩躁，衝女兒緊閉的房門大聲道：「『父母之命，媒妁之言』，你不知道嗎?!」

接下來，就是走程式了。按規矩進行操作，婚娶雙方男女是不可以見面的，漂亮，還是醜陋，個兒高大，還是矬子，全憑由媒人一張破嘴。婚嫁雙方當事人都不知道將要和自己生活一輩子的人長啥模樣，這個懸念要等洞房花燭夜揭下蓋頭才知道。

但是，也有一個不成文的規矩，男女無論哪一方，如果是形體有殘缺，比如瞎了一隻眼，跛了一隻腳，嗚嗚哇哇講不出一句明白話……上述缺陷中的無論哪一項，則一定要挑明，否則就是不江湖。對於女方還有一項特別的要求，即腳的大小。三寸金蓮為最美，反之，則醜。坊間流傳著這樣的說法：新娘漂亮麼？升筒裡打得轉身——好！新娘漂亮麼？扇得火燃——醜！

老譚老徐雙方家長審美價值觀基本一致，都是滿肚子的「子曰詩云」，就相貌而言，沒有什麼缺陷需要挑明的。腳的情況，則比較複雜，還得講幾句。徐家有兩個女兒，十六歲的慶緣和十四歲的五緣。她們姐妹，兩歲多的時候，確實也纏過足，後來又放了。一方面的原因，是孩子的哭叫聲令父母動了惻隱之心；二是現實，農家的孩子是要幹農活，如果纏成一雙小腳，走起路來搖搖晃晃，怎麼幹活？這樣的漂亮，農戶人家奢侈不起。

徐家姐妹兒的腳比三寸金蓮大了一些，這是沒有堅持纏足的結果，也是為日後幹體力活做準備。如果一門心思在當官太太，乃至誥命夫人，等於吊死在一棵樹上，懸。

慶緣得知父親為自己在縣城找了婆家。城市戶口，多好，可是她卻心裡犯嘀咕，這是一戶怎樣的人家呢？休看她人小，心眼卻很多，婚姻自己不能做主，心裡忐忑，卻又無法改變。不過心裡還是希望能夠及早瞭解一下婆家，尤其是未來夫婿的情況。爐煙洞距離縣城約六十餘里，不算太遠，只因中途橫亙一座陡峭的蕉溪嶺，往返一趟還真不容易。好在經常幹體力活，區區幾十里路，對她來說，不算啥。

一個女孩子家家，去一趟縣城，拋頭露面，如果沒有重要事情的話，幾乎完全沒有這個可能。聰明的慶緣姑娘也會想方設法從爹嘴裡掏出一點有價值的資訊。可惜，她爹就是密不通風，人活到他這個年紀，閱歷、經驗擺在那兒呢。

譚徐兩家訂婚之後大約三個月，慶緣不知道從什麼管道獲得消息，縣城舉行廟會。機會來了，她向爹娘提出要求，去看熱鬧。爹說：「不行，你一個女孩子，拋頭露面去縣城，成何體統，也不怕人家笑話嗎？你是有婆家的人了，知道不？」

娘幫腔說：「不能去。」

慶緣頂撞她爹：「我一個鄉下村姑，整天幹粗活的料，哪來的『體統』啊？」

他爹生氣了：「你還敢頂嘴，沒有大小！」後面還有潛臺詞：你的書讀哪兒去了。

老徐突然發現慶緣眼角噙著大顆的淚珠，心一下就軟了下來，揚起的手懸在女兒的頭頂，落不下來，看著旁邊的小女兒五緣，說道：「五緣，陪你姐去一趟縣城，記住，不要貪玩，早去早回，聽見沒有？啊，還有，一路小心，不要亂跑，進城以後，你們姐妹不要分開，要一直在一起，聽見沒有？」

五緣笑嘻嘻：「城裡有鬼嗎，爹？」

老徐虎著臉罵一聲：「鬼婆子！」

小弟拱到大姐面前，冒出一句：「有啊，有一隻綠豆子鬼——」

慶緣沒有心情與弟弟開玩笑，含淚點頭答應：「聽見了，爹。」

老徐看著五緣，重點叮囑，問道：「你聽見沒有？」

五緣一副沒心沒肺的模樣：「我不聽，又不是我要嫁人。」

第二天徐家姐妹早晨上路了。這是她們獨自第一次出遠門，門前一條七彎八拐的小路，走了十多里，踏上通往縣城的官道。姐妹攜帶一個布包，裡面是油紙裹的幾只蕎麥粑粑，餓了吃一口；渴了便伏路旁的水溝邊喝一口，隨處都有山上流淌下來的泉水。縣城其實也就屁眼大的地方，姐妹倆卻為了打聽譚學琴家住哪兒費了很大的勁。不告訴也就罷了，還要反問：「你們兩隻妹子要幹什麼？」

如果在鄉下問路，不但熱情指引，還會客氣一句：「進來歇歇腳，吃碗茶再走吧！」

慶緣不高興了：「城裡人怎麼能這樣呢？」

五緣嘿嘿一笑：「你很快就變城裡人了！」

慶緣撂臉子了：「你高興不是?!」

五緣還是笑嘻嘻地：「我沒有做城裡人的八字。」

姐妹倆正拌嘴的時候，發現前面有一個賣豆腐的駝背，五緣緊追幾步，恭恭敬敬呼一聲：「大伯——」駝背轉過臉來，很吃驚：「你叫我大伯?!」

啊，才二十幾歲吧，慶緣鬧了一個大紅臉，駝背卻笑嘻嘻地自我介紹：「我叫六駝背，兩位小姐，喝水豆腐嗎？剛打出來的，又嫩又甜。」

這個賣豆腐的後生，嘴巴很甜的，雖然駝背，卻不討厭。

五緣連忙說：「啊，不不，我們是問路的，請問有一位叫譚繼洵的，住哪兒？」

六駝背隨便瞄了她們姐妹一眼，愣了愣，說道：「你們找他呀——隨我來吧。」

經過熱心的駝背後生指引，姐妹倆順利地找到了譚家。她們在門口徘徊，沒有路人的時候，趕緊將眼睛緊貼在門縫上往屋內偷窺，觀察的結果，感覺這個家庭的貧寒。慶緣的心情便有些沮喪，心想，如果嫁過來，這樣的家境如何過日子呀？

五緣卻認為結論不要下得太早了，沒有見到小譚本人啊，趁這個機會，一定要看看未來的姐夫到底長成啥模樣。正在此時，只見一名臉皮白淨的年輕人，身著一件分明還綴著補丁的灰布長袍，手握一卷書，目不斜視，從街上而來。

慶緣心裡有些敏感：「莫非他就是……」

年輕人從兩位美女旁邊走過，視若無睹，「吱呀——」一聲推開大門，閃身進去了。

五緣衝姐姐笑道：「姐夫一表人才啊。」

慶緣忍不住流淚了：「我的命不好……」

「我看挺好的呀！」

慶緣歎了一口氣，說道：「你這只鬼妹子，瞧他一副窮酸相，你講他那麼好的話，乾脆你嫁給他好了！」

五緣還是笑嘻嘻地說道：「我不會和你搶老公，妹妹懂味。」

慶緣好像真生氣了：「姐姐遇到了這麼倒楣的事，你還要尋開心，哪有這樣的妹妹?!」

五緣不笑了，也認真起來：「這個小譚我看蠻好，你不要只往壞處想啊，王寶釧苦守寒窯，終於大富大貴。我看這小夥子相貌堂堂，一表人才，將來肯定會金榜題名，高官任做，你將來一定會當上誥命夫人，姐——」

五緣不說話了，一張稚氣未脫的鵝蛋型臉上露出這個年齡段女孩子少見的嚴肅，沉默了好一會兒，突然噗哧一聲笑了。慶緣覺得奇怪，盯著妹妹問道：「有什麼好笑的呀？」

五緣手一指，說道：「你看那個人！」

慶緣順著妹妹的指頭看過去：「不就是賣豆腐的嗎，剛才還問了路……一個好後生啊，可惜駝背了……」

五緣好奇：「他的背那麼駝，還能挑擔子？」

慶緣沒有好聲氣：「你管得真寬！」

五緣從六駝背身上收回目光，神情變得嚴肅起來：「你要要抗婚嗎？姐，這個你可要想清楚後果……算了吧，爹娘把我們從一尺長撫養成人也不容易，還是多體諒……婚姻其實就是撞大運……」

慶緣知道自己的抗爭不會帶來想要的結果。但是，一聲不吭地接受，心有不甘。況且爹娘又不在眼前，盡可以發洩一下，於是氣憤地大聲道：「既然不容易，就不應該把女兒往火坑裡推！五緣啊，你豬腦子嗎?!」

五緣對姐姐的怒不介意，忽然笑道：「你就那麼不看好這個書……讀書人小譚的前程嗎？至少，他也是一個帥哥呀，你不喜歡老公長得帥嗎？」

慶緣雙眉緊蹙，幽幽地說道：「十足的呆子，書呆子！」她一本正經地問道：「那好——五緣妹子，那我要問你了，如果讓你嫁給他，願意嗎？你要說心裡話——」

有這樣的如果嗎，五緣兩眼遠遠地看著譚家虛掩的大門，搖了搖頭，說道：「你要我說心裡話嗎？那我告訴你吧，不知道……父母之命，媒妁之言，既然爹娘做了決定，沒有辦法改變。如果是我的話，我會往好處想，不會像你這樣只往壞處想，你這叫自尋煩惱……」

聽妹妹這麼一說，慶緣的心裡似乎好受了一些，做了一次深呼吸，眼睛看著不遠處河堤上停靠在周家碼頭的一條白帆船。船頭站立一位身著長衫的年輕男子，一時陷入了沉思。五緣湊近，順著姐姐的目光看過去，笑道：「你是看帥哥嗎？」

慶緣默然無語，想著自己的心事。

在回去的路上，姐姐很少說話，走起路來無精打采，妹妹一路上蹦蹦跳跳，沒心沒肺，對什麼都感到新鮮。一會兒蹦到水坑邊摘水仙花，一會兒追趕幾隻蹁躚的花蝴蝶。

慶緣回到家裡，誰也沒有打招呼，徑直走進自己的臥室，躺倒在床上，飯也不吃，腦瓜被那位穿補丁衣的後生占滿了。

縣城回來，慶緣還是沒有死心，還想繼續瞭解譚家的情況，找不到再去的理由，便將心事告訴了弟弟。數日後，弟弟從縣城回來，見了姐姐不說話，直笑。慶緣要生氣了，他才說，未來的姐夫這個人呀，果然是一個十足的書呆子，衣冠不整，終日沉迷書卷，除了讀書，啥也不聞不問。弟弟沒有顧忌姐姐的表情，一邊說一邊比劃，沒有注意到大姐臉色蒼白，一副欲哭無淚的模樣。

五緣推開弟弟，不讓他繼續說下去，添亂。

慶緣再也控制不住激動的情緒，向父母訴說自己的委屈，說到傷心處，珠淚雙流，表示不願意嫁這樣的一個書呆子。老徐不等女兒說完，往吃飯的桌子上使勁拍了一巴掌，厲聲喝斥道：「大膽！既然已經有了婚約，豈可兒戲，我徐府在地方上堂堂正正的人家，你想讓我壞了家族名聲，在世人面前抬不起頭來！」

她娘也勸說道：「慶緣啊，婚姻是命中註定，由不得自己，你要想開一點，我聽五緣誇這小夥子相貌堂堂，苦讀寒窗，將來金榜題名，你不就夫榮妻貴了嗎？」

慶緣聽母親這麼一說，哭得更厲害了，五緣遠遠地站著，說心裡話，她是同情姐姐的，由姐姐又想到了她自己：「我將來的老公會是什麼樣呢，也是撞大運？」

她不笑了，心情變得沉重起來。

瀏陽所屬的湘贛邊一帶地方，每到年底，大多數人家都習慣在這個時候婚娶。這個習俗的形成，與經濟狀況不無關係。每到年底，一年的收穫歸倉，有錢了，鄉下人家，婚娶是一件花銷很大的事情。

一般來說，訂婚之後，就是擇喜期完婚了，譚家通過媒人熊美表達完婚的願望。可是，只要媒人踏進爐煙洞老徐家的門，慶緣便躲在閨房裡哭泣，不茶不飯，非常抗拒。

徐韶春夫婦見女兒這樣，心裡也有些動搖，埋怨做媒的表兄，不該給他們找一個書呆子做女婿。熊美心裡也不痛快，我做好事，反而落下埋怨。早知道會弄成這樣，當初就不應該答應做媒了。現在，事已經到這個程度了，打濕了的頭髮總歸要剃呀。只好找托詞對譚家人說：「慶緣還小，父母的意思是再推遲一年，如何？」

譚家通情達理，沒有多費口舌，痛快地答應了，小譚對婚姻似乎不是很感興趣，每天的作息制度從來都沒有改變過。不知不覺又是一年將盡，譚家將喜期再一次由媒人送達，慶緣當著媒人熊美的面放聲大哭，不願嫁一個書呆子為妻的決心沒有改變。熊美勸說女當事人：「慶緣呀，你錯了，譚家三公子很聰明，人品不錯，與他接觸過的人都誇他將來肯定鵬程萬里，前途未可限量。目前的家境雖然目前差一點，『十年窗下無人問，一舉成名天下知』，我是你親戚，還會害你不成？」

慶緣不回話，一個勁地哭哭啼啼，老徐拿女兒也沒有辦法，慶緣年紀不大，卻是一個性子剛烈的人。如果她不願意，強迫的話，恐怕會出點狀況，到時候，後悔也來不及。老徐家無奈，只好以女兒還小為理由，又一次要求推遲婚期。

這一推再推，轉眼道光二十七年，慶緣二十一歲了，訂婚已經五個年頭了。如果還不完婚，無論如何也說不過去了。這年冬季，譚家的喜期一到，老徐口氣堅決答應完婚。婚期一天天臨近，慶緣還是沒有鬆口，只要一提到完婚就哭泣不止。老徐心煩，雙眉緊蹙。

迎娶的那一天，通往縣城的官道上，鑼鼓喧天，長長的迎親儀仗隊抬著花轎在鄉鄰的關注下，朝徐家大屋而來。在大院門口，便點燃了大紅鞭炮，喧鬧聲中，鞭炮炸響的紙屑紛紛揚揚，像是下起了一陣桃花雨。此時，徐韶春一家人卻像熱鍋上的螞蟻，急得團團轉。慶緣房門緊閉，堅決不從，無論父母及其它親戚如何勸說，就是不肯將房門打開。媒人熊美從外面走了進來，問準備好了嗎？時辰一到，就要起轎了。徐家人坐著發呆，他感覺到氣氛不對頭，忙問是怎麼回事？

徐韶春歎了一口氣：「慶緣這個強東西，她死活不願意嫁譚家……」

熊美再也無法忍受，勃然大怒：「你們當父母的，這麼無能，既然不同意，早幹嘛去?!不肯上轎，晚囉！你們不要臉，我也跟著你們一樣不要臉嗎？譚府會答應嗎？──氣死我了！」

熊美一副咄咄逼人的模樣，徐韶春的臉一下子漲得通紅，在爐煙洞，他也是有頭有臉的角色，活這麼大歲數，還沒有人這樣的態度對付。他知道自己理虧，想解釋幾句，嘴唇動了動，半天沒有出聲。熊美還在氣頭上，不待徐家人回話，走到慶緣的房門口，朝緊閉的門狠狠地一腳踹去，不開，又一腳，徐家人面面相覷，不知如何是好。熊美踹第三腳之後，門開了，慶緣坐在床沿，哭成了一個淚人。外面的鼓樂一陣緊似一陣，老徐衝到大女兒面前，左右開弓，狠狠地扇了兩記耳光，她還是一動也不動，嘴角流淌殷紅的鮮血。

老徐厲聲喝道：「你願意不願意?!」

慶緣低垂著頭，一言不發。

熊美在旁邊使勁的一跺腳，說道：「我做了一輩子的媒，還沒遇見過這樣的女子！」

老徐又一記耳光打在大女兒的臉上「叭──」吼一聲：「啞巴啦，拿繩子來，捆綁也要把她弄進花轎，我不信這個邪了！」

氣氛壓抑得令人喘不過氣來，慶緣還是坐著不動，老徐衝進雜屋，拿起一根棕繩子，撲到慶緣面前，就要動手，在場的人一個個都驚呆了。熊美使勁跺了一下腳，大聲吼道：「我真後悔做這個媒，沒事找事──」

慶緣她娘忽然發瘋似的用身子護著慶緣，喉頭哽咽地對熊美激動地說道：「對不起你啊，我女兒不嫁了，不嫁了──」

老徐推了他婆娘一個趔趄，吼道：「女兒不嫁，一輩子留在家裡嗎?!」

外面的鑼鼓聲又起，屋子裡的氣氛緊張得令人喘不過氣來，老徐突然扔掉手裡的繩子蹲在地上。慶緣的態度還是沒有絲毫的改變。眾人都感到無計可施的時候，五緣突然走到老徐面前，說出的話令大家驚訝：「別逼我姐了，會出人命的，我替我姐出嫁——」

屋子裡一陣騷動，所有的目光不約而同地看著五緣。

老徐驀地抬起頭來，看著五緣，驚訝地問道：「你願意嫁譚——」

五緣平靜地說：「是的，我願意。」

熊美愣了片刻，立刻轉怒為喜，長吁一口氣，大聲吆喝：「還愣著幹嘛，快些妝扮新娘呀，起轎的時刻快到了！」

徐家人經媒人這一提醒，又是一陣忙亂。

眾人為五緣著妝的時候，慶緣被晾在一邊，她的情緒漸漸地緩過勁來，似乎有些過意不去，走到妹妹面前，既慚愧又不無擔心地說道：「妹妹，你真的願意嗎？」

五緣點了點頭，不爭氣的眼淚卻奪眶而出，看著姐姐被打得又紅又腫的臉頰，說道：「姐，父母將女兒辛辛苦苦養大，不易啊，你別記恨好嗎？」

「妹妹，姐對不起你……」慶緣喉頭哽咽，大顆地掉淚。

五緣笑道：「你不要這麼說，說不定還是我的八字好呢，譚三公子這個人目前狀況是差一點，但是，他安貧樂道，一心一意讀聖賢書，這不是一般人都能夠做到的，將來肯定有出息……吃不得苦中苦，難為人上人！」

「哇——」慶緣哭出聲來。

五緣笑道：「今天是我的大喜日子，你別哭呀，姐——」

五緣勸說姐姐，自己的笑臉上卻閃著淚光。

臨出門，新娘拜倒在父母面前，說道：「感謝爹娘的養育之恩，爹——娘——從今天起，女兒就是譚家媳婦了，我會做一個婆家滿意的好兒媳的，絕不會給爹娘丟臉——請不要牽掛女兒，祈願二老今後多多保重……」

老徐夫婦淚水漣漣，連忙上前扶起女兒，勉勵她孝敬公婆，伺候老公，做一個好兒媳，一個賢內助。

五緣說：「我知道了，會這樣做，二老只管放心吧！」

五緣又轉向姐姐，懇切地說道：「姐姐，感謝你從小對妹妹的照顧，今後……祝願你能找到一位如意郎君吧！」

弟弟突然抱著五緣哭了，五緣在弟弟頭上撫摸幾下，笑道：「已經是男子漢了，懂事了，今後要聽爹娘姐姐的話，爹娘老了，你要聽話啊，弟弟——」

慶緣想不到事情的發展竟然會是這樣，愧悔交集，說了一句「對不起」，倒在母親懷裡放聲大哭。

五緣猛地揚起頭來，神情堅毅，笑道：「姐姐，你哭什麼呀，將來，我老公金榜題名，飛黃騰達，夫榮妻貴，我當上誥命夫人——到時候，你不要後悔就是……到時候我一定感謝你，好好感謝，姐！」

五緣說這話的時候，淚光閃爍的臉上泛起淺淺的笑容，她娘看在眼裡，感到揪心，她理解女兒此時此刻的心情，忍不住伸手在五緣的肩膀上摸了摸，喉頭哽咽地說：「五緣，我的好女兒，委屈你了……」

姐姐流著淚，一臉的歉疚，不斷地重複：「妹妹，姐對不起你……」

五緣走到姐姐面前，舒展兩臂輕輕地抱了一下，笑著說道：「這是我自願的，與你沒有關係，你不要這樣……你記住啊，我將來當誥命夫人了，你不許後悔啊……」

慶緣抑制不住情緒哭出聲來。

很快，五緣被妝扮一新，頭上蓋著紅頭巾，在伴娘、儐相的簇擁下走出房間，走出堂屋，走出大門，往擺放在禾場上的大花轎走。頓時，整個徐家大院鼓樂齊鳴，笑語喧嘩，炸響的鞭炮，像無數隻看不見的手，將紅紅綠綠的紙屑拋到空中，又紛紛揚揚地撒下。

媒人熊美一聲拖長的聲音：「起轎——」

有人接著吆喝：「起轎——」

二

小譚從縣城到爐煙洞做客，是以新姑爺這個特殊身份來的，名義上叫「回門」，這是整個婚禮的最後一道程序。爐煙洞的一切都使他這個關在書齋的年輕人感到新鮮，如果娶親那一次算的話，這是他第二次去岳父家了。這是一個農民家庭，房子寬敞，各種農具隨處可見。一群雞鴨在禾場上大搖大擺，一條黑犬往小譚撲過來狂吠，嚇得他險些尿褲子了。幸而老徐衝牠吼一嗓子：「畜生，這是姑爺，不要亂吼啊！」

黑犬的吼聲頓時小了許多，還衝姑爺做出親昵模樣，小譚狂跳的心才漸漸平靜下來。岳父將小譚引進客廳，手碰了碰一把椅子，示意坐下，說道：「子實啊，坐，坐坐，隨便一點，這裡今後就是你的家唄。」

岳父岳母看人的眼神，說話的語氣，與自己家人沒有多少區別，也不講究什麼禮數。小譚的拘束很快便打消了。二老問新姑爺：「今天天氣不錯啊，親家公、親家母貴體都健吧？」便撇下他離開，撂下一句：「你隨便吧，我還有些事呢。」

五緣也是，一進屋就扔下老公，不見蹤影。小譚一個人被撂在那兒，畢竟是一個陌生環境，多少還是有一點兒拘束，獨自在客廳裡耗著，像一隻呆鳥。小譚待的時間有點久了，感覺有些鬱悶，站起來打算出去看看時，岳母提著一隻足有五斤重的蘆花雞，站在廚房門口。

雞咯咯地叫，她也叫：「子實，你來一下吧！」

女婿答應一聲「哎」，向岳母走去，岳母笑嘻嘻地將蘆花雞遞到他面前，說道：「你爹出去了，你把這隻雞殺了吧，我好下鍋，老母雞燉板栗，多燉一會兒……」

小譚嚇一跳：「我？殺雞?!」而後忙不迭地揮手：「我沒有殺過，我不敢！」

岳母見女婿緊張模樣，忍不住哈哈大笑。

五緣像是從地下冒出來，她卸妝了，嫁時衣全部換了下來，一身農家姑娘的裝束，大大咧咧幾步上前，伸手去接母親手裡的雞，說道：「還是我來吧！」

岳母說：「還是等你爹回來……」

五緣笑道：「娘，你怕我殺不死呀？」

「那倒不是，殺雞，是男人的事呀！」岳母瞥了女婿一眼，聲音放輕了許多，「你一個婦道人家，殺什麼雞呀，莫讓新姑爺看笑話行不？」

五緣卻不以為然：「不就殺一隻雞嘛，還分男女嗎？能殺死就成唄！」

小譚目瞪口呆地看著妻子從岳母手裡接過雞，風風火火走進廚房，立刻傳來幾聲雞的尖叫，他的手哆嗦了一下。五緣在廚房裡喊道：「譚大官人，你坐著乾等吃飯啊，來，幫我褪雞毛，你也該活動活動吧，坐久了腿會腫！」

小譚見婆娘大聲吆喝，坐不住了，只好起身，硬著頭皮來到廚房，只見一隻木水桶熱氣騰騰，五緣蹲在旁邊，兩隻手不停地拔毛，一伸手，雞身子便立刻掉了一大把。他走攏去，插不上手，新婚妻子說：「動手啊，還愣著幹嘛？」

「我……拔哪兒？」

「你眼睛裝布袋了，哪兒有毛就拔哪兒唄！」

小譚真的伸手去拔雞毛的時候，婆娘的手攔了一下：「算了吧，你笨手笨腳的，別礙事！」

「那，你叫我來幹嘛？」

「把你一個人扔在客廳，多寂寞呀，還不如來陪我說說話唄……」

五緣低著頭，臉上泛起了紅暈，露出一對淺淺的酒窩，小譚傻呵呵地笑了。

「你笑什麼呀，我頭上生癩子了？」

「你笑的樣子真好看……」

「你不呆呀？」

「嘿嘿。」

午後，五緣對老公說：「隨我去釣螃蟹！」

小譚感到奇怪：「釣螃蟹？沒有聽說過，只有釣魚呀？」

「你去了就會知道唄。」

小譚點頭說道：「那好吧！你的釣竿呢？」

五緣晃了晃手裡的一根三尺來長的楠竹枝，上面紮一根大約尺來長的粗麻線，麻線的另一端纏著鮮雞腸，笑道：「這不是釣竿嗎？」

小譚的眼睛睜大了，盯著婆娘手裡的楠竹枝，解釋道：「我沒有釣過魚，但在瀏陽河邊經常看見釣魚的人，周家碼頭一年四季都有，他們的釣竿可不是你這樣的——」

五緣笑道：「你沒有見過，今天讓你見識一下吧！」

五緣在前，小譚跟上，一對小夫妻說說笑笑走到小河邊。河水清澈見底，流水從灘頭嘩嘩淌過，撞擊河床上的卵石，激起層層浪花。河堤上站立一些小譚叫不出名兒的樹木，團團綠蔭掩映。小河彎彎曲曲縱深至林海腹地，被綠吞沒。偶爾傳來不知名的鳥兒歌唱。小譚對眼前的景象，應接不暇。五緣身子輕盈，動作靈巧，來到河水邊，將「釣竿」上的雞腸浸泡在流動的河水裡，重新上岸，對老公說：「你在這兒待著吧，」她的手往河岸的山坡一指，「我去採一些松樹菌子來，昨晚下了一場小雨，正好有採。」

她隨即取出放在鐵皮桶裡的一只小巧精緻的藤籃，說道：「我去松樹林了哈！你看著釣竿吧。」

小譚順著妻子的手指看去，那兒是一片松樹林，大松樹的樹幹足有三個大人合抱那麼粗，樹形千姿百態，一直延伸到山頂，一眼望不到盡頭。

「菌子？什麼東西叫菌子啊？」

「你讀了那麼多書，已經是秀才了，竟然不知道什麼叫菌子？」

小譚不服氣，揮手道：「啊啊，讓我想想……啊啊，我明白了，想起來了，菌子的學名叫蘑菇！」

五緣點頭道：「不算太笨，腦瓜子還可以。」

她迅速在老公額頭上親了一下，跳起來，待小譚反應過來，一眨眼便在松樹林裡消失了，身後扔下一串銀鈴般的笑聲。

小譚獨自蹲在岸邊，看著婆娘沉在流水中的「釣竿」，水很淺，釣線上的魚餌潺潺流動，在泛起白色浪花的流水中跳躍，他瞪大兩眼觀察，時而看不清楚，一眨眼又什麼也看不見了。他只好兩眼發呆，也不知道過了多久，突然，耳邊一聲「嗨——」嚇了他一跳，婆娘簡直像幽靈，動作輕巧，到了身邊居然一點也沒有覺察。五緣兩眼看著水花中的釣線，興奮地大聲喊叫：「啊呀，這麼多呀，哈哈哈，這麼多！」

小譚莫名其妙：「什麼東西這麼多？」

五緣的手往激流中一指：「當然是螃蟹呀，你看，你看！」

小譚瞪大兩眼，順著婆娘的目光往河裡看過去，清澈的流水撞擊河床石頭濺起的浪花，什麼也沒有看到，五緣故意氣他：「你什麼眼神啊，讀書讀壞了吧？」

小譚傻笑。

五緣將楠竹枝從流水中提起來，小譚立刻被眼前的景象看呆了，釣線纏的雞腸掛著十幾隻大大小小的螃蟹，螃蟹的兩隻螯緊緊地夾著雞腸。她就這麼提著往鐵皮桶裡一放。大多數螃蟹的螯鬆了，在鐵皮桶裡爬來爬去。還有三四隻不肯輕易放棄雞腸子，那是難得吃到的美味。五緣再次將楠竹枝提起來，往桶裡摔幾下，又有一隻螃蟹不甘心地鬆開螯，掉到鐵皮桶裡，與其他夥伴在洋鐵皮桶裡爬來爬去。

五緣的動作熟練快捷，楠竹枝椏上的螃蟹全部被甩到鐵桶裡之後，仍舊將綁雞腸的釣線沉在流水裡，然後跳上河岸，對老公說道：「你數一數啊，多少隻？」

小譚為難了，螃蟹在鐵皮桶底裡爬來爬去，形狀大小都差不多，沒有辦法數，但是，面對妻子嘲笑的目光，他硬著頭皮說道：「數就數唄！」

「一、二、三……三……四……」

螃蟹不停地爬，數了半天，還沒有宣佈結果。

五緣催問：「數好了沒有啊？」

「數……好了……十五隻……不對，十四隻，嗯，是十五隻！」

五緣說：「錯了，十四隻！」

「十五隻吧？」小譚說這話時口氣有些猶豫。

「敢和我賭嗎？」

「賭什麼呀？」

「如果我輸了，我背你到大門口！」

「你背得動嗎？」

「你如果輸了的話，敢背我嗎？」

小譚忍受不了妻子嘲笑的目光：「背就背唄，我背自己的婆娘怕啥呀！」

小倆口說說笑笑就到家了，岳母說道：「五緣呀，回來了也片刻沒得消停——子實，累了吧，跟我進屋歇息。」

五緣噘著嘴：「媽，我們在打賭呢！」

她娘奇怪，問道：「打賭？賭啥呀？」

這時候，老徐也回來了，小譚趕緊上前，雙手作揖，道一聲：「岳父大人，回來了？」

五緣眉頭一揚，搶上前來，一把拽著她爹的胳膊，大聲嚷嚷：「爹騙了我，爹你騙了我！」

老徐驚訝：「你說什麼，我騙了你？我什麼東西騙了你啊？」

五緣這話，引得她娘、弟弟以及一直躲躲閃閃不願意與小譚見面的姐姐慶緣，一齊看著五緣，等候她說出所謂騙的內容。

五緣往老公一指，故意生氣地說道：「哪有這樣的秀才，連十四還是十五都數不清，我算是倒楣囉，攤上這麼一個老公……」

小譚低下頭，臉紅到了耳根……

岳母弄清緣由之後，指頭在五緣額頭上點了一下：「子實是一個老實人，你不要欺侮他！」

五緣說：「你怎麼護著外人呢，娘！」

老徐笑了，指著小譚對五緣說：「沒有錯啊，『子實』是你的外人，你是他的『內人』——」

他這麼一說，圍坐飯桌旁邊的一家人忍不住都笑了，五緣更是笑得前仰後合，只有慶緣坐在她娘一方，低垂著頭，不敢看任何人。

她周圍的都是自己的親人，但是，卻有一種被遺忘甚至多餘的感覺。忍不住偷偷地看了小譚一眼，這個帥哥本應該是自己的老公，現在卻轉換角色成了妹夫，心裡湧起酸楚的感覺，不知道自己當初的放棄是否正確。

弟弟突然笑嘻嘻地衝她說道：「大姐啊，你的眼力不行啊——」

老徐最先明白兒子的意思，伸出一根指頭在他臉上戳了一下：「真是一個攪屎棍。」

慶緣臉上掛不住了，隨即站起來，將筷子往桌子上一放，轉過身來，往自己的房間疾步走去，使勁推開房門，然後再使勁關緊，發出很響的一聲：「砰——」

三

小譚將五緣娶進來滿月不久的一天晚上，家裡又發生了一件大事。

一家之長學琴先生在飯桌上宣佈了一個重要決定：分家。其理由是，三個兒子現在都已經成家了，感覺自己年紀大了，力不從心，塾師準備辭館。家裡的事不想再操持了。父親的話剛一出口，二位哥哥一致贊成，他們的媳婦也非常擁護，父親為這個家辛苦了一輩子，現在老了該享享清福了。

看來，他們早就想分家了，只等大當家的一聲令下。

小譚沒有吭聲，他感到有些突然，對分家思想上沒有準備。他不想分，尤其在這個時候，五緣剛進入這個家庭，一些情況還沒有摸清楚。

新婚夫婦相互看了一眼，沒有吭聲，小譚不知道該說點什麼好，五緣肚子裡有話，但是，一想到自己是剛過門的新媳婦，有些話不方便說。

學琴見老大、老二家的都發表了意見，唯獨老三倆口子沒有出聲，便點名了：「子實，五緣啊，有什麼想法，也說說吧。」

小譚眼睛看著妻子，吞吞吐吐，兩位嫂子看在眼裡，笑嘻嘻地說道：「你們晚上親熱得還不夠啊，還要當著一大家子的面飛媚眼！」

「哈哈、哈——」

立刻引起了一陣哄堂大笑，學琴先生敲了兩下桌子，提醒兒媳們：「這是商量大事，不要嘻嘻哈哈的！」

五緣急了，搶著說：「我沒有意見！」

小譚臉紅了，跟著學一句：「我沒有意見！」

老公公學琴斜了五緣一眼，語氣有點嚴肅：「我是問子實！」

五緣銜老公公笑嘻嘻地說：「只要問我就是，子實講過，聽我的話，我可以做他的主！」

老公公眉頭一皺，斜睨了小譚一眼：「是這回事嗎？」

「我……我……」小譚的臉漲得通紅。

老公公嘆了一口氣，幽幽地說道：「雞公不啼母雞啼，——成何體統！」

五緣也學老人長吁一口氣：「俗話講，當家三年狗都嫌，我也不想啊，還不是為了讓子實安心讀書求功名嗎？」

學琴先生一愣，明白原因後，繃著的一張臉也跟著笑了，說道：「懼內不算丟人，而且——」

五緣的腳在桌子底下狠狠地踹了她老公一腳，小譚本能地叫了一聲：「哎呀——」

小譚抬起頭來，吞吞吐吐地答道：「五緣的意見就是我的意見……」

他沒有將「而且」後面的意思說出來。

許多人家，兄弟分家時明爭暗鬥，甚至鬧得水火不相容的地步，相比之下，這一家子卻和和氣氣，有說有笑。涉及到財產分割，家裡靠父親的節儉，有水田六十畝，以父親的意思，每人得二十畝，房子，在梅花巷附近新置兩處，不算很好，能夠遮風擋雨就成，畢竟是自己一輩子的心血攢下來的。父親的分家方案是兩個兒子分別搬遷新房，一個留住原址。那麼誰搬新房，誰留在老房子裡不動？傻子都明白，住舊房的要吃一點虧。

父親徵求兄弟的意見，逐一要兒子們表態。老大率先提出，他聽從父親的安排，父親要他住新房就搬，住舊房也樂意。輪到老三時，小譚心裡沒有底，怕說錯話，側過頭看婆娘。哥哥嫂子們見他這副模樣，忍不住又一齊笑了起來。五緣卻滿不在乎，將嘴湊在老公耳邊說了幾句悄悄話，小譚沒有聽清楚，說道：「你大一點聲唄，這裡又沒有外人！」

全家人的注意力都集中在五緣的臉上，她站了起來，說話的聲音不高，但語氣堅決：

「既然子實要我講，我就講吧，講錯了話，還望公公婆婆、哥哥嫂子擔待一些，別生氣啊！」

學琴突然有點小緊張，笑容裡裹著幾許擔心：「你講吧？」

「我們住舊房子吧。」

五緣的話剛一出口，兩位嫂子都驚訝地看著她，學琴也很意外，沒有想到這位新娶的兒媳如此的通情達理，深明大義。

小譚附和：「我習慣了這間書房，不想搬了……」

學琴輕鬆地一笑：「好，這叫夫唱婦隨啊——」

他突然打住，意識到說反了，還不如不說呢。

這次家庭會議開得十分順利，有了五緣的模範作用，自始至終都是和和氣氣，相互謙讓。沒有過多久，北正街譚家的院子變得空曠而冷清。小譚在分家的時候沒有受多大影響，依舊埋首書卷，一心向學。按習俗，新媳婦進門，三個月還是新客，在家裡啥也不做。五緣從小便養成了勞動習慣，休要說三個月，哪怕是三天，她也閒不住的。既然閒不住，就該找點活幹吧？譚家是一個四代同堂的大家庭，收入有限，日子過得清苦。其他兩房妯娌都是一雙小足，走起路來搖搖晃晃，除了坐下來做一些針線活，再也做不了什麼。相比之下，徐五緣的一雙天足，走起路來虎虎生風，堅實有力，令妯娌羨慕不已。正是因為如此，徐五緣的一舉一動也是家人所關注的。

分家之後的第一天早飯後，五緣走進書齋，對老公說：「走吧，跟我到街上去一趟。」

小譚端坐書桌旁邊，頭也不抬，說道：「我今天要寫完這篇文章，沒有時間。」為了表示親愛，他補充一句，「對不起啊。」

五緣拉了他的手一下：「去唄，耽誤不了你多少時間。」

小譚掙脫新婚妻子的手：「你別鬧了。」

「你不去？那好，我一個人去。」

小譚的目光還是停留在書本上，「你去幹嘛呀？」

「這你就不用管了，我幹的是正經事。」

「隨你去哪兒，只求你別在這兒吵我就成。」

「那好吧，」五緣將右手往小譚面前一伸，「未來的老爺，您老也該賞一點兒銀子吧？」

「銀子？哦，對對，上街當然要錢，」小譚笑對妻子，「你方便告訴本府買什麼東西，從實招來！」

「你這句話不通。」

「是嗎？」小譚聽夫人這麼一說，不由得抬起頭來，說道：「願聞其詳。」

「『方便』是商量的口氣吧，幹嘛後面又來一命令『從實招來』呢？」

小譚看著新婚妻子，面露驚訝：「我說的不對嗎？哎呀呀，我還以為你沒心沒肺呢，原來冰雪聰明！」

五緣一愣：「冰雪聰明，哈哈，哈——」突然虎著臉狠狠地一巴掌拍在書桌上：「子實呀，你這話說的太對了！」

小譚忍不住也哈哈大笑起來：「嗯，像一位爺們！」

五緣不解：「什麼，爺們，我？」

小譚收斂了笑容，故作嚴肅地說：「而且是一個純爺們！」在衣兜裡掏了半天，掏出了幾枚銅板，遞給婆娘，吊著嗓子學了一回戲文旦角的念白：「娘子啊，本府家當悉數在此——」

徐五緣朝老公雙手深深一揖，唱了一個肥諾：「謝謝老爺恩典……」

「哈哈哈哈——」小夫妻笑得前仰後合。父母、哥哥們都搬走了，空空蕩蕩的屋子裡填滿了笑聲。

徐五緣扔下老公，風風火火地走出譚家大門，來到縣城大街上，放慢了腳步，左右張望，好不容易找到一家鐵匠鋪，稱要買板鋤、鬆耙、茅草刀。與鐵匠鋪打交道的都是一些老主顧，今天咋來了一張新面孔，還是女子，鐵匠師傅看著徐五緣，好奇地問道：「請問這位大姐是……」

徐五緣爽快地回答：「我是北正街譚家老三的新媳婦，淳口爐煙洞的徐五緣……」

鐵匠鋪的人聽她這麼一說，都圍了攏來，一齊看著她，七嘴八舌：「你就那個姐妹易嫁的鄉里妹子啊？」

五緣感覺到明顯地瞧不起鄉下人的味道，坦然應對：「是啊，你猜對了，我就是鄉里妹子，怎麼樣，有哪點不同的嗎？」

有人笑道：「都一樣，都一樣，兩隻肩膀扛一顆腦袋，眉毛、嘴巴、鼻子齊備，樣樣都不缺。」

五緣笑了，反問道：「是嗎？那好啊！」

「錯不了。」

一陣調侃，氣氛變得輕鬆活潑起來。

鐵匠鋪掌櫃的突然又問：「使用這些東西的都是一些粗人、苦力啊，奇怪，譚府是書香門第，何以你這個新媳婦要這個幹嘛？」

掌櫃是一個粗喉嚨大嗓子的人，他這一陣嚷嚷，惹得一些路人、街坊紛紛打量五緣，看得這個新媳婦感到尷尬，定了定神，衝掌櫃笑道：「凡屬來買東西的人你都要問清楚啊？不講清楚這筆生意還做嗎？」

掌櫃有點不好意思了：「我隨便問問而已。」

五緣往周圍的看熱鬧的人掃了一眼，說道：「我反正現在也算是街坊鄰居了，今後有時間再慢慢聊吧，我現在沒有功夫奉陪，對不起！」

閒人覺得無聊，陸續散去，五緣開始談生意了。

就在這時候，一名頭髮花白的女乞丐左手提一只破竹籃，右手撐一根竹棍站在門口，掌櫃的臉立刻垮下來，像驅趕蒼蠅一樣呵斥：「你別老盯著我啊，也往別處看看唄，瀏陽縣又不止我一家。」

乞丐還是不想走，一雙死魚一樣的眼睛看著鋪子內神龕上的財神爺。

五緣走攏去，從錢袋裡取出兩個錢放進那隻髒兮兮的手，乞丐說一句「好人啦」便抹著眼淚，慢吞吞地轉身離去。掌櫃看了五緣一眼，眼神中流露出驚訝與欽佩，嘴唇動了動，似乎想說點什麼，還是忍住了。

五緣離開店鋪的時候，老闆追出來揚手，大聲道：「走好啊——」

街坊紛紛議論，讀書人家買農具，多新鮮。

一會兒，徐五緣將所有帶來的錢都換成了農具回家了，街上，偶爾也有認出了她的，交頭接耳，指指點點的議論：譚府乃堂堂書香門第，真是窮瘋了啊，新媳婦剛進門才幾天呀，便拋頭露面買一些農夫的工具？徐五緣聽進了耳朵，但是不解釋，有這個必要嗎？

五緣回到家裡，推開大門，人和聲音同時進入書房：「老爺，我回來了——」

小譚在書房裡問：「你剛才叫我什麼來著？」

「叫老爺呀。」

「你這麼叫，我多不好意思呀，」小譚放下書本，看著婆娘說道：「記住啊，絕對不能這樣叫。」

「為什麼？」

「會被人笑話的。」

五緣笑的時候臉頰上顯現一對淺淺的酒窩，小譚也看著她笑。

「不要跑題了，我且問你，你發憤讀書不就是為了有一天能當上老爺嗎？」

「那是以後的事，我現在不是。」

「早晚的事。」

小譚聽了這話，特別受用，衝婆娘雙手一揖，笑道：「托夫人吉言——」

五緣將鋤頭、鬆耙、茅刀等幾件鐵器往老公面前一放，高興的說道：「你給的錢正好買了這幾件！」

「你這是幹嘛？」

徐五緣一把拽著她老公的胳膊，說道：「你隨我來，看了就知道了！」

小譚傻呵呵地跟隨婆娘走，不知道要把他拽到什麼地方去。

新婚夫婦來到後院，到處長著各種雜草，沒有分家之前，他們一家大小很少到這兒來。而今，他們小倆口走進荒草地，驚飛了一些草上的昆蟲，蝴蝶的翅膀扇了幾下撲騰栽在地上。

新娘笑嘻嘻地用手一指：「這是什麼？」

新郎奇怪地看了新娘一眼，說道：「這是……荒草坪呀！」

五緣頭一偏，笑道：「讓我來考考你吧？」

小譚一愣，隨即用不屑的口氣說道：「你讀了多少書啊，竟然敢考起舉人來了！」

五緣神秘地說：「你讀的那些書，不管用。」

「我讀的是聖賢書，講的是孔孟之道，你敢說不管用?!」

五緣的手往一株大葉片的草指了指，問道：「這是什麼草？」

小譚的臉紅了，說道：「這就是你說的考？」

五緣眉頭往上一挑，有些譏諷的味道：「是啊，你說吧，這是什麼草？不認識，你們這些人呀，四肢不勤五穀不分，應該餓幾頓。」

小譚不接受婆娘的意見，對掐：「書中自有顏如玉，書中自有千鐘粟……讀得詩書當大坵，三妻四妾任你收……」

「你又錯了！」

「我錯在那兒？」

「怎麼我看到的卻是黃瓜、辣椒、苦瓜、豆角呢？」

「啊，我明白了，你是要在這兒種上蔬菜？」

「你終於開竅了！」

「種菜？」小譚搖頭，一臉的苦笑。

「你看不起莊稼人？」

「瞧你說哪兒去啦！」

小譚讓步了，說道：「你想幹什麼就幹什麼吧，悉聽尊便……」

第二天早晨起來，五緣做完灑掃庭除等家務這一塊的必修功課之後，走進書房，朝端坐書案旁邊的繼洵深深地施一禮，開言道：「夫君——」

小譚從書本上抬起頭來，見妻子這副作古正經的模樣，忍不住一笑，說道：「你現在這副模樣，真是比淑女還要淑女啊。」

五緣學著戲曲的念白：「啟稟大人，小女子有一事相求——」

小譚放下書本，也吊嗓子：「娘子——有事請講……」

五緣噗哧一聲笑了：「我今天要回娘家一趟，弄些菜種，你在家讀書，可不許偷懶！」

傍晚，五緣風塵僕僕地出現在家門口，提著一只裝著蔬菜種子的布包，還有幾根棍棒。

小譚趕緊放下書卷，迎上前去，伸手去接布包，打量被捆紮在一起的幾根棍棒，好奇地問：「你這個模樣，有點像耍雜技玩魔術的呀？」他頓了頓，繼續說道：「啊啊，我知道了，——鋤頭柄！」
五緣笑嘻嘻地說道：「你這麼聰明，是當老爺的材料，而且肯定要當一個好大的老爺。」
小譚興奮地反問：「好大是多大呢？」
五緣用手抹了一把額頭上的汗水，吃吃地笑：「好大……就是好大的好大……」
小譚信心十足：「你就等著當誥命夫人吧！」
「幾品？四品，三品還是……一品？」
小譚衝妻子招手道：「你攏來我再告訴你。」
五緣笑嘻嘻地說道：「這是好事唄，你還怕別人聽見不成？」
小譚還是招手，五緣便將耳朵伸過去，他突然在婆娘的臉頰上很響地「啵」了一下說道：「一品！」
小倆口的小日子就這麼有滋有味地過下去。
三月的瀏陽，風和日麗，正是鶯飛草長時節，清晨，小譚家雞籠裡那隻蘆花公雞打第三鳴的時候，小譚與他婆娘同時起來，讀書、種菜，小倆口各司其職，各就其位……小譚潛心向學，累了，偶爾也會走出去，在院子裡散一散步，伸展一下腰桿，舒活舒活筋骨，重新回到書房裡，繼續窮經苦讀。這天傍晚，小譚打開後門一看，發現後院完全變樣了。原來偌大一塊草地上，現在已經看不見一根草，呈現在他眼前的是一畦畦平整的菜土。五緣身穿一件單衣，雙手揮鋤，舉過頭頂，挖了下去，汗水濕透了的衣服，貼在背脊上。她太專注於勞作了，老公站立在她的身後，竟然沒有絲毫的察覺。
小譚心疼：「你看你，一身的汗，歇息一會兒吧，五緣——」
五緣抬起頭來，扯衣袖在臉上擦了一把汗水，笑道：「沒事，我在娘家已經習慣了……」
小譚站著不動，堅持要妻子回屋裡歇息：「就一小會兒，行嗎？」
五緣將嘴湊到老公耳朵邊，突然一聲大吼：「不行！」
小譚不及防備，大吃一驚，無意間抓住了婆娘的手，發現掌心一層厚厚的繭子，忍不住要落淚了，說道：「你幹嘛要這樣啊？」

五緣猛地一下抽回自己的手，故作輕鬆地說道：「少見多怪，農戶人家，不都是這樣嗎？——今天的功課做得怎麼樣了？沒有先生管著你，可不許偷懶哦。」

「放心吧，咋沒有先生呢？你就是最好的先生——」

五緣抬起頭來衝老公燦爛一笑，顯然，她領會了老公嘴裡的「先生」是什麼意思。

「我說的先生不是你講的先生那個意思。」小譚說。

「我講的先生的意思你也不知道，你莫打岔，聽我講完唄，好不好啊，先生，先死；先死，先生……哈哈、哈——」

待小譚明白了婆娘的意思時，五緣已經扔下老公，像一陣風，眨眼便不見了影子。

從此以後，小譚又養成了一個新的習慣，每每在書齋裡累了，出來散步時，一定要來到後院，現在稱之為菜園似乎更準確一些。但見一畦畦辣椒土，碧綠的葉子，懸掛著一串串辣椒，絲瓜的藤蔓，藏在肥大葉片下的南瓜，鮮嫩的黃瓜，一掐準出水……他站住了，雙手併攏，伸直舉過頭頂，做了一個深呼吸動作，只覺得身心格外舒暢。

小譚家一日三餐的飯桌上，都有時鮮蔬菜瓜果，以前三日不知肉味的光景一去不復返了。原來，五緣將吃不完的蔬菜送到街上，借空曠處，設一地攤。那時候還好，沒有城管驅趕，也沒有工商稅務，每做一個錢的生意，全部落自個兒兜裡了。回家時順便割一點豬肉，屁顛屁顛地往家裡走，她肩挑兩只賣完菜的空竹籃，一雙沒有受纏足影響的腳，大步行走在鵝卵石街道上，腳下生風。有時候她還會哼幾句瀏陽北鄉很流行的山歌——

滿哥哥鬼呀啊呵吔，
碰達鬼唉——
咿呀咦自約，咿呀子約，
碰噠鬼吔……

五緣的模樣俊俏，又有一副好嗓子，歌聲很韻味，在縣城的大街小巷，回頭率百分之九十以上，無論男女，還是老少，與婚否也沒有關係。一些年輕人心生妒忌：鮮花插在牛糞上了。在他們眼裡，書呆子就是一堆牛糞而已。

第一次在飯桌上發現豬肉，小譚還問她哪來的錢，她如實說了，老公臉上不是很高興的模樣，沉吟不語，因為他對商賈有著不知道從哪兒來的偏見，儘管沒有分家之前，家裡的開支有很大一部分是二哥經商獲得的，他固執地認為做官是讀書人唯一的前途。萬般皆下品，唯有讀書高。五緣不同意老公這個觀點，但是，也沒有表示反對，她不做聲是讓著她老公。此後很長一段時間，餐餐都是蔬菜，很難有肉食端到飯桌上來，幾天過後，小譚扛不住了問他婆娘：「怎麼沒有肉啊？我又不是和尚，天天吃齋。」

五緣揶揄道：「三日不知肉味。」

小譚苦笑：「是啊，連孔老夫子都不願意。」

「這只能怪你！」

小譚一副傻樣：「我沒有說什麼吧？」

「你的意思是同意我賣菜了？」

小譚理直氣壯地說道：「賣菜又怎麼樣，七十二行，哪一行都少不了！」

五緣的筷子使勁放桌子上一放，大聲道：「書呆子也有不呆的時候！——豈止不呆，還挺可愛的……」

小譚聽了妻子這句鼓勵的話，很受用，臉上笑咪咪的，五緣突然湊過去，以飛快的動作，在老公的臉上親了一下，旋即一陣風似的走了。小譚用手摸了摸剛才被親過的地方，搖了搖頭，重新進入書齋，拿起書本，翻開一頁，聲音洪亮，朗朗成誦：「管仲夷吾者，潁上人也。少時常與鮑叔牙游。鮑叔知其賢，管仲貧困，常欺鮑叔。鮑叔終善遇之……」

五緣不懂書的內容，但聽起來字正腔圓，底氣很足，走到老公書房門口，故意板著臉吼一嗓子：「你吃飽了吧?!」

小譚吃驚地看著婆娘：「你——幹嘛罵人呀？」

五緣憋不住縱聲笑了。

這天上午，五緣忙完家務，用兩只竹筐挑著絲瓜、辣椒、南瓜、茄子，前往周家碼頭而去。她早就看準了周家碼頭附近有一塊空地，將菜擺在那兒，自己蹲在一旁。她的蔬菜，都是季節性的，而且上市早，很快就有一些路過的街坊被吸引過來了。

五緣賣菜，還有一個特點，不用桿秤，論堆論把的，蕹菜一個錢一把，辣椒兩個錢一堆，你認為划算，那就自己動手唄。南瓜的價位則論大中小，多少錢一隻，你掂量。

與周家碼頭相距不是太遠的水巷有一個集中賣菜的地兒，叫農貿市場也行。由於五緣的菜比那兒的便宜一些，許多人便投奔她這兒來，其他人的生意清淡了許多。五緣的本意是反正自個兒生產的，不是掉錢眼裡去了的人，何況都是街坊鄰里。有時候，遇到孤苦無依的老人，她還會叫住人家，塞一把菜給人家，解釋道：「都是自己家的，不要緊。」

打從五緣擺攤賣菜之後，過去冷冷清清的周家碼頭變得熱鬧起來了。

她沒有料到這樣做會惹惱水巷市場的那些老商戶，他們設著法兒給不懂味的年輕女子添亂。首先是鼓動遊手好閒的潑皮，在五緣的地攤前打架，抓一把蔬菜當武器使。事端一起，馬上吸引了許多看熱鬧的人，將周家碼頭圍了一個水泄不通。五緣一個弱女子，在眾人面前勢單力薄，奈何不了。大清的律法中沒有制定反不正當競爭法，不就賣一點蔬菜，憑自個兒的勞動，換來一點蠅頭小利，至於嗎？她看著被糟蹋了的蔬菜，眼淚直流。還有更惡劣的情況發生，一胖一瘦兩位縣衙的公差，來到菜攤面前，五緣見他們都穿著工作服，憑著對國家工作人員的信賴，笑臉相迎：「二位爺買菜？」

胖公差虎著臉，一腳將一隻南瓜踢得滾到街心了，呵斥道：「誰同意你在這兒賣？」

五緣一愣，隨即說道：「沒有啊，是我自個兒要來的……」

瘦公差接著說：「你好大的膽子，這是縣城，不是你自己家一畝三分地！」

五緣迷茫：「難道要向縣太爺稟告麼？」

胖公差皮笑肉不笑：「你這點小事，也敢麻煩知縣老爺！」

五緣更加困惑：「我該怎麼辦呢，請指教！」

瘦公差接過話去：「繳稅款，一天五個銅板。」

五緣叫了起來：「一天還賣不了五個銅板，都給你呀，那我不是白忙活了？」

胖公差一聲吼：「頑劣女子，交老爺處置——跟我走一趟縣衙！」隨即用一根鐵鏈將五緣鎖上，在眾多看熱鬧的閒人簇擁下穿過北正街，往縣衙而去，向來空曠的街道頓時擠得水泄不通。

小譚的二哥繼鏞是做大生意的，正巧剛從外地回來，也顧不上回自己的家，一路小跑，撞進三弟的書房。其時，小譚正在為一篇文章的修改，注意力高度集中。二哥上氣不接下氣地說道：「還有心思寫你的破文章——」

小譚見二哥這麼一副氣急敗壞的模樣闖進來，兩眼茫然：「你這是幹嘛，二哥?!」

「弟妹被衙役抓走了！」

小譚手一鬆，筆掉地上了，急急忙忙往縣衙趕。

縣衙在北正街南門口，小譚兄弟從街上穿過，大街小巷各家店鋪此刻都在議論書呆子的婆娘被扭送到縣衙裡的故事。有人杜撰了一個桃色方面的故事，講得有鼻子有眼。也有人說這個賣菜的是一位傻大姐。小譚風急火燎，沒有心思聽這些扯淡的東西，兄弟倆一路急急忙忙直奔到縣衙的大門口，很堵，到處都是看熱鬧的人，要想擠進大院有點難度。小譚一邊使勁往裡面擠，一邊不停地嚷嚷：「請讓一讓，我有急事……讓一讓——」

沒有人理會，他一無官，二無錢，這樣的角色講出來的話，誰也不打你的米。

二哥的吆喝效果好一些，有人認識譚掌櫃啊。

兄弟倆進不去，只好站在門口，踮起腳尖往大堂內看。小唐知縣長著一張娃娃臉，為了充老，下頜留一撮黑黑的山羊鬍，端坐條形辦公桌後面，背景畫面一棵迎客松，兩邊分別站著一排衙役。小唐知縣沒有文憑，沒有資歷，除了自己的名字，以及麻將牌上的萬，其他漢字認識的也就不多了。他的頭頂上的烏紗，其實是爹花銀子買來的。按大清律法，烏紗可以買賣。有興趣買官，而且買得起官的，都是屬於暴發戶一類角色。唐步瀛這把知縣的交椅，其實就是拼爹得來的。有個當官的老爸真好，有一個錢多的老爸也好，既當官又有錢的老爸則是好上加好。

小唐知縣就像一隻好鬥的公雞，見正對面的地上趴著一個青年女子，披頭散髮，衣冠不整，就是一黃臉婆。兩位手持水火棍的衙役分別站立兩旁。看大堂上的情景，審理已經開始一會兒了。

對庶民百姓而言，除非絕望，走投無路，否則是不會來衙門，俗話講，餓死不做賊，屈死不告狀。小譚遠遠地盯著高高在上的唐知縣，打從心眼裡瞧不起這個富二代，想起自己為了仕途苦讀寒窗，韋編三絕，一路上的艱難，他憑什麼輕易得手?!

小唐知縣使勁拍了一下驚堂木，吼一嗓子：「大膽刁民，目無王法，今天本縣一定要重罰，警戒以後！」

五緣面對知縣的審訊，毫不膽怯，申辯道：「老爺，民女自個兒種的蔬菜，吃不完拿來賣，招惹誰了？我不懂到底犯了哪家王法?!」

年輕女子伶牙俐齒的一番話，小唐知縣被激怒了，從辦公桌後面霍地站了起來：「大膽潑婦，目無王法，公堂之上，竟敢頂撞本縣，給我拉下去，重責二十大板！」

小譚頓時慌了神，頭一低，屁股一撅，從人縫中鑽了過去，與二哥一齊來到堂前，報過身份，唐知縣的目光轉向小譚，呵斥道：「你一個讀書人，難道不懂王法嗎？」

小譚正要辯解，二哥接過話去，對知縣說：「弟妹年幼無知，請老爺寬恕一回。」

小唐知縣知道繼鏞是商人，長期在外，據說掙錢還不少呢，在小小的瀏陽縣城，算大款了。他的目光對準了商人，有了笑容：「譚掌櫃啊，我可以既往不咎，但是，這一回的罰款是逃不了的。」

繼鏞上前打一個拱手，問知縣到底要罰多少。

小唐知事猶豫了一下，說道：「白銀五兩！今後按月交稅，至於繳納多少，縣衙會出佈告的，聽清楚了沒有？」

繼鏞正色道：「這是哪門子王法？」

小唐一時語塞。

堂下看熱鬧的人群中一陣騷動，紛紛議論，一邊倒的同情五緣，認為官府這樣做太不講理了，一個婦道人家，自己種一點小菜，一年也賣不了幾個錢，居然要罰這麼多。也有人揭露，那兩個衙役都是知縣的親戚，不這樣斂財，哪能吃香喝辣？

議論聲越來越大，二哥和三弟咬了一會兒耳朵，說這錢他出得起，就是不甘心，他趨前幾步，來到知縣辦公桌前，從袋裡掏出一錠白銀，正好五兩，晃了晃，說道：「這錢我們譚府出得起，只是出得不應該了！」

知縣一見白銀，兩隻眼睛都綠了，屁股也離開了辦公專用的太師椅，人群中議論再起，有人大聲道：「這也太沒有王法了！」

知縣將驚堂木往辦公桌上使勁連拍三下，大聲道：「想造反不成，告訴你們吧，在瀏陽縣，我說了算！」

「不對，你說的不算！」

突然，人群後面有人大聲反駁，吸引了所有的目光，原來是一位二十歲不到的小夥子，有不少認識他的自動閃開一條路，小夥子穩步向知縣的辦公桌走去。小唐知縣立刻站了起來，驚訝地呼了一聲：「涂先生，你怎麼也來了？」

年輕人一身灰布長衫，普通讀書人裝束，面帶微笑，說道：「小唐大人好！我是路過，見這兒熱鬧，想進來瞧瞧。」然後意味深長地說道：「父母官少年有為，舜臣早有耳聞，今天幸得一見，果然名副其實啊！」

小唐知縣雖然認識的字不多，但是，他並不笨，加之官場上的歷練，閱歷算夠得上「豐富」二字了。對涂啟先（字舜臣）這個人，你絕對不能把他當普通老百姓看待，否則是要吃虧的。他滿臉堆著笑容，熱情應對，吩咐衙役趕緊給年輕人準備坐椅。涂啟先似乎不太領情，揮手道：「大人不必客氣，舜臣只是對大人的王法感興趣，能否做進一步的解釋，以頓茅塞之開？」

小唐知縣打從看到涂啟先進來的第一眼時起，心裡便明白，夜貓子進宅，無事不來，臉上便有些尷尬，說道：「一個玩笑，一個玩笑，不必當真——我只是聽說有人在街上搗亂，故爾問問情況，既然沒有啥事，那就散了吧，都散了吧，散了——」

涂啟先不動聲色地說道：「大人啊，你這個玩笑也開太大了一些，嚇著草民百姓尿褲子，可不是好事啊，舜臣的話，大人以為然否？」

小唐知縣使勁拍了一下驚堂木，衝堂下大聲道：「你們沒有聽見嗎？散了，散了！」

唐知縣對這個年輕人懼怕三分呢。在瀏陽，涂啟先這個人比較特殊，雖然是正宗的山裡伢子，祖祖輩輩都居住在大圍山下，在那樣一個環境下長大，從小愛讀書，博聞強記，讀了很多書。十一歲參加科舉，一不小心便成了大清國年紀最小的秀才，連瀏陽縣都沾光出名了，有過獲得過皇上召見的殊榮。

如此光彩照人的一筆，如果他想做官的話，那還不是小菜一碟嗎？可是，年紀輕輕啊，官場對他一點兒吸引力也沒有，與小譚讀書的宗旨不一樣。不過呢，小涂對教書倒是蠻感興趣。現在已經是圍山書院的骨幹教師了，由於他名氣大，縣城的城南書院請他做兼職。每年，省裡面的巡撫衙門還請他做客呢，一年之中總有三五次。

涂啟先今兒個也是來城南書院授課的，在瀏陽河邊散步時，路過周家碼頭，這樁奇聞被他給撞上了。

一場風波就這樣過去了，有驚無險。從此以後，小譚與小涂，年紀相差十一歲，嚴格地說，可以稱忘年交了。這兩個讀書人成了最要好的朋友，小涂每次來縣城，必定要去小譚家裡坐一坐。他們談話的內容除了書，就是書。

這次為了答謝，小譚請了涂啟先回去，兩人聊著聊著，不知不覺半天的時間就過去了，小譚請小涂吃一個便飯，先從桌子上的菜，再聊到園子裡的菜，兩位書生這會兒談的內容終於沒有書了。

談書，可能五緣插不上話，談種菜，就該聽她的了，誰知小涂談起種菜的經驗一套一套的，站在一旁的小譚傻眼了，對這位大圍山的朋友加深了佩服。一位滿肚子學問的人，種菜也這麼在行啊。小譚有時也應邀往大圍山走走，拜訪老朋友，在圍山書院，談話的內容就只有書了。他們之間，總是有說不完道不盡的話題，儘管在為官還是為民，這個關乎人生道路的問題，兩人意見相左，有時候還爭執激烈，但是，這並不妨礙他們成為最好的朋友。如果有一段時間沒有聯繫，小譚就會念叨：「舜臣這些日子幹什麼去了？」

四

在五緣的操持下，小譚倆口子的小日子過得還行吧。他們結婚之後，小譚能安心讀書的條件，是他婆娘提供的。婚後第三年，即道光二十九年，小譚能夠成為己酉科舉人，有一半功勞是他婆娘五緣的。

又四年之後，長子嗣貽（癸生）出生了。這時候，小譚既然有了舉人的身份，朝廷便給予了一定的俸祿，錢不多，畢竟是皇糧呀，性質就不同了。家裡添丁，有了孩子的哭聲、笑聲，便多了許多樂趣，但是負擔也加重了。

五緣為了補貼家用，繼續賣菜，但再也沒有受到官府的打擾了。看著孩子一天天長大，懂事，生計的艱辛被這份歡樂趕走，活得很充實。晚上，夫妻倆躺在床上，將兒子擱在中間，討論兒子的出息，這是百談不厭的話題。

兩年後，第二個孩子呱呱墜地，小譚抱起來一看，頓時哈哈大笑：「我家不愁沒有錢花了！」

五緣奇怪，問道：「你說什麼？」

小譚笑嘻嘻的說：「上蒼賜我千金！」

五緣也笑了：「說不定將來是一位蔡文姬啊——有其父必有其女呢。」

小譚在女兒的粉紅色臉蛋上親了一下，說道：「花木蘭也行！」

五緣說：「你還有一件大事要做！」

小譚一愣：「什麼大事？」

「你還沒有為女兒取名啊？」

「這個嘛，我早想好了——嗣淑！」

又兩年後，次子嗣襄（泗生）又來到這個家庭，負擔更重了，家裡的收入，除了分家時所得的冷水井二十畝水田租金，餘下的缺口便靠後院的菜地了。他瞧不起二哥，因為他是商人。然而，正是這個商人，在經濟上給予了他很大的支援，否則，日子會過得更糟糕。

咸豐十年，小譚以舉人的身份參加當年朝廷鄉試，為了湊足盤纏，夫人徐五緣幾乎將所有能上市的菜全都賣了，勉強湊夠。小譚臨出發時，再三囑咐婆娘帶好兒子，不要太勞累了，萬一生病，誰來照顧呀？五緣領著兩兒一女，給老公送行，穿過半條北正路，一直送到河邊的周家碼頭，一邊走一邊嘮嘮叨叨，簡直像一個老太婆：「你自己一路小心，該吃的吃，想喝的就喝——聽見沒有啊，遇事多長一個心眼，家裡的事少牽掛……」

小譚笑道：「你說話的口氣，怎麼像我媽啊？」

「我沒有給你開玩笑。」

在周家碼頭，小譚臨上船了，五緣還要將兒子弄到老公面前，說道：「癸生，嗣淑，泗生，來，來，來吧，再給爹親一個……」

三歲的泗生真的將一張小臉蛋湊過去，在父親臉上親了一下，留下一塊鼻涕的痕跡。六歲的癸生跟四歲的嗣淑緊緊地拽著母親的手，佇立在周家碼頭。

烏篷船駛離周家碼頭，風帆鼓得滿滿的，劈波斬浪，漸漸遠去，消失在水天相接處，五緣母子仨還癡癡地站立在碼頭上，那情景，還有點像望夫崖。

送別之後就是難耐的等待，一天、兩天、三天……終於到了皇榜張貼昭告天下的時候，小譚榜上有名，是為庚申科進士。兩名官差前往府上報喜，在大門口點燃了一掛鞭炮，在一陣「劈劈啪啪」的炸響聲中推開虛掩的大門，一邊往裡走一邊高呼：「恭喜譚老爺高中——」

簡陋的屋子裡空曠，冷清，到處看不見一個人的影子。其時，五緣在後院的菜地裡幹活，孩子們在旁邊玩耍。突然聽見屋子裡鬧出這麼大的動靜，扛一把鋤頭趕來。兩位官差打量了她一下，問道：「你家譚繼洵譚老爺金榜題名，小人專程前來報喜，有請你家夫人前來接喜報呀——」

五緣沒有反應過來：「我家夫人？」

官差道：「煩大姐稟告夫人接喜報！」

五緣終於聽明白了，頓時激動地流下了熱淚，抹了幾下眼睛，說道：「二位辛苦了，客廳請坐！」

公差還在詫異她的身份，五緣趕緊放下鋤頭，不好意思地笑了。

官差說：「公務在身，還是先請出夫人接喜報吧！」

五緣將手在衣服上擦幾下，而後去接。

官差不肯給她，說道：「有請夫人……」

五緣搖頭道：「夫人？我家裡沒有什麼夫人。只有我一個女人，啊，還有一個男的，我老公，進京師考試還沒有回呢。」

這時，幾個孩子都站在母親身邊。

官差打量五緣，無比驚訝：「莫非你就是譚夫人麼？」

五緣點頭答曰：「沒錯。」

公差驚訝，意外，五緣接過喜報，張羅茶水，之後，走進臥室，打開衣櫃，取出一隻油漆得紅光閃亮的小木箱，裡面幾件娘家的首飾，幾張田契，抖開翻尋了半天，只有一個銅錢，拿在手心拋了兩下，搖頭苦笑道：「這也太少了吧，如果明天的話，我還有幾只南瓜賣掉……」

之後，她又在老公的書房裡尋找了一會兒，除了書，筆墨，值錢的東西都找不出一件來。無奈，她只好硬著頭皮將一枚銅板捏在手裡，來到兩名官差面前，抱歉地說道：「請二位稍候，我出去一下，馬上回來。」

五緣將公差扔在家裡，風風火火來到街上，遇到熟悉的街坊笑嘻嘻地打招呼，走進離家最近的一家雜貨鋪，聲稱要借二十文錢。雜貨鋪掌櫃與五緣很熟，長期買她的菜，五緣也到雜貨鋪來消費。掌櫃深知這位秀才娘子過日子精打細算，借錢，卻是從未發生過的事，難免多問幾句，借這麼多錢幹嘛？

五緣顯得有些不好意思，說道：「兩名報子還坐在客廳裡等著打發才走呢！」

「報子？什麼報子啊？」

「報子……就是公差唄。」

這位掌櫃也許是記起了那次因為賣菜被扭送縣衙的情景，頗為氣憤地說：「你家子實規規矩矩的讀書人，又招惹誰啦，公差來家裡要錢，憑什麼呀?!」

五緣笑了：「掌櫃，你別誤會了，好事呢！」
「公差都上門要錢了，還是好事，你氣糊塗了吧？」
五緣輕描淡寫：「送喜報的公差，我要給幾個賞錢！」
「啊啊，剛才響鞭炮是往府上送喜報呀？」
「就是……我家子實這次鄉試中進士了。」
掌櫃傻眼了，半天沒有反應過來：「你說什麼?!進士？你家子實?!——譚子實中進士了?!哈哈，你為何不早說啊！」雜貨鋪老闆明白過來後，立刻跳到大街上揮舞雙手，大聲喊叫：「了不得啊，書呆子中進士囉！譚子實了不得……還有人笑他在梅花巷打六炮嗎？哈哈、哈——」
頓時，街坊鄰居，許多人陸續聚集過來，七嘴八舌地議論，紛紛向五緣投來敬佩的目光。
五緣面對狂熱的鄉鄰，友善的詢問，傻傻地笑，有頃，她猛然記起了借錢的事，對雜貨店老闆說：「麻煩你給我吧，報子還在家裡等著呢。」
雜貨店老闆興奮地從錢櫃裡抓了一大把銅板往五緣面前一遞，說道：「拿去吧！」
五緣搖了搖頭：「不要這麼多，二十文就夠了。我菜園裡還有幾只南瓜，賣了馬上還你！」
眾人大笑：「你還要賣什麼菜啊！今後當夫人啊，享榮華富貴囉！」
一夜之間，小譚在縣城的地位升到了天上，無論走到哪兒，都會被多看幾眼，有的人還會恭恭敬敬地叫一聲：「大人——」
最先登門拜訪的還是那位唐知縣，別看這個紈絝子弟，在官場摸爬滾打多年，社交場合、潛規則，已經很熟溜了。他人還在小譚的門口，作揖的雙手便拱得高高的，套起近乎來，嘿，簡直比親兄弟還熱乎。一夜之間身份的變化，小譚開始對這一套應酬還不習慣，回禮的舉動有些笨拙，客套話磕磕巴巴的。他走到街上，無論遇到男人還是女子，老的，還是少的，一律畢恭畢敬地呼：「老爺。」
他頻頻地還一揖，一天下來，腰桿受不了。五緣笑話老公，原來當官也蠻辛苦啊。
同治三年，小譚奉旨進京，擔任戶部主事，攜夫人徐五緣和孩子同往，親友及街坊鄰居紛紛前來祝賀，岳父徐韶春與大姐慶緣也來了。從慶緣的話語裡，透出幾分失落，顯然，她對當年自己的選擇後悔，如果不是姐妹易嫁，那麼今天夫榮妻貴的必然是她了。奇怪的是，當事者五緣卻沒有旁人想像的那份喜悅，面對追捧，顯得從容淡定。

臨出發的前夕，家裡來了街坊鄰居，也有親戚朋友，大家議論得十分熱烈的時候，突然有人說，五緣呢，去哪兒啦？

她避開了這份熱鬧，悄悄地來到後院，捨不得經營了多年的菜園子，凝視著綠油油的蔬菜，這可是她心血與汗水的結晶啊。

慶緣來到妹夫家，遍尋幾間屋子，不見妹妹的身影，便問繼洵：「子實，我妹子咋不見人影？」

「她呀，這時候肯定在菜園子裡。」小譚說道：「我陪姐去找她吧。」

慶緣沒有理會妹夫，一陣風闖進後院，見五緣站在菜地發呆，劈頭一句：「瞧你這點出息，你現在的身份已經變了，還惦記著種菜呀！」

五緣抬頭看著姐姐，淺淺一笑：「姐，來啦！」

小譚——現在應該改一下對他的稱呼吧，人家已經是京師的官員了呀——見夫人一副落寞的模樣，很理解她的心情，這滿園子的蔬菜，都是她一雙手辛辛苦苦培植出來的，現在說不要就扔了，實在難以割捨。為此，小譚已經勸過多次了，效果不是很好。

五緣忽然說道：「子實還是你一個人去算了吧，我和孩子留下來……」

「這怎麼行呢？」小譚搖頭說道：「你一個女人領著三個孩子，又沒有雇請其他的傭人，已經很辛苦了，這樣的話，我如何放得了心離開？」

「你去當官，我去了能幹什麼呀……礙手礙腳的。」

小譚笑道：「我去當官，為朝廷辦差，這沒有錯；你去當夫人呀，那位官員家裡缺夫人呀！」

其實五緣早就料到會有這一天，當這一天真的到來了的時候，她又有點無所措手足，於是弱弱地問道：「當夫人幹一些什麼呢？」

小譚也不是很清楚，含含糊糊地回答：「當夫人就是當夫人唄。」

五緣的語氣忽然嚴肅：「沒有活幹，那日子怎麼過呀？」

小譚一句話打消了五緣留下來的想法：「癸生已經開始讀書了，你能管得了麼，如果孩子耽誤了讀書的話——」

五緣聽小譚這麼一說，立刻想明白了，語氣一下子堅決：「好了，你什麼也不要再說了，我馬上做準備，我隨你們爺兒幾個一起去京師就是！」

「哈哈，哈——」慶緣縱聲大笑。

五緣這才發現大姐還在身後，有些莫名其妙地看著大姐，問道：「姐，你笑什麼呀？」

慶緣見妹妹一副傻傻的模樣，笑得喘不過氣來：「兩個呆子，天設一對，地造一雙！」

五緣不解：「兩個呆子，姐，你是這樣看我和子實的嗎？」

慶緣的手指在妹妹的額頭上輕輕地戳了一下，說道；「是啊，你看現在當官的，哪個不是大富大貴，又有哪個當官的太太還會自己種菜?!」

小譚接過話頭：「你說的是貪墨之徒……如果我是那樣的官，東窗事發，你也跑不了！」

慶緣對妹夫這一句話，有些不得要領，茫然地看著他，說道：「你……這個……與我何干？」

五緣突然失聲笑了：「子實說的沒有錯！」

慶緣困惑：「啥沒有錯啊？」

五緣笑道：「誅九族的話，你也跑不了！」

「呸呸——五緣少說不吉利的話！」啊啊，她們的父親也進來了。

小譚趕緊上前深深一揖，說聲：「小婿拜見岳父大人——」

翁婿之間又聊了起來，老徐顯得很興奮，當著女婿的面誇五緣有眼光，但見旁邊的大女兒一臉落寞，改口道：

「人嘛，生死有命，富貴在天……」

五

瀏陽縣城的周家碼頭碧波蕩漾，百舸爭流，這裡是一個專門送別的地方，有傷感，也有歡樂。今天的場面，則兩者兼而有之。戶部主事譚繼洵拖家帶口的，奉旨進京，何等風光呀。

幾條本來就人不多的街道，更顯得空曠冷清，周家碼頭像秧豆芽一樣，擠滿了老老少少，爭相觀看。不過幾天時間，譚繼洵苦讀寒窗一舉成名的故事，已經有了幾個版本在坊間流傳。

除了縣城街坊之外，還有一些聞風從鄉下專程趕來看熱鬧的陌生面孔，大家都想見見這位曾經被譏笑為桐油罐的書呆子發跡之後的風采，因為偏僻的小縣與京師相距何止十萬八千里。然而，出現在眾人眼前的這位奉調進京的官員家眷，卻一個個身著粗布衣裳的平民百姓打扮，難免令某些期望值高的人感到失望。尤其令人驚訝的是，他們的行李中，竟然還有尋常百姓家才有的紡車，麻籃，四張長把鋤頭，一根竹扁擔，兩只舊木桶。這些可是農家種地的工具呀，這哪像是進京為官，分明是農民搬家，如果說得難聽一點像逃荒要飯！

做搬家準備的時候，小譚也阻止過五緣，讓這些勞作工具別帶了吧，何況路途又是如此遙遠。他說：「在咸豐、道光年間，一位四品官員的年俸祿一百〇五兩銀子，一百〇五斛祿米，另外還有冰炭銀、年馬銀、紙筆硯銀、服裝銀等，比起尋常百姓，日子要好過得多了。你嫁到我們譚家後吃了那麼多苦，現在好了，今後在京城好好地當你的夫人吧。」

五緣勃然作色：「你還沒進京，就看不起種菜的粗人了?!」

小譚笑道：「五緣你誤會了，我是看你那麼勞累於心不忍……」

五緣「砰」的一聲將房門關緊，小譚被關在門外，敲了幾下，又將臉貼在門縫上，說道：「你聽我解釋，我真的不是這個意思……」

小譚站了一會兒，便去收拾東西，將用過的鋤頭上的泥巴擦拭乾淨，然後又去街上買了兩把新的，特意放在顯眼的地方。五緣發現了，笑道：「你這是幹嘛，老爺升堂時還要這個呀？」

小譚說：「我是考慮京師不一定有瀏陽鋤頭買，多帶幾張去吧？」

五緣終於笑了：「不愧是當老爺的，想事比平民百姓要周到一些！」

圍觀者對京官的行李議論不休的時候，一大早剛從爐煙洞趕來的岳父徐韶春在眾目睽睽下，走到五緣面前，笑道：「五緣，爹給你準備了一樣你最喜歡的禮物……」

小譚對「禮物」這個字眼很敏感，緊盯著老丈人，老徐遞上的禮物不過是一只瀏陽土紙包，拳頭那麼大一包。岳父還沒有說明是啥東西，五緣一把接過去，用手捏了捏，不由得笑了，說道：「爹，我猜出來了，你的禮物最合女兒的意思，——菜種，對嗎？」

老徐笑道：「那當然，我的女兒的心思我還不知道嗎？」

五緣有些自鳴得意：「我是誰？爐煙洞徐韶春的女兒！」她調皮地看了小譚一眼，「譚子實的婆娘——」

「婆娘」二字發音很重。

「哈哈，哈……」圍觀者中爆發出一陣笑聲。

韶春在笑聲中解釋紙包的內容：「黃瓜、豆角、茄子……」

小譚接著說：「岳父真是有心人，只怕京師地處北方——」

老徐說：「我都已經考慮了，這些種子都是煙爐洞山上種過的，較平地上種的耐寒一些……你不妨拿去試試看吧！」

五緣衝老公抿嘴一笑，說道：「爹，將來種出了好菜我寫信向你報喜！」

老徐很開心：「記住，這可是你講的囉。」

正在這時，看熱鬧的人紛紛閃開，讓出中間一條道，小唐知縣身穿朝服邁著方步上前，深深一揖，恭恭敬敬地呼一聲：「大人，好走，卑職前來送行，祝大人一路順風！」

小唐這幾句話說得蠻得體，不像沒有讀書的人，可見官場還是有鍛鍊的機會。他不經意看見小譚旁邊的五緣，臉上便有些尷尬，但很快就神態自若了，也施一禮，說道：「夫人勤勞賢慧，實為女中豪傑，令人敬佩！」

傻子都知道，小唐知縣這番話言不由衷，心裡嫉妒得要命呢，想想自己當年，家裡花了多大一筆銀子，才買來一個知縣。人家一文不破費，現在官兒比他大，還進京了。心裡難免酸溜溜的。

五緣只好還了一禮，道聲：「謝謝知縣大人謬獎！」

親友感覺到小譚有點心不在焉的模樣，不時扯長脖子張望，還輕輕地唸叨一個人的名字。眼看風水先生擇定啟程的時辰就要到了，小譚的目光還在人群裡企盼，終於發現了目標，從人縫中擠過去，動情的呼了一聲：「舜臣先生……你終於來了！」

涂啟先個子不高，衣著依舊，灰布長衫，腳下的老布鞋底子很厚，鞋面上積了一層塵土。因為他名氣太大，叫小涂顯然不敬，還是稱涂先生吧。涂先生手裡持一竹煙桿，不時有咳嗽的聲音。小譚快步上前，當著大傢伙的面，給涂先生一個擁抱，這在當時是一種罕見的禮節，他們在瀏陽縣城無疑都是名人啊，名人似乎有引領潮流的義務，產生的影響也大的去了。

涂先生說：「園山書院裡一些瑣事，耽誤了時間。」

小譚說：「來了就好，來了就好，你不來的話我就要失望呀！」

涂先生一看陣勢，不能多說話了，隨即從油紙包裡取出一張宣紙，上面是他的親筆字幅，小譚一看，是鄭板橋的一首七絕——

> 衙齋臥聽蕭蕭竹，疑是民間疾苦聲。
> 些小吾曹州縣吏，一枝一葉總關情。

小譚面對老友寄予殷切希望的目光，心裡其實要說的話很多，決不是三言兩語能說清楚，在這樣的情況下，時間不容許了，只能簡單說幾句了：「請舜臣兄放心，我一定牢記，同時，我對你也有一點希望。」

涂啟先點了點頭，說道：「敬甫兄請講。」

「我知道你舜臣兄其實是一位志存高遠的社會賢達，對桑梓的發展一片深情，士子中，像你這樣腳踏實地，不慕虛名者鳳毛麟角，多多保重，煙，能戒掉的話最好……每每見你咳嗽厲害，心裡甚為憂慮……」

涂先生深深一揖：「謝謝敬甫兄的關心，舜臣記住了，一路順風——」

小譚突然伸手去接小涂手裡的煙管，笨拙的手往煙斗裡裝了煙絲，然後遞過去，懇切地說：「但願這是舜臣兄這輩子抽的最後一鍋煙……」

涂啟先淺淺地一笑：「這個我不敢保證，儘量做到吧，先抽了這一鍋再說！」

小譚臉上泛起了憂慮，幽幽地說道：「你叫我該怎麼說你啊，舜臣！」

與此同時，五緣還在企盼著一個人的到來，那就是姐姐慶緣。這樣的重要時刻，她不可能不來。在五緣的翹首企盼中，慶緣氣喘吁吁地來到了碼頭上，她的手裡拿著一根木棒，五緣覺得好生奇怪呀。姐姐攏來了，滿頭的汗水，上氣不接下氣地解釋，這是一根栗木棒，質地堅韌，耐磨損，最適合做鋤頭柄，在瀏陽也算珍貴木材，北方恐怕沒有這樣的木棒了。

五緣雙手接過，仔細瞧瞧，笑嘻嘻地：「還是我姐瞭解我，這是我今天收到的最滿意的禮物，謝謝啊，姐姐，你將來有機會去京師，參觀我的京師菜園子吧。」

小譚一家子登上了一艘烏篷船，船工手裡的竹篙一端往碼頭上一點，船離開碼頭，駛入激流，鼓滿風帆，劈波斬浪而去，小譚與五緣一齊立於船頭上，揮手示意，清涼的河風，親吻這對夫婦發燙的臉頰……

他們進京後，在住宅的選擇上，小譚充分地聽取了夫人五緣的意見，陪同她一起去選房子。他們一連看了多處，有些房子，位置、結構都不錯，可是，五緣總是搖頭說「不好」。最後在宣武門外一條闌眠胡同停下了腳步。這裡一處房子很老舊了，不要說官員，即使是一般的富紳，都不會住這樣的房子。

五緣卻笑了，說：「就這兒吧。」

她是看中了屋後的一片荒草地，這與老家何其相似。在別人眼裡一片荒蕪，雜草叢生，但在五緣的眼裡，這可是一塊寶地，她看到的是一畦畦菜土，長著一株株蔬菜，南瓜、辣椒、蘿菜……小譚一家搬進京師的新家，稍事安頓了一下。五緣便迫不及待地拿出鋤頭，以及從老家帶來的菜種，開始勞作了。

荒草地，漸漸地失去了雜草，被女主人的雙手開闢成一畦畦整齊的菜土。幾個孩子也幫母親幹力所能及的活兒，比如拔草，捉菜葉上的蟲子。老譚從衙門下班回來，見兒子一身的土，有點不樂意了，讀書，在他心裡始終是神聖的。但是，見夫人累得衣服被汗水濕透了，不忍心責備，心裡還是在為兒子的讀書思忖。

而今的小譚，身份已經是京官了，可在他的骨子裡，卻還是土包子一個，許多場面上的事，缺乏瞭解，接手的業務也不熟悉。他必須將全副力量放在工作上。至於家裡的事，實在是沒有精力顧及了。五緣這個鄉下女子，以前熟悉的環境沒有了，換成了京師這樣繁華的大世界，邁出大門就會迷路，分不清南北，好比劉姥姥進大觀園。

五緣每天做完家務，就開荒種菜了。小譚見夫人進京日子不久，卻瘦了許多，手上舊繭脫落了，又磨起了一層厚厚的硬繭。他看在眼裡，疼在心裡，雖然無數次提醒夫人不要太過勞累，其實他的心裡很矛盾，一份俸祿，要想在京師維持一個數口之家的生活，實屬不易，五緣種菜，正如在瀏陽老家一樣，可以減輕負擔。還有，她閒著沒事，在種菜中也有一份樂趣，何樂不為，於是也就不再說什麼。

小譚進京為官，這是他人生的一個轉折，無論年紀職位，稱呼上也該改一改，以後就稱老譚吧，也算是對他的一種尊重。

話說老譚來到京師以後，被朝廷安排在戶部衙門上班，級別，四品，怪不得七品知縣小唐那麼妒忌。老譚初來乍到，對單位上的一些情況還沒有摸清楚，加上他的性格又是很認真的人。打從上班的第一天起，他就兢兢業業，恪盡職守，對工作的認真負責，公正無私，得到了朝廷的信任，漸漸地有了不錯的聲譽，自己也逐漸站穩了腳跟。他每天傍晚下班回來，辛苦了一整天，總是先要進書齋休息一會兒。牆上張貼著涂啟先送的那首詩，每天早晨起來，都要默念一遍。如果遠在瀏陽鄉下的涂啟先知道這回事，還不會得意死了？

家家都有一本難念的經，令老譚感到頭疼的就是一對兒子的學業。他想起自己八歲的時候就能夠將一部《幼學瓊林》倒背如流，十二歲的時候，一部《古文觀止》爛熟於心。父親學琴先生領著他們參加人家的壽宴，當場做的一副對聯語驚四座。可是，眼下他自己的這對寶貝兒子呢？癸生結結巴巴地勉強背《百家姓》中途便卡了殼，這叫老譚情何以堪。一天傍晚，老譚下班回來，見癸生蹲在地上看螞蟻搬家，一群黑螞蟻排著長隊從洞裡湧出來，而後爬到草叢裡消失了。老譚站在大門口，說道：「癸生，你來一下。」

癸生頭也不抬，全神貫注於螞蟻洞口的景觀，說道：「我忙著呢。」

老譚聯繫到過往的種種劣跡，氣不打一處來，伸手從地上將兒子像一隻小雞仔提拉起來，指著門楣上的「譚」字問什麼字，癸生害怕了，瞪大兩隻黑溜溜的眼睛看了半天，吞吞吐吐，老半天才開口說道：「不知道。」

父親的臉立刻垮下來：「你姓什麼？」

癸生忽閃著兩眼盯了一會兒，感到奇怪：「你當我是傻子啊？」

老譚的臉色溫和些，繼續問道：「你到底姓什麼，說吧！」

癸生猛地一聲大吼：「譚——」

五緣急急忙忙從屋裡衝到院子裡，見父子倆站立在大門口，眼睛都看著門楣，感到奇怪：「幹嘛呀，這麼大的聲音？」

他苦笑一聲，對婆娘說：「你寶貝兒子真的是一個寶啊，——蠢寶的寶。」

五緣很快就明白了原因，右手捏一捏兒子的耳朵，勸說道：「聽你爹的話，好好讀書，將來做比你爹還要大得多的官……聽見沒有?!」

癸生雙手捂耳朵，尖叫：「痛死了痛死了，耳朵快掉了！」

老譚指著門楣上的字：「這到底是一個什麼字，聽見沒有啊？」

癸生還是搖頭：「我沒有學過呀。」

老譚的手已經癢癢了，隨時都有可能成為收拾癸生的工具：「這不是譚字嗎？」

癸生的兩隻眼睛瞪大了，驚奇地說道：「啊，這也是譚字呀？我學的譚字沒有這麼大呀？」

父親終於情緒失控，使勁扯了一下兒子的耳朵：「記住了嗎？」

兒子雙手重新捂著耳朵說：「輕一點啊，爹，被你扯掉了就沒有耳朵聽你講話了！」

在一旁的嗣淑笑了，老譚忍不住將女兒攬在懷裡，長長地吁了一口氣，輕輕地說道：「還是嗣淑懂事，你掃你的地去吧！」

嗣淑答應一聲：「哎——」

跟兒子不同，嗣淑對讀書卻表現了極大的興趣，而且非常自覺，五歲的時候，就能背下《百家姓》了，七歲的時候開始對《瓊林幼學》感興趣。平常還主動幫她娘幹一些力所能及的家務。五緣經常誇獎她是自己的「小棉襖」。

女兒的乖巧，老譚自然也高興，一次，發現八歲的女兒一邊掃地一邊吟誦：「回樂峰前砂似雪，受降城外月如霜；不知何處吹蘆管，一夜征人盡望鄉……」

他歎息道：「嗣淑……是伢子多好啊。」

老譚因為工作繁忙，沒有時間過問兒子的學業，五緣夫人呢，雖然也認識一些字，但要指導兒子的學業，也不現實。何況她還有一個菜園子需要打理。老譚與五緣商量，決定雇請塾師來家裡教授。

他們雇請的第一位塾師是雲南籍的景泰生，第二位北京塾師是大興的韓蓀農。先後聘請了四位，這些塾師都是博古通今的國學大師，老譚對他們的施教寄予厚望。但是，在這一對頑童面前，他們都感到束手無策。其中景泰生遠道而來，仰慕老譚的道德文章，他對嗣貽、嗣襄兄弟的教育費盡了心機。

學生的學業沒有長進，他覺得愧對東家，夜不能寐，在院子裡踱步，發現一處房子的窗戶還亮著燈光，門縫裡傳來「軋、軋、軋……」的聲音。他順著聲音走近，透過門隙，發現一位背對著門的老婦人正在紡紗，心裡很是感慨。第二天上課時，責備嗣貽兄弟道：「你們家的女傭深夜還在紡紗，多麼辛苦啊。你們兄弟正是求學的時候，切莫浪費了大好時光，老了一事無成徒有悲傷。」

嗣襄笑嘻嘻地說道：「先生，不是女傭，你說錯了——」

塾師驚訝：「那還能有誰呀，深更半夜了紡紗？」

嗣貽滿不在乎地說：「是我娘唄！」

「你娘?!什麼娘啊？」塾師驚訝地問道。

癸生感到奇怪：「我娘就是我娘呀，我家裡只有一個娘呀？」

塾師與官員接觸較多，從來還沒有聽說過，像老譚這個級別的官員配偶辛辛苦苦開夜班，連說了三聲：「不可思議！」

兄弟對老師的這些問題感到古怪，一齊答道：「我娘在瀏陽老家的時候已經習慣了這樣做。如果在家裡乾耗著，會鬧病呢。」

景泰生不說話了，向主人請辭：「小人一向才疏學淺，有負大人厚望，在下力薄能鮮，難以承擔二位公子的學業，為公子的前途著想，大人還是另請高明罷，告辭了！」

老譚見先生去意堅決，不便挽留。

之後，一位叫歐陽中鵠的瀏陽舉人，進入了老譚的視野，他於中舉的次年通過朝廷的正式考試被授予內閣中書，在京師逗留期間，造訪戶部主事老譚。這時候，正是前位先生離開不久。出於對這位老鄉的瞭解，老譚邀請老鄉充當幾個兒子的先生。

盛情難卻，他答應了，於是在老譚家裡做了大約半年的家庭教師，也辭職走了，老譚臉色很難看，他知道先生盡力了，都怪自己的兒子不爭氣。

老譚進京第三年，已經升為戶部郎中，兒子學業上的不長進未能因為仕途通達而喜悅。下班後，他臉色鐵青地走進書齋，大聲吆喝兒子。連叫數聲沒有反應，只好四下尋找，不見人影，來到後院，夫人正在菜地裡忙碌。看見夫人身著灰布衣服，肩膀上綴了兩塊不同顏色的補丁，汗水將衣服緊貼在背上，心就像被一隻無形的手拽了一下。他原本想說「你這個做母親的真不管事」，出口時改了內容：「五緣你不要太累了，身體要緊……」

五緣抬起頭來，用衣袖擦了一把額頭上的汗水，笑道：「回來啦？」

「嗣貽兄弟又到哪兒瘋去了？」

「他們——唉，」五緣一聽這話，臉上的笑容消失了，泛起了愁雲，「幾位先生都拿他們沒有辦法……」

老譚轉身離去，在院子左側的一棵香樟樹下發現了兩個兒子。哥哥在樹上掏鳥窩裡的蛋，弟弟在樹下等候，父親突然出現，嗣襄緊張了，抬頭衝樹上大聲喊道：「哥哥，快下來，爹來了——」

嗣貽心裡一緊張，腳下一滑，從樹上掉下來。父親一個下意識的動作，雙手接住，承受了極大的衝撞，父子被重重地摔倒在地。老譚放下兒子，還沒有從地上爬起來，嗣貽趁機溜走了，嗣襄緊跟在哥哥屁股後面，像兩隻兔子，兩眨眼又不見了蹤影。

晚上，父親將兄弟叫到書齋，喝令跪下，桌子上插一根線香，點燃，吩咐道：「線香燃盡，才準站起來！——聽見沒有？」

兄弟倆一齊答應：「聽到了，爹！」

是晚，老譚五緣夫婦都沒有說話，這是他們結婚以來，幾乎沒有出現過的情況。五緣在床上貼烙餅，翻來覆去，顯然，她的心在罰跪的兒子身上。老譚何嘗不是如此，聽到婆娘的鼾聲了，悄悄地從床上爬起來。

婆娘說話了：「你起來幹嘛？」

「上茅房。」

「去書齋看看，線香還有多長。」

線香總算燃盡了，兄弟倆個爬起來。由於跪的時間太長，立足未穩，一個趔趄，五緣舒展兩臂，把兒子雙雙攬在懷裡。兒子哭了，母親也淚水漣漣地說道：「你們要聽你爹的話，好好讀書，就不要受這樣的苦了，聽見沒有啊？」

即使這樣的嚴厲處罰，兩兒子的學業不見得有多少長進。老譚徹底失望了，每天只要一進家門，便一臉的愁雲，話也不想多說，兒子叫他也懶得答應。

五緣就會對老公說一聲：「我對不起你！」

老譚一臉的無奈：「這事怎麼能怪你呢，你道什麼歉呀？」

「兒子是我生的……」

老譚一聲苦笑：「也是我生的……照你說的意思，我也要向你道歉麼？」

「你再娶一房媳婦吧？」

「你說什麼?!」

五緣的心氣平靜了許多：「是的。」

五緣一門心思想讓別的女人替她老公生一個胯下帶把兒會讀書的傢伙。書香門第後繼有人，老公高興，她也高興，高興著老公的高興。妻妾不和，勾心鬥角的現象，她不是不知道，至於二奶進門後家裡會寫出一篇什麼文章來，她根本沒有往這方面想。

老譚語氣堅決：「不行。」

五緣笑笑：「沒準你心裡偷著樂！」

老譚的臉垮下來了：「我再講一遍，不行，我不納妾，一輩子有你，我已經滿足了。」

「你真傻，還當官呢。」

「我心裡就是這麼想的。」

「給你生幾個會讀書的孩子……」

「再娶一房就能生會讀書的兒子，你那麼肯定？」

「子實我求你了，你別和我抬槓，好不？娶了雖然不敢保證，但總有一份希望，比不娶好一些吧……如果譚府的書香門第在這一代斷了的話，我徐五緣的罪過就大了……」五緣說到這兒，忍不住流淚了。

老譚伸手用指頭為夫人擦眼淚，安慰道：「五緣啊，你真傻呀，這怎麼能怪你啊！我不娶什麼小了，我要你生，接著生，我就不信生不出會讀書求上進的兒子來！我們一齊來努力。——夫人，加油！」

五緣噗哧一聲笑了，臉上閃著淚光。

「一哭一笑，閻王爺不要！」

「我看你呀，沒有一點當官的樣子！」

「我就不信你不能生一個像娘一樣能幹賢慧，像爹一樣刻苦讀書求上進的兒子！」

「你還有信心嗎？」

「有啊！」

老譚率先寬衣解帶，五緣脫衣服的動作慢吞吞的，老譚笑嘻嘻的：「歎什麼氣，要有信心。」

五緣一邊脫衣服，一邊自言自語：「信心……」

脫光了膀子的老譚舒展有力的兩臂，將還沒有脫完的婆娘緊緊地攬在懷裡，他已經等不及了。五緣突然想起了什麼，掙脫老公的手，重新把衣服穿上，老譚愕然：「你——這幹嘛?!」

五緣將嘴湊到老公耳邊，悄聲說道：「上茅房。」

老譚笑嘻嘻地看著五緣的背影往門口移動，他突然記起了什麼，從床上起來，五緣問他起來幹嘛。他笑嘻嘻地說：「洗一個臉再來吧。」

「這個時候，洗臉？」

老譚小聲說道：「我記不清在哪本書裡看過，男人幹那事之前洗一個臉，生的兒子便會清清秀秀的。」

五緣不好意思地笑了：「真的嗎？」

六

同治三年七月，五緣的姨媽七十大壽，五緣要回家鄉瀏陽祝壽，她打算領著老大嗣貽做伴。這時候，她已經又有了身孕。老譚看著婆娘微微隆起的肚子，難免有些擔心，怕她承受不了往返六千多里長途的鞍馬之勞，問她是否可以不去，派家人送一份禮算了。五緣說那怎麼行呢，她在娘家的時候，就喜歡經常去姨媽家玩。姨媽沒有兒女，對五緣當自己的親生女兒一樣。曾多次半開玩笑半認真地說過，要五緣乾脆做她女兒得了。

「你有孕在身，長途跋涉，很辛苦的，你吃得消嗎？」

「你放心吧，我又不是沒有生過孩子，不會有事的！」

五緣之所以堅決要親自去，心裡還有另一個打算，只是暫時還不方便透漏。

老譚過問婆娘出發前的每一個細節，首先是馬車，而後就是沿途的衣食住，將癸生拉到身邊，叮囑了許多話。他無意間說出這樣一句話：「實在抽不開身，要不，讓我去算了。」

這話好溫暖。

五緣乘坐的馬車已經出門了，老譚送到大街上，再三叮囑馬車夫：「一路上要對母子倆多加照顧，如果表現得好，回來重重有賞；如果……」他沒有說出來，因為他不容許出現「如果」，而後又對母子再三叮囑，「一路上曉行夜宿，要多加小心。」還將嗣貽拉到身邊，告誡，「你是男子漢，要聽你娘的話，聽見沒有啊——」

五緣笑道：「我雖然是一個女人，不是還有一個男子漢做伴麼？」

嗣貽在父親面前拍著胸脯說道：「爹，沒有事，我保證回來交給你一個完好的婆娘！」

「你說什麼，婆娘?!」

「我說的不對嗎？瀏陽人不都是這樣稱呼嗎？」

「你這個臭小子！」

嗣襄本來講好了在家裡待著，現在見娘和大哥要走，前面講的話不算數了，哭著也要去，老譚衝他喝道：「你小子在家裡好好給我待著，你娘走後，一天寫五頁紙的字，少一個字跪一個時辰——聽見沒有？」

五緣說：「孩子還小，不懂事，放在家裡，你又沒有時間管，還是讓我都帶走吧，免得你分心。」

「不行，一個女人，還有身孕，領三個孩子，走這麼遠的路——絕對不行！」

五緣還想說點什麼，老譚衝嗣襄厲聲喝道：「泗生——爹說過的話不管用了嗎？」

嗣襄害怕了，兩眼看著母親、哥哥，十分不情願地往裡屋去了。

五緣的車經過長途跋涉出現在瀏陽的時候，親戚朋友，左鄰右舍紛紛前來打招呼。姨侄女為姨媽祝壽，本來是很正常的一件事，但五緣身份不同了，人家現在是四品高官的夫人了，從京師遠道而來，這在小小的爐煙洞，要算是不小的新聞。

五緣這次返鄉走親戚，居然放出話來，要為老公續娶一房側室。

這不是引狼入室嗎？

在姨媽家裡，五緣見到了姐姐，算起來，姐妹分別也不過幾年時間，慶緣的蒼老程度令五緣大吃一驚，她面容憔悴，三十歲多一點年紀，鬢角居然有了幾綹白髮，一雙大而黑的眼睛裡流露出難以掩飾的憂傷。

五緣記憶中那個活潑好動，伶牙俐齒，遇事極有主見的姐姐不見了……姐姐出嫁時，沒有告訴遠在北國的妹妹，只是從信裡得知姐夫是本地的一位商人。聽說是商人，五緣忍不住笑了，想起自己在縣城賣菜，也過了一把商人癮，還發生了一起被扭送公堂的風波。在她的心裡，從來沒有看輕過商人。她老公看不起商人，也沒有影響夫妻的感情。

姐妹重逢自然少不了一番親熱，但是也感覺到了彼此的生疏，畢竟這期間，發生了那麼多的事。姐姐看妹妹時眼神中流露出複雜的心情，五緣顯得隨便一些，對姐姐的問題毫不遲疑，立刻作答。之後，反過來問姐姐：「你的事是不是也可以說說呀——」

慶緣勉強地笑道：「我過得很好啊，既然成了人家的婆娘，身份變化了，生活自然會有改變的……你姐夫經商嘛，他腦瓜子靈，雖然不能一本萬利，不過，掙的還是不少……」

五緣左右兩邊搜尋，而後問道：「姐夫呢，他怎麼不來吃壽麵呀？」

「你姐夫打算來的，突然來了一筆生意……商人嘛，反正我已經習慣了……」

五緣笑道：「那，我什麼時候能見到姐夫呢？」

慶緣歎了一口氣：「今後肯定有機會的……像他這樣的平民百姓，哪能和我妹夫相比呀。」

姐妹倆坐在姨媽的房間裡說了一會兒話，姨媽進來叫她們吃飯了，五緣起身時隨手去拉姐姐時，慶緣本能地叫了一聲：「啊……」

五緣一驚，姐姐頭上直冒冷汗，說道：「姐姐，你怎麼啦？」

慶緣連忙縮回手，掩飾道：「沒有什麼，沒有什麼！」

姐姐異常的反應引起了妹妹的注意，她趁姐姐不注意的時候，一把將衣袖往上擼，呈現在她面前的大塊淤青，大吃一驚，問道：「這到底是怎麼回事，姐——」

慶緣以手掩面輕輕地啜泣。

原來，五緣這位姐夫雖然看起來相貌堂堂，在外人面前，說話、舉手投足都像一個蠻有氣質的先生，實際上是一個瘋狂的賭徒，是商人不假，小本生意，本來就掙不了幾個錢，又在賭場上輸光了，而今債臺高築。妻子的勸說招來的是一頓暴打。

五緣氣得一跺腳：「姐夫在哪兒，我去找他！」

慶緣搖頭：「你找他？沒有用的，爹說的話都聽不進耳朵，認命吧，想當年——好了，不說他了……說說你的事吧，什麼時候能當上誥命夫人啊，我等著你的好消息！」

五緣說：「當不當誥命夫人無所謂，真的，就那麼回事，女人嘛，一輩子只要能嫁上一個知冷知熱的男人就夠了，這才是實實在在的。你妹夫雖然當官了，他對你妹子的體貼還是那樣，一句話，家裡的事，他聽我的，我當家——我這次回來，還要辦一件大事……」

正在這時候，她們的父親老徐進來了，問道：「什麼大事呀？」

於是，五緣將為老公納妾的事告訴了父親，希望得到他的支持。老徐不待女兒說完便搖頭：「你這妹子真的好傻呀，也不想想清楚。老公娶了妾，對你有什麼好處？你不怕吃虧，也不怕將來癸生、泗生兄弟倆個吃虧呀？」

「我想好了，娶一個能夠為譚府生養繼承書香門第的兒子，我吃一點虧也心甘情願……」

慶緣插話道：「我問你，這是子實的意思還是你的主意？」

五緣坦然地說：「是我的主意。」

「你的主意？你傻不傻呀？」慶緣說道：「你沒有聽說過，自古以來，後宮勾心鬥角，經常發生流血事件，還不就是爭寵嗎？一些大戶人家，幾房夫人鬧得勢不兩立，說到底，還不是利益之爭。你倒好，幹這樣的蠢事，腦子出毛病了，這叫引狼入室，我看要不要請縣城的王彰人先生把脈吃幾副湯藥……」

老徐覺得慶緣說的有道理，於是問道：「子實也有納妾的意思？」

五緣搖了搖頭：「我和子實提過幾次，他不答應。」

慶緣鼻孔裡輕輕一哼：「他還會不答應？裝什麼裝呀！」

「他怎麼會不答應呢？」老徐沉思良久，歎息道，「五緣啊，你真有福氣，嫁了一位這麼好的姑爺……想當年——還是你的命好啊，你看你姐——」

「爹，」慶緣沒有好聲氣，「你還沒有到老糊塗的年紀吧，怎麼說出這樣的話來了。俗話說一山不容二虎。為自己的老公娶二房，這樣的餿主意，虧五緣想得出來！」

老徐說道：「你呀，總喜歡把別人往壞處想。」

「姐，你這是以小人之心度君子之腹！」

「我這是好心當做驢肝肺……」

老徐對大女兒說道：「慶緣，你為何會落到今天這個地步，也該好好想想……」這是責備，但是充滿善意，慶緣畢竟也是自己的親生女兒，他心裡一樣難受，然而管什麼用呢？

慶緣不說話了，愧悔交集，眼眶裡滾動著淚珠。

五緣怪嗔道：「爹，你怎麼能這樣說我姐呀！」

七

傍晚，老譚從戶部衙門出來，返回宣武門外闌眠胡同的家裡，還在門口沒有進去，便聽到了夫人五緣的聲音，心裡一喜：夫人回來了。結婚這麼多年，他們夫妻總是相守在一起，除了那次進京赴考，從來沒有離開過。白天忙於給朝廷辦差，很辛苦；晚上一回到家裡，嗅到夫人的氣味，溫馨、親切，所有的疲勞一掃而空。自從夫人返鄉，在身邊消失的這段日子，他感到心裡空落落的，很不習慣。以前廝守在一起的時候不覺得，一旦離開，才感到重要。他幾乎每天都會扳指頭計算夫人離家的日子，大概要多久才會回來。

他還在大門口，便聞到了五緣的氣味，不由得加快了腳步，目光終於搜索到那個熟悉的影子了，頓時一股暖流立刻從腳底往上湧，迫不及待地打步走過去，歡快地叫了一聲：「五緣，回來啦！」

屋子裡飛出了嗣貽與嗣襄，兄弟倆手牽著手，嗣貽歡快地叫了一聲：「爹——」

嗣淑聞聲也從後院趕來，她的手裡還拿著掃把呢。

以前，嗣貽畏懼父親如虎，只要父親板著臉孔出現，條件反射，他立刻一身發緊，這是為讀書的事受了太多的體罰所造成的。這次，多日不見，平添了幾分親近，老譚笑咪咪地伸手在大兒子的頭上撫摸了一番：「癸生，回來啦，老家好玩嗎？」

嗣貽說：「老家有啥好玩，就那麼一座縣城，一些破破爛爛的店鋪趴在河岸上，比京師差遠啦……外公家裡可好玩了，娘還領我去河裡釣螃蟹呢！記得我小時候，娘帶我去過，外公門前有一條河……」

「小時候……你現在是大人了嗎？」

嗣貽搖了搖頭，說道：「現在……還不算吧？」

老譚見嗣貽一副作古正經的模樣，忍不住笑了。他四下打量，問嗣貽：「你娘呢？」

嗣貽道：「娘在後院菜園子裡，和我二娘一起……」

老譚詫異：「二娘？哪來的二娘?!」

嗣貽笑嘻嘻地說：「我娘從家鄉帶回來的，娘說過幾天就要和你成親呢！爹，你又要當一回新郎倌囉，嘻嘻——」

孩子的話使老譚一頭霧水，扔下一句：「亂彈琴！」拋下兒子直奔後院而去，推開後門，發現菜園子裡竟然有三個女人！他更加著急了，老遠叫著：「五緣——」

五緣從菜地裡抬起頭來，說道：「子實，下班啦？」

老譚打量了一下另兩位年輕女子問道：「她們，這是怎麼回事？」

五緣分別介紹：「這位是你的二奶奶，盧慧琳，今年十九歲；這位是楊媽，娘家為我請來的女傭，二十歲……」

兩位年輕的女人一齊上前施禮，稱呼：「老爺——」

老譚說：「五緣，我的姑奶奶，這樣的大事，你也該事先與我商量一下吧，自作主張……」

「自作主張？我不是早就和你說過了嗎……」

「我答應了嗎？」

五緣道：「你呀，看看，這樣的美人送上門，你應該感謝我才是，你可別得了便宜還賣乖啊！」

嗣貽在一旁插嘴：「就是，就是！」

老譚哭笑不得，手板在老二的頭上按了按，然後看著五緣，埋怨妻子擅自做主的同時，不經意地斜睨了盧慧琳一眼：柳葉眉，瓜子臉，水靈靈的眼睛，苗條的身段……他的身上感到一股莫名的感動：「你這個內當家呀——」

五緣也看了盧慧琳一眼，歎了一口氣：「你以為我想管嗎？還不是為這個書香門第的後繼有人而做的努力？」

老譚改口說道：「你剛回來，也不好好休息，跑菜園子裡來幹嘛？」

五緣說：「我得讓他二娘熟悉一下家庭情況呀……」

「且慢，先別忙著『二娘』、『二娘』的，我還沒有答應呢！」

嗣襄在一旁歡呼雀躍：「我家有二娘囉，我有二娘囉！」

老譚衝兒子呵斥：「去去，去，一邊玩去，大人在講話，你搗什麼亂呀？」而後對妻子說，「瞧你這事做得……你說有多荒唐！」

五緣說：「廢話不要說了，我只想徵求你的意見，婚宴怎麼操辦，你有什麼想法，子實？」

老譚長吁一口氣，做無可奈何狀：「簡單一點吧，這又不是在家鄉——夫人，辛苦你了！」

五緣說道：「堂堂四品高官的新婚之喜，就這麼簡單？」

老譚忍不住又偷偷地打量了一下兒子口中的二娘，說道：「依夫人之意呢？」

五緣笑道：「你看，你看，剛才講的不是真心話吧？」

「一切聽夫人的，家裡事，從來都是由你說了算……」

「大操大辦，驚動朝野，趁機斂財，這是貪墨的行為……如果啥也不辦，豈不是委屈了我這位如花似玉的妹妹？我已經想好了，京師不是有瀏陽會館嗎，像劉人熙、歐陽中鵠等一些讀書人都可以請來，我們以瀏陽的習俗方式來辦婚禮，熱鬧熱鬧，你看行嗎？」

「你說行就行唄，我的賢內助！」老譚又瞥了一眼盧慧琳姣好的面孔，臉上終於露出笑容，將剛才說過的話重複一遍，「家裡的事，你說了算！」

楊媽很快便進入了自己的角色，室內，能紡紗，室外，善種菜，並且很快就與徐夫人的關係密切起來，在菜園裡，兩人配合默契的勞作，一個菜園子的各類蔬菜因為多了一雙手的打理長得更茂盛。主僕都是南方人，卻學會了北方冬季儲存大白菜的方法，爐煙洞的黃瓜、絲瓜，這些南方菜在北方的菜園子裡一片碧綠。晚上，主人紡紗，僕人在旁邊桌子上為她搓棉條；楊媽一次次從廚房裡端出自己獨立做的飯菜，擺好碗筷，便閃在一邊，等候主人一家大小入席。繼洵吆喝道：「你咋不吃飯啊？」

楊媽說：「老爺，你們先吃吧？」

老譚用筷子示意飯桌空了的一方：「坐這兒來。」

「小人不敢。」

「你辛辛苦苦做的飯，自己不攏來吃，哪有這樣的道理？」

徐夫人拉她入席，說道：「現在正式告訴你們，這是我們家的老規矩了，一家人麼，吃飯哪有不坐在一起的道理！飯桌上沒有尊卑，只有吃飯。」

被安排坐在繼洵左側的二奶奶盧慧琳也說話了：「楊媽，你也看到了，老爺，大奶奶都是仁慈寬厚之人，要你坐你就坐吧，我們能成為這樣一個家庭中的一員，這是前世修來的福分呀！」

老譚看著她面露微笑：「吃吧，吃吧！」

洞房是五緣領著楊媽佈置的，瀏陽會館的一些老朋友紛紛前來幫忙，同樣為四品的劉人熙書法名冠京華，他的書法給戶部領導人的新婚增添了喜慶的氛圍。婚禮的規模不大，但每一個環節都準備得周密。

隨著司儀的一聲「入洞房——」，婚禮在一陣鞭炮的炸響聲中結束了，忙碌了一整天的徐夫人見老公笑咪咪地牽著新人步入洞房，那一刻，她突然有一種身子被掏空了的感覺，眼淚在眼眶裡滾動，為了不被人發覺，她匆匆走進自己的臥室，倒在床上，用枕巾捂著臉。

就在這時候，緊閉的房門被輕輕地敲了三下，五緣連忙抹了一把眼淚，問道：「誰呀？」

「是我。」聲音很小，但一下就聽出來了，她的淚水再度洶湧，轉過身來，臉對著門口：「你還來幹嘛？」

「開門吧。」

「有事明天吧。」

「開門。你不開門，我就在這兒站一個通宵。」

「你願意站就站吧，我去睡了！」

過了一會兒，門縫傳來一陣急劇的咳嗽，無奈，她只好將手伸向門閂。門開了，五緣聞到了濃烈的酒精氣味。她還沒回過神來，就被老公舒展兩臂緊緊地攬在懷裡。她掙扎了幾下，也就不動彈了，被動地接受老公的愛撫，兩行清淚在臉頰上流淌。

夫妻倆都沒有說話，時間，凝固了。

有頃，五緣兩手使勁一推，老公身子搖晃了一下。

「新婚之夜，你不陪新娘，跑到我這兒來幹嘛？」

「我不走了……」

「官居四品呢，說出來的話像你兒子一樣淘氣……」

說到兒子，新郎的情緒比剛才平靜了許多。

五緣說：「我知道你對我好……你以為將自己的老公推到另一個女人的床上，我心裡好受嗎……如果癸生、泗生兄弟有一個成才的，我也不至於──」

「別說了！」新郎粗暴地打斷原配徐五緣的話，轉過身，失魂落魄地走去。

新房的門虛掩著，新娘靜靜地坐在床沿，頂著紅頭蓋，等候新郎，等候揭頭蓋這一激動時刻的到來。儘管在成為新娘之前，已經和新郎見過面，而且同一張桌子吃過飯了，沒有了一般意義上新娘在洞房揭頭蓋露出廬山真面目的新鮮。

夜靜更深，賓客早已離去，整個院子裡就像一個莫測高深的童話世界。她這個原本是北國的女孩，在江南生活多年，已經適應了湘東濕熱溫潤的氣候，而今，千里迢迢再次來到北國，成為四品京官的側室。

這就是女人的命嗎？從瀏陽到京師，一路上與徐夫人的接觸，知道這是一位深明大義、心地善良的女子，和她相處並不難。打從改變命運由父母做出決定之時起，她就明確了自己的使命，一個不是自己努力就能完成的使命，為譚府生一個以上的兒子，而且是會讀書的兒子，將書香門第發揚光大。

新郎這個時候怎麼還不進洞房履行新郎的職責？盧慧琳還是在瀏陽鄉下的時候，見過許多人家的婚禮。掀開新娘的紅頭蓋，一睹真容，新郎對此總是迫不及待的。今天覺得有點不對頭啊，這麼晚了，她的新郎卻不見蹤影！他……肯定是在大姐徐五緣那兒，一定是！想到這兒，一絲醋意在新娘的心頭湧起，漸漸地往全身擴散……終於有了腳步聲，新房的門被推開時的聲音細微，但傳入新娘耳朵時卻那麼生動，振奮……女人這一輩子最難以忘懷的時刻到了！

頭蓋被掀去了，新娘低垂著頭，臉頰羞紅，靜靜地等候只屬於她的愛撫。新郎卻沒有下一步的動作，這使她心裡的渴望變成失落。而就在此時，她聽到了一句最不願意聽到的話：「我到五緣那兒去了……」

新娘竭力掌控自己的情緒，新郎還要繼續：「我去和她打一聲招呼，我們在一起這麼多年……」

新娘在心裡說：「請不要和我說這些，求你了！」

「五緣是姐妹易嫁……這個，你在家鄉可能聽說過了，她是一位深明大義的善良女人，希望你今後好好對她……」

新娘的淚水像兩條小溪，在臉頰上汩汩流淌。

新郎突然意識到了什麼，趕緊剎住這個話題，仔細端詳新娘，說了一句：「你真漂亮……」

新娘情緒失控，「哇……」哭出聲來。

「你這是幹嘛？」

「我也不知道為什麼，就是忍不住想哭……」

「聽口音，你好像北方人？」

「老爺說的是，」新娘說道：「我們老家在河北薊州，我父親曾經是甯池太廣兵備道……」

「啊，原來如此，由河北而湖南，可謂大遷徙呀，什麼原因？」

「我爹在一次抗擊倭寇時吃了敗仗……險些把命都丟了。」

「怎麼想到來湖南呢？」

「被人戳脊梁骨，抬不起頭來，所以就……所以就……」

「家裡還有一些什麼人？」

「父母，姐姐、妹妹……」

良久的沉默，桌子上一對燃燒的紅燭繼續流淚。

「……慧琳，你知道大姐張羅這事的原因麼？」

「知道。」

「這……你不覺得委屈了自己嗎？」

「不，不，能有幸侍候老爺，為書香門第後繼有人，這是小女子的榮耀……」

「你就那麼有把握？」

「我一個人當然不成，主要還靠老爺的努力。」

「我努力？哈哈哈——」老譚不由得笑了，而且笑得很開心，就因為這句話的幽默，令他對這個陌生的女子產生了很好的印象。

盧慧琳茫然失措地看著老爺：「我說錯了嗎？」

「你當然沒有錯，你說得非常對！首先是你大姐努力，而後就需要你配合我，我們一齊來努力，如果我不努力的話，你也就無法努力了呀，你說是嗎？」

新娘受到了鼓勵，大膽地將手伸過來，試圖給新郎脫掉外衣，新郎攔住了，說道：「你先睡吧，我不習慣讓別人為我脫衣服……我一直是自己動手，自己有手有腳的，幹嘛要別人動手呀？」

新娘脫去嫁時妝要上床了，他卻轉身坐在書案旁邊的一把椅子上，隨手取出一本書來，習慣使然，他的注意力集中在書本上了。

一對紅燭無聲地燃燒。

新娘在蚊帳內不敢做聲，睜大兩眼，看著老公的背影，五味雜陳，理不出一個頭緒。對於洞房花燭夜的情景，有過憧憬，期待，而且有多種版本，就是沒有料到現在這樣的狀況。一個鄉村女子，自從那年隨父親和家人離開故土，漂泊到南方，在瀏陽姜盧塅這樣一個盧姓聚居的地方停下來，一晃十年過去了，她已經成為了一個地地道道的南方農村女孩，原以為這輩子就必然是村婦的命運，誰知倏忽又來到北方，成為四品大員的女人……

盧慧琳排行第二，從小她表現得與其他姐妹不同，鄰居有一間私塾，她會趴在旁邊，聽、看，跟著讀，儘管書的內容一點也弄不明白。

兵備道一介武夫，家中卻有不少祖傳藏書，盧慧琳經常翻尋出來，像螞蟻啃骨頭那樣的精神費了不少的時間閱讀。她讀書的目的就是為了打發時間，排解寂寞，朦朧中，還有一種以此離開這個自己所厭倦的生存環境的想法。

熊美前來盧家說媒，慧琳蹲在茅房裡，無意間聽得清清楚楚，當父親說到「老二雖然無師自通地讀了一些書，畢竟是沒有見識的鄉下女子，咋一下遠嫁京師官宦人家，只怕她不願意……」

盧慧琳突然從茅房跑出來，大聲道：「我願意！」

熊美見她兩隻手還提著褲頭，一愣，隨即忍不住「哈哈、哈——」大笑。

八

同治三年二月十三日傍晚，衙門裡下班的時間早就到了，老譚因為還有公務沒有處理完，多耽誤了一會兒，待他走出辦公室的時候，院子裡的人已經不是很多了。他走出衙門，行走在大街上。本來，他這個級別的官員，朝廷配有官轎的，他給出的理由是坐了一整天，也該活動活動筋骨，權當散步鍛鍊身體吧。他不喜歡端坐轎子裡，鳴鑼開道在老百姓面前抖威風。不過，坐轎的時候還是有的，那是工作需要。

老譚沒有走多遠，一個挺著大肚子的女人迎面而來，一雙尖尖的小腳移動起來很艱難，引起了他的注意，突然記起五緣足月了，生產應該就是這幾天的事吧。

他的心情頓時變得複雜起來，害怕生的兒子仍然像癸生、泗生倆個那樣，不會讀書；與其那樣，還不如生女兒，女子無才便是德。

老譚上班的衙門距離他的租住地的胡同有點遠，如果當初不是為了遂婆娘的心願，他才不會選擇這麼遠呢。當然，與便宜也有關係，經濟條件不容許花更多的錢租房，才會住在宣武門外闌眠胡同。老譚剛推開大門，楊媽迎上前去，急不可耐地報告：「恭喜老爺又當爹了！」

老譚稍微停了一下腳步，繼續進屋，眼睛卻朝五緣睡的房間瞥了一下，漫不經心地問了一聲：「男孩還是女孩？」

「是一位公子，老爺……」

「知道了。」

老譚眉頭一挑，從五緣的臥室路過，分明聽到裡面傳來孩子的啼哭，也沒有停下腳步。現在他所關心的是盧夫人身體的變化，書香門第的傳承，寄託在那個女人的肚子裡。其實啊，他自己也明白，盧慧琳生的兒子一定會讀書？如果是女孩呢？

他剛要舉手推門，門便開了，眼前的是一張燦爛的笑臉，柳葉眉，瓜子臉，淺淺的酒窩，顧盼生輝的眼睛，碎玉般的牙齒，這是二十歲女人才有的資本。即使是坐懷不亂的男人也會產生一種生理上的反應。

「老爺，回來了？」二奶奶摸了摸肚子，這是為了迎合老爺才養成的習慣，用撒嬌的口吻說道：「老爺，你兒子又在踹我了——」

老譚瞥了一眼盧氏其實並不特別明顯隆起的肚子，什麼也沒有說，突然轉身就走。

老爺的態度令盧慧琳感到意外，撒嬌變成了驚愕，問道：「你要去哪兒啊，老爺？」

老譚腳步沒有停下來，說道：「五緣她生了，你沒聽見？」

盧慧琳想爭寵，反而招來了責備，勉強擠出一點笑容，說道：「楊媽剛才告訴我了……」

「你為什麼不去看看？」老譚的臉拉長了。

「我正要去呢，我和老爺一起去吧？」

「不必了，你給我好好待著，別動了胎氣。」老譚臉色好看了一些，他來到五緣的房門口，說起來也真奇怪，每每一到這裡，他的心境就會特別的安靜，溫暖。早有楊媽為主人開門，繼洵進門的時候一轉身，才發現身後跟著挺起大肚子的盧氏，一個下意識的動作，伸手攙扶，並提醒她注意一點。

徐夫人的臉色蒼白，產後身子還很虛弱。目光迎向老公，道一聲：「對不起，子實，又是一個男孩……」

盧夫人搶著說道：「男孩好啊，說不定這一次繼承譚府書香門第的人來了呢？」

五緣苦笑道：「托妹妹的吉言，但願這一回能爭口氣，不會讓子實失望……子實！妹妹，謝謝你啊。」

五緣說最後一句話的時間，眼眶裡充盈著淚水。老譚的心像被一隻無形的手拽了一下，他情不自禁地俯身看繈褓中的嬰兒。

旁邊的盧慧琳臉上掠過一絲不安，也來到床沿，伏在孩子的臉上親了一下，極口稱讚孩子長相和父親一樣：「大姐，你是譚府的有功之臣呢！」

「是嗎，妹妹真會說話……嘿嘿。」五緣虛浮的臉上露出慘澹的笑容，右手輕輕地撫摸著繈褓中的嬰兒說道：「孩子，爹和你二娘看你來了！」

盧慧琳笑了，楊媽也跟著主人笑了，屋子裡洋溢著歡樂的氣氛。

五緣隨即又歎息：「萬一這個兒子和哥哥一樣不爭氣——」

「大姐放心吧，我這兒還有一個保險的呢！」盧氏撫摸自己的肚子，抑制不住內心的喜悅，「譚府的書香門第不能失傳呀！」

老譚的目光在盧氏的肚子上斜睨了一下，便轉向了窗外，臉色有點難看，沒有吭聲。

老譚感覺到了五緣祈求的目光，心裡話，他不願意讓五緣受到一點點委屈。「叫嗣同吧！」

產婦俯身往嬰兒粉嫩的小臉上親了一下，輕輕地叫了一聲：「嗣同——」

門一響，待五緣抬起頭來時，老公和盧氏都不見了。院子裡傳來盧氏吆喝僕人的聲音。

盧氏娶進門之後添了兩個僕人，比過去熱鬧了許多。

嗣貽是哥哥，懂得的道理比嗣襄多一點，感覺到了家裡自從有了二娘的變化，於是，對弟弟說：「泗生，趕快下來，哥問你一件事。」

爬樹掏鳥窩的嗣襄說：「啥事啊，你不見我正忙著呢！」

「你還不下來？我要告訴爹了！」

「別，別別，我馬上下來還不成嗎？」

嗣襄氣喘呼呼地來到嗣貽面前：「說吧，啥事情？」

嗣貽看了一眼二娘的臥室，說道：「泗生我問你，你說到底我娘漂亮還是二娘漂亮？」

「當然是二娘。」

「嗯，算你小子有眼力！」

「我可以走了嗎？」嗣襄與大哥說話的時候，眼睛還盯著樹上的鳥窩。

嗣貽伸手拽著弟弟的一條胳膊：「我還沒有說完。」

嗣貽的神情異常嚴肅：「這不是好事。」

「為什麼呢？」嗣襄開始考慮哥哥的話了。

「爹娶二娘，還不就是因為我和你讀書不求上進唄……爹失望了，娘也是……你說我們該怎麼辦？」

「這和我們有關係嗎？」

嗣貽呵斥弟弟：「你豬腦子啊。」

「我們發憤讀書，爹就會不要二娘了！」

嗣貽歎了一口氣：「你這個孩子呀，啥也不懂！」

嗣同半歲的時候，盧氏夫人生了一個胖小子，老譚正在用早餐，楊媽與產婆在房間裡守候。圍在桌子旁邊吃飯的還有徐夫人及嗣貽、嗣襄、嗣淑，嗣同睡在床上還沒有醒。五緣對老公說：「妹妹那兒也不知道是什麼情況？」

老譚神色有點兒嚴峻，沒有吭聲。

五緣起身道：「我去看看？」

「吃飯吧，有產婆在，你操什麼心？」

「我花了這麼大的力氣將妹妹從家鄉接到京師來，還不就是為了今天這個結果嗎？」

氣氛有點沉悶，為了調節一下，老譚不動聲色地說道：「你把這麼一位大美人送到自己老公的身邊，虧不虧啊！」

「子實，你要有心理準備啊？」

老譚眉毛跳動了一下，目光爍爍：「什麼意思？」

「妹妹的肚子，很可能是千金……」

話剛落下，楊媽一陣風似的跑來，老遠就大聲嚷嚷：「老爺，夫人，生了生了，一個大胖小子！」

老譚不經意地瞥了五緣一眼，抑制不住內心的喜悅，將筷子往桌上一放，起身直奔產房而去，嗣貽、嗣襄兄弟笑嘻嘻地大聲說著：「好啊，我家有小弟弟囉，我有小弟弟囉！」

五緣知道自己應該去探望盧氏，剛站起來，只見嗣貽兄弟倆奔跑，追到他們的爹面前。一左一右，分別拉著爹爹的手，往二娘的房門口趕去。

五緣還沒有走幾步，嗣同醒了，哭聲從窗戶傳出來，卻沒有一個人發覺，他們的注意力都集中在那個剛出生的孩子身上去了。

房門被推開，老譚出現在面前，盧慧琳嗚嗚地哭泣：「老爺，疼死我了……」

「你別這麼矯情好不好，你大姐生育了三胎，還沒見她哭過！你應該向你大姐學習，她多乖呀，一點也不像你！」

盧慧琳噘著嘴說道：「我也沒有想哭啊，可聽產婆說是一個男孩，我就忍不住哭了！」

嗣貽插話：「二娘，你這是高興！」

五緣從盧慧琳身旁抱起嬰兒，端詳了一番，歡快地說道：「子實，多像你呀！」

老譚受到了鼓勵，伸出兩手笨拙地接過孩子，樂呵呵地點頭答應：「那好啊，讓我看看！」

被晾在一旁的嗣襄從母親身邊擠過去，踮起腳尖衝嬰兒說：「叫我二哥呀——」

嗣貽歡呼雀躍，又跳又笑，忽然發現了一個大人都還沒有提到的問題：「爹，小弟弟還沒有取名字呢！」

老譚看了五緣一眼，將嗣貽抱了起來，笑道：「還是癸生聰明，是啊，還沒有取名字呢！」

五緣從老公的這些舉動言語中可以看得出，他這是有意做給她看的。這些細微末節，令她的心裡感覺到了溫暖。

盧夫人生下這個兒子之後，五緣漸漸地感覺到老公的性格比以前有所改變，他每天下班後，立刻打道回府。在家裡的時間，幾乎都花在盧氏所生，這個叫嗣容的兒子身上。嗣容也確實聰明，還只有三歲多的時候，盧氏就教他讀《三字經》，吐音清楚。嗣容乖巧聽話，讀書認真。嗣容過四歲生日那天，盧夫人要求他背誦《百家姓》，張口就來：「趙錢孫李，周吳鄭王，黃陳朱魏……」

相比之下，老譚對嗣貽、嗣襄兄弟漸漸地疏遠了，父愛的絕大部分都給了這個最小的兒子。其實，嗣容出生之後，嗣貽、嗣襄兄弟身上變化很大，他們不再掏鳥窩了，十三歲的嗣貽，本來就到了應該懂得許多事物的年齡。讀了多年的《古文觀止》，為背書的事沒有少罰跪，挨板子。而今，一大早起來，便會捧一本書，坐在後院的菜園子邊上，認真地讀，受哥哥影響，弟弟也和哥哥同時起床。菜園子傳來兩個孩子的讀書聲……

一天早晨，老譚剛剛走出盧夫人的臥室，就被嗣貽兄弟攔住了，一齊說道：「我要讀書，請一位老師來教吧，爹！」

老譚在嗣襄的頭上拍了兩下笑道：「我沒有聽錯吧？」

嗣貽大聲道：「爹，我堅決要讀書！」

父親高興地說：「這才是書香門第的傳人！」

這對兄弟一旦讀書認起真來，學業突飛猛進，老譚特別的欣慰。徐夫人做為生母，更是由衷的喜悅，她說：「子實，將慧琳娶進來，我這件事做得太對了！當時，我也沒有想到，她進門之後，對嗣貽兄弟會有這麼大的影響……」

第二天是一個盛夏的上午，偌大一個京師處於酷暑之中，徐夫人一早便出門辦事去了，盧氏和一群孩子留在家裡讀書。家裡那時雇請了一位韓蓀農先生，也有事外出，吩咐年紀最大的嗣貽看住幾個弟弟，佈置了讀書寫字的任務。

盧氏將嗣容叫到自己的臥室，看住他讀《瓊林幼學》。對於一個六歲的孩子來說，讀這本書實在是太深奧了，雖然在母親的嚴責下，能背誦一些句子。

嗣貽從盧氏的臥室門口路過，一邊走一邊讀：「初，鄭武公娶于申，曰武姜，生莊公及共叔段……莊公寤生，驚姜氏，故名曰寤生，遂惡之。愛共叔段，欲立之，亟請於武公……」

她吃了一驚，叫住了他，問道：「癸生，你來一下。」

嗣貽站住了：「二娘，有啥事？」

「你現在讀書蠻用功啊。」

「《古文觀止》，」嗣貽見二娘在聽他讀書了，便有些得意地說道：「韓先生直誇獎我聰明，將來長大了肯定青出於藍而勝於藍——」

盧氏夫人打斷孩子的話：「韓先生真的這麼說了，你懂這句話的意思嗎？」

嗣貽笑嘻嘻地問答：「懂啊，二娘，我解釋你聽吧，『青出於藍』的意思就是——」

「不用了，」二娘不耐煩地說，「趁太陽還沒有出來，你挑幾擔水潑辣椒地，這麼久沒有下雨，辣椒是不耐旱的。」

嗣貽猶豫了一下：「我還沒挑過……」

「你一個男子漢了，難道還不如一個女人嗎？往日都是你娘幹的活，多辛苦啊……你是家裡的老大，也不知道體恤你娘一下，你是家裡的老大呀，真不懂事。」

嗣貽臉紅了，有些不大好意思地說道：「好吧，我來挑，我要做懂事的孩子，二娘。」

可是，當嗣貽真的去動糞水桶了，又被盧夫人攔阻：「不不不，還是我來。」盧氏笑道，「不過，我沒有挑過，只怕挑不動，還是等你娘回來再說吧。」

「我來挑一下試試……」

盧氏夫人豎起大拇指誇獎：「癸生已經是一個男子漢大丈夫了！」

嗣貽挑水更有勁了，盧氏又說：「水桶裡要摻一點人糞尿，淋白水是不行的，會發瘟病。」

嗣貽找來兩隻糞桶，這是往日他娘使用過的，他按照二娘的吩咐將摻有人糞尿的水挑到菜園子裡去，盧夫人又叫住了他，提醒道：「癸生呀，我可沒有叫你挑啊，是你自己要挑的。」

嗣貽說道：「二娘，你放心吧，我娘問的時候一定照你的意思說。」

盧夫人的臉拉長了：「怎麼是我的意思呢？是你自己的意思唄。」她頓了頓，「你是一個熱愛勞動的乖孩子……」

嗣貽開心地笑了。可是，從來沒有挑過擔子的，扁擔壓在胳膊上像針紮了一樣痛，挑水井距離菜園子並不遠，他一個趔趄，摔倒在地，尿桶裡的排泄物濺得滿世界都是，他的頭髮、臉、衣服上都是糞水。盧氏見了，趕緊上前，責備道：「沒有摔著吧，你這孩子，做事毛毛糙糙！不好好讀書，哎，都怪我沒有看好你們這些孩子。」

母親回來，見老大一身臭烘烘的，問其原因。嗣貽說：「二娘說你太辛苦了，要我幫你挑……」

盧氏夫人感到愧疚，對徐夫人說：「大姐啊，我是看你為了這個家，終日操勞，太累了，癸生也不小了，他蠻懂事的，想幫你幹活。我也沒有注意，不然的話，也不會讓他幹的，對不起啊，我沒有看好孩子！」

嗣貽突然生氣了，盯著盧氏大聲道：「二娘使壞！」

盧夫人臉上便有些尷尬，爭辯道：「怎麼會呢？瞧你這孩子！」

五緣夫人說道：「癸生，怎麼能這樣說二娘，她愛護你的。你是一個男子漢，鍛鍊一下體力也是好的嘛，二娘是長輩，今後不許你這樣說她，聽見沒有？——趕快進屋換了吧！」

盧夫人笑道：「癸生其實是一個蠻懂事的孩子，我很喜歡他呢，大姐！」

五緣一把拉著嗣貽，說道：「還不趕快向二娘賠不是！」

嗣貽頭一昂，大聲道：「就是不！」

五緣揚起手來，懸在兒子的頭上，呵斥道：「聽見沒有？」

嗣淑像是從地底下冒出來，用身子護著哥哥，眼角掛著淚花，懇求：「娘，哥哥還小，你別打他……」

盧夫人見她的手遲遲不肯落下，便說道：「大姐，算了吧，孩子還小，不懂事……」

五緣清澈明麗的眸子看了盧夫人一眼，釋放著內心的善意與坦然。盧氏臉紅了，慚愧地低下頭來，不敢看五緣的眼睛。事有湊巧，這天中午，在衙門上班的老譚回來了，發現屋子裡臭烘烘的，問是怎麼回事。五緣夫人解釋道：「我出去了，韓先生也不在，癸生不好好念書，卻往菜園子挑糞水——」

五緣的話還沒有說完，老譚衝書齋裡大喝一聲：「癸生，來一下！」

癸生答應一聲：「來了，來了！」見他爹虎著臉，不敢上前，兩眼可憐巴巴地看著他娘。老譚衝他手一指，喝令：「跪下——」然後點一根線香，插在旁邊的桌子上，按過去定下的老規矩處罰。

盧夫人說情了：「老爺，這事不能怪癸生啊，都是我不好，你要罰就罰我吧？」

盧夫人說罷，也雙膝著地，跪在癸生旁邊，五緣一見，連忙將她扶起來：「怎麼能怪妹妹呢，都是癸生不懂事，罰他一回，長點記性吧。」

盧夫人流淚了，將癸生從地上拉起來，在一對小膝蓋上撫摸，問道：「疼嗎，孩子？都是二娘不好，該罰的是二娘——」

五緣呵斥嗣貽：「還不趕快謝謝你二娘！」而後說老公了，「你也是，不分清事實，張口就罰跪，癸生兄弟跪得還少嗎？有作用嗎？」

「大姐，我理解老爺，他是望子成龍心切——」

九

俗話說女大十八變，其實男也一樣啊，比如嗣貽，變得懂事，少淘氣，少讓爹娘操心，自覺發憤讀書，終於有了成果。同治十一年秋，通過考試，成為附貢生，又三年，為中書科中書銜。這些所謂「功名」雖然都是虛的，但以此證明自己是讀書人，也改變了他爹認為「朽木不可雕也」的看法。嗣貽十九歲那年六月，他隨生母回到瀏陽家鄉，與大圍山的黎玳貞完婚，雙方長輩早有婚約。五緣走的時候囑咐八歲的嗣同，在家裡認真讀書，聽二娘的話，盧慧琳也說：「大姐，你只管放心去吧，家裡一切都有我呀，你說是嗎？」

五緣夫人拉著慧琳的雙手，熱情地說道：「妹妹啊，你聰明又能幹，平時對癸生兄弟比我這個親生娘還好，我哪有不放心的呀？」

徐夫人這次回瀏陽，待了二十多天時間，人在瀏陽，心卻牽掛留在京師的七兒，七兒太小，從來沒有離開過她這麼長的時間。晚上，五緣總是夢見嗣同掏鳥窩從樹上摔下來，跌得鼻青臉腫，哭著喊娘……醒來後一身冷汗，歸心似箭。嗣貽勸解母親道：「天下本無事，庸人自擾之。」

徐夫人說道：「你當了父親之後就會懂了……」

婚事活動一結束，徐夫人便急急忙忙趕回京師，恨不得立刻見到日思夜想的七兒，曉行夜宿，歸心似箭，馬車的速度已經到極限了，她還不斷地催促車夫，快一點，再快一點。

終於到家了。

兩個月不曾見面的嗣同那模樣竟然與夢境完全一樣！臉腫，鼻青，左腳上了夾板。八歲的孩子，見了母親，立刻撲到她懷裡，放聲大哭。

母親也落淚了，舒展雙臂一把將兒子攬在懷裡，連聲問：「你這是怎麼搞的？」

嗣同哭泣道：「我爬樹摔下來了……」

「爬樹?!誰叫你爬樹？你爬樹要幹什麼？」

嗣同正要回答，盧夫人一陣風似的從裡屋跑了出來，滿臉愧疚：「大姐呀，七兒摔成這樣，你看我如何向你交差呀？」

五緣夫人驚疑地瞥了盧夫人一眼，而後看著八歲的嗣同，問道：「七兒，你說話呀。」

嗣同不哭了，使勁抹了一把眼淚，又氣又急，一張小臉紅紅的，指著盧氏夫人大聲說道：「二娘，你要我爬樹的，你說嗣容弟弟要吃鳥蛋！」

盧氏生氣了，辯解道：「你這孩子，怎麼撒謊呢？是你自己要爬樹，賴我頭上了?!」

「七兒，我走的時候怎麼交待的，你就是不聽話啊！很疼是嗎？」五緣落淚了，查看兒子的傷，「好疼，是嗎？你爹呢，他不管你呀？你是他親兒子啊？」

嗣同吞吞吐吐：「我爹他——」

盧夫人也陪著抹眼淚，插話道：「大姐，都怪我，對不起啊……都怪我……」

「趕快向你二娘道歉，今後不許這樣說長輩了，聽見沒有？」

「二娘要我爬樹，我憑什麼還要向二娘道歉?!是我摔到了，又不是——」

「娘的話不管用了？」五緣夫人一隻手將七兒拉到身邊，另一隻手揚起來懸在他頭上。

「就是不。」嗣同緊緊地閉上眼睛，倔強地說，「我沒有錯——」

五緣舉起手來，眼看就要在兒子的頭上落下，嗣同閉上眼睛，大顆的淚珠滾滾而下，盧夫人趕緊將身子護著嗣同，說道：「七兒年幼不懂事，你就原諒他這一回吧，大姐？」

嗣同掙脫二娘的手，說道：「你現在又來充好人——」

五緣責罵兒子沒有禮貌，算是給了盧氏一個下來的臺階。

嗣貽嗣襄兄弟跟隨娘來到房裡，一進門，嗣襄便說話了，對這件事裡娘的態度很不高興，分明是二娘使壞，幹嘛不說她，還幫她講話，處處護著她呢？五緣的目光看著門外的院子裡，聲音很輕：「泗生啊，你還小，不懂事，不理解娘的心情，你快快長大吧，長大了就知道了！」

嗣同說：「娘啊，我感到奇怪，你好像怕二娘？」

五緣的手在七兒頭上撫摸了一下：「是嗎，你看出來了？」

嗣同說：「你還沒有回答我的問題。」

五緣笑道：「我們家誰是老大？」

嗣襄、嗣同一齊說：「是爹——」

五緣笑道：「娘怕你爹嗎？」

嗣同想了想才說：「你講反了，爹怕娘呢！」

嗣襄眼裡迷茫，是啊，爹有點怕娘，一些事，爹說的不算，娘說的才算。

嗣襄還是不解，弟弟講的，他幾乎都看見了：「娘，爹都不怕，你怎麼會怕二娘呢？」

嗣同拍了一下小手：「二娘才怕爹呢——」

在旁邊一直沒有開腔的老大嗣貽說話了：「娘這樣做，有她的道理，二娘畢竟是自己家裡人啊，在家裡的地位也不一樣，娘這是以德報怨，目的還不算為著這個家嗎？」

五緣很有感觸地說：「癸生到底是成了家的人了！」

晚上，老譚回家，見老七走路一瘸一瘸的，問這是為什麼，五緣說到嗣同從樹上摔下來的事，她還沒有說完，老譚就不高興了：「七兒頑劣，不聽話，和嗣容一比，差得實在是太遠了！」

老公的態度，使徐夫人情緒有些低落，待嗣貽離開只剩下夫妻二人後，幽幽地說道：「我在家裡時七兒蠻乖的呀，我一走就變了？」

「你這話好奇怪，難道有人教唆嗎？」

「我可沒有這樣說。」

「早知道是這樣，當初還不如墮胎！」

「你說什麼？墮胎?!……你是說不該要這個孩子——你再說一遍！」五緣瞪大兩眼，臉色鐵青，「你對這個兒子就這麼不看好嗎？他也是你的骨血呀！」

「慧琳也這麼看！」

「慧琳?!」五緣不再說什麼了，轉身將八歲的嗣同緊緊地攬在懷裡……

這次事件發生以後，老譚幾乎不去原配徐夫人的臥室了。

其實，盧氏的日子也過得不好，儘管五緣夫人寬大為懷，不予計較，經常以德報怨，嗣貽兄弟在她的眼裡卻日見其陌生，敬而遠之，這並不是她想要的。後來，盧氏又陸續生了四胎，有男有女。可是，除了嗣容之外，都沒有成活而早夭。她也悲痛，流淚，只要一看到嗣容，所有的悲傷都煙消雲散。總之，她將所有的希望都寄託在親生兒子身上。

她還養成了這樣一個習慣，心裡不痛快，就拿嗣同出氣。嗣同在二娘那兒受了委屈，只能偷偷地在母親面前哭一場。五緣給他講韓信受胯下之辱的故事，講越王勾踐臥薪嚐膽的故事。嗣同兩眼瞪得很大，亮晶晶的，雖然他還是一個幾歲的孩子，但是，從他六歲時寫的試帖詩，就可以看出他的早熟。嗣同和哥哥很佩服他們的娘，怎麼知道好多古人的故事，有學問呀，如果娘參加考試，說不定能當一回女狀元呢。

人算不如天算，年輕漂亮的盧氏夫人的命運，由大喜到大悲的轉換也就是一天的時間完成。她，還有剛剛升官的老譚所寄予厚望的嗣容，突發高燒，手足無措。待郎中趕到時，已經處於昏迷狀態。冷敷、扎針，都不管用。郎中忙得滿頭大汗，盧氏夫人抱在懷裡，不停地呼喚：「嗣容！嗣容！！嗣容！！！」

老譚急得團團轉，嗣容睜開眼睛看父親，慢慢闔上，便再也沒有睜開，發燙的身軀在母親懷抱裡漸漸冷卻，盧氏夫人卻越抱越緊，試圖用母親的體溫使孩子復蘇。

五緣夫人就是在這個時候進來的，只見老公坐在一把靠椅上發呆，盧氏一臉的悲戚，五緣進門後還沒有開口，盧氏便衝她一頓咆哮：「你開心了，你如願了！」

老譚朝五緣看了一眼，低下頭沒有吭聲。

五緣站立在房門口，靜靜地聽著，直到盧夫人發洩完了，而後和顏悅色地說道：「妹妹此刻的心情我可以理解，嗣容和其他孩子一樣，都是譚氏骨血，他還這麼小就去了，我的心情其實和你是一樣，非常難過……」

五緣夫人的兩行熱淚證明自己講的是心裡話。

「不一樣，就是不一樣啊——嗚嗚，嗚……」慧琳突然瘋狂起來，呼天搶地，額頭在地上磕破了，鮮血淋漓。

五緣使勁將她抱住，勸說不要這樣，想開一點，嗣容既然走了，再悲痛也回不來了，一旦急壞了身子……

老譚也說：「別鬧了，你就聽你大姐的吧，她講的有道理。」

五緣忙不迭地吩咐嗣貽叫來郎中，予以施治，而後守在床頭，寸步不離，不斷地勸慰。盧夫人還是排斥，一見到五緣的身影便閉上眼睛，不予理睬。

嗣貽妻子雪梅讚歎道：「婆婆真了不起！」

幾天過去了，盧氏整日發呆，楊媽本來是和她一起來到府上的家人，也被她趕走了，說你走吧，我看見你就心煩。

五緣一直守候，不離左右，不時勸說幾句。

盧夫人還是不理睬，有時突然衝她怒吼：「我這樣了，你開心了，別在這兒假慈悲，你走吧，我不想見到你，走啊——」

反反復復幾句原話，沒有新的內容。

老譚對五緣說：「你就走吧，慧琳現在心情不好，你不要計較——」

五緣點了點頭，說道：「你有時間多陪陪妹妹吧，你要理解一個失去孩子母親的心情。」

老譚白天在衙門工作，傍晚下班回來，坐在書房裡靠椅上，就像一根木頭人，面對瘋瘋癲癲的盧夫人，也真的不知道說些什麼才好。

此後一連數日，盧氏獨自待在臥室裡，不吃也不喝，誰的勸解都不起作用。五緣堅持一天數次安撫、勸解：「嗣容不在了，你無論怎麼悲痛也要割捨。你還年輕，可以繼續生啊……你這樣下去，對誰都沒有好處，你是一個聰明人呀，怎麼糊塗了……」

「你失望——」盧氏臉上露出一絲譏諷的冷笑。

「即使你沒有再生兒子了，我也會告誡七兒，還有嗣貽兄弟把你當生母看待……」

盧氏使勁抹了一把眼淚，雙手捂耳朵，冷冷地說道：「我不想再聽了！」

吃晚飯的時候，老譚見盧氏坐的那一方桌子依然空著，那扇房門緊閉，欲言又止。五緣從廚房出來，手裡捧一只瓦罐，裡面盛著烏雞煲湯，這是娘家祖傳的營養品。楊媽說：「我不敢送了。」

老譚臉色鐵青，看了湯罐一眼，想說點什麼，沒有開腔，五緣夫人說：「讓七兒送吧？七兒，來，給你二娘送去。」

嗣同膽怯：「二娘會罵我的。」

「不會，俗話說，伸手不打笑臉，二娘是懂道理的人，你送東西她吃，她不會罵的……」

「楊媽送不也挨罵了嗎？」

「你與楊媽不同，因為你還是孩子呀。」

「那好吧。」

在父母親以及傭人楊媽的目光關注下，八歲的孩子雙手捧著一罐雞湯推開了盧氏夫人臥室的門，很快，那只陶罐從室內飛了出來，摔在地上，碎了，碎片撒了一地。七兒是哭著出來的。

五緣夫人離席迎向七兒，一邊替兒子揩眼淚一邊哄勸：「七兒最乖，二娘心情不好，不要怪她，七兒……」

老譚板著臉，拿起筷子：「吃飯！」

晚上，老譚正在書齋裡讀書，這是他多年來一直養成的習慣。嗣容的夭亡，給他的精神上很大的打擊，不過，陣痛之後，也就釋然了。損失既然無可挽回，悲痛又有什麼用呢？可是，今天晚上，他的心情久久地不能平靜，隨便拿起一本書，一行字也看不下去，腦子亂糟糟的。他就這麼一直靜靜地坐著，窗外更夫敲響了三更，他突然記起了一件事，放下書本，往五緣夫人臥室走去，輕輕地敲了三下。裡面傳出熟悉的聲音：「誰呀？」

老譚說：「是我，五緣。」

五緣說：「這麼晚了，你還來幹嘛？此刻你應該到慧琳那兒去，她需要你的安慰。」

老譚說：「我哪兒也不去。」

五緣奇怪：「那你敲我的門幹嘛？」

老譚解釋：「我不打算進來，只是想起了一件事，現在要告訴你。」

「說吧，我聽著呢。」

「明天我要去甘肅辦差，早晨戶部有人來接我。」

五緣說：「哦，知道了，你去告訴慧琳一聲吧。」

老譚說：「我不去了，心裡煩著呢。」

「要多久回來啊？」

「大概兩個多月左右吧……家裡的事，你要多操心了，慧琳有點不懂事，嗣容的死，對她的大擊太大了，你是大姐，你要擔待一點……」

五緣說：「你走吧，我知道，放心……」

老譚剛轉身，門突然開了，五緣出現了，但是將身子堵在門口，沒有讓老公進去的的意思。打從盧氏娶進門以來，他幾乎不進這間臥室了，對此，五緣也漸漸地養成了獨處一室的習慣。漸漸地都習慣了，相安無事。

朦朧的星光下，三十多歲的女人，光著兩隻腳，穿一件睡袍，一對堅挺的乳房，熟悉的氣味，喚起了面前這個男人對肌膚之親的記憶。老譚的身上開始發熱，血液的迴圈加劇，男人終於伸出一隻手去拉女人的手。女人的手輕微顫抖，目光有些迷離，身上似乎也產生了期待，有了半推半就的傾向，但很快便抽了回去，雙手往外一推，說道：「你今天應該去妹妹那兒……走吧，我要睡覺了。」

老譚還在門口猶豫，「砰——」的一聲，五緣已經將門閂上了。

月光如水，夜，萬籟俱寂。

老譚以往也經常出差，這一次，總有一種不祥的預感。

果然，就在他離開京師之後第三天早晨，七兒從床上爬起來上茅房，推開茅房門，立刻轉身哭喊著跑了出來，在廚房門口見到了他娘，結結巴巴地說：「娘……二娘……娘……二娘……」

「二娘她怎麼啦？」

「茅房裡……不活了……不活了，二娘……」

五緣夫人見兒子受了很大的驚嚇，又口口聲聲二娘，她似乎明白發生了什麼，急忙直奔茅房。她一腳踢開茅房虛掩的門，室內光線暗淡，然後，所見到的情景令她目瞪口呆！

盧氏夫人面貌猙獰，眼球凸出，嘴裡吐出長長的舌頭，一條白布巾在屋樑上挽了一個結，另一端掛在脖子上，雙腳懸空，旁邊一張顯然是被她自己踢翻的小凳子，模樣十分恐怖。

頓時，徐夫人額頭上冒汗，全身發緊，突然爆發出驚人的臂力，三下五除二，將另一位比自己高大的女人從懸空的茅房屋梁上解了下來。然後迅速地將她抱進臥室，放在床上，顧不得自己大口喘著粗氣，在自縊者的人中掐了幾下，而後嘴對著嘴一陣猛吸。

在她的堅持不懈的努力之下，盧氏的鼻孔終於有了氣息。五緣長吁了一口氣，已經累得滿頭大汗了，吩咐站在旁邊卻幫不上忙的楊媽去廚房泡一碗薑湯。她做這一切的時候，楊媽站立旁邊，猝不及防的一幕，把女傭給嚇傻了。楊媽急急忙忙走進廚房，不一會兒，便將一碗熱氣騰騰的薑湯送到了盧氏的臥室，坐在床沿的五緣夫人伸手去接，說道：「我來吧。」

此時，盧氏夫人的呼吸已經恢復了正常，兩眼仍怔怔地看著房頂發呆，五緣夫人將一調羹薑湯送到她的嘴邊，說道：「喝吧，妹妹……」

盧氏看著五緣，就像一個闖了禍的孩子，張開嘴喝光了。徐夫人立刻又送上一調羹，小心翼翼地送到她的嘴邊，直到將碗裡的薑湯喝乾淨。

盧氏夫人總算緩過勁來了，淚水漣漣地看著五緣夫人，喃喃地說道：「大姐，你為何要救我啊，我不值得你對我這樣，我——做了許多對不起你的事——」

五緣夫人朝她做了一個制止的手勢：「你現在什麼也不要說了。你現在要做的事是好好休息，讓身體儘快恢復……」

「大姐……嗯，嗯嗯……嗚嗚嗚……」她克制不住哭出聲來。

五緣吩咐旁邊的楊媽，將每一個家人叫來，一一叮囑：「今天家裡什麼事都沒有發生，聽見沒有？」

楊媽和幾個僕人齊聲答應：「聽見了！」

五緣衝兒子問：「你們兄弟呢？」
嗣襄、嗣同齊聲說：「知道了！」
嗣貽沒有表態，五緣將他叫到身邊，說道：「你是成年人了，有些道理，比我知道的還多，不要娘教你了吧？」
她再一次將嗣同拉到身邊，特別告誡七兒：「你爹回來了不許你亂講啊，聽見了沒有？」
「亂講？」嗣同點了點頭，說道：「我是一個誠實的孩子，誠實的孩子是不會亂講的，你放心吧，娘。」
母親的手在七兒頭上撫摸了一下：「娘知道你是一個很聽話的乖孩子。」
一切很快便恢復了平靜，老譚回家的時候，盧氏夫人自縊的事，已經過去了一段日子，家人對此也漸漸地淡忘了，似乎什麼都沒有發生過一樣。老譚在門口出現，五緣、盧氏和孩子們都一齊迎上去，七嘴八舌地說：「回來啦？」
五緣夫人感覺老公的皮膚黑了，人也瘦了，正要說幾句關心的話，還沒有出口，七兒搶先開口了：「爹，二娘在茅房裡上吊了，我發現的，我娘救的，她沒有死！」
七兒的話讓所有的人都驚呆了，五緣夫人呵斥道：「七兒，娘叮囑過你不要亂說，不長記性呀？」
「我沒有亂說，我是一個誠實的孩子……二娘在茅房裡上吊，舌頭吐出來嚇死人，是我親眼看見的……」
盧氏頓時臉色煞白，嘴唇哆嗦了一下。
五緣衝嗣同大聲呵斥道：「看我不揍你！」
老譚的兩眼瞪大了，不敢相信這是真的，但是，家人慌亂的表現，已經告訴了一切。他狠狠地瞪了盧氏一眼，然後衝嗣同吼一嗓子：「別說了！」
他誰也不理，虎著臉從五緣、慧琳身邊走過，進入書齋，「砰——」一聲將門關上，在書案前的椅子上坐下，又站起來，在屋子裡走來走去；然後再坐下，又站立起來走步。第三次坐下，狠狠地一掌擊在書桌上，有頃，取出紙、筆、硯臺，略一凝神，揮毫在紙上寫了兩個字：休書。然後以極快的速度書寫。不一會兒，便寫好了，將門推開，大聲吩咐楊媽：「叫二奶奶來一下。」

盧慧琳懷著一顆忐忑不安的心來到書齋，老公將休書遞給她，說道：「你是斷文識字的，自己去看……明天我派家人送你回瀏陽！」

赫然觸目的「休書」二字映入眼簾，盧氏頓時覺得天旋地轉，也不說話，大顆的眼淚像一串斷了線的珠子灑落地上。她拼命克制自己的情緒，說道：「老爺，你能聽我說幾句話嗎？」

「不必了，我不想聽。」老譚的聲音雖然不是很大，但是態度異常的堅決，語氣生硬。

盧氏兩眼一片茫然地看著楊媽正在打掃的院子，往日同床共枕的人，他需要你的時候，肌膚相親，疼愛有加，使你像掉在蜜罐子裡一樣；一旦發怒，就會把你當蒼蠅一樣驅趕。

她是哭著離開書齋的，在臥室門口與五緣夫人相遇，五緣見她滿臉淚水，神情沮喪，從盧氏手裡接過休書一看，兩手氣得發抖，說了一句：「妹妹，別著急，你先回房裡安心歇息吧，你是姐姐娶進來的，姐姐一定會為你做主！」

盧氏淚眼婆娑地衝徐夫人點了點頭，轉過身去，慢騰騰地走了。

五緣夫人手裡攥著一紙休書，風急火急的匆匆趕到書齋，還在門口便大聲吼道：「譚子實，你、你、你就是這樣對待自己的女人嗎?!你的良心被狗吃了?!」

老譚大吃一驚，他們夫妻這麼多年，無論在縣城種菜謀生，還是在京師操持家務，雖然日子過得清苦，卻能相濡以沫，幾乎沒有吵過嘴。五緣是一個通情達理的人，這樣的河東獅吼還從來不曾有過。

其實，剛才對盧氏的處理，他也是氣頭上的衝動，心裡也估計到，休書過不了五緣這一關，也就泰然處之。五緣的興師問罪，原本在意料之中，否則，就不是爐煙洞那個姐妹易嫁的徐五緣了。

老譚站了起來，離開座椅，兩手衝妻子做了一個請進的表示。

老譚笑臉對待五緣的怒容，還故意問道：「五緣你今天當棺材店掌櫃了？」

「你這人真沒有良心，我當初真是瞎了眼了！」

這話的分量有點重，老譚接受不了，臉色就變了，解釋道：「這樣丟人的事發生在朝廷命官家裡，這還了得？如果傳出去了，豈非天大的笑話？你知道這是多丟人的事嗎?!」

「你不能設身處地替人家想想？」

五緣走進書齋，老譚順手推了一下身邊的一把椅子，說道：「你坐吧，坐下說。」

「你是天底下最自私的人，你有沒有想過，妹妹為什麼要這樣，一個人連命都不要了的時候，她心裡有多痛苦？你替她想過沒有？」

「五緣，你說的也不是完全沒有道理……容兒夭折，你當我心裡不難過嗎？人生在世，痛苦是難免的，既然痛苦來了，躲不開，就應承受。尋短見，輕生，一了百了，給家人留下笑柄。你叫我在世人面前抬不起頭來！」

五緣的聲音近乎吼叫：「你只想你自己——也不替別人想想……」

老譚還要氣她：「這事你也有責任。人是你給我弄來的，你是始作俑者！你是罪魁禍首！」

五緣已經忍耐很久，就像沉寂的火山，終於爆發了，一改溫順隨和的性格，指著老譚大吼：「你是一個十足的混蛋！」

嗣容夭亡，對老譚的打擊也非常大，他竭力克制自己的情緒，不願意在自己最親近的人面前發洩，臉色鐵青，冷冷的說道：「你走吧，我要休息……」

「你這個不顧百姓死活的狗官！」

「狗官」二字就像壓死駱駝的最後一根稻草，把老譚徹底惹惱了，一巴掌拍桌上：「放肆！竟敢這樣和本官說話！」

「我說了你能把我怎樣？」五緣毫不示弱地說，「哼，本官，本官，你少給我裝蒜，是角色就把我一起休了！」

老譚的身份變了，而今人家是老爺了，最忌諱這個，哪壺不開提哪壺，一下就把他給惹火了，衝五緣也回吼了一嗓子：「你當我不敢嗎？」

「你休，你休，不休你就不是一個男人！」

五緣毫不示弱，一拳砸在書案上，一隻硯臺掉在地上，斷成兩節，幹農活的人勁兒就是特大。這是一只伴隨了老譚多年的端硯，由家鄉瀏陽而京師，他彎腰拾起來，看著裂痕，心疼得不得了。頓時一股怒火從腳底直往頂上冒，指著五緣再吼了一嗓子：「——滾，給我滾出去！」

五緣今天怎麼啦，像吃了槍藥，使勁拍一巴掌拍在書桌上，大聲道：「你寫吧，寫吧——你不寫你就不是人！」

老譚肺都氣炸了，立刻拿出一張紙，鋪平，右手揮筆寫下兩個字：「休書。」

老譚的筆尖在紙上滑動，五緣喘著粗氣看著，淚水奪眶而出，聲音小了許多：「我當年不與姐姐易嫁，就不會有今天被休的命運，早知今日，悔不當初……姐姐啊，還是你有眼光……」

老譚頭也不抬，繼續寫他的休書，短短數行字的休書，他的手顫抖，寫完最後一個字，墨汁未乾，衝五緣吼：「拿去！」

五緣伸手一把奪過去，轉身就走，步子又快又急，她不願老譚看見自己洶湧的淚水。老譚的目光跟蹤她的背影，眼看五緣就要進入她自己的房間了，他一激靈，突然大步追上前去，一邊追趕一邊大聲吆喝：「五緣，等等我吧！」

五緣站住了，語氣冷冰冰的：「還有事嗎？」

「我和你一起去。」

五緣雲裡霧裡：「隨我去，哪兒？」

「爐煙洞……」

「爐煙洞?!」

老譚的臉上露出狡黠的笑容：「是啊，爐煙洞，好多年沒有吃過那兒的螃蟹了，我們一起去釣吧，還是由你殺雞取腸子……」說到這裡，一聲長歎，「五緣啊，我服了你了，一個女人，敢殺雞……你呀，就一個女漢子——」

五緣斜睨了老譚一眼，臉色陰天轉多雲，語氣還是生硬：「你少給我裝慈悲——你在大堂上判『斬立決』的時候，不怕？那可是跪在你面前的一個大活人！」

「那樣的傢伙就該斬盡殺絕！」

「雞養大了不就是殺肉吃的嗎？」

「對準雞脖子，一刀下去，血往外噴，然後扔在水桶裡，放開水燙的時候還抽搐幾下，就不動彈了……」

五緣靜靜地聽老譚描述，臉上烏雲散盡，陽光燦爛：「你的記性不錯呀，殺雞的過程全記得清清楚楚……」

「那麼血腥的一幕，我忘得了嗎？」

「殺雞也講究技術，抹脖子的時候一定要看準喉嗓下刀……」

「你不必講這麼詳細，反正我這輩子不打算學殺雞的技術。」老譚示意五緣，「你坐下吧，我和你講清楚一些道理，免得今後犯糊塗——」

五緣一聽，火氣又冒出來了，抓起休書，大吼：「讓你的道理見鬼去吧！」

老譚眼疾手快，一把奪過休書，說道：「我剛才是被你氣糊塗了，少寫了一個字，讓我添上吧！」

五緣詫異，難道寫錯字了？她猶豫的時候，老譚從她手裡將休書抽走了，回到書房，提筆在「休書」的前面添一「不」字，然後遞給五緣，「拿去吧！」

五緣接過去一看：「你這是搗的什麼鬼啊？」

老譚虎著臉：「沒有看明白嗎？我一直誇你聰明，白誇了，我！」

五緣從老公的臉上讀到了歉意，心頭五味雜陳，看著老譚將「不休書」慢慢地撕成碎片，扔向空中，紛紛揚揚散落地上。

良久，五緣心情還是有些沉重，說道：「妹妹那張休書呢？」

老譚的臉立刻又沉下來，語氣決絕：「非休不可！她做出那麼丟人現眼的事，我的顏面被她丟光了！讓同僚知道了，我、我鑽地洞啊？」

五緣被惹火了，針鋒相對：「妹妹是我做主張娶的，責任在我，既然你不能原諒，得了，還是把我一起休了吧？」

「你少威脅我，你以為我不敢休你啊?!」

「像你這樣沒有良心，什麼事做不出來?!」

老譚氣得伸手往桌上的茶杯一推，兩只茶杯掉到地上，碎了。然後氣呼呼地衝進書房，砰的一聲將門關緊。

這時候，嗣淑正在後面的菜園子裡拔除辣椒土裡的雜草，父母的吵鬧聲驚動了小女孩，她站起來，隱隱約約從二娘的房間裡傳來哭泣聲。她急了，手裡還抓一把雜草，經過二娘房門口時，在門外說道：「二娘，別難過，我今後不做我娘一個人的小棉襖，也做你的小棉襖，好嗎，二娘？」

盧夫人哭得更厲害了，嗣淑叫不開二娘的門，只好來到她娘的房間，只見娘也是眼睛紅紅的，好像剛才也哭過。她不明白，這個家庭，大人小孩，在一起蠻好的呀，怎麼忽然就這樣了？

嗣淑站在娘面前，語氣焦急：「娘，你們都哭什麼呀？」

五緣夫人長吁一口氣，說道：「你爹要休了你二娘……」

嗣淑瞪大一雙亮晶晶的眼睛看著娘：「什麼叫做休呀？」

「就是不要她了，趕她出去，不準回來了……」

嗣淑一聽，急了，撒開兩隻小腿，疾步來到父親的書房，使勁敲門，大聲叫：「爹爹，爹——」

老譚將書房門打開，看到的是一張淚水滂沱的孩子臉，泣不成聲：「爹爹，你不要趕二娘走，你別趕二娘走好嗎？」

老譚正要呵斥女兒，發現女兒的右手還抓著青草，被草汁染綠的手指不停地揩眼淚，一張小臉蛋成綠色了。他立刻上前，將女兒攬在懷裡，扯自己的衣袖給她擦眼淚，哄勸道：「嗣淑乖啊，別聽你娘瞎說，怎麼會不要二娘呢？二娘是家裡人嘛……」

五緣將臉歪在一邊，沒有理會。在女兒面前被冷落，老譚難免有些尴尬。

他旋即抱著嗣淑來到五緣的房間，叫一聲：「五緣，你到底幹什麼——」

嗣淑一雙大而黑的眼睛看看父親，又看看母親，然後伏到她懷裡，說道：「娘，你就別生氣了，爹唸了一肚子書，懂很多道理……」

五緣將女兒攬在懷裡，輕輕地說道：「嗣淑真是一個懂事的孩子，心腸又好，不像有些人那樣只顧自己，不管別人……不講良心——」

老譚一聽，再次火了，兩眼瞪著五緣，呵斥：「你還像一個娘嗎？在孩子面前講這樣的話?!」

五緣不想當著女兒的面和老譚爭吵，在女兒耳邊說：「娘真後悔啊，當年不與你大姨交換，就沒有今天……」

老譚聽不下去，一甩手，氣咻咻地走了，第二次進入書房，關門的時候甩得山響。

五緣一拍腦門自責：「哎哎，我這是怎麼啦，胡言亂語——」

嗣淑卻說：「娘講的話我聽不懂……」

五緣遠遠地看著緊閉門窗的書房，有頃，目光移向另一扇緊閉的門，若有所思地說：「嗣淑，去將你大哥二弟他們三兄弟都給我叫來。」

嗣淑答應一聲：「好——」急急忙忙往院子裡跑了，很快，嗣貽、泗生、嗣同被叫到娘的面前，他們的手裡都拿著書呢。

兄弟們一齊問：「娘，有什麼事啊？」

嗣淑搶先說：「爹要休了二娘！」

嗣同奇怪：「休是幹嘛？」

還是嗣淑回答：「就是趕她走。」

泗生也問：「幹嘛要趕她走啊？」

還是娘將情況從頭說了一遍，嗣貽發表意見：「爹這樣做，是太狠了一點。」

泗生狠狠瞪了嗣同一眼：「都怪你多嘴，闖了禍！」

嗣同想說什麼，被他娘打斷：「你們喜歡二娘嗎？」

兄弟相互看了看，沒有吭聲，頓了一會兒，嗣同才說：「不喜歡……」

嗣貽嘆了一口氣說道：「二娘在家裡……哎……其實蠻可憐的……」

嗣同突然說：「我不讓她走！」

五緣對嗣同這話特別欣慰，說道：「你們兄弟幾個都說一下，喜歡二娘不？」

三個男孩答非所問：「我不要二娘走！」

五緣歎息道：「你們都是好孩子，二娘雖然犯了錯，但總歸是家裡的親人，怎麼能趕她走呢——你們都去爹那兒，替二娘求一個情……」

於是，兄弟三個一齊推開書房的門，刷刷地跪在父親面前，把老譚嚇了一跳，但是，他很快便回過神來，冷冷地說道：「是你們的娘要你們來的吧？」

嗣同搶先了：「不是，是我自己要來的，爹，我求你了，不要二娘走吧？」

老大老二重複嗣同的話：「爹，求你留下二娘吧？」

老譚走到嗣同面前，將他拉起來，問道：「你二娘那樣待你，你為何還要為她求情？」

嗣同說：「因為二娘是家裡人，是我的親人……」

老譚動容了，吩咐孩子們都起來，然後領著他們又一次來到五緣的房間，一進門就說：「五緣，謝謝你給我生了幾個有良心的兒子。」

五緣聽老譚這麼說，臉色好看多了，說道：「謝我幹嘛，兒子是你的，他們都姓譚！」

老譚突然衝五緣拱手作揖：「煩請夫人為子實收回吧？」

五緣抹了一把眼睛，忍不住笑了，臉上閃著淚光：「好吧，看你的態度還算誠懇，我去勸妹妹一回，就不與你計較了。」她忽然歎了一口氣，「其實啊，子實，也怪不得你生這麼大的氣，上吊，這樣的事即使發生在鄉下，發生在一個普通老百姓家裡，也是很丟人的事……妹妹，她這樣做確實欠考慮……」

「這事到此為止，今後誰也不許再提了——」

老譚兩眼看著大院裡圍牆下那棵歪脖子垂楊，被風吹得枝條舞動。後院，蘆花雞公咯咯地叫喚，也不知道是真的捉到了蟲子召喚牠最喜歡的那隻黑雞婆，還是想幹那事耍的陰謀。五緣的注意力也在雞叫上了，她衝雞叫的地方說道：「你那個德性，騙不到人了！」

老譚問道：「你講誰啊？」

五緣手一指：「蘆花雞。」

「蘆花雞？」

十

經歷了這個波折之後，戶部主事譚繼洵家的小日子又一如從前，波瀾不驚地過下去，直到有一天——

徐夫人得到來自家鄉父親病危的消息，她不得不再一次南歸。老譚聽到這個噩耗，久久地沒有出聲，兩眼盯著院子裡圍牆邊歪脖子垂楊。樹下種了一棵絲瓜，藤蔓爬滿了枝枝葉葉，肥碩墨綠的葉片在微風中低吟淺唱。

岳丈病的真不是時候，今天早朝，剛剛接了朝廷交辦查處的一樁涉及到多名省部級高官貪墨的大要案，無論如何也脫不開身。老譚腦海裡卻不斷浮現當年成親前後的往事。

岳丈徐韶春骨子裡其實也是想走仕途的，這從他的言語中經常流露出來。只因為有太多的客觀因素，才不得不歸去，老死山林。他一直守在爐煙洞，過著恬淡的田園生活。沒有因為女婿是高官得到什麼好處。以前，因為忙工作，長期在外，很少想到這些。

五緣發現老公向隅而泣，連忙抽出隨身攜帶的手巾給他擦拭，勸慰道：「你也不要太自責了，爹一直以你為榮的。你為官清廉，有口皆碑，朝廷重用，比什麼都強啊，爹是一個讀書人，他看得明白，自古以來，富貴在天，生死有命，他說過，有你這樣一個女婿，他知足了，你也不要太難過了……」

五緣勸老公不要難過，自己的淚水卻像兩條小溪，在臉頰上汩汩流淌。

五緣要回瀏陽了，路途遙遠，要抓緊時間，耽誤了恐怕見不到爹了。她回瀏陽，家裡其他人都好辦，就是放不下嗣同。他長這麼大，一直在娘的身邊，現在要走這麼久，心裡又有些放不下。嗣同捨不得離開母親，時時刻刻不離娘的身邊，默默地流淚。五緣還沒有出門呢，看著老七這模樣，感到心疼。這時候，盧夫人表態了：「大姐，你放心去吧。家裡我會照顧好的，我會將七兒當親生的看待。請大姐相信我，好嗎？」

五緣抹了一把淚水，點了點頭，說道：「好的，妹妹，我當然信得過你。」

五緣這一去，在爐煙洞那個地方，竟然整整待了一年的時間。究其原因，一是父親因為中風，癱瘓在床，往閻王爺那兒報到，被擋在門外了。經名醫王彰人的調理，在康復的過程中，他口角歪斜，說話不清楚，希望很少回娘家的女兒能多陪一些日子。

五緣也想盡一些孝道，當然，她心掛兩頭，對京師那個家，老公，孩子，特別是七兒，一樣擔心。老譚知道五緣的心思，給她來了一封長長的家書，說盧夫人將一個家調理得非常出色。老七也很乖巧懂事。這樣，她心裡也舒服了一些。她自然也少不了給家裡寫信，報一個平安。說心裡想回家了，但是，見爹那個依戀女兒的樣子，實在開不了口，病重的爹，簡直就像一個孩子。

日曆翻到了光緒二年，一直在瀏陽爐煙洞娘家待著的五緣，特別想念北方的親人。使她感到欣慰的是，京師的好消息接連不斷，老譚工作成績突出，多次受到朝廷嘉奬。五緣將老公的信拿到父親的床頭，一字一句地讀給爹爹聽。韶春突然喊了句：「子實你真行啊——」

人逢喜事精神爽，他感到病情輕鬆了許多。

五緣一愣，吃驚不小，將近一年的時間了，這是爹說得最清楚的一句話，驚喜地問：「爹，剛才是你說話嗎？」

韶春也奇怪，反問女兒：「剛才是我說話嗎？」

「爹爹——」五緣喜極而泣，「你真的能說話了啊！」

爐煙洞徐韶春全家都高興的時候，突然來了壞消息！京師發生大面積的疫情。五緣按捺不住了，為家裡親人的安危擔憂，急急忙忙就要驅車北上。娘家人十分不捨，又沒有理由挽留啊。女兒現在是譚家的人了，儘管他們知道，這時候去那樣一個地方有多麼危險，慶緣對妹妹也有幾分不捨，已經在送別的路上了，她還是這麼對妹妹說：「京師的疫情嚴重，你又不是郎中，去了有什麼用呢？難道不害怕自己也傳染上嗎？」

五緣這樣回答姐姐：「如果你換做是我，會怎麼辦呢？」

慶緣這才點頭：「那好吧，你一定要注意啊，既然是瘟疫，就會傳染的，你自己一定要注意……」

妹妹的背影已經消失了，她卻還在路邊站著，心情非常複雜，她想，如果當初不是姐妹易嫁，今天去疫區的就是自己了……命，這就是命啊。

五緣乘坐一輛四乘快車，日夜兼程往京師趕路，來到北京宣武門外自己搬遷不久的家——庫堆胡同。盧夫人聽到熟悉的腳步聲，急急忙忙迎向門口，長吁一口氣，欣喜地說道：「姐姐，你總算回來了！」

盧夫人連日焦慮也有所緩解，看來，這個家離不開五緣，她才是家裡的主心骨，簡直比老爺還重要。

五緣一邊回答「回來了」一邊往裡屋趕。

母女見面，嗣淑已經不能言語，郎中撂下一句「準備後事吧」，走了。五緣伏在女兒的病榻前，叫了一聲：「嗣淑，你放心，媽一定要治好你的病！」

嗣淑出生於咸豐元年，十九歲嫁唐景葑為妻，而今也是孩子的母親了。夫君在外為官，她來京師探親，不幸遭罹惡疾。她在這樣一個家庭長大，甜酸苦辣都嚐過，什麼都懂，所有安慰的話都不能使她樂觀起來，一雙大而黑的眼睛釋放著求生的欲望。母親的身影一出現，她還是像孩子般淚水在眼眶裡滾動。

年輕的管家譚應往外走，盧氏夫人叮囑：「路上快一點……」

五緣問：「子實去了哪兒？」

盧氏答：「老爺往大西北賑災去了，今年蘭州一帶地方久旱不雨……」

五緣又問：「去多久了？」

盧氏再答：「將近兩個月……」

五緣吩咐管家：「譚應，你不要去了。」

盧氏問五緣：「家裡發生了這麼大事，怎麼不告訴老爺呢？」

「老爺又不是郎中，他替皇上辦差，讓他專心辦差吧，不要為家事分心。」

「這樣不好吧，萬一……老爺怪罪下來怎麼辦？」

「家裡的事我做主，你是知道的！」

盧夫人依然一臉的悽惶：「……那好吧，大姐……」

第二天上午，嗣淑去世了，五緣默默地守候在旁邊，看著女兒的呼吸由強減弱，變成游絲。她沒有哭，靜靜地待在女兒身邊，很安靜，一點聲息也沒有。因為女婿唐景葑遠在臺灣，即使知道噩耗，無論如何都趕不回來。

五緣給女兒穿上一身漂亮衣服，而後入殮，每一個細節都不忽視。楊媽想上前幫忙，她說：「不用……嗣淑睡著了，別吵醒了她。這妹子性子很倔，哭起來誰勸也沒有用……」

二十二歲的女兒，已經為人妻，為人母，但是，在娘的眼裡，永遠都是長不大的孩子。

第三天，老大嗣貽與世長辭。五緣夫人還是沒有哭，臉色鐵青，兩眼發直，那模樣，有點嚇人。盧夫人為她捏著一把汗，吩咐家人，悉心照顧，她自己也不離左右地陪伴。

四十七歲的娘給二十四歲的兒子穿衣服，本來，為亡者洗澡穿衣服是婆娘、兒女的事了。黎玳貞哭得一塌糊塗，自己還要別人照顧，什麼都做不了。管家想幫忙，被五緣攔住了，她的兒子不想讓外人碰。此時，她已經有了生病的感覺，還是奮力支撐，在母親的眼裡，兒子永遠都長不大，需要照顧。

五緣夫人說起話來喉頭嘶啞，已經有了生病的徵兆。

嗣貽剛剛入殮完畢，五緣再支援不住，只覺得天旋地轉，栽倒在地，嗣襄將她抱起來放在床上。這一躺倒，便再也沒有起來過，而且病情發展很快，第二天，感覺自己喉頭發燒，難以進食。這時候，她的頭腦還是清醒，知道這個病的嚴重，將嗣襄、嗣同叫到身邊，使盡全身力氣說完了想要表達的意思：「跪下……」

二十一歲的嗣襄、十二歲的嗣同兄弟一臉的驚恐，不知道該怎麼辦。

「跪二娘面前……」五緣很吃力地說話，頭上冒出一層細密的汗珠，嗣襄兄弟又看了二娘一眼。盧氏的模樣也有點無所適從，不知道該怎麼辦。「聽見沒有啊？」

兄弟倆雙雙跪倒在盧夫人面前。

盧氏夫人惶恐，不之所措，看著病床上的徐夫人：「大姐，你這是幹什麼呀！」

五緣夫人看著兒子，說道：「你們兄弟今後要像待我一樣對待二娘，——妹妹，」她使盡最後的力氣對盧氏夫人說：「這個家就託付給你了……託付給你了……」

「姐姐千萬別這樣說，你會好的，你一定能治好的——譚應，叫醫生來，今晚待在府裡，不準回去！」

譚應答應一聲「是」，轉身出了大門。

「妹妹，老爺是一個好人，有時候也會生氣，你要體諒他，他這一輩子不容易。早年，我和你講過的，住在縣城北正街，他為了實現自己的理想，寒窗苦讀，吃了很多的苦……許多人叫他書呆子，連賣肉的屠夫都欺侮他……他的婚姻也遇到了困難，好不容易訂婚，接親的時候又遇到麻煩，接親的花轎都進門了，我姐死活不肯上花轎，我……我是主動要求替換，姐妹易嫁，說心裡願意，那不是真心話……後來……後來，妹妹，你比我能幹，我放心……」

盧夫人對這些故事，早已經耳聞，然而，這個時候，徐夫人彌留之際，從她口裡說出來，還是感到很震撼。她知道徐夫人說這番話的意思。

「姐姐，我會記住你的話……」盧氏已經成了一個淚人。

徐夫人處於昏迷狀態，第三天，嗣同突然發燒，也染病了，這時候，奇跡發生了，徐夫人居然從床上爬了起來。她還抱得動七兒，將楊媽趕走，親自為七兒煎藥。晚上，她在為七兒煎藥的時候倒在地上昏過去，又在一片哭泣聲中悠悠醒來。在驚愕的目光關注下撲到七兒面前，將他緊緊地抱在懷裡，便再也沒有鬆開。

老譚得悉京師的瘟疫情況嚴重，從蘭州專程趕回來，他推開大門的時候，映入眼簾的是令人驚駭的一幕——五緣斷氣了，雙手還緊緊地摟抱著七兒。老譚俯下身來，舒展兩臂，將五緣嗣同娘兒倆一起攬在懷裡。在周圍親人慌亂的目光關注下，他的情緒漸漸平靜下來，不斷地提醒自己，這個時候，一定要鎮定，他是這個家庭的主心骨，無數雙眼睛都盯著他呢。盧夫人提醒老公不要靠得太近，這個病的傳染性很強。

盧氏夫人眼淚漣漣地向老爺訴說，徐夫人的手抱得好緊，幾個人都不能將她的手掰開。已經兩天了，一家子不知道如何是好。老譚說聲「你們都走開吧」，而後慢慢地蹲下，俯首將自己的臉貼在已經冷卻的妻子臉頰上，動情地說道：「五緣，我回來了，你也不到門口來接我呀……」

五緣夫人的手抱著同樣沒有知覺的七兒，紋絲不動。老譚的手觸到了夫人已經變得冰涼的手，說道：「五緣啊，你鬆開手吧，七兒睡著了，你這樣抱著累不累啊？交給我，你快些放下，聽見沒有？」

突然，怪異的一幕出現了，五緣的鼻孔流淌鮮血，兩隻手漸漸地鬆開了。

這種現象，老譚曾經聽說過，還有些不信，而今，竟然在自己家裡出現了！他忍不住伏到五緣夫人的臉上，叫著：「五緣，你安心去吧，一路走好，七兒我會照顧好的……七兒，七兒……」

嗣同緊閉著兩眼，對他爹的聲聲呼喚，沒有任何反應。

「七兒……」老譚的聲音漸漸加大，嗣同還是沒有動靜。

「七兒——」老譚使盡全身力氣，七兒的眼睛依然緊閉……

他突然發了瘋似的跑到院子裡，仰望天空，揮舞雙手，大聲吶喊：「蒼天啊——」

譚應等一些家人被老爺的瘋狂驚呆了，想要上前勸說，盧夫人制止了：「你們不要阻攔老爺，由他喊吧，不喊的話，憋悶在心裡他會更難受……」

老譚宣洩了一陣，喉頭沙啞，轉過身來，回到徐夫人的面前，俯伏下去，連叫幾聲：「五緣，五緣……你不能走啊，我還要與你回爐煙洞釣螃蟹呢，你不能丟下我不管了啊，你還沒有當上誥命夫人呀！你忘記了在慶緣大姐面前說過的話呀——」

「老爺，」管家譚應走到老譚面前，用嘴湊在他耳邊說，「癸生、嗣淑……停放在……你看看嗎？」

老譚驀地抬起頭來，瞪大兩眼緊盯著下人，急切地問道：「癸生、嗣淑又怎麼啦？」

譚應喉頭哽咽：「他們已經、已經——」

老譚衝他吼道：「你一張嘴不會說話就給我縫上！」

老譚不理會管家了，來到院子裡，兩眼看著歪脖子柳樹出神。

譚應像一隻黑色的幽靈出現在老譚的身後，悄悄地說道：「老爺，大奶奶、大少爺、大小姐的後事如何安排……送回老家瀏陽去嗎？」

老譚突然轉過身來，衝管家手往外一指，大聲呵斥道：「你給我滾出去，滾得遠遠的！」

譚應被嚇得連連後退，老譚瞪大兩眼盯著譚應，那模樣，簡直要一口吞了他。管家額頭上冒出一層細密的汗珠，垂首貼耳站立主子面前。

主僕僵持了一會兒，老譚看管家的目光變得柔和了許多，輕輕地說道：「你還愣在這兒幹嘛，走吧，你還有許多事要做的吧，辛苦了！」

譚應流淚了：「老爺——」

他是一位恪盡職守的家人，隱隱約約感覺到停放棺材的地方有動靜，心蹦到了嘴裡，麻著膽子走進去。很快，他揮舞雙手奔跑出來，尖利的大叫：「老爺，老七——醒啦！！」

老譚一愣，轉過身來，大步往屋裡闖！屋子裡的光線有點暗淡，七兒微微睜開眼睛，老譚連忙撲了上去，將他緊緊地抱在懷裡，連聲說：「七兒，你醒啦，七兒，你醒啦，醒啦……哈哈——」

盧夫人、嗣襄、玳貞一陣風似的闖進來，眼前發生的奇跡，令他們一個個喜極而泣。

老譚將七兒抱起來，走到院子裡，老臉貼嫩臉，歡快地說道：「七兒命真大啊，七兒了不起啊，七兒死而復生，我的七兒啊……七兒今後就叫復生吧！」然後轉過臉來大聲向全家宣佈：「七兒今後的字叫復生，大家都聽清楚，老七從今天起叫復生！」

周圍一片應和聲：「復生，老七叫復生，復生——我們記住了，老爺！」

嗣同左右看了看，有氣無力的說：「娘，我娘呢，娘——我要我娘——」

盧夫人俯伏在他的面前，說道：「七兒，你娘走了……」

「她去了哪兒？」

「一個很遠的地方……」

復生奇怪：「她不要我啦，娘……嗚嗚嗚……」

老譚在七兒的額頭上輕輕地撫摸，說道：「二娘說的是真的，你娘，還有你大姐、大哥，他們三個人都……都走啦……」

「爹，這是為什麼呀！」

「他們……他們……他們……死了……」老譚費了很大的勁，才吐出一個「死」字來。

「死了?!」嗣同推開父親的手，掙扎著要下地，焦急地說道：「不，我不要他們死，我不要我娘死，娘，娘——」

復生的身子還很虛弱，沒有走幾步，便跌倒在地，老譚趕緊把他抱起來，緊緊地抱著。

盧夫人湊過來俯伏在嗣同面前，說道：「七兒，你爹說的是真的，今後，我就是你親娘，我會像你親娘一樣疼你，好嗎，你要相信二娘的話……」

天完全黑了，門外的胡同裡，本來就冷清，現在，幾乎能趕得出鬼。老譚就這樣獨自坐在一把舊籐椅上，說道：「慧琳，你先進屋睡吧，天已經很晚了。」

「你也早點歇息，老爺……」

老譚信步來到後院，他已經有一段時間沒有來，菜園子裡，一畦畦墨綠色的蘿菜，籬笆上的南瓜藤肥碩的葉片下，藏著幾隻拳頭大的青南瓜，辣椒的枝椏上掛著一串串青椒，其中一兩隻紅的點綴，格外地惹眼。朦朧中，發現一個熟悉的背影正在勞作。他趕緊揉了揉眼睛，仔細再看，那個熟悉的身影不見了，淚水，模糊了他的視線……

良久老譚緩緩地轉過身來，進入一個陰暗的屋子，這裡停放著三口棺材，五緣、嗣淑、嗣貽安安靜靜地躺在裡面，每一口棺材的前面都放置一盞燈，桐油暈黃的光閃爍。

這幾個都是他身邊最親近的人，瀏陽縣城北正街的艱難歲月，賣菜被扭送公堂的風波；爐煙洞釣螃蟹的樂趣，而後金榜題名，萬人矚目下趕赴京師為官……點點滴滴，林林總總，歷久彌新。每每在外工作了一天，或者出外辦差，逗留了一段日子，公事已了，便有一種歸心似箭的欲望……回到這個家，想安靜歇一會兒，卻總是做不到，感到鬧，感到煩。現在，如此的安靜，他卻無法忍受，渴望回到以前的鬧騰。

然而，他已經回不去了。

十一

寒暑更遞，一晃就是二十幾個春夏秋冬。

八月的江城，酷暑蒸騰，就像是一只大蒸籠，正是下班的高峰時刻，一乘四抬官轎從湖北巡撫衙門出來，穿過大街小巷，一路晃晃悠悠往武昌官邸而去。庶民百姓紛紛往街道的兩旁閃開，巡撫乃高官啊，按照吏部的規定，這是他應該享受的待遇。官轎抬進大院，落轎，衙役掀開轎簾，巡撫大人譚繼洵佝僂的身子從轎內慢騰騰地鑽出來，頭戴花翎，身穿朝服，背後拖一條雪白色的長辮，腳步有點兒踉蹌。

瀏陽縣城的白面書生小譚，經歷了老譚階段，而今，已經是譚老了，這是誰也無法抗拒的自然規律。

突然，一位三十來歲的帥哥，藍衣青褲，腳下的老布鞋面上積了一層厚厚的塵土，闖到轎前，臉上閃著淚光，喉頭哽咽地叫了一聲「老爺——」便說不出話來。

「笨飛，你怎麼來了?!」譚老心裡一驚，老家的管家大老遠的從湖南瀏陽趕來武昌，而且這麼一副傷心落淚的模樣，肯定攤上事兒了，而且一定是大事。

瀏陽老宅管家譚凱，字笨飛，拜倒在譚老面前，額頭磕地，泣不成聲：「老爺，二公子他——沒有了！」

巡撫大人的嘴角抽搐了幾下，疑似中風的體徵，一雙昏花的眼睛等待著管家說出下文。

譚凱喉頭哽咽：「是大姑爺派人回瀏陽報的信，二公子在台北突然生急病……去世了！」

大姑爺就是多年前死於京師那場大瘟疫的嗣淑老公唐景崶，時任臺灣道。他老婆嗣淑去世多年了，親戚還在走動，關係仍然密切。大姐夫給小舅子留著一個襄理的位置，也就是裙帶關係。譚嗣襄雖然出生書香門第，無論他爸有多麼嚴厲，就是不喜歡讀書。

老爸幾乎天天唸緊箍咒：讀書、讀書、讀書，萬般皆下品，唯有讀書高，生之路還得按他爹的設計往下走。

堅持了二十多年，總算撈到了讀書人的功名。可惜枉費了他爹的心機，有了功名，泗生還是喜歡做生意，對做官不感冒。到後來，父親老了，不再阻止老二經商，對他這個成年的兒子採取了放任的態度。

可是，做生意至少也得有資金，泗生兜裡沒有幾兩銀子。老爸為朝廷工作了一輩子，辛辛苦苦熬到巡撫級別，擔任幾處行省一把手，有職又有權，撈錢的機會多的去了。但他除了朝廷按政策給的俸祿，愣是一個銅板也不多要。同朝為官的一些人富得流油，他卻像茅坑裡的石頭，日子過得緊巴巴的。嗣襄想要經商，在資金方面老爸是絕對指望不上了。沒有辦法，他有做富二代的條件，但沒有那個命，捧著金碗要飯吃。此次他往臺灣姐夫那兒，壓根兒沒有想要戴襄理那頂烏紗，而是為了生意尋求資金上的幫助。

譚老一生都排斥經商，是不對的，有點翻身忘本的味道，難道不記得了，當年你居住在瀏陽縣城那個破房子裡，如果不是五緣夫人經營一個菜園子，能安心讀你的聖賢書麼？

不過呢，這事五緣夫人也有責任，雖然她已經作古，但也翻身忘本，一直都站在老公一邊，強制幾個兒子都要好好讀書。譚老後來對老二的做法，採取放任的態度，則與盧夫人的支持有關。

而今的譚老已經是一把年紀了，還得繼續為太后老佛爺工作，生於一八二三年九月二十九，吃七十四歲的飯，過了古稀之年，像他這個年齡段，退居二線當顧問還差不多，可惜大清沒有這樣的體制。所幸他的身體挺棒的，打從光緒二年京師大瘟疫，一次便失去三位親人以來，以後經歷也不順，不知承受了多少打擊，他還能夠扛起。

畢竟歲月不饒人，年紀擺在那兒，腰桿伸不很直，兩鬢、臉頰上有了大大小小的多塊壽斑，幾根白眉毛又粗又長，所有老年人的特徵，他一樣也不缺。

安生日子才過了幾年啊，又是從天而降的噩耗，譚老的聲音顫抖：「泗生——他不是去了臺灣唐景崧那兒嗎？」

譚凱哭泣道：「二公子突發急病——已經、已經……去世了！」

「你是說泗生——胡說！」譚老的臉上突然呈現古怪的笑容，感覺周圍的一切都在搖晃，旋轉，眼看就要栽倒的瞬間，譚凱迅疾伸出兩臂抱著他，才沒有倒下。譚嗣同和夫人李閏聽到院子裡哭喊的聲音，從書房出來，嗣同急忙伸手去摟他爹的肩膀。譚老頭上一品頂戴花翎已經掉落地下，露出滿頭銀髮覆蓋著一張溝壑縱橫的臉。眾人七手八腳將巡撫大人弄到臥室在床上躺下。隨即請來武昌名醫柳郎中。

在大傢伙忙亂的時候，李閏與譚凱的目光相遇，臉上掠過一絲無可名狀的意蘊。一會兒，病人的身邊只剩下他們倆個了，譚凱反而有些緊張。李閏的心裡也挺複雜。見不到這個人，或者夫妻倆鬧點小矛盾的時候，心裡念叨這個人，青梅竹馬的往事歷歷在目。現在這人杵在眼前了，她又感到拘束，緊張，兩隻手不好往哪兒擱，眼睛不時看門外，巴望她老公和郎中快些來，結束這尷尬的局面。

氣氛有點兒沉悶，清晰地聽到老爺子忽高忽低的鼾聲。

年輕管家譚凱一年之中也來不了幾回武昌，辦完事抬腳就得返回瀏陽去。他總是乘興而來，失望而歸。興者，無非是見到夢中情人一眼；奢侈一點，就是想要單獨聊聊，怎奈李閏總是躲著，眼神中傳遞的是憐憫，冷淡，還有幾分鄙夷，總是拒人於千里之外。

每每譚凱告別老爺出得巡撫官邸，李閏又會送到院子裡，還會道一聲：「多多保重，一路平安……笨飛。」

「家鄉的一切都好吧？」等待郎中的沉悶中，李閏開腔打破了沉默。

「好……好……你是指瀏陽吧，至於望城，我……已經回不去了……」譚凱淺淺一笑，話語中透出無奈與淒涼，「老爺欣賞我的才能，他老人家也會捨不得我走呀？」

李閏偏偏不買賬，口氣中有些嘲諷：「男子漢大丈夫，離家出走！」

譚凱突兀直言：「你難道真的沒有喜歡過我嗎？」

李閏臉紅了，壓低聲音：「就不要自作多情了！」

譚凱笑嘻嘻的：「能夠與自己的心上人成一家子，我很滿足……」

李閏緊張，壓低聲音：「沒出息！」

「老爺誇我有出息。」

李閏的目光轉向院子裡，沉默了一會兒，幽幽的說道：「你這樣不辭而別，你爹你娘有多傷心——你知道嗎……」

提起爹娘，觸動了年輕人敏感的神經，變得無奈地說道：「要我留在家裡經營那個譚記米鋪，我受不了，待不下去，也是離家出走的主要原因！」

「孤陋寡聞，讀書走仕途不願意，因為家庭變故，因噎廢食；做生意又這麼反感，你到底要幹什麼呀，一輩子還剛剛開始……安心在大夫第做一輩子下人嗎？」

譚凱嚴肅地說：「我沒有改變的打算，至少現在。」

李閏收回目光，看著身邊病床上老公公的臉，儘量壓低聲音緩緩地說道：「世間有的人啊，讀書的時候那麼聰明，博聞強記——怎麼就不走仕途的正道，也聽不進為他好的話，榆木腦袋不開竅。」

譚凱正要回話，床上一聲輕輕的咳嗽，他趕緊將目光注視著老爺，用掀被子的動作掩飾內心的慌亂，說道：「老爺，郎中馬上就會到了……老爺。」

李閏兩眼盯著床上躺著的老公公，思緒卻回到了在湖南省長沙府望城縣郊外的鄉村，在娘家做女兒時候的點點滴滴。翰林大學士李篁仙家的千金，書香門第，她自幼愛讀書，記性特好，三歲就能背誦《百家姓》，六歲讀《瓊林幼學》，九歲的一天，她正在父親書房背誦《古文觀止》，讀到「遂置姜氏於城穎，而誓之曰『不及黃泉，無相見也』……」卡了殼，急得滿頭大汗，突然窗外響起了一個男孩稚嫩的聲音：「既而悔之，穎考叔為穎谷人，聞之，有獻於公。公賜之食，食合肉……」

小姑娘急忙走出大門，順著聲音看去，一個小帥哥遠遠地站立在院牆的一棵垂柳下，心裡說不出的高興。她雖然是大家閨秀，少年時期卻很不幸，五歲那一年，娘便去世了。爹在外做官，將年幼的女兒扔在家裡。處於孤獨中的小姑娘喜悅地看著這個後來才知道名叫譚凱的男孩，很快他們便成了好朋友。其實兩家相距也不算太遠，還有一點八竿子才能打到的親戚關係，應該叫他表弟。譚凱他爹譚炎、他爺爺譚溪曾經進士及第，在兩座不同的衙門上班。率性耿直的爺爺舉報湖南巡撫將朝廷賑災的銀子裝了一部分進自個兒的兜裡，結果被反咬一口，稀裡糊塗被撤職查辦，一張臉被打成了世界地圖。

像這個級別的高官犯案，必須押解京師，主審官還得由皇上欽點，一般都是從刑部挑選。而這位主審大人與譚溪舉報的對象有親戚關係，譚溪一把年紀的人，官也不小了，頭腦卻特簡單。自恃有理，當場頂撞，這還有好果子吃嗎？可憐他苦讀寒窗，好不容易金榜題名，仕途順風順水，突然來了一個急剎車，落得在菜市口身首異處的下場。

臨門失火，殃及池魚，譚凱他爹譚炎受牽連，被削職為民，遣送回到家裡，閉門不出，害怕見到任何熟人，親戚就更不敢見了。譚凱他娘李氏夫人哭著告誡八歲的兒子譚凱：「從今以後，世世代代遠離官場。」

冤屈，把這一家子的心都傷透了，往後只要誰提起官場就搖頭。為了生計，譚炎和他婆娘李氏在長沙城自己唯一的房子門口掛出「譚記米鋪」的招牌。小本經營，加之少有做生意的經驗，開始一年，掙多少，虧的多，幾次險些要關門大吉，是李氏夫人的勉勵硬撐，堅持了下來。漸漸地，有了人脈，有了經驗，生意紅火了。便向兒子攤了牌：「笨飛你聽清楚啊，你今後就是米鋪的少掌櫃。」

譚凱急了，堅決反對，反對無效。只好暫時委屈自個兒，端米鋪的這只飯碗了。

其實，李篁仙大學士比任何人都清楚譚溪一家蒙受不白之冤，而且還扯得上親戚關係，但他怕惹火燒身，愛莫能助。為了避嫌，吩咐家人，不要與譚家的人聯繫，家裡需要糧油也總是捨近求遠，親戚更不能提，此後兩家再沒有過接觸。他也是苦讀寒窗獲得的功名，看重也是可以理解的。

這次讀書事件，成為兩個小朋友的交往多了起來的媒介，他們談話的內容不僅僅是讀書，還會抬頭觀望小河邊柳樹上的喜鵲窩，指指點點，有蛋還是沒有。

譚凱的動作，簡直就像一隻猴子爬上去，動作快捷，手腳靈巧，把一個養在深閨的小姑娘看傻了。譚凱從樹上梭下來，喘著粗氣，將兩枚鳥蛋往她手心一塞，咧開嘴笑了。她看著他被汗水浸泡過的額頭閃亮，一個勁地傻笑。小姑娘正在長身體的時候，纏足是最難以忍受的煎熬。一塊很長的白布，緊緊地裹在腳上，腳趾骨頭折斷了，鑽心的痛，恐怕大人都受不了，何況一個幾歲的孩子呢。

本來，爹娘最疼兒女的，可在女兒纏足這件事上，卻是一副鐵石心腸。在女人的腳越小越漂亮的價值取向下，哪家的小女孩沒有承受這樣的摧殘？為了長成一對三寸金蓮，小姑娘淚流成河。普通百姓家一般來說比較隨便，因為他們家的女孩子要幹體力活，一雙尖尖的小腳，走路還會搖晃，形同廢人，是什麼也幹不了的。大戶人家的小姐裹腳，這是必須的。

表弟譚凱雖然年紀還小，卻是性情中人，他和表姐玩耍的當兒，有時會目不轉眼地盯著李閏的腳尖，問道：「痛嗎？」

「痛。」

小男孩的眼角滾出一串淚珠，跺了跺腳：「放開、放開——不要裹了！」

小姑娘知道這是絕對不可能的，但是，聽了這話心裡特別溫暖，臉上泛起淺淺的微笑，說道：「不裹，長成一雙大腳，醜死了，嫁不出去，沒有人要啊！」

表弟更加心疼了，手掌使勁拍了兩下小小的胸脯：「沒有人要，我要！」

小姑娘不哭了，反問：「你呀，你講的話不算數……父母之命，媒妁之言……」

畢竟是孩子，他們之間也會有鬧矛盾的時候，一天傍晚，他們在小河邊玩耍，譚凱掏了兩顆喜鵲蛋，然後在河岸上挖了一個洞，用枯樹枝燒。李閏蹲著旁觀，她佩服這個小男孩，書讀得好，還會掏鳥窩，而且鳥蛋還會燒著吃，好香。

她忽然想起了譚凱的字，奇怪地問道：「你為何叫『笨飛』呀？」

譚凱隨口答道：「這是爺爺給我取的，笨鳥先飛唄。」

李閏搖頭道；「你讀書那麼厲害，爬樹那麼厲害，你一點也不笨呀！——如果你這樣聰明的人也叫笨飛的話，我就得叫笨笨飛了！」

譚凱眼睛看著手裡的鳥蛋，有些得意地說道：「哪有這樣取名的呀！」

李閏看著他，熱烈地繼續：「那——你說叫什麼好呢？」

譚凱不假思索地說道：「叫笨笨吧！」

李閏佯裝生氣，說道：「我不理你了！」

譚凱似乎沒有聽見，趴在地上，將嘴伸到燒火的洞邊使勁吹呀吹呀。洞裡的煙吹到他的臉上、眼睛裡，他隨手一抹，頓時小臉蛋上烏焦巴弓，成了大花臉。李閏見他這模樣，忍不住一隻小手掩著嘴吃吃直笑。譚凱將燒熟的鳥蛋剝了殼遞到她的手裡，李閏聞了聞，讚歎道：「啊啊，真香——」

她忽然發現譚凱看著自己的臉，問道：「有什麼好看的呀？」

譚凱說道：「你鼻子旁邊一些點點洗不掉嗎？啊啊，我明白了，這叫雀斑，洗不掉的……」

李閏臉色突然變了，隨即將兩枚白花花的鳥蛋往譚凱手裡一塞，說話沒有好聲氣：「我再也不理你了！」

譚凱意識到自己說錯了話，在後面緊追幾步，大聲道：「表姐，表姐，我不是笑話你啊，真的，我真的不是那個意思……雀斑生在你臉上，一點也不難看……」

李閏氣咻咻地走了，眨眼便不見了蹤影。

譚凱望著她漸漸遠去的背影發呆。

過了一夜，第二天兩人相遇，李閏又會笑咪咪地先開口：「譚凱，今天做什麼呀？」

十二

不知不覺，譚凱個子躥高了許多，嘴唇邊有了一圈的黑鬍子，李闰的胸脯開始形成兩個小小的山峰。男孩發育到這個階段，生理漸漸成熟，荷爾蒙在體內自然而然會有所反應。譚凱趕緊將目光移開，這個細小的動作，被李闰覺察，她的臉紅了，感覺有些不自在。

隨著年齡的增大，他們的思想觀念產生了分歧，李闰熱衷仕途，迷戀功名。也難怪，有她爹成功的榜樣擺在那兒呢。出於好心，她希望譚凱金榜題名，而後洞房花燭，再然後夫榮妻貴。譚凱受家庭影響太大，對官場特別排斥，這個既然已經在頭腦裡形成，要改變很難，儘管爺爺遇難的時候他很小，但他爹經常會講一些他自己以及爺爺的經歷，歷數朝廷腐敗，賣國求榮，貪贓枉法之徒滾滾當朝，城狐社鼠之類紛紛執政。

在自己喜歡的女孩面前，譚凱像一個小大人，說起這些來，一套一套的，並且表明，自己將來長大了，決不會和這些人同流合污。這不是當著和尚罵賊禿嗎？譚凱的話有些重，李闰理解他的心情，但並不贊同。她愛自己老爸，在她的心目中，老爸是一個愛國愛民的清官，表弟的話，實在是太難聽了，朝廷上上下下那麼多官，難道個個都壞嗎？

譚凱恨恨連聲：「我特別討厭當官的！」

李闰火了：「譚笨飛，我告訴你，你再這麼講我不理你了！」

譚凱不妥協：「不理就不理，隨你便——你還可以到朝廷告發，大不了和我爺爺一樣被押解到菜市口開刀問斬……」

李闰正要駁斥，話到嘴邊，突然發現譚凱的眼眶裡淚光閃閃，心立刻軟了，曼聲細語地說道：「笨飛呀，一個男人，幹嘛非要和女孩子置氣，心眼也太小了吧？」

十四歲的譚凱使勁抹了一把眼睛，又來勁了，語氣堅定地：「反正我這一輩子不當官！」

李閏的眼神一下暗淡了許多，她還是想做最後的努力，試圖說服眼前這個使她心疼的大男孩。這個男人偏偏不買賬，用發誓的口氣說道：「我今後當官就會不得好死！」

李閏衝表弟吼一嗓子：「我不想見到你了，你走吧！」

譚凱二話不說，一轉身，氣咻咻地走了。李閏看著他的背影，其實話一出口就後悔了。譚凱一路回家，心裡為李閏的話著急，因為想見她啊。他們真的很久沒有見面了。相見不如懷念，扯淡，自從李閏隨當官的父親離開家鄉之後，譚凱患了五不能的病，一是夜深了不能入睡；二是餓肚子的時候不能吃飯；三是手捧書本不能讀……四是……李閏成為譚嗣同婆娘的消息就像扎在心上的一枚鋼針。

為此，他沒有少挨他爹他娘的輪番責罵。終於有一天，他預料中的事發生了。那天，他走李府家路過時，鼓樂聲聲入耳，炸響的鞭炮將紅紅綠綠的紙屑揚到天空，灑落下來，像是下了一陣桃花雨。他站著發愣，眼睜睜地盯著一頂花轎從身邊走過，他頓時淚流滿面，嚎啕大哭。回到家裡，他娘問他幹嘛哭，他抽抽嗒嗒地說：「閏娘嫁了！」

譚炎的手指戳他的額頭：「我怎麼生了你這麼一個沒有出息的兒子呢！」

米鋪老闆娘走攏來幫腔：「我不曉得你看上了閏娘哪一點，要身高沒有身高，頭髮枯黃，要品貌沒有品貌……鼻翼兩側都有雀斑——」

譚凱突然睜大兩眼使勁擤一把鼻涕，衝他娘模樣很凶地吼一嗓子：「不準你說她的壞話！」

他娘說：「我講的不對嗎？她的鼻子——」

譚凱打斷他娘的話：「你看得蠻仔細的！你曉得我喜歡她哪一點嗎？雀斑！雀斑長在別人鼻子邊不好看，長在她的鼻子上就像一朵花！」他娘被兒子的話氣哭了，譚凱繼續與他娘對著幹：「我就是喜歡她！就是喜歡她！」

他爹衝攏來一記重重的耳光，打得兒子兩眼冒金星，下手夠狠的。譚凱不哭了，杵在譚炎面前，目光中充滿仇恨。譚炎還不解恨，吼一聲：「沒有出息的東西！」

李氏夫人見他爹下手如此之狠，忍不住傷心流淚，他爹又衝他用更大的聲音吼一嗓子：「再不聽話，我將你趕出去，不要進這個家門了！」

「既然反感當官的，又不想做生意，那麼，你今後長大了幹什麼呢？你沒有聽說過『父母難保百年春』嗎？」家裡出了一個這樣不聽話的兒子，做爹娘的也惱火。兒子如果蠢笨，也就算了，唉，兒子長大了到底幹啥呢？對不起，他爹自己也不曉得，虧他還是進士呢。也許是自從那年攤上那件家破人亡的大事之後，他的思想一下子糊塗了，心裡矛盾，一方面，對兒子聰明，博聞強記感到高興，但同時又為兒子的前途發愁，長大了從事什麼職業呢？米鋪掌櫃的指頭幾乎戳著兒子的眉毛尖了，大聲呵斥：「哪怕是種田的，也不會一門心思盯著別人的婆娘！我愧對祖宗啊，生了你這麼一個沒有出息的兒子，你、你、你太讓我失望了，你太叫人傷心了——」

老闆娘的立場完全倒向掌櫃的一邊，責罵兒子：「沒有出息，別人讀書為了功名，不做官做生意也好啊，當年那個越國范蠡，放棄宰相的位置去做生意，幹出名堂來了——」

兒子打斷他娘的話，顯得極不耐煩地說：「讓你的陶朱公見鬼去吧！」

世間哪有兒子這樣對娘說話的？譚炎的指頭戳在兒子的額頭上了，大聲呵斥：「為了一個已經是別人婆娘的女人不要前途！前世做的孽，生了你這麼一個孽障！」

譚炎嘴都氣歪了，拳頭在兒子的頭頂上懸著：「如果你再這樣，我不認你是兒子了！別杵在家裡丟人現眼！」

譚凱眼睛都不眨巴一下：「不認就不認！」

這還了得！忤逆不孝！譚掌櫃氣昏了頭，使出殺手鐗：「你給我跪下！」

爹從來沒有對他這麼凶啊，譚凱害怕了，乖乖地跪了，眼睜睜地看著爹將一根點燃的線香插在桌子上：「線香不燒完不準起來——」

這樣的處罰在私塾常見，比打手掌更嚴厲，對象大抵是十歲以下的頑童。其實譚凱讀書很用功，從來沒有受到過處罰。現在長大了，父親竟然還用這樣的辦法收拾他。

線香燃燒的很慢，譚凱的兩隻膝蓋像針扎似的疼，越來越疼，疼得受不了。

他人跪著，卻豎起兩隻耳朵諦聽爹娘房間裡的動靜，心裡想了許多許多，想到這樣的日子沒完沒了，誰受得了，想起閨娘現在過得好嗎？她老公喜歡她不？想來想去，腦海裡出現那張微笑的臉，鼻子兩翼跳躍的雀斑，走起路來前仰後合的三寸金蓮，胸前一對顫顫微微的乳峰……心裡便有一隻小鹿撞擊。不能責怪小子垃圾，屬於正常的生理反應嘛，人這一輩子，誰不曾經歷過。除非被特殊處理過的，那叫太監。

還是說譚凱此時此刻的心裡活動吧，最後，他一咬牙，從地上爬起來，在暗夜中摸進帳房裡，從抽屜裡抓起一把碎銀，悄悄地將後門打開一條縫，溜了出去，就這樣，離家出走了。

清冷的深夜，他從家裡出來，呼吸了幾口新鮮空氣，四周一片灰濛濛的，突然膽怯了。去哪兒呀？譚凱長這麼大，很少離開過家鄉呀，走出望城，便兩眼一抹黑，像是一隻無頭蒼蠅，到處亂轉，他不敢在望城、長沙久留，擔心被他爹逮住，一頓揍逃不了。在這樣糟糕的情況下，譚凱的心裡還是放不下李閏，滿腦子都是和李閏在一起玩耍的情景。思來想去，一咬牙，決定去瀏陽碰碰運氣，說不定能見到她呢？他根本沒有多想，即使見到了李閏，人家已經是人家的婆娘了，生米煮成熟飯了，你還能怎樣？

譚凱從家裡偷偷地溜出來，已經是三更過後，碧藍的天空綴滿星斗，從湘江上吹過來的陣陣晚風，夾雜潮濕的魚腥氣味，親吻著發燙的臉頰。他猶豫了一會兒，腳不由自主地往李篁仙大學士家方向移動。來到李府的門前，大門緊閉，腦海裡浮現與閏娘對答古詩文的情景，彷彿聽到了表姐甜潤的聲音，鼻翼兩側躍動的雀斑……淚水控制不住奪眶而出，在臉頰上汩汩地流淌。

他機械地行走在官道上，在拐彎處的一棵香樟樹下，站住，昔日爬樹掏了鳥蛋下來，閏娘雙手接過去，而後就是一串串嘻嘻哈哈的笑聲，歷歷目前……更夫往香樟樹下走來，譚凱無精打彩的再度邁開腳步，漫無目的地行走，不知不覺便來到了瀏陽河邊的東沌渡。這時候，天已經亮了，往來的行人漸漸多了。他終於打定主意，向行人探問到瀏陽的路，一下子跑攏來幾個轎夫，搶著說坐他的吧。譚凱摸了一把袋裡的碎銀，猶豫了。坐轎，這輩子還不曾享受過呢？離家出走，沒有去處，坐轎，除非是瘋子！他沒有理會轎夫的熱情，因為他早已經知道望城距離瀏陽不過百餘里路程，決定用自己的兩條腿丈量。

瀏陽縣城也就屁眼大的地方，一條主要的大街，像一條蟒蛇趴在河岸上。高高低低，起起伏伏，沒有幾家像模像樣的店鋪，店倌一個個都打不起精神。街面鋪的鵝卵石，稀稀拉拉見不到幾個行人。譚凱在街上東張西望，漫無目的地溜達，在周家碼頭逗留的時間最長。看著一排排停靠的木船，河流上的千帆競發，心裡便會產生一種莫名的激動。這與冷冷清清、死氣沉沉的縣城完全是兩種絕然不同的格調。

潮濕的河風親吻著他的臉頰，忽然記起了曾經聽過的關於這座縣城的歌謠——

湖南瀏陽縣，三家豆腐店；
衙門打板子，全城聽得見。

譚繼洵是瀏陽縣走出去的高官，拖家帶口的長期在外為官，很少返鄉，坐落在縣城北正街巡撫大人的老家，這個占地面積十幾畝的宅子，不算特別大，門楣上卻懸掛著一塊御筆題寫的「大夫第」三個大字。一座小小的縣城，出了這麼一位高官，已經很值得炫耀了，再加上這塊御筆題寫的匾，更搶眼了。

如果仰仗名人效應，當政者有經濟頭腦，好好打造，縣城不應該如此冷清，死氣沉沉。主要責任在縣知事唐步瀛身上，難怪他幾十年光陰待在知縣的位置上不動。他沒有看出其中的無限商機，一座小小的縣城，萬歲爺的題詞，如此重要的內容，如果進行炒作，影響該有多大。身為一縣之主，沒有慧眼，沒有能耐，你看瀏陽城鄉的老百姓，住茅草房的還不少，穿補丁衣服的人隨處可見，蓬頭垢面的乞丐像幽靈遊弋……

閒話少說，繼續講譚凱的事兒吧。譚凱被大夫第門口張貼的招聘家丁告示吸引住了。這張告示寬兩尺左右，長一尺多長，如果不是貼在這兒，縣城的老少爺們就會把它當牛皮癬一類小廣告看待。畢竟是在巡撫大人的宅子呀，可信度就高了許多。圍觀的人不少啊，認字的人不多，於是相互議論猜測，或者豎起耳朵聽識字者議論是啥玩意兒。

譚凱的目光透過幾顆腦殼之間的縫隙，盯著告示，琢磨了很久，突然眼睛一亮，困擾多時的事瞬間打定了主意，疾步上前，伸手「嘩啦——」一下，將告示揭了下來，然後敲響了大夫第緊閉的黑漆大門。譚凱的舉動吸引了眾多圍觀者的眼球，男男女女不約而同地看過來：個子高，長得帥，身穿一件讀書人的藍布長衫，談吐不俗，一表人才啊，走在大街上，哪個女子不想多看幾眼，回頭率肯定低不了。他為何屈身當下人呢？嗯，肯定是一個有故事的人，已經進去了，大門也重新閉緊了，看客們還沒有散去。

譚凱應聘十分順利，很快，他便在大夫第上班了，身份當然是一個僕人，換一說法就是奴才。幸而那時候通訊不發達，主要交通工具就是長在肚皮下面的兩條腿，家裡有幾兩銀子，再或者當官的，便有馬車代步了。往往一架馬車招搖而過，路人紛紛閃開，其風光程度，不亞於當今的豪車。譚凱他爹娘如果曉得兒子會選擇這樣一個職業，目的是為了一個已為人妻的女子，不氣得吐血才怪。這時候，譚老在京師為官，招聘家丁這樣的小事瀏陽管家譚能就可以做主。

十三

譚凱進入大夫第之後，這個年輕人頭腦還算靈活，舉止言談還有幾分書生的儒雅，譚能比較滿意。不過，新進的家丁也有怪的地方，特別喜歡看府上一些人的畫像。尤其是七公子夫人的，往往站在面前半天發呆，別人發現後，他便不好意思地離開。總之，雖然沒有見他有出眾的能耐，大傢伙還算滿意吧。不知不覺，譚凱進譚府就是一年有餘。

這一年，地處湘贛邊的瀏陽，氣候反常，五月間連降暴雨，毀掉了大片莊稼，居住了三代人的土磚房，眼睜睜被山洪捲走了。進入七月，又是五十年不遇的乾旱，晚稻插不下去。縣城以及通往長沙府的官道上，要飯的飢民像綠頭蒼蠅，隨處可見。

入冬，收租的時候，大夫第的老管家譚能感到頭上的壓力。這租，能收上來嗎？老爺是一位清正廉潔的好官，做了這麼多年的官，職位也不低，可是，在旁人羡慕的職位上，愣是一個不乾淨的銅板也不要。比他職位低的地方縣級領導，哪個不住豪宅，妻妾成群，吃香喝辣，富得流油？

老譚的官已經做這麼大了，家中僅有縣城郊外冷水井一處一百八十五畝的水田，還是經商的二哥繼鏞送的。這個不怕，同胞兄弟嘛，而且是公開送的，沒有侵害國家利益，不算受賄。老爺成天忙國家的事、老百姓的事，已經五年沒有回家鄉了。早一陣子老爺就說過，今年回瀏陽老家過年。過年事小，主要是為了他二哥繼鏞的五十壽誕。老爺既然回來，當管家的肯定要稟報工作呀。田租是一件大事，無法隱瞞過去，這使譚能更加感到頭上的壓力。

時令入冬，還沒有佃戶上門交租，這在往年幾乎沒有發生過。譚能知道與災害有關。

第一次，他安排府上的帳房譚貴與一名家丁前往，二十里路，不算太遠，但是，大夫第的人出外，馬車自然少不了。不到傍晚的時候，馬車便回來了。一看他們低垂著頭，無精打采，像霜打茄子的模樣，便什麼也不要問了。譚能問收租的情況，譚貴卻說村子裡那些遭災的百姓剝樹挖草根煮粥充飢，答非所問，牛頭不對馬嘴。

「不要說了！」譚能打斷帳房譚貴的話。

這可怎麼辦呀？愁壞了管家，整天悶悶不樂，無奈，他只有親自出馬，帶著帳房譚貴來到關口，面對災情後的慘況，也一樣束手無策，無功而返。

譚凱突然自告奮勇，他去收租。

譚能感到驚訝：「你去，行嗎？」

譚凱卻顯得很有把握地說：「你放心，我一定讓老爺滿意！」

當晚，刮了一夜的北風，人鑽在被子裡，還是感到透骨入髓的寒冷。第二天譚凱起得很早，打開黑漆大門，只見白茫茫一片，都是濃霜，從河邊徐來一絲風，耳朵、臉頰便有刀子劃痛的感覺。譚能不知什麼時候站在他的身後，年紀大了，呼吸不暢，發出很大的聲響。

譚凱看了他一眼，吆喝車夫備車，譚能則叫著帳房的名字。臨出發的時候，譚能伸手捏了捏譚凱的肩膀，說道：「多穿一件衣吧，別凍著了，今天好冷！」

譚凱說聲「我年輕呢，不用」，隨即與帳房譚貴同乘一掛馬車，車夫鞭子一揮，兩匹馬拉著車一路顛簸而去，譚能看著馬車漸漸遠去，心裡莫名其妙的緊張，到底為什麼呢？卻又說不清楚。

譚能打譚凱走後，心懸著，不踏實。眼看太陽就要掉在周家碼頭對面的天馬山崗上了，北風一陣緊似一陣。還不見譚凱的馬車影子呀？譚能很煩躁，不時到門口張望。譚凱的車還不見影子，老譚、嗣同父子回來了。

譚能趕緊忙著接老爺，暫且將譚凱的事丟在一邊。他因為心裡有事，在老爺面前，說起話來心不在焉，老爺覺察到了，問道：「你好像有什麼心事？」

譚能掩飾道：「沒有啊，沒有……」

老譚左右張望，忽然問道：「譚凱呢，聽說你招了一個不錯的年輕人呀？」

譚能的額頭冒汗了，吞吞吐吐地說：「譚凱……我派他與譚貴到關口收租去了，今年災情嚴重，收不上來啊，老爺——」

老譚點了點頭，說道：「嗯，這個我在京師已經聽說過了。」

正在這個時候，門口一聲馬的嘶鳴，譚能失聲說道：「譚凱回來了！」

他轉過身一看，立刻被眼前的景象驚呆了！這麼寒冷的天氣，譚凱從馬車上下來，上身一件灰布單衣，下身一條褲衩，頭上的帽子也沒有了。譚能暗暗叫苦，後悔不該讓這個家丁擔當這樣一件大事，肯定是態度不好，與佃戶發生衝突，連衣服都被人給扒了。而且偏偏被老爺看見了。

老譚嗣同父子也感到驚訝，不知道到底發生了什麼事。

譚凱卻笑嘻嘻地見過老爺、七公子。

譚能還要責罵，嗣同揮手制止，對譚凱問道：「說說看，到底怎麼回事？」

譚凱說道：「好冷啊，我先進屋穿衣再說好嗎？」

原來，譚凱、譚貴剛進村，佃戶們紛紛訴苦，遭遇大旱，種子都收不回來。譚凱走了幾處田頭，乾旱的景象觸目驚心，水田裡裂開條條能伸進拳頭的縫隙，禾苗都枯死了，有的人家連水井也乾了，飲水也發生了困難。有幾個老頭婆子龜縮在門洞裡，冷得發抖。譚凱走攏去，感覺到一個老婆婆的臉像火一樣滾燙，倚靠在門框邊呻吟。譚凱毫不猶豫脫下身上的棉襖套在老婆婆身上，剛轉身，發現一個七歲左右的女孩蜷縮在門洞裡瑟瑟發抖，他走上前去，感覺到有一股熱氣撲面而來，用手一摸，哎呀，燙的像一團火。他急了，連叫幾聲：「小妹妹，別在這兒睡了，你家裡人呢？」

女孩搖了搖頭，含混不清地說了一串話，譚凱費了很大的勁才弄明白，這是一個孤兒，名叫銀華，不是本地人，隨父母要飯來到這兒。早晨一覺醒來，才知道自己被狠心的父母拋棄了。譚凱二話不說，急忙脫下一件衣服披在女孩的身上，然後吩咐譚貴，將女孩抱上馬車。譚貴奇怪：「你這是幹嘛？」

譚凱說：「給孩子買藥呀！」

譚貴說：「這關你的事嗎？我們是來收租的，不是來救濟的！」

譚凱說：「你看著小姑娘多可憐啊，我不能見死不救，——拿來吧！」

譚貴沒有辦法，只好掏出兩個銅板塞到譚凱手裡，譚凱將銀華抱到村口一戶人家，說道：「麻煩大叔去買藥吧，這孩子發燒呢！」

那位被稱為大叔的人，被譚凱的行為所感動，很爽快地答應了。

其實，譚府的佃戶也只二十八戶，兩百多人丁，佃這份田，吃飯而已。但是，受災的確實大面積呀。一位非譚府佃戶的老頭，衣著單薄，蹲在一處院子牆角瑟瑟發抖。譚凱走近，一臉的痛苦，還在呻吟，他下意識做著脫衣服的動作，可是，剛鬆了一顆扣子，才發現只穿一件了，再脫就赤膊了，便對旁邊的譚貴說：「貴叔，你身上的棉袍給我吧？」見譚貴面有難色，補一句：「回去我還你一件新的。」

四十八歲的帳房雙手直擺：「這麼冷的天，你要我脫身上的衣?!」

譚凱不做聲了，立刻脫身上剩下的一件衣，光著膀子在寒風中，彎下腰正準備給那位老頭穿上的時候，譚貴突然三兩下將棉袍脫下，推了譚凱一把，然後往那位老頭身上披。譚凱一愣，隨即嘻嘻笑了。譚貴狠狠地瞪了一眼，沒有好聲氣：「今天真不該和你來！」

譚凱沒有回話，嘴唇烏紫，嘻嘻地笑。大夫第東家的這番舉動，圍觀的人越來越多，寒冷的天氣，在露天地裡聚這麼多人。男男女女扎堆地議論，雖然他們中許多人衣著單薄，卻忘記了嚴寒。譚凱往馬車上一站，面對一群面如菜色的農戶人家，很激動，忘記了自己下人的身份，突然大聲道：「各位父老鄉親們，你們受苦了，今年欠下大夫第的租金，一概免除，都不要了！」

譚貴大吃一驚：「你瘋了?!」

譚凱的聲音更大了：「是呀，不收了，我們老爺也是貧苦家庭出身，在當官之前，也吃過很多苦，體恤各位……不收！今天，我就是奉老爺的派遣來宣佈這件事的——」

譚貴又上前去試圖將譚凱拉下來，可是，他哪有年輕人力氣大啊，一屁股坐在地下。譚凱沒有理會，繼續按自己的想法說下去。他的話被歡呼聲打斷了，有人突然跪在譚凱面前，放聲大哭，接著，哭聲一片……

譚凱返回時身上只穿一件薄薄的單衣，並不覺得特別冷，心情久久地不能平靜。譚貴不理他，自顧說個不停：「完了……完了……回去如何交差啊，完了完了……」

譚凱說他了：「我一人做事一人擋，沒有你的事，你只管放心好了！」

他一路上激情四射，很有英雄豪情……馬車離大夫第越來越近了的時候，他的頭腦冷靜下來，心變得惴惴不安。就在踏進大院的那一刻，他突然有一種闖下大禍的感覺，剛剛走進大夫第的院子，發現院子裡停留著一掛四轅馬車，心裡一驚……老爺到家了?!

譚凱的一顆心快要蹦出來了。他突然感到了嚴寒的威脅，身子有一種緊縮的感覺。老譚走近譚凱，說道：「孩子，趕快進去穿衣服，別凍著了。」

老爺臉上和善的笑容使得譚凱緊張的神經有所放鬆。他趕緊溜進廂房，迅速穿好衣服，將眼睛貼在門縫上，斷斷續續聽到客廳裡，老管家正向老爺父子彙報工作。老爺稱在京師的時候早就聽說今年瀏陽遇到百年不過的大旱，佃戶也不容易，交租困難也可以理解。譚能的口氣便有些討好，歷數府上的清貧，官是做大了，卻沒有多少積蓄，這其中八十多畝水田還是經商的二哥繼鏞送的。外人誰會相信呢？老爺笑著揮手，打斷了譚能的沒完沒了。老管家接著便說今天派家丁譚凱與帳房譚貴去收租的事，這是自己工作上的失誤，責任在他，請老爺不要責怪譚凱，這個年輕人，其實往日做事還是蠻能幹的。

老譚笑笑，說知道了。

一會兒，老管家譚能大聲呼喚譚凱，老爺召見，快些來吧。

譚凱答應一聲，心跳加快，為了克制又開始的緊張，他兩手併攏伸直，舉過頭頂，做了一次深呼吸，然後穩步進入客廳，分別叫了一聲「老爺」、「七公子」，便退到一旁。老爺捏了捏下頷的鬍子，這是他滿意時候的招牌動作。

「你是長沙人？」

「是的，老爺。」

「令尊幹什麼的呢？」

「做小買賣的。」

「唔，」老譚沉吟片刻，他對商人從來感冒，「譚能總是誇你聰明，很能幹，家裡的事，你出了不少力，而且還讀了不少書呀？」

譚凱謙虛地說：「做事，我做的都是一些分內的事，不值一提；粗通文墨而已，在老爺面前，哪裡敢提讀書二字？」

老譚點了點頭，轉向管家笑道：「招來這麼一個人才，譚能你做了一件好事。」

坐在老爺旁邊的七公子嗣同突然話鋒一轉：「譚凱，說說看，今天收租的事，到底是怎麼回事。」

最擔心的時刻終於來了，譚能的額頭上冒汗了，譚凱的額頭上也不斷地冒出汗珠來，他儘量口氣平靜地說道：「今年的旱情，觸目驚心，我見那些佃戶一個個絕望的眼神，我見那些災民冷得難受，老人孩子發燒，忍不住衣服就……就給他們穿了……我……做了一件荒唐的事，把佃農招攏來，宣佈將今年的租全部免除了——」

老譚用商量的口氣問：「年輕人，說說你這樣做的道理。」

嗣同微笑：「我也想聽聽。」

譚凱的神情由惶恐、緊張到坦然，突兀問道：「老爺，請允許我背一段文章好嗎？」

老譚眉毛一挑，點頭：「背吧。」

譚凱朗聲誦讀：「……薛民萬戶，多有貸者，聞薛公使上客來徵息，時輸納甚眾，計之得錢息十萬。馮諼將錢多市牛酒，預出示：『凡負孟嘗君息錢者，勿論能償不能償，來日悉令府中驗卷。』百姓聞有牛酒之犒，皆如期而來。馮諼一一勞以酒食，勸使酣飽。因而旁觀，審其中貧富之狀，盡得其實。食畢，乃出卷以合之，度其力饒，雖一時不能，後可相償者，與之要約，載於卷上；其貧不能償者，皆羅拜哀乞寬期。馮諼命左右取火，將貧卷一筒，悉火中燒之……」

譚凱還想繼續，卻被老譚揮手打斷了，說道：「你得感謝譚能呀，是他給了你讀孟嘗君的機會。」

譚能一頭霧水：「孟嘗君是誰啊？」

老譚看著譚能，撫掌笑了。

老爺的笑聲，使譚凱緊張的心情一下子便得到了放鬆，他偷偷地瞥了嗣同一眼，七公子也向他投來滿意的笑容。只有老管家譚能被晾在一旁，莫名其妙，不曉得他們笑什麼。

老譚笑過之後，對老管家說：「你去把全家人都叫來吧，我有重要的事情宣佈。」

譚能答應一聲，很快便將所有家人召集在一起，聽候老爺訓示。

老譚當眾問老管家：「譚能啊，你今年幾歲？」

老管家答道：「五十八歲。」

老譚點頭，繼續詢問道：「你來我家二十年了吧，大大小小的事，盡職盡責的，操了不少的心，辛苦你了！」

譚能聽了主子這番話，眼淚滾出來了，感激地說：「小人能在老爺府裡待這麼久，這是小人的福氣，小人所做的一切，難報老爺的恩典……」

「是這樣吧，」譚老看了旁邊的嗣同一眼，繼續說道：「你也該歇歇了，只要你不嫌棄，這裡是你養老送終的地方。」

譚能的淚水滾滾而下，說道：「我願意繼續為府上效勞，老爺——」

老譚瞥了旁邊的譚凱一眼，意味深長地笑道：「這個你可以放心，我已經為大夫第選定了一位新管家來接替，我相信他一定能幹好的！」

譚能的腮幫子抽搐了幾下，感到有些意外，沒有想到會有這樣的事情發生，顫抖的聲音問道：「老爺，我向來處事還算謹慎，這次派譚凱去收租……對不起老爺，我——」

老譚又一次揮手打斷老管家的話：「這是你來我家後做得最出色的一件事。」

譚能一下子懵了，不曉得老爺究竟是什麼意思。

老譚接著說：「如果不是你，我哪能找到一位這麼好的管家呀？」

譚能茫然地說道：「老爺，你新招的管家現在哪兒？」

眾家人中一陣輕微的騷動，等待老爺說出結果，只有嗣同在一旁微微發笑，顯然，他爹的意思，他已經明白了。

老譚站起來，走到譚凱面前，右手在年輕人肩膀上拍了拍，大聲道：「就是他——」

譚凱也感到很意外，思想上毫無準備，但很快便鎮靜下來，推辭道：「老爺，我不行，太年輕了，我願意繼續在老管家的手下做事。」

一直沒有說話的嗣同突然開口了：「秦甘羅十三歲，登臺拜帥，你都二十多了吧，一個總管都不敢做，真沒有出息！」

嗣同的一句話把譚凱激怒了，大聲道：「我一定努力做好，不辜負老爺的重託！」

在眾人的歡呼聲中，譚能含著淚珠，悄然地離去，他顯得很失落。晚上，老爺將譚能召到自己房裡，再進行了一番安撫，上了一點歲數的人都容易激動，老爺歷數老管家來府上以後的功勞，淚水在眼眶裡滾動，當老爺再提到在大夫第養老的事，淚水溢出來了，變成珠子往下掉。

短暫的沉默後，譚能突然提出一個問題：「這個譚凱，他到底是哪兒人，這麼能幹，他到府上來沒有別的目的嗎？」

老爺搖頭笑道：「不就是一個家人嗎，能有什麼目的？你別多心了，疑人不用，用人不疑，也就一個管一點家裡事務的人吧？你知道祁黃羊嗎？」

譚能不好意思地笑道：「我只曉得黑山羊，還有綿羊，沒有見過……什麼黃的羊……」

外面響起了嗣同的腳步聲，他出現在門口，見老管家一臉的尷尬，忍不住笑了，吟誦道：「『解狐非子之仇也？』曰：『君問可，非問臣之仇也！』……」

譚能還是堅持，說道：「要不，我按照他自己講的去地方上摸一摸情況，俗話說，防人之心不可無啊，你說是吧，老爺？」

老譚正色道：「絕對不許可，聽見沒有？」

十四

話有些扯遠了，還是回到武昌的巡撫官邸，病人譚老的身邊，只剩下李閨與譚凱了，這是譚凱無數次夢中希望的機會呀。來大夫第，已經很有些年頭了，雖然進入了譚府，年紀輕輕，就做起了管家，深得主人一家的信任。有時他也會暗自發笑，萬一他的陰謀被老爺識破，不氣得吐血那才怪呢。由於李閨不在老家居住，見面的機會少之又少。因而，這個難得的機會往頭上砸來時，他感到突然，有點措手不及，本來有一肚子話要說的，卻不知從何說起。他偷偷地瞥了夢中情人一眼，短而粗的呼吸，胸前，薄薄的衣服覆蓋的兩座山峰高高聳立，說明她局促而緊張。

沉悶的空氣再度使人感到窒息，譚凱終於開口打破了僵局：「你還好嗎？」

李閨斜睨了他一眼，淡淡地回兩個字：「還好。」她見譚凱眼裡露出失望的神情，出於禮貌，接著在後面續了兩個字，「你呢？」

譚凱突然莫名地激動起來：「何時能當上誥命夫人啊？我在眼巴巴地盼著這一天啊，不要讓我等的太久了。」

李閨面露怒容：「你是我見過的最沒有出息的男人——」

譚凱被嗆，臉上未免有些尷尬地笑了笑，用自嘲的口氣說道：「衝冠一怒為紅顏，吳三桂說這句話的時候世間還沒有我啊！」

李閨意識到自己剛才的話語確實重了一些，口氣放婉轉了：「你天資高，博聞強記，極有天賦，如果走正道，必定有一番做為的——不要總是拿你爺爺你爹的遭遇來說事，因噎廢食，或者說見木不見林。」

譚凱雙手朝李閨打了一下拱手：「謝謝七夫人賜教，小人一定會銘記在心，你當上誥命夫人的那一天，我可會上門討一杯酒喝……」譚凱偷偷地觀察李閨的反應。

李閨不察，繼續說：「你這麼偷偷地走了，也不怕你娘擔心嗎？你都多大的歲數了，什麼時候才能長大，不要爹娘為你操心……你不是沒有時間，為何不回家看看呢，笨飛……」

譚凱低下頭來，兩眼看著床上微微閉了眼睛的老爺，沒有出聲。

「笨飛啊，」李閏勸說道：「明知不可為而為之，這不是聰明，是愚蠢——你還是及早離開大夫第吧。不要打擾我平靜的生活，好嗎？」

譚凱盯了李閏一會兒，突然說道：「你愛老七嗎？」

李閏的眼睛看著窗外，沒有吭聲。面對少年時代夥伴的激動，李閏的腦海裡浮現當年在一起的許多有趣的往事，心裡對自己說，人啊，為什麼要長大呢？但是，她與譚凱的性格不同，理性多於感性，嚴酷的現實，為了更好地活著，必須面對，回避不了的，儘管有許多的無奈。她臉上的神情變得凝重起來，想了一會兒才說道：「我們是門當戶對，走讀書人應該走的正道。我老公公，我爹爹不都是這樣嗎？」

譚凱變得激動起來：「不錯，你爹，你老公公，而今都天下知了，確實是讀書人的樣板；可是，我爺爺呢？他曾經不也是十載寒窗嗎，卻落得一個身首異處——他也是讀書的成功人士吧？他到底犯了什麼罪?!如果他與貪墨之徒同流合污，說不定今天的官兒比你爹、你老公公做得還大一些！」

李閏不吭聲了，兩眼有些茫然地看著門外，屋子裡的空氣沉悶，沒有一點生氣，除了病床上的呼吸，再沒有其他動靜。

譚凱看了昏昏欲睡的譚老，壓低聲音道：「你還沒有回答我的問題。愛，還是不愛？」

李閏也看了床上的老公公一眼，答道：「你不要這樣咄咄逼人，你應該尊重事實。以你的聰明才智，何愁娶不到比我強百倍的婆娘呢——趕快離開好嗎？我求你了！」

譚凱心裡明白，敘舊的時間寶貴，頭腦特清醒，嘴巴與李閏聊著憋了很久的心裡話，眼睛卻看著門外。只要門外有一點動靜，立刻終止聊天。他的機靈，是多年歷練出來的。

不久，柳郎中在嗣同的陪同之下進入湖北巡撫官邸院子的大門。

柳郎中是府上沒有明確身份的保健醫生，是這裡的常客，來的次數一多，出入也就毫無拘束，顯得隨便，他給譚老切脈之後說道：「這是急火攻心所致，幸而大人的身體底子還好，沒有什麼大毛病，、好好調理一下就可以了……」

老父親在病榻上悠悠醒來，睜開眼睛，盯著蚊帳的頂上發直，腦海裡不斷浮現泗生從小到大的情景，呱呱墜地，讀書，調皮，不求上進，點香罰跪……而後規規矩矩地拿起書本，終於有了功名，不知不覺就長大了，個子比他這個當爹的還高一片豆腐……

七兒的聲音似乎是從遙遠的地方傳來：「爹，你自己一把年紀了，要曉得想開啊──」

譚老雖然沒有出聲，但是，臉上的神情變得生動起來，顯然，他聽見了。而且，這麼近距離和七兒在一起，他瞇縫著昏花的眼睛，盯著七兒的臉，剛剛剃過的頭皮泛著青光，額頭突出，眼睛好大，目光有神，稀稀拉拉的鬍子，一條又粗又長的辮子。多少年了，沒有如此近看過兒子。老漢心裡有著太多的說不出的話來，這麼看，彷彿是欣賞一件寶貝。

嗣同和夫人李閏守在床前，屁股都沒有挪動一下。老漢竭力回憶所發生過的事，他不願意相信噩耗是真的，早一些日子還在眼皮子底下晃動的老二泗生──說沒有就沒有了麼？譚老突然手指了指堂屋對面的廂房，擔心地說道：「七兒，你二哥的事，暫時不要讓你二娘曉得了，你趕緊叮囑家裡所有的人保守秘密──」

嗣同點了點頭：「我已經這樣囑咐過了，你只管放心吧，回瀏陽的事，我正在做一些必要的準備，到時候再告訴你，爹──」

父親這輩子一次又一次的白髮人送黑髮人，如果換做其他人，說不定已經垮了。然而此刻，在嗣同的眼裡，父親是多麼的可憐，憔悴，蒼老，淚痕，這哪裡像在公眾面前威風八面的當朝一品大員啊。

譚老繼續吩咐：「這幾天，我恐怕還恢復不了，你二娘要細心侍候，翻身的時候，手輕一點……」他似乎想起了什麼，聲音一下子又大了許多，「柳郎中呢，叫他快來──」

嗣同忙不迭大聲：「快叫柳先生，請──」

柳郎中也是一個特倒楣的角色，原本是太醫院的郎中，四品頂戴，套行政屬於地方廳級幹部，醫術談不上很出色，表現平平。萬歲爺見他供職有些年頭了，論資歷也該提拔一下。在這節骨眼上，給老佛爺一條京巴用藥出了點紕漏，構成嚴重的醫療事故。要不是光緒爺叩頭講好話，差點兒丟了一條小命，皇恩浩蕩，準許其告老返鄉。但是，回到漢口，兒子不爭氣，連老宅子都輸在賭場上了，一把年紀的人了，還得幹老本行，否則，一家子吃飯就會有困難。

其實呢，這時候他剛剛離開巡撫官邸，沒有走多遠，又被七公子嗣同叫了回來，重新到巡撫大人的病榻前。望聞問切，病情沒有加重。譚繼洵看了他一眼，問道：「我馬上要出一趟遠門，你有什麼需要吩咐我注意的地方嗎？」

柳郎中鬆了一口氣，說道：「大人，你的身體沒有大礙，只是還有點虛弱——大人要出遠門，請問大人要去哪兒啊？」

「臺灣……」

「臺灣?!大人現在這個模樣要去臺灣……」郎中手指捏了捏下頜的一撮花白鬍鬚，沉吟片刻，說道：「大人恕老朽直言。」

譚老點頭：「但說無妨。」

郎中又看了一眼旁邊的嗣同夫婦，繼續說道：「如果走陸路的話，雖然鞍馬勞頓，卻也無妨；如果飄洋過海，健壯的年輕人都承受不了——小人斗膽問一句，究竟發生了什麼事非要大人親躬，七公子那麼能幹，不可以代勞？」

譚老的臉色一下子變得凝重起來，目光轉向窗外，沉吟不語。

嗣同非常理解父親此時此刻的心情，勸解道：「爹，你就別勉為其難了，這事就交給孩兒吧，孩兒一定會處理好的，你只管放心就是……」

站立在旁邊的譚凱看了李閏一眼，然後說：「老爺，你就放心吧，以七公子的練達，處事能力，完全可以辦好，我也會盡力幫助他的……」

李閏接過話：「是呀，譚凱說的也有道理……爹！」

譚老抬眼看著嗣同，仍然固執地說道：「七兒，我當然相信你能辦好這件事……可是我……不行，我一定要親自去把泗生接回家來……我心裡放不下，也對你娘不住……她臨終時候的眼神我一直忘不了，她的眼睛對我講了許多話，你們兒女都不懂的話……」

柳郎中看了看嗣同，又看了看病人，估摸巡撫大人家裡可能出大事了，忍不住問道：「二公子去了哪兒，需要老爺親自去接？」

巡撫大人衝柳郎中揮了一下手：「你可以走了。」

嗣同盯著郎中搖搖晃晃遠去的背影，然後轉過頭來對他爹說：「歲月不饒人，爹，您就別勉強了，我一定辦好這件事。一切都按照您的吩咐去做。好嗎，爹！」

父親眯著眼睛，已經沒有了說話的力氣，只想安靜一會兒。

嗣同改口道：「還是聽一聽二娘的意見吧？」

譚老這才睜開眼睛，點了點頭，輕輕地自言自語：「對啊，聽聽你二娘的意見，哎——我怎麼把她給忘了呢。唉，我真的老糊塗了啊，走，去你二娘那兒……」

他隨即從床上爬起身來，嗣同伸手去攙扶，被拒絕了，穿過客廳，路過一口天井，在樟樹下做了一次深呼吸，往對面的廂房走去，嗣同夫婦緊隨左右，一齊來到盧夫人的臥室。這是一間寬敞明亮的房間，屋子裡窗明几淨，佈置雖然簡陋，但一切都擺設得有條不紊。盧夫人雖然比老公小了二十多歲，也是頭髮花白，眼袋下墜，皮膚鬆鬆垮垮。一年前，她在沒有任何徵兆的情況下突然中風，經過名醫柳郎中的治療，兩條腿仍然像棉花做的，行走十分艱難，右手握不穩筷子，嘴角有幾分歪斜。其實她今天的精神狀態還是不錯，見父子倆一齊走進來，憑直覺，一定發生了什麼大事，微笑中透出一絲不安。

嗣同和夫人李閏一齊走到盧氏夫人面前，行了一個鞠躬禮，同時呼了一聲：「二娘。」而後閃在一旁，給父親騰出位置來，譚老在床沿坐下，一個隨意的動作，扯扯被單，傳遞愛的資訊。

盧氏憑以往對這爺兒倆的瞭解，感覺到家一定有很要緊的事兒，一顆心怦怦地跳了起來。

譚老小心地說道：「我和復生都得回老家一趟……」

盧老夫人立刻瞪大兩眼，聲音有一點發顫：「什麼事啊，你們爺倆都要去？」

譚老臉上勉強泛起一點笑容，說道：「其實你早就該曉得，泗生的瀏陽特產商行開業慶典……他本來還希望你也去的，我說算了吧，路上辛苦，去了也沒有人照顧呀……你說是嗎？」

嗣同插話說道：「二哥在臺灣沒有待多久……」

譚老接著說：「他到臺灣還不是找唐景崧籌錢麼？」

盧氏說：「這個我知道——泗生遇到麻煩了嗎？」

譚老搖了搖頭，「景崧舉薦他做襄理，可能是沒有看上吧……他不喜歡當官。」

盧氏點頭笑道：「人各有志，不要勉強，泗生他都四十二歲的人了，讓他為自己做一回主吧？」她驚訝地發現老公臉上閃著淚光，「你怎麼流淚啊？到底發生了什麼事，想瞞我是不？」

譚老解釋：「沒有什麼事呀，你看——你想到哪兒去了！」

盧夫人：「沒有就好……泗生既然那麼想經商，說不定還真能搞出一點名堂來，七十二行，行行出狀元——那個陶朱公不就是榜樣麼！」

嗣同笑道：「二哥哪能和范蠡他老人家相比啊。」

盧夫人笑道：「經歷還是大致相似吧，你二哥入過國子監，還是候補通判……泗生人很聰明，一定能成。瀏陽的夏布、豆豉、紙傘，還有茴餅都很出名，早就聽說有一些商人還搗鼓到南洋去了！」

譚老聽了盧夫人這番話，心，就像被針扎了一樣疼痛難以忍受，吁一口長氣，說心裡話，他看不起商人，認為商人的骨子裡都只有錢。他忘了當年迎娶五緣後那一段清苦的日子，賣菜發揮了重要的作用。當年自己身邊就有一位「商人」。

現在說這些還有什麼意義呢？譚老也忍不住伸出右手，在盧氏的額頭上輕輕地撫摸了幾下，然後轉身離去，一隻右腳剛跨出門檻，就被盧夫人給叫住了：「老爺，你回去別忘了到大姐墳上去看看呀，代我問候，一品誥命夫人的滋味如何……」

嗣同很感動：「二娘，難為你還記得我娘……我爹如果不方便去的話，我一定要去的！」

盧夫人揮手：「復生啊，你爹年紀大了，你好好照顧，預祝你們父子一路順風，平安……」

譚氏爺兒倆從臥室出來，便開始為去臺灣做準備了，嗣同知道自己無法阻止父親去臺灣，心裡很著急，老人漂洋過海的話，誰敢保證不會出現什麼狀況。他忙碌了一整天，到晚上才進自己臥室，聽到蘭生稚嫩的笑聲，悲涼的心裡這才感覺到了些許的溫馨，在小臉蛋上親了一口，面無表情地走進臥室，在床沿坐下，眼睛卻看著門外天井旁邊的那株樟樹出神。

「爹同意了麼？」

「沒有，誰也勸不住，非去不可。」

李閏不說話了，沉吟良久：「要瞞到什麼時候呀？」

嗣同吁了一口長氣：「瞞一天是一天吧！」

李閏突然說道：「那——和譚凱商量一下，這個人很能幹，腦殼也蠻想事的，爹一直很看重他的……說不定——」

嗣同打了一個長長的呵欠：「明天再說吧！」

李閏忽然說道：「我也想回老家一趟！」

嗣同感到驚訝：「你也去?!我的夫人啊，這不是回鄉探親訪友啊，是辦喪事啊，別忘了你還帶著未滿周歲的蘭生！」

李閏語氣堅決：「我當然知道，正是因為有了兒子，我才要回去，還一個心願，我娘臨終時還念叨我沒有生育，我向她老人家保證過了，生了兒女一定帶回去上墳，叫她一聲外婆！」

「不行，我們千里迢迢回家是為二哥辦喪事，不是走親戚，肯定忙不過來，你帶著一個這麼小的孩子，哪有時間照顧他！」

李閏生氣地說：「我不跟你爭了，明天我和爹講！」

第二天早上，一家人圍坐一桌吃飯，主人僕人同桌，這是巡撫大人譚繼洵的家風，無論官做得有多大，這一條不會改變。這事，為朝廷的一些級別相同的官吏笑話過，沒有尊卑，成何體統，豈不亂套了嗎？家長譚老這樣解釋：「也是人生父母養。」

今天的飯桌旁邊，又增添了一個老家過來江城的管家譚凱，但是，卻沒有往日那些不分尊卑長幼的談笑，整個飯堂都籠罩在悲哀之中，壓抑而沉悶。譚老自顧低頭扒飯，每一筷子扒拉進口的飯粒都很少。其他人，包括嗣同夫婦，管家譚凱，不時用眼神交流，沒有出聲。

李閏對老公制止的眼神視而不見，對老公公說道：「爹，我也想回去一趟，我曾經答應過我娘，有了兒子就領回去看外婆……」

嗣同搶在爹前面說話：「蘭生還小，要吃奶，你去不得。」

譚老手裡的筷子停止了動作，看著兒媳，臉上露出笑容。說道：「那好呀，帶上蘭生，一路上不再寂寞了！」

譚凱興奮地插話道：「老爺，你這個主意好極了，一路上有個孩子多開心啊！」

李閏斜睨了譚凱一眼，板著臉說道：「這與你開心與否沒有關係，你一個下人！」

這話既刺耳，又很傷人，因為有譚府的主子在場，譚凱聽了這話，頓時一臉的尷尬，沒有吭聲了。譚老咳了一聲，皺起了眉頭。

嗣同有些奇怪，李閏是極有修養的人，無論和誰交流都很得體，而對這個不常見的管家，怎麼會是這樣的態度，說道：「爹，這麼遠的路程，帶著一個吃奶的孩子，多麻煩呀！」

譚老由於年紀的原因，聽力差一點，李閏剛才的話其實他沒有聽得很清楚，歎了一口氣，對兒子說道：「復生啊，你到了我這個年紀就會理解老人的心思。想聽外孫叫一聲外婆，應該滿足人家的願望呀——」

正在這時，李閏房間裡傳來孩子的哭聲，蘭生醒了。巡撫大人不理會兒子，起身來到李閏的房間，雙手抱起蘭生，說道：「蘭生乖啊，蘭生好乖啊，叫爺爺……爺爺來了哈……叫爺爺……」

老人抱起孫子來到飯桌前，哭聲小了一些，李閏湊過去，催促兒子道：「蘭生，叫爺爺，快叫爺爺啊——蘭生——叫爺爺呀！」

蘭生不哭了，瞪著一雙大而黑的眼睛，看著母親，看看父親，而後轉向爺爺，小嘴裡吐出一串：「爺、爺、爺……」

爺爺在孫子胖嘟嘟的臉蛋上親了一口，拖長聲音：「哎——」

飯桌旁邊的人一齊笑了。屋子裡沉悶的氣氛變得輕鬆了一些。

爺爺一張蒼老的臉上，縱橫的溝壑一齊舒展開來，暫時忘卻了痛苦。

李閏也笑了，臉上閃爍淚光。

第二天一大早，譚老一行在漢口碼頭乘帆船出發了，臨行前再一次吩咐留守官邸的管家譚應，他返鄉的這段日子裡，悉心管理府上，又把楊媽喚到面前，叮囑她，照顧老夫人，絕對不能出什麼紕漏。

譚應與楊媽連聲道：「老爺只管放心去吧，小人一定盡職盡責管好府上的事！」

十五

譚老由嗣同李閏夫婦帶著孫子蘭生啟程返鄉了，他們一行由瀏陽管家譚凱陪同，乘一艘白帆船，由長江南下，溯長江經洞庭西，轉由湘水至長沙，而後改乘烏篷船逆瀏陽河而上。在艄公的掌控下，烏篷船上的風帆鼓得滿滿的，有如一支離弦的利箭，劈波斬浪，直指瀏陽縣城而去。一路上雖然辛苦，但有蘭生的哭聲與笑聲，巡撫大人便沒有更多的時間追憶往事，喪子之痛無形之中也得到了暫時的緩解。

一路上，最辛苦的人要算是譚凱了，這是他進大夫第以來與主人相處最長的時間。休看他表面上不動聲色，其實偷著樂呢。

他聰明，靈活，反應快，來大夫第多年的歷練，已經是一位很能幹的管理人才了，一雙手，侍候三位（如果蘭生也算的話，就是四位）主人。這次武昌之行，非常累，但也是最幸福的幾天。每當傍晚泊船之後，被搖晃了一天的老小個個都感到勞累，只想早點歇息。譚凱的精力還是那麼充沛，抱著小蘭生上岸玩耍，在夜市上給他買吃的，玩的。

蘭生正在學走路，在河岸的草地上，譚凱將他放到三尺遠的地方，鼓勵他走過去：「來呀，來呀，快過來呀！」蘭生摔倒了，哭泣，譚凱就會在地上使勁跺幾腳，連罵幾句：「你敢摔痛我們的蘭生，膽子也太大了。跺死你，跺死你——看你還敢摔痛蘭生不?!」

蘭生哈哈笑了，稚嫩的小臉子上閃著淚光。

這時候，李閏會遠遠地看著，情不自禁地笑了，當她的目光與譚凱相遇時，立刻晴天轉多雲。每每玩夠了，玩累了，小蘭生睡著了，譚凱才將他抱上船，交給嗣同，或者爺爺。一次也沒有給過李閏。

短短的幾天相處，而且還是在搖晃的船上，遇到風浪還會顛簸得厲害。每當這個時候，譚凱就會第一時間抱起蘭生，逗他笑，唱兒歌給他聽。譚凱的歌唱得不錯啊，這個傢伙，真的很聰明，以前從來沒有聽他唱過歌呀？

譚凱很快便與蘭生成了朋友，已經離不開他了。在水上行船這個特殊的地方，他們之間的關係非常親密，別人抱蘭生的時候，他會拒絕，哭得很厲害；只要譚凱一聲「蘭生好乖啊」抱過去，立刻笑了。

譚老看著眼裡，誇譚凱：「譚能最大的功勞就是招進來了一位得力的管家……」

譚凱謙恭地說：「謝謝老爺誇獎，我知道自己做得不夠好，這是我應該做的呀——我確實喜歡小孩子，何況蘭生又是這樣聰明！」

嗣同突然說道：「你這麼喜歡小孩，為何還不娶親，自己生一個呢？」

譚老也這樣說：「笨飛呀，你爹娘難道不操心嗎？做點小生意，這個道理應該懂得的。教讀婚配，這是爹娘的事，否則對不起先人呀！」

譚氏父子的目光不約而同地投向譚凱，彷彿他的臉上掛著一個大問號，李閏懷抱著睡了的蘭生，坐在船板上，兩眼盯著譚凱，緊張得手心出汗了。這個問題很突然，譚凱確實有點措手不及，他裝著害羞，也許真的覺得不好意思，臉紅了，低垂著頭，腦子裡迅速轉圈，思忖應對之策。空氣彷彿一下子凝固了。老船工在這幾天的行程混熟了，他也很喜歡這個年輕人，稱呼也由「管家」改為「笨飛」了，與譚府的人一樣。

他畢竟是一個粗人，話說得很直：「莫不是那玩意兒有毛病吧？」

市井間一句粗話，沒有預期的笑聲，老船工有些尷尬，譚凱的臉更紅了，李閏在蘭生的小腿上掐了一下，孩子突然大哭。於是，譚老父子倆的目光同時轉向蘭生，譚凱趁機走過去抱蘭生，哄他道：「啊啊，蘭生乖，蘭生不哭，啊，叔叔抱抱，蘭生乖……真乖……」

說來也奇怪，蘭生一到譚凱手裡，哭聲立刻止住了。譚老臉上露出滿意的淺笑，他器重的人，蘭生也喜歡，雖然他還很小。於是他說嗣同了：「教讀婚配，是父母的責任，人家有爹有娘的，會為兒子做主，你操什麼心呀，別人的家事。」

老公公的話，無疑是給李閏解了圍，緊張的神經鬆弛了下來，顯得隨意地說道：「是呀，你看人家那模樣，肯定能有不願讓外人曉得的隱情唄。只要做管家盡職盡責就是，不滿意的話隨時可以辭退……」

嗣同看了妻子一眼，搖了搖頭，說道：「辭退？你看，我爹把譚凱看得比兒子還親呢！」

「是嗎？」

譚老憔悴的臉上掠過一絲淺淺的笑意，沖淡了老年喪子的悲催。

突發事件，算是應付過去了，但是，李閏的心還是懸著，她瞅準一個機會，對譚凱說：「你還是走吧，夜長夢多，這樣下去，會出事的，害了我，也害了你自己呀！」

譚凱正色道：「我盡職盡責做管家，掙銀子養家糊口，礙你什麼事呀？」

李閏狠狠地瞪了他一眼：「我懶得理你了，榆木腦殼！少年時候那麼聰明——」

譚凱自嘲地說道：「你還可以講瞎子點蠟白費勁。」

李閏真生氣了：「不可理喻！」

烏蓬船到達瀏陽縣城周家碼頭時，夜幕降臨，天漸漸地黑了，河面上，港灣裡，停泊的船隻，星星點點的燈火在暗夜裡隨波浪搖曳，跳躍，就像進入了一個夢幻中的童話世界。沿河的街道，緊密相連的吊腳樓，粗大的樹樁扛起懸在水面上的半邊房子。店鋪裡的說話聲、叫罵，夾雜著狗叫。譚老站在船頭的梢板上，一任清冷的晚風輕吻微微發燙的臉頰。譚凱站在他的背後，做出隨時可以出手攙扶的架勢。下船的時候，譚凱伸手去攙扶主人，譚繼洵輕輕地說一句：「不必了，我自己來——」

一句話還沒有說完，船身搖晃一下，老人一個趔趄，幾乎摔倒，這次出手的是復生，如果不是動作快，他已經摔倒在船板上了。

老人心裡責罵自己：「我這是怎麼啦？」

嗣同理解爹此時此刻的心情，不願意以老朽的模樣出現在鄉親面前，想擺出一副神態端莊，鎮定自若的模樣。於是腳一踏上實地，嗣同的手立刻鬆開，閃在父親的後面。譚凱趨前幾步，履行僕人開路的職責，往北正街而來。

平日冷冷清清的大夫第而今燈火輝煌，鼓樂喧天。原來，譚氏族人按地方風俗都已經來此相聚，嗣襄的遺體還遠在臺灣，家鄉的喪事活動已經開始了，撕心裂肺的哀樂聽了使人感到揪心、壓抑。嗣同一個下意識的動作觸摸父親的手，感覺冰涼，輕微的顫抖，朦朧的星光下，看不清父親的面容。他一邊走，一邊後悔，到底還是不應該讓父親來，打從二哥的噩耗傳來，才幾天時間，父親彷彿一下子蒼老了十歲！

算起來譚老已經八個年頭沒有回家鄉了，身為朝廷重臣，有主宰一省甚至數省行政的大權，在一個地方待久了，便會有一些人，變著法兒送錢送物地巴結，拉他下水。異地為官，沒有盤根錯節的關係，貪墨就沒有那麼容易了。

當然，時代在發展，管理更嚴密，太后老佛爺雖然是一個女流之輩，休看她處理國家大事剛愎自用，但王法還是蠻狠的。朝廷這麼做，其實對封疆大吏來說，也起到了保護作用，減少了以權謀私的機會。她的做法，對巨貪作用不是很大，卻苦了譚老這樣的官員了，即使一大把年紀了，一切聽候太后老佛爺的調遣，沒有法定的退休年齡，懿旨一下，就得幾千里的奔波到另外一個省去上班。

眾多鄉親遠遠地圍觀，目睹一品大員的風采，指指點點，議論紛紛。譚老也不時揮手致意，與父老鄉親互動。

譚老遠遠地凝視門楣上光緒爺親筆題寫的「大夫第」三個大字，頓時有一種皇恩浩蕩的感覺，心情輕鬆了一些，暫時忘記了喪子的悲痛。

「甫公，久違了——」

突然，身後不遠處傳來一聲熟悉的呼喚，敬甫是譚老的字，這是一個親切的稱謂，一般關係的人是不會這麼叫的，何況還有高官的身份擺在這兒呢，可見這個人與老漢的關係不一般啊。譚老轉過身來，循聲望去，迎候的族人中，有一位六十多歲的老頭子，個子不高，瘦瘦的，身穿一件灰布長衫，腳下穿一雙青布面子、白布底子的鞋，手裡握一桿一尺來長的竹煙管。像這樣沒有突出特徵讓人記住的老漢，在平民百姓中實在是太多了，走在人多的地方，一抓一大把。

譚老卻莫名的激動起來，趨前幾步，來到乾瘦的老頭子面前，連打幾下拱手。

「舜臣先生——」他只叫了一聲，便喉頭哽咽，再也說不出話來，渾濁的淚水洶湧。泗生病逝的消息傳來已經多日了，嗣同還沒有見父親哭過，他曾經對婆娘李閏說，父親是多麼堅強，老年喪子之痛，竟然可以不掉一滴淚。

嗣同與這位在家鄉的老師已經很久不曾見面了，立刻上前施禮，說道：「涂先生，您一向貴體安好，學生很久沒有問候了！」

「我一切都好，不勞掛念……」

涂啟先一語未了，便發出急劇的咳嗽聲，頭一下一下的晃動，嗣同急忙上前攙扶，問道，「先生，要不要請郎中？」

咳嗽過後，涂先生朝學生擺了擺手，說道：「不用……老毛病。」氣喘還沒有平復，便向譚氏父子解釋說，自己這幾天一直在城南書院講學，正要返回大圍山的時候，聽到這個不幸的消息，便留了下來。

涂先生拉著譚老的手說：「甫公，人生在世，許多事是由不得自己的，你是豁達之人，比一般人想得開……節哀順便吧！」

譚老輕輕的點了點頭，而後關切地勸說涂先生病還是要有信心治，遂與涂啟先並肩而行，剛剛走進大夫第的漆黑大門，一身孝服的嗣襄媳婦黎春梅及懷生、潞生跪倒在地，大聲嚎啕。爺爺從地上拉起兩個孫子，緊緊地攬在懷裡，忍不住淚水洶湧，眾人一齊上前勸慰。將未亡人母子攙扶進裡屋。之後，譚老步入客廳，與譚氏族人一一見面，然後穿過天井，送入右邊廂房歇息。

進入右廂房，剛入座，眾人還沒有開口，譚老先開口了：「哪幾位願意辛苦一趟，隨我去臺灣接泗生回來？」

譚氏族人相互看了一眼，目光聚集在嗣同身上，希望七公子拿主意。嗣同無奈地搖頭說，在武昌時已經勸過了，他爹就是不聽，非要親自去臺灣接不可，他也沒有辦法，希望族人幫忙勸阻，能否起作用，也是不得而知。

譚氏族人的話，還沒有說完，就被譚老頂回去了，他說：「謝謝各位的好意，但是我已經決定了的事，是不會改變的，你們就別擔心了吧，我一輩子走南闖北，身體還健，去臺灣不會有事……」

正在這個時候，涂啟先敲門進來，譚老與嗣同一齊站起來，趨前幾步迎接他進屋，請坐。

涂啟先已經知道眾人的意思，於是說道：「甫公，你能聽我一句嗎？」

譚老朝涂先生點了點頭：「請講。」

涂啟先語氣堅決：「誰都可以去，唯獨你不能去，甫公！」

譚老驚訝地看著他：「我為什麼不能去?!」

「甫公，你一大把年紀的人了，乘船過臺灣海峽，幾百海浬，許多年輕力壯的人都暈船，受不了顛簸之苦，萬一你出了事，第一個受害的就是復生，這個道理還不明白呀？」

「是呀——」眾族人齊聲附和地說道：「涂先生說的是啊！」

譚老的口氣沒有商量的餘地：「我一定要去。」

涂啟先的臉色凝重起來，口氣嚴肅：「如果你在海上病了，你叫復生怎麼辦，你的心情我理解，我也是當爹的人，你要聽勸呀，甫公——」

其他譚氏族人一齊附和：「是呀，涂先生講的確實有道理……」

譚老不說話了，艱難地站起來，跨出門檻，走到天井旁邊，停下腳步，默默地看著天井溝裡一層淡綠色的苔蘚出神。天井右側的那株樟樹，密密匝匝的樹葉在微微的輕風中發出細細碎碎的聲響。涂啟先悄然跟上，站在他的旁邊，良久，說道：「甫公，這事交給復生吧，弟弟接哥哥回家，名正言順，——復生如果這麼一件小事都做不好，還是你譚敬甫的兒子嗎？——其實，這對於年輕人而言，何嘗不是一種歷練呢？」

譚老沉吟不語，目光沒有離開樟樹的枝葉。

涂啟先繼續勸說道：「甫公呀，你想過沒有，臺灣海峽，如果遇上大風大浪，你承受得了麼？萬一發生不測，你不是給復生添麻煩……」

譚老的眉頭又跳了一下，目光從樟樹梢緩緩地往下移，停留在臺階邊的苔蘚上，一抹深綠，給人濕漉漉的感覺。良久，他吁了一口長氣，終於改口說道：「那好吧……」

大伙再一次回到右廂房，譚老將譚凱叫到面前，吩咐道：「笨飛，你練達機敏，跟隨復生去臺灣吧，我可以放心。」

涂啟先表示贊許，說道：「笨飛這個後生確實不錯，將來肯定有出息，有所作為的。」

當著譚氏族人的面，兩位長者的誇獎，譚凱的臉紅了，衝涂先生一揖：「謝謝涂先生謬獎，我此次去臺灣一定會盡力而為，不辱使命……」

嗣同突然插話：「既然我去，就不用笨飛去了！我也曉得笨飛能幹，所以把他留下，家裡一攤子事還要他調排！」

譚老用眼神與涂啟先交換了一下意見，說道：「這倒也是，家裡的事更多，主要就靠他這個管家了。」

譚凱有點誠惶誠恐：「我年幼無知，只怕難當大任。」

譚老說：「你不必擔心，有事決斷不了可以問我，哦，還有涂先生。」

涂啟先對嗣同說：「你安心去臺灣辦你的事吧，家裡就無須牽掛了。」

嗣同出發去臺灣了，涂啟先陪同譚老送到了周家碼頭。

船離開碼頭，行駛到了河心，扯起白帆，劈波斬浪而去，嗣同站立在船頭，遠遠地眺望著兩位老人的身影越來越小，最後變成兩個小黑點從視線裡徹底消失了。

碼頭上的兩位老人癡癡地站立，一任清涼的河風漫過來，親吻他們蒼老而憔悴的臉，譚老背上一條銀白的長辮格外地耀眼。

嗣同走後的幾天，涂啟先除了上床睡覺，其他時間一直陪伴在譚老身邊，不離左右。他也是兩個兒子的父親，能夠體會到喪子的悲痛。他們都治學嚴謹，儘管一個熱衷於仕途，建立功名，榮宗耀祖；一個淡薄名利，冰炭官場，思想上的差異並不影響他們成為最好的朋友。

這對老友，以前每每相聚，何其投緣，而現在，他們的談話似乎難以進行下去。為此，涂啟先還提及當年五緣賣菜被地痞敲詐不成扭送縣衙的往事。他無限感慨地說，幾十年彈指間，可是，在腦海裡還是那麼鮮活，彷彿發生在昨天……

譚老神情恍惚，總是答非所問，涂啟先儘量講一些使譚繼洵聽了高興的話題。兩位老人的臥室之間隔著一口天井，天井邊有一棵碗口粗的香樟，密密匝匝的樹葉，在輕風裡會發出簌簌落落聲響，這是白天感覺不到的。晚上，涂啟先總能感覺到對面那個窗戶不時傳來聲聲歎息。年紀一大，瞌睡便少，對周圍的動靜特別敏感，在這樣一個非常時期，更加如此。涂啟先躺在床上，只要外面有一點兒響動，他就會從床上起來，有時還會走出房間，在譚老的門外停留一會兒，聽裡面的動靜。

譚老同樣也是如此，本來年紀大的人瞌睡少，一個晚上起來幾次上茅房小解。從茅房出來，也不急於進房間，而是站立在天井邊，看著頭頂一方天空，藍天，白雲，突然一顆流星滑過，轉瞬無影無蹤。他的視線模糊了，眼眶裡盈滿了淚水，凝聚成淚珠，灑落在衣襟上，不知不覺發現濕了一片……

十六

嗣同到達台北，從姐夫唐景崧那裡才弄明白，泗生當初在他的台北官邸，談到了被罷黜後的打算時，看得出他的焦慮，心理負擔很重，右手端茶杯的時候哆嗦，滾燙的茶水潑灑在手。茶杯掉地上，碎了。其實這就是生病的徵兆，被忽視了罷。

而且，他到台南確實是為了生意上的事，絕非姐夫預留的襄理那一頂小小的烏紗。接待泗生的人是一些當地的果農，有做臺灣道的姐夫這個背景，應該說一切都很順利的。然而，意外往往都是在不經意間發生。

第二天嗣襄出門的時候，好像一切如常，誰知這一走，便再也沒有回來。

唐景崧一臉的悲戚，淚水漣漣，他曾對被罷免的內弟多加勉勵，後悔自己沒有堅持讓內弟就任襄理一職。最對不起的人是老岳丈，儘管妻子嗣淑去世多年，他們的翁婿關係還是密切，嗣襄在他眼裡等於他親兄弟。

嗣同一聲歎息，安慰姐夫道：「人生無常，二哥的去世，完全是一個意外，姐夫，你無須自責，也許這是命中註定的吧。」

唐景崧平息了一下傷感的情緒，由果農的指引，親自陪嗣同進入一個儲藏水果的地洞裡，二哥靜靜地躺在一塊木板上，身上穿著乾淨的衣服，髮辮梳理得整整齊齊。唐景崧與嗣同的到來，果農還面露不安，深恐自己做得不好，對不起亡者。面對這一張張黧黑樸實的臉，嗣同深深地雙手打拱作揖，表示重重的酬謝。他的銀票還沒有掏出來，便被果農阻止了，而且果農還預備了密封性能很強的的柏木棺材，說是遺體裹上棉絮的話，路上行走十來天應該是沒有問題的，這是他們儲存水果防止腐爛的方法。果農解釋其原因，是因為唐家大哥唐景崧對他們這些果農非常好，不是停留在嘴邊，而是落實在行動上。

嗣同這次在臺灣，得到了許多老百姓的幫助，這功勞，應該記在唐景崧的名下。

在姐夫的親自安排下，嗣同一行護送嗣襄的靈柩，穿越臺灣海峽，幾經輾轉，到達瀏陽縣城。這時候，周家碼頭已經是人山人海，嗣襄的靈柩從船上抬下來，早已經準備就緒的大夫第便鼓樂齊鳴，鞭炮炸響，花花綠綠的紙屑滿天飛舞，硝煙彌漫，幾乎籠罩了半個縣城。

八月二十七，時令過了處暑，地處湘東的瀏陽，氣候特徵是溫差很大。早晚涼風習習，有些寒意，太陽出來後，氣溫急劇上升，人們換上了薄薄的夏裝。嗣襄的靈柩抵達周家碼頭的時候，灰濛濛的天空密密地斜織著雨絲，人們臉上涼颼颼的，倍感寒意。嗣襄的靈柩在眾人關注下緩緩地往大夫第的門口移動。

在距離大門約一丈左右的臨街的地方，已經臨時搭建了一個大棚，準備安放靈柩，也就是說，嗣襄的喪事活動將在此處操辦。棚外堆放著許多剛從水裡撈起來的河沙，這是做降溫用的。瀏陽這一帶地方，保溫的辦法就是將棺材埋放在河沙裡，天天往沙堆上澆冷水。據說這辦法可以將屍體一直保存下去。至於為何在室外架設靈棚呢，這是因為按瀏陽的習俗，一個人如果死在外面，即非壽終正寢者，是不得進屋的，否則便會給家人招來無妄之災。

嗣襄的靈柩往臨時搭建的大棚緩緩地移動，其妻兒伏倒在地嚎啕迎接，眼看就要進入大棚的時候，譚老突然出現，雪白的髮辮掛著一層水花，多皺的額頭濕漉漉的，肩上濕了一大片。他的身軀擋在靈柩面前，揚起手裡的杖棍大聲道：「——進屋！」

老父親喉頭沙啞，在鼓樂喧鬧中聽不很清楚，但卻有如晴空炸了一個悶雷——

譚老的舉動立刻引起周圍一片驚愕的眼神，鼓樂驟停，未亡人黎春梅和兒子會生、潞生不知道究竟發生了什麼事，一齊抬起頭來，被淚水浸泡的臉看著老人。

譚老的神情於平靜中透出堅毅，雖然一身布衣，鄉鄰卻感受到了巡撫大人的威嚴，連涂啟先都感到有幾分意外。無聲的雨絲當空飄灑，落在蒼老的臉上，涼絲絲的，透骨入髓。

抬靈柩的漢子腳下似乎釘了釘子。

空氣一下子凝固了。

涂啟先很快便從譚老的神態明白過來，朝眾人手一揮，大聲道：「甫公說得對，進屋吧！嗣襄年過不惑了，身後還有妻兒，百年之後哪有自己的屋都不能進的道理，——進屋啊！」

涂啟先的話使譚氏族人從驚愕中醒悟過來，人群中一陣輕微的騷動。譚凱突然從靈柩旁邊冒出來，揮舞兩手，衝抬靈柩的漢子大聲吆喝：「聽老爺吩咐，抬進屋啊！」

涂啟先從人縫中擠到譚老面前，伸出雙手緊緊地抓著他的手，感覺到這雙手顫抖，冰涼。

嗣襄的靈柩被緩緩地抬進了大夫第的大堂正廳，在譚凱的指揮下，各司其職，各就其位，花了一天工夫，一個莊嚴肅穆的靈堂便佈置完畢，一片素雅潔白，陣陣哀樂如泣如訴，在場的人無不感到悲哀而壓抑，甚至喘不過氣來。八位道士身著道袍，手持幡條粉墨登場。哀樂給人以撕心裂肺的感覺，小小的縣城，由於大夫第正在進行治喪活動，整個縣城都彌漫著悲哀的氣氛。縣衙的大堂議事也不同程度地受其影響，縣知事唐步瀛雙眉緊鎖，乾脆這幾天不上堂議事。如何對待這位朝廷大員家裡舉辦的喪事，這是他這個父母官現在要考慮的當務之急，其他的事盡可以放在一邊。

嗣襄的靈柩運回瀏陽的第二天，唐知縣便備上一份厚禮前往大夫第弔孝來了。本來，像這樣的情況，縣知事應該一得到消息就應該來的。人家是高官啊，高官家裡的喪事活動，不是正好給他這個基層領導巴結高官的好機會麼？唐知事何嘗不曉得，官場上不都是這樣嗎？俗話說，朝裡無人莫做官。哪一個下級官員，不是變著法兒送禮孝敬上級麼？他唐步瀛為了謀得這個七品芝麻官，好話沒有少講，黃金白銀的也沒有少送啊。如果按正常情況，以他的進士功名，擔任縣知事，合符政策，沒有違反組織紀律。問題是，這些冠冕堂皇的東東，都是擺在桌面上的，如果你等著正常出牌，恐怕猴年馬月也當不了官，僅僅有進士的功名還是不夠的，人家給一個候補，掛起來，有屁用。本來，像譚老這樣的大官，其家在自己治下，要巴結，比其他人要方便多了。只可惜譚老是一個怪人，誰的禮他都不收取，他唐步瀛為給大夫第送禮，吃了三次的閉門羹。為了不吃第四次，他得動動腦子。

在瀏陽縣，唐步瀛也算是一個奇跡，那年買知縣頂戴的時候，才二十歲多一點，幾十年彈指間，而今已經是七十高齡了，像他這麼一大把年紀了還待在知縣的位置上，也是大清國的一個奇葩。而今的他，頭髮雪白，腰桿佝僂，腳步不穩，他的知縣還沒有做膩味嗎？也許，在這個位置上，整天要琢磨的事很多，需要花時間。他的日子，一年復一年，一月復一月，天天如此，在琢磨中逝去，英雄末路，當年面對一賣菜婦人的威風，蕩然無存。

生命飛逝，也非雁過無痕，否則對不起光陰。唐知縣為大夫第治喪送禮的問題，琢磨老半天，還是沒有想出一個萬全之策，他抱著見機行事的心態猶豫不決地往大夫第而來了。瀏陽辦紅白喜事，在進入廳堂後的顯眼處，會擺放一張桌子，登記禮品。每來一位客人，便要將所帶來的禮物交上，而後在禮簿上予以登記，某人，所送何禮，只要打開禮簿看，便一目了然。但泗生的喪事辦得卻有些特別，來賓無論與主人家關係如何，地位尊卑，禮品一律不收。

唐知縣領著一位師爺，四名衙役，來到大夫第門口時，稍事停留，醞釀一下情緒，而後臉上掛著悲痛，跨進門檻。父母官造訪，譚凱一見，趕緊吩咐放響炮三聲，孝家以隆重的禮儀接待。唐步瀛徑直來到巡撫譚老面前，深深一揖：「卑職前來問候，恭請大人節哀順變。」

老人欠身，示意，作答，靈堂守候的保生、會生、潞生兄弟拜倒在知縣面前，知縣雙手輕輕一揖，算是答謝。唐步瀛發現了涂啟先，趨前幾步，又是深深一揖：「舜臣先生，近來可好？」

涂啟先還了一禮：「小民有勞大人掛念，不勝惶恐！」

一番客套過後，知縣吩咐師爺呈上禮物，又是深深一揖，稱：「不成敬意，聊表對嗣襄仙逝的哀悼……」

巡撫欠了欠身，算是答禮，而後說道：「本府不收受任何禮物，請大人見諒！」

唐步瀛還想說話，巡撫高聲道：「送客！」

唐知縣臉色便顯得有些尷尬，涂啟先搶先送了幾步，說道：「我來送送唐大人吧？」

譚巡撫順水推舟：「那好吧。」

涂啟先朝知縣揮手示意：「大人，請……」

唐步瀛勉強說了一個「請」，便在隨員的簇擁下，邁出大夫第的門檻，發現隨從手裡還提著沒有送出去的禮物，聽著撕心裂肺的哀樂，他搖了搖頭，要多尷尬有多尷尬，煩躁重新掛在了知縣的一張臉上。

縣知事唐步瀛前腳出門，風水先生鄒春生後腳進門。在喪事活動中，風水先生是一個舉足輕重的角色。鄒春生在瀏陽的名氣很大，被稱之為鄒半仙，說明其道行之深；也有人呼他鄒鐵嘴，意思是講真話，不故意奉承。

鄒春生來了，手提一只藤箱，裡面裝有羅盤，即指南針，刻著許多一般人看不懂符號的龜板，據說是甲骨文。他進大夫第後立刻接受孝家黎春梅母子的跪拜迎接，在堂堂巡撫大人面前頗為自負地輕輕一揖。算是見過面，然後在譚凱的引導下，進入右側的廂房，大大咧咧，端著架子，比一品巡撫還神氣。

選擇一個合適的下葬日期，這是整個喪事中極為重要的一環，嗣同在風水先生面前站立，看著鄒春生搗鼓自己帶來的羅盤、定向儀等行頭，閉上眼睛，口裡念念有詞。一會兒，聲音大了：「報上生辰來！」

嗣同是弟弟，很抱歉，不知道哥哥的生辰。於是問黎春梅：「二嫂，你知道二哥的生辰嗎？」

黎春梅的喉頭沙啞，打從丈夫去世後，一直過著以淚洗臉的日子：「我只知道他今年四十二歲……」

鄒春生：「我問的是時辰。」

黎春梅：「聽我婆婆說過，還沒有天亮……」

鄒春生：「唔，那就是卯時。」

門口傳來譚老嘶啞的聲音：「寅時。」

鄒春生立刻站了起來，臉轉向門口，叫一聲：「好的，大人，有些事，恐怕只有大人才清楚……」

譚老點了點頭，進房間，說道：「泗生是一個急性子，她娘在背後菜園子裡摘辣椒，彎腰動了胎氣，只喊肚子疼，我在書房裡聽到了，要她注意一點。他娘說聲沒有事，匆匆進屋，吩咐我燒一鍋熱水。我剛走進灶房，就有毛毛的哭聲，泗生落地了……」

顯然，譚老此刻沉浸在對往事的回憶中去了，譚凱擺好一把木靠椅，請老爺坐下。此時的巡撫，雖然身穿灰布長衫，佝僂著腰桿，腳下一雙白底青面的老布鞋，但風水先生的腦海裡總是抹不去當朝一品大員的顯赫。他站了起來，在老人的面前垂手肅立，直到譚老揮手示意，他才敢重新坐下。

鄒春生有一個習慣，說起陰陽五行，便會閉上眼睛，唾沫四濺，旁若無人，站一旁的嗣同不由得皺了皺眉頭。巡撫大人的神態卻很安詳，兩眼似閉非閉，兩耳似聽非聽，不時用手輕輕地捏著銀白的鬍鬚。

鄒春生突然睜開眼睛，看著譚老，說道：「大人，今年沒有下葬的日子！」

譚老睜大兩眼緊盯著鄒春生。

嗣同聞言，眉頭要挑，說道：「現在還是五月，今年還有七個月呀，二百多天，沒有下葬的日期?!這怎麼可能呢？」

譚老也說：「是啊，現在還是五月。」

嗣同說：「麻煩你再查一遍吧？」

鄒春生語氣堅決：「我查了三遍，都是這樣的結果！」

譚老的面色漸漸地變得凝重起來：「我可以逗留一下日子，但也不能太久；七兒，」他看了嗣同一眼，「七兒就更加久留不得，他還要赴京參加恩科鄉試。」

鄒春生說：「這是卦上測算出來的結果，我有什麼辦法改變呢？」

門口突然有人說話了：「先生，那就請你查第四遍吧？」

屋子裡的人誰也不曾注意，涂啟先是什麼時候站在那兒的。

嗣同迎向門口，恭敬地呼了一聲：「先生！」

譚老也站了起來，對著門口揮手示意：「舜臣先生請進——」

譚凱趕緊搬來一把椅子，張羅讓涂啟先坐下。滿屋子的人將目光一齊投向涂啟先，涂啟先在眾人目光的關注下，不慌不忙地取下別在腰上的旱煙桿，在煙鍋裡裝滿切碎的煙葉，譚凱上前替先生點火，嗣同說道：「還是我來吧。」

涂先生也不推辭，看著學生為其點燃煙鍋裡的煙絲，長長地吸了一口，而後吐出一串煙圈，接著就是幾聲咳嗽。

鄒春生感到詫異，看著這位突然冒出來的老頭兒，斑白的一條長辮拖在身後，身著粗布衣裳，青面布鞋，那白色的鞋底，足有半寸厚。而譚府上上下下都對他如此尊敬，原來這就是有名的圍山書院涂啟先啊！他早就聽說大圍山有這麼一位性格古怪的博學之士，原來就是他啊。真是百聞不如一見。

鄒春生站起來，衝涂啟先一揖：「在下久聞涂先生乃博學鴻儒，無緣見面，想不到今天能在巡撫大人府上一見，不勝榮幸！不勝榮幸！」

涂啟先還了一揖：「先生過獎了，舜臣乃一鄉野村夫，不足掛齒，不足掛齒！」

鄒春生話鋒一轉，回到正題：「風水一說，如果從周易算起，已經好幾千年的歷史了……啊，涂先生學富五車，我班門弄斧，見笑了——不過呢，這是關乎譚府後人福祉的大事，可來不得半點兒戲啊。欣逢涂先生，還望不吝賜教！」

涂啟先欠了欠身，點頭說道：「這個自然要重視，不要說像大夫第，就是普通的老百姓家裡，也是馬虎不得。」

鄒春生坐著朝涂先生施禮：「敢問涂先生有何高見，鄒某願聞其詳……」

涂啟先看似隨便地示意旁邊的嗣同，說道：「復生是我的學生，還是讓復生來說吧！」

嗣同環顧四周，而後目光爍爍地看著風水先生，充滿激情，語氣很重地說道：「復生謹遵老師吩咐！鄒先生，請恕我直言，——其實陰陽五行，風水，壬遁、星相都是迷信，不足為訓——」

鄒春生聽嗣同這麼一說，臉上勃然作色，拂袖而起，聲音都變了：「既然這樣，府上還請我來幹嘛?!何必多此一舉！」然後衝譚老深深一揖，「告辭——」

譚老有些急了，嗣同卻顯得很大度，微微一笑，說道：「鄒先生稍安勿躁，是否願意聽復生把話說完呢？」

鄒春生卻不想聽了，狠狠地瞪涂先生一眼，然後衝譚老打了一個拱手：「大人，府上既然有通曉天文地理的高人，不容置喙——在下告辭了！」

這一切，涂啟先都看在眼裡，朝鄒春生揮手做了一個挽留的動作，笑道：「復生說的直奔主題，鄒先生稍安勿躁，還是耐著性子聽復生把話說完再做打算，不知道先生意下如何？」

鄒春生板著一張臉，根本聽不進去，轉身走了，他完全不把堂堂的巡撫大人放在眼裡，因為他是活神仙呀，名氣那麼大，凡夫俗子能和他相比嗎？

涂啟先微微一笑，一個看似不經意的動作，將手裡的竹煙管一橫，擋住了鄒春生的去路，目光於微笑中透出威嚴：「先生請留步。」

鄒春生突然軟了下來，懷有幾分惶惑地看著他。

短暫的沉默，巡撫大人突然接過兒子的話頭，說道：「復生馬上就要進京參加恩科鄉試，不能因為治喪耽誤了……如果耽誤了復生應試，泗生在九泉之下也會不安……」

見此情形，鄒春生的火氣漸漸地消了許多，懇切陳詞：「大人，小人在卦上測算結果這樣，我沒有法子更改，犯了天煞，家裡會損丁的……這是在下也不願意看到的結果……」

「損丁?!」譚老的身子一陣顫抖。

鄒春生的語氣緩和了一些，綿裡藏針，最後一句話出口之後，仔細觀察涂先生的態度。因為他心裡明白，這件事的成敗，這個外姓的小老頭的話有決定性的影響。

損丁，這兩個字像一把尖刀戳在譚老心窩裡，臉頰上抽搐了幾下，手輕微地顫抖，五緣、嗣淑、嗣貽三個，而今嗣襄相繼去世，經歷了一次又一次白髮人送黑髮人的慘痛，他的心已經碎了，如果還要因為行事不當而導致親人死亡的話，如何承受得了！

鄒春生的話一出口，頓時召來一陣議論。

嗣同神色凝重，思忖良久，走到正堂門外的天井邊，朝頭頂的天空深深一揖，語氣堅定：「蒼天在上，如果真是撞煞的話，就應驗在我的兒子蘭生身上吧！」

在場的人，包括涂啟先在內，都大吃一驚，沒有想到嗣同竟會拿自己的兒子來發誓。他這句話，好像在屋子裡扔了一個炸彈，所有的人，你看著我，我看著你。譚老兩手抖了幾下，見眾人的目光集中在自己身上，顫顫巍巍地站起來，走到嗣同面前，呵斥道：「老七，不要胡說，讓開——」

嗣同伸手去攙扶，老人推了兒子一下，走到天井邊，在眾人的眼皮子底下，緩慢地跪下，伸出雙手，深深一揖，喉頭沙啞：「蒼天在上，請恕我兒復生魯莽無知，他剛才發的誓不能作數，如果真是撞煞而損丁的話，不要再傷害我的家人，請在老朽身上應驗吧！」

譚老的這番舉動，令所有的人又是一驚，爺兒倆怎麼講出這麼驚人的話來。

嗣同的感覺比他爹要複雜，除了吃驚，意外，更多的是心疼。他自己也當爹了，能夠理解一個父親愛護兒女的心情，他趕緊彎腰攙扶他爹站起來。譚老跪下去的動作獨自完成的，爬起來的時候，需要兒子協助。涂啟先伸手幫忙，師生倆一人拽一條肩膀將譚老扶起來。涂啟先騰出一隻手來，擦了幾下發潮的眼睛。

鄒春生目瞪口呆，突發情況，使他感到十分意外，也好不再說什麼了，朝譚老深深地一揖，說聲：「大人，府上的風水，好自為之吧，恕在下無能為力，告辭！」

鄒春生走後，譚老與涂啟先攜手重新進入剛才議事的右廂房坐下，嗣同站立在他的身後。譚老看著涂啟先說道：「舜臣先生，你看怎辦？」

「甫公，」涂啟先的眼角噙著淚珠，「我……還是想先聽一聽你的意見。」

譚老顯然已經打定了主意，說話的語氣堅決：「凡事得分輕重緩急。老七的鄉試，這是家裡當前的頭等大事，他已經參加過五次了，這次是無論如何耽誤不得的……當然，泗生的葬禮也馬虎不得，入土為安……」

譚老的話還沒有說完，涂啟先已經理會了他的意思，說道：「我看是這樣吧——」

譚老：「你說吧。」

涂啟先說；「俗話說，擇日不如撞日。所謂撞日就是根本不要去多想，隨口說一個日子……」

譚老點頭：「嗯，我知道，有這樣的做法。」

嗣同說道：「好，先生，哪一天合適呢？」

「後天，怎麼樣？」

譚老說：「後天……來得及嗎？」

嗣同語氣肯定：「完全來得及！」

譚老回過頭尋找管家：「笨飛——笨飛呢？」

譚凱突然出現，答應一聲：「老爺！」

他一直遠遠地站在背後，對於這些議論，聽得一清二楚，心裡已經在籌劃喪事活動的一些具體內容了。但是，對天氣還是有些擔心。大夫第距離冷水井有幾里路，不是一時半會能到的，萬一途中遇雨，那就糟糕透了。但是，既然老爺已經決定了，他這個下人還能有異議嗎？這就看譚府的運氣了。

譚老吩咐道：「你聽清楚啊，後天出殯！」

嗣同重複一聲：「後天出殯！」

譚凱答應：「是，老爺，七公子！」

嗣同接著說：「去吧，好好安排一下！」

「好的，那我走了，老爺，七公子——」

譚老凝視著譚凱的背影，神情很複雜，涂啟先在旁邊也看著譚凱，說道：「甫公啊，這個長沙——，哦，望城的年輕人不錯呀，聰明能幹，好學，他有時也會來城南書院，對算學館蠻感興趣……」

嗣同一聽算學館，臉上掠過一絲笑意：「他也喜歡這個呀？」

涂啟先點了點頭，讚歎道：「是啊，他和我的學生佛塵，哦，也是你的同窗呀，成朋友了，他們都是出色的青年才俊，將來肯定能成就一番事業！」

譚老看著譚凱背影消失的方向，說道：「是啊，這個笨飛，其實書也讀的不少……如果走仕途的話，肯定能金榜題名……」

屋子裡響起了稀稀拉拉的幾下掌聲，在場的男女，無論長幼，幾乎是異口同聲：「大人說的是，大人就是讀書人一個很好的榜樣！」

譚老聽了這話，心裡很舒服的，臉上綻開一絲淺淺的笑容，看著身旁的老朋友，長長地吁了一口氣。

涂啟先一邊往煙鍋裡裝切碎的煙葉，一邊說道：「甫公確實是讀書人的楷模，不過呢，人各有志，七十二行，行行出狀元。讀書報效民族國家，並非只有當官一條路……」

嗣同立刻鼓掌道：「老師說得好，時下有實業救國一說，只要有真學問，又有悲憫恤民之心，並且拿出實實在在的行動，這樣的讀書人，同樣是值得尊敬。老師，您就是這一類讀書人的楷模……」

涂啟先任復生為他點燃，吸了一口，吐出一團煙霧，接著一陣急劇的咳嗽……

十七

自二哥的噩耗傳到江城之日起，悲痛便充溢了嗣同的心胸，萬千往事，點點滴滴，清晰地在腦海裡浮現。他出生的時候，父親已經是高官了，沒有和二哥在瀏陽吃過節衣縮食的苦，但是，他能夠感受到那是過的怎樣一種日子。在京師爛眠胡同，二哥處處護著自己的情景，則是記憶猶新……而今的突然離去，使他嚐到了什麼是手足分離的痛苦，人之所以悲痛，大概就是因為有記憶吧。

他一直忙到深夜才進入自己的臥室，眼睛發澀，疲憊不堪，只想好好地睡上一覺。

李閏抱著睡熟的兒子半倚半坐在床上，屋子裡彌漫著溫馨……二哥的突然離世，使他倍感親情的彌足珍貴。他不由自主湊過去，在蘭生的小臉蛋上輕輕地親了一口。兒子沒有醒，李閏板著臉說：「你這是幹嘛？」

嗣同詫異：「我親自己的兒子，不行嗎？」

李閏冷冷地說：「你還知道蘭生是你兒子呀?!」

嗣同愕然，閏娘向來脾氣很好，結婚後，夫妻之間人生觀不同，總是話不投機，但是，畢竟都是有文化修養的，極少因為意見相左發生衝突。今天晚上，她為什麼生這麼大的氣啊？莫名其妙。

嗣同的臉拉長了：「你這話是啥意思？」

李閏的手在兒子的背上撫摸，說道：「蘭生啊，你一定要乖呀！沒災沒病，皮皮實實……」

嗣同想了想，便陪著笑臉解釋道：「你只管放心，忙完二哥的喪事，我一定陪你帶上蘭生去給岳母上墳……」

「不必了。」

嗣同感到奇怪，不是為這個生氣呀：「在武昌還沒有動身的時候不是已經講好了嗎？」

「如果是你兒子，就不該拿他發誓！」

「哦，」，嗣同終於明白了，婆娘是為這件事生他的氣，「你聽說了？」

「這麼大的事，不單是譚府，這個時候，恐怕整個縣城裡都傳遍了！竟然拿自己的兒子來發誓！——俗話說虎毒不食子，你的心也太狠了！」

李閏的第一句話，嗣同還可以接受，聽後面一句，正色道：「一位堂堂翰林大學士府上的千金，自詡飽讀詩書，也會相信這些亂七八糟的東西……」

「為了金榜題名，連兒子的性命都不顧及了，世間還有你這樣的爹嗎？」

嗣同沉默了一會兒，繼續說道：「如果我又耽誤了，你何時才能當上誥命夫人呀？」

李閏態度有點橫，語氣生硬，這不像她的性格：「虎毒不食子，如果以兒子的性命換取這個頭銜，我寧願一輩子哪怕當村姑農婦！」

嗣同發現婆娘眼角的淚珠，突然舒展兩臂，將妻兒抱在懷裡，久久地不願意鬆開。

李閏不說話了，掙脫老公的擁抱，坐在床上，默默地看著熟睡中的兒子發出輕微的鼾聲，淚珠一顆又一顆摔在地上。

事情看上去似乎已經過去了，誰也不會再提，然而，老公的這個咒語，對李閏造成了很深的傷害，也許外人不知道，他們這個兒子來之不易。那是在前年，即光緒十五年間發生的事，其時，譚繼洵正在甘肅巡撫任上，嗣同、李閏夫婦都跟隨父親在蘭州。嗣同主要精力都集中準備往北京參加恩科考試。每天大部份時間，嗣同在書房做功課，夫人李閏陪伴在身邊，紅袖添香侍讀書，而且已經有很長的一段日子了。

他們成親以來，總是聚少離多，很少有在一起廝守這麼久的日子。這段時間，李閏特別的欣慰，也是她最想要的光景，端茶倒水，問暖噓寒，極盡妻子的溫柔，過了一段新婚蜜月般的小日子。也就是在這段時間，她懷孕了。當她將這個喜訊在枕邊悄悄地告訴老公的時候，滿以為會得到甜蜜的回報，誰知老公睜大一雙眼睛定定地盯著帳頂布，半天都沒有反應。又過了一會兒，她按捺不住，用手輕輕地往老公的臉上摸摸，輕輕地說道：「我說的話，你到底聽見沒有？」

順著婆娘的手轉過臉來，在暗夜中，從窗外投入的月光，像水銀傾斜，撒在床前，蚊帳上，格外的靜謐。老公水蛇似的手在她的臉頰上撫摸，而後移開，給嘴唇挪開地方，嘴便湊攏去，在有些發燙的臉頰親了一下：「閏娘，你是想告訴我要當爸爸囉？——哎，那我得好好地感謝你呀，閏娘，閏娘，閏娘！」

嗣同連呼了三聲，一聲比一聲高，裝滿了整個房間的都是「閏娘」！

李閏忍不住流淚，啜泣有聲，結婚都這麼長時間了，老公這樣的舉動還是第一次呢。老公的親熱，給她的想像插上了翅膀，充滿期待地說：「你希望生兒子還是女兒？」

嗣同的回答讓婆娘感到失望：「生一個女兒好。」

顯然，這不是李閏想要的答案，頓時一臉的落寞，久久地沒有反應。嗣同聽到了輕微的哭泣，順著鼻息將一張臉輕輕地貼上去，幾乎是用舌音說話：「像她媽媽一樣聰明懂事的女兒……」

暗夜裡，看不清李閏臉上的淚光，她的手在老公臉頰上摩挲，說道：「我希望有一個像父親那麼大智大勇的兒子，像爺爺一樣仕途通達，——走正道……」

嗣同愣了一下，揶揄道：「而後娶一個做夢都想當誥命夫人的兒媳……」

「這樣有什麼不好嗎？」

嗣同不願按婆娘的思路說下去，將臉移開了一點距離，沉吟良久，緩緩地說道：「我們家已經有會生、潞生幾個男孩了……」

「你難道不希望有自己的兒子嗎——侄兒與兒子還是有區別的……」

「像父親——父親是一個不安分的人，能否善終還很難說——」

李閏一把捂住老公的嘴，歎了一口長氣，幽幽地說道：「你為什麼不走正道呢？爹就是最好的楷模，你一點也不像讀書人，經常有些奇奇怪怪的想法——一些讀書人都拿爹的成功做為鞭策子弟發憤的榜樣，你是他的兒子呀，怎麼就不受影響呢？」

嗣同的口氣漸漸地變得生硬起來，說道：「我現在這麼用功，不就是為了『一舉成名』，取得你想要的功名嗎？我知道，你日思夜想都是為要當誥命夫人！」

李閏被她老公的話噎住了，沒有吭聲，嗣同聽到的是又粗又重的呼吸，他猛地轉過身去，將背對著妻子，不再理會，一只雙人枕頭上面，擱兩顆腦袋，後腦靠著後腦，枕頭邊，他聽到另一顆腦袋輕輕地啜泣。

夜深沉，窗外，沒有一絲兒聲息，竟然如此漫長，一次次更夫的擊拓聲：「梆梆、梆——」

嗣同在父親身邊讀書，這一待就是一年有餘，以他行萬里路讀萬卷書的性格而言，是很不容易做到的。期間，他的一些好友或者書信往來，或者親自來蘭州相晤。他幾次想走，但是，一看父親憔悴的面容，佝僂的背影，又打消了念頭。打從那年的京師疫情，家中包含其他家人一共六人去世，父親的性情大變，在子女面前，不再是嚴父了，變得格外的慈祥。

嗣同性格豪爽，不願意將自己完全關在書齋裡，他要的是行萬里路，讀萬卷書；四海雲遊，廣交天下豪傑。隨著歲月的流逝，父親感覺到兒子離自己想像中的模樣越來越遠。

讀書人不皓首窮經，功名從何而來？

這次老七願意留在身邊讀書，參加朝廷的恩科鄉試，譚老特別的高興，我譚家本來就是書香門第，哪有不求功名顯宦的呢？不過，從與兒子很少的溝通中，他這位老父親又有了一絲隱憂，兒子並非完全的回歸，接著他在兒子的文章中得到了證實。

父親打開一本厚厚的書《仁學》，這本著作的成書時間為光緒二十二年，其時，復生納資候補知府，在南京候缺一年。所謂候補，是一個名分，無職無權，朝廷不開工資，吃喝拉撒都得掏自個兒兜裡的銀子。實際上，候補與平頭百姓沒有什麼區別，只是名聲好聽一點。

從這個時候開始，七兒便產生了要改革變法的想法。第二年返回家鄉瀏陽，組成算學館，講求新學。又從楊文會學佛學，把中國傳統的儒學、佛學和自己所獲得的西學知識三者結合在一起，寫成了這本著作。一個三十來歲的青年，而且是一個不折不扣的官二代，多少人羨慕的條件呀，要撈錢，想當官，幹啥都成。他卻對這些都不看重，一門心事都是民族國家，在世俗的眼裡，是不是中邪了？

嗣同在《仁學》一書中，把原來繼承張載、王船山的物質性的「氣」改為「乙太」，用它來做為世界統一的本源和事物相互依存、貫通的媒質。

父親將兒子的著作往書案上一扔，自言自語道：「我說老七呀老七，難怪你每試不中，名落孫山，原來腦子裡都是一些稀奇古怪的想法，離經叛道……這哪裡像讀書人呀！」

巡撫大人在書房裡踱步，也不知道幾圈之後，最後，在書桌旁邊停下腳步，忍不住拿起《仁學》繼續讀下去，他倒要看看這傢伙胡說些什麼！

《仁學》對三綱五常一一進行了評判。「子為天之子，父亦為天之子，父非人所得而襲取也，平等也……」，書中對「夫為妻綱」進行了猛烈的抨擊，認為這是對婦女的壓迫、重男輕女的惡習，造成了多少婦女悲慘的命運。

父親看到這裡，沉吟很久，他不得不承認，這個七兒呀，人確實聰明，善於思索，書也讀的不少。《仁學》對「三綱五常」抨擊的言辭激烈：「二千年來君臣一倫，尤為黑暗否塞，無復人理，沿及今茲，方愈劇矣！」

父親又有些不滿意了，扔下書本，在書房裡慢慢地踱著方步，思想陷入了矛盾之中。他不得不承認，兒子的著作言辭警醒，立論新奇，力透紙背，汪洋恣肆，一瀉千里，像他這樣的博學鴻儒都感到震撼。復生在書中闡述的一些觀點，很有說服力。作為父親，一則以喜，一則以憂。這樣的言論，豈能見容於當今?!誠然，皇上是支持的，年輕的皇上總想勵精圖治，有所作為，可是，朝野上下，誰都知道，皇上是做不了主的，事無鉅細，都得聽命於太后老佛爺。如果老佛爺不高興，弄的不好，事情辦不成，全家抄斬，再嚴重一點的話，連帶三族的老小都要跟著倒血黴。

譚老記憶猶新，七兒十年間五次參與科舉考試，五試五不中。

第一次是光緒十一年，第二次是光緒十四年，第三次是光緒十七年，這三次均參加了湖南鄉試；第四次是光緒十九年，參加順天恩科鄉試；第五次是光緒二十年，參加了湖南鄉試。考卷有防止考生作弊措施，卷面上看不到考生姓名。他的試卷得到了主考官的讚揚，接著便話鋒一轉：「文章雖好，鋒芒太露」，打算取為第二名。而副主考卻不同意，要麼取第一名，否則乾脆不取，由於意見不一，未予錄取。後來，主考官得知是自己的同窗好友繼洵家的七公子，懊悔不已。

嗣同很少在家裡待這麼長的日子，他明顯地感到父親的漸漸老邁。幸而有二娘一直陪伴在父親身邊，對父親悉心照顧，他們倆口子，儘管有年齡上的差距，感情非常深。盧夫人一年前突然中風，需要旁人侍候。二哥嗣襄以國子監生，候選通判的閒職，又莫名其妙地被罷黜，成了布衣之士，他欲改弦易轍經商，父親一直對商人不看好，也答應了。

自從母親、大哥、大姐病逝之後，父親的心一下子變得軟了，對兒子少了往日的嚴厲，多了幾分溺愛。父親熱望兒子和自己一樣，求取功名，耀祖榮宗。他不願意父親傷心，失望。不過，他決定參加鄉試也有自己的打算。如果沒有功名，以何種身份接近皇上呢？他們的政治主張沒有皇上的支援，如何能夠得以實施呀？

名不正則言不順！

嗣同的這些想法，不可能告訴父親，包括閨娘，一些東西，其實不讓最親近的人知道要好一些。

他這次能堅持這麼長時間埋首書齋，也是與康、梁等人商量好了的。因為他們這些維新人士，都是屬於體制內，與那些揭竿而起，以推翻朝廷為目的草莽，大不相同。他們的改革，新政，要想取得成功，希望得到皇上的支持；要想達到這個目的，必須待在皇上身邊，至少見皇上方便一些。如果沒有功名，也就是說一定的身份，輕易能見到皇上嗎？大伙在一起商量，每個人的情況都分析了一遍，最後，一致認為，嗣同有他爹這塊金字招牌，他的條件最合適。

譚老在官場摸爬滾打多年，也不至於揣著明白裝糊塗，對兒子一撥青年人在眼皮子底下的活動，說他一點也不知道恐怕說不過去。他心裡想，既然兒子不願意講，總有他的道理吧，何況還有楊銳、康廣仁等其他人呢。

有老七夫婦陪伴的這段日子，他活得輕鬆，品嚐了天倫之樂。每有閒暇，他還會和下人一道出城，到河邊溜達，觀看三五頑童戲水，飛濺的水花與歡笑聲攪合在一起。這時候，他就像一名老頑童站在岸邊，拍手大呼：「加油！加油！」

下人也跟著鼓掌，大聲：「加油！加油！」

嗣同改革變法的思想與妻子的傳統價值觀念對立，夫妻之間談話意見相左。直到李閏身懷六甲，他的性格似乎一下子改變了許多，問暖噓寒，做到了細緻入微。嬰兒的第一聲啼哭，伴著院子裡無數燈火，雜亂的腳步聲。譚老披衣起床，與楊媽相遇，問道：「生了嗎？」

「生了老爺。」

「生了老爺？」

「恭喜老爺又添了一個孫子！老爺準備取什麼樣的名字？」

譚老撫掌哈哈大笑，顯然已經想好了，他說：「叫蘭生吧！」

「蘭生，好，這個名字好！」

「蘭生，蘭生，爺爺給你取了名字了——」

院子裡洋溢著歡樂的氣氛。

此時，臥室裡半倚半坐在床上的李閏，幸福、甜蜜、自豪充溢心頭。作為一位那樣家庭出身的大家閨秀，深知不孝有三無後為大。還記得出嫁的時候母親的話語：「明年給我送一個外孫回來吧，讓我過一把當外婆的癮……」可是，成親數年，未能實現母親的願望。她忘不了母親臨終企盼的眼神，「有了外孫一定要帶來給我看看」成了最後的遺言。夫君的性格有點獨立特行，對有無子嗣沒有一般人那麼介意，還寬慰她說：「有幾個侄兒了，他們都是譚府的後人，不也是一樣麼？」

夫君對侄兒們非常親熱，只要在家裡，總要抽出時間和孩子們玩耍，做遊戲，就像一個大男孩，這說明他是喜歡孩子的。世間雖然有視同己出的說話，其實這話本身就說明親生與「他生」存在著區別。蘭生呱呱墜地後，瞧夫君那副喜歡的勁兒，證明此言不虛。過了三十歲生育，已經是高齡產婦了，存在著一定的風險。但是她不害怕，只要能為夫君留下一男半女，哪怕是死，也毫無怨言。現在好了，多年的夙願終於實現了，由於激動，眼角噙著熱淚。

——哎哎，做母親的感覺真好。

十八

「梆、梆、梆——」

更夫的梆聲，驚醒了剛剛入睡的瀏陽縣城，從磨石街沿瀏陽河堤岸往北正街一路響來，伴之而來的是更夫的腳踩在鵝卵石街面上細碎的動靜，及偶爾一聲慵懶的呵欠。喧鬧到半夜的大夫第的院子裡，皎潔的月光，穿透香樟樹密匝的葉子傾瀉，在院子裡，天井旁邊，撒了一地的碎銀。

靈堂裡還亮著燈，二哥的靈位擺設在法壇前面的桌子上，兩枝白蠟燭已經燃盡，滅了，插在居中位置的一炷小香還在靜靜地燃燒，眼看也要將盡。二嫂和兩個侄兒趴在沙堆上已經睡著了，發出輕微的鼾聲。嗣同四周環視了一遍，悄悄地從靈堂退了出來，走進自己的臥室。這時候，李閏已經醒了，看著老公打開衣櫃，似乎翻尋什麼東西。

李閏問：「你要什麼東西？」

「被單，二嫂和會生、潞生在靈堂裡睡著了，下半夜天氣很涼，別凍著他們了……」

李閏翻身下床：「我們也是剛來呀……我找找吧。」

李閏翻尋了半天，沒有，說道：「把我們床上的拿去吧。」

「蘭生不會受涼嗎？」

李閏聲音柔柔地說道：「衣櫃裡還有冬季的衣服，我們在臥室裡，凍不了的，你趕快去吧，快一點！」

嗣同朝他婆娘點了點頭，將還帶著妻子體溫的被單拿到靈堂，抖開，輕輕地蓋在二嫂黎春梅母子三人的身上。做母親的沒有醒，卻在睡夢中將剛蓋在自己身上的被單往兒子身上拽了拽。嗣同看在眼裡，內心感到震撼，眼睛潮濕了。

嗣同在靈堂裡站了一會兒才走出來，又走到二哥的牌位前，看著畫得不是很像的遺像，想起兄弟之間的點點滴滴，歷歷在目，悲從中來。二哥比他年長九歲，在他的記憶裡，二哥特別的頑皮，讀書沒有長進，經常為背書的事受父親罰跪、打手板等責罰。

那時候，他這個弟弟卻在一旁開心地鼓掌，做著鬼臉取笑，把二哥的臉都氣青了。處罰之後，他就倒楣了，二哥從地上爬起來，撲到他面前，打他的耳光，撕咬，將氣全都撒在他這個弟弟身上，點點滴滴，彷彿發生在昨天，今天，剛才。

倏忽間，二哥年過不惑了，好不容易改變了父親對商人的看法，他要做商人的理想還剛剛邁出第一步，突然病故，給年邁的父母、給自己的妻兒，給這個家庭留下無盡的悲痛。

嗣同從神龕上拿起一炷小香，兩枝油燭，點燃，插在二哥的遺像面前，而後便悄悄地退了出來，穿過庭院，在右邊的天井旁邊站了一會兒，往大門口移動腳步。一陣清風迎面徐來，特別涼爽，發脹的頭腦似乎清醒了許多，不由得長吁了一口氣。自從為嗣襄治喪以來，大夫第的大門便夜不閉戶。嗣同信步跨出大門，街上一片朦朧。夜行人的腳步稀稀拉拉地敲響鵝卵石鋪成的街面。一處犬吠，立刻招來兩處、三處……此起彼伏，頓時，整個縣城，犬吠聲一片，成了被狗主宰的世界……

譚老在暗夜中出現，他並非被犬聲驚醒，而是壓根兒就沒有睡著，年歲大了，腳步便有一些踉蹌，老人在左邊天井旁路過時一腳踏空，險些跌倒在裡面，在靈堂裡碰倒了一把椅子，響聲驚醒了熟睡中的未亡人黎春梅及她的兩個兒子。母子們從夢中驚醒過來，黎春梅一見是老公公，便有些驚惶失措。作為成年人了，她知道未亡人守靈的時候睡著了，這可是大逆不道啊。她很害怕，急忙跪倒在老公公面前，渾身發抖，等候責罰。

老公公的聲音很輕：「起來吧，領著孩子去房間裡睡一覺……熬了一個通宵，人不是鐵打的……」

黎春梅拜倒在老公公腳下，放聲大哭。老人伸出兩手，分別將兩個跪在面前的孫子拉起來，心疼得不行，左右一邊一個，緊緊地攬在懷裡，有頃，吩咐兒媳：「春梅，帶會生，潞生進回房睡一覺，天都快亮了。」

「哎。」黎春梅答應一聲，發現蓋在他們母子身上的被單，開始還有些驚訝，但是，她很快便明白是怎麼回事了，將被單折疊好，送往李閨房間去。

譚老待黎春梅母子離去後，獨自在靈堂裡徘徊，站的有些久了，便搬來一把靠椅，在嗣襄的畫像前坐下，一雙昏花的老眼久久地凝視著兒子的遺像。

嗣襄的墓地在瀏陽縣城東關口鄉約十五里的冷水井一處山坡上，是譚凱提的方案，一來這裡是屬於譚府的產業，二來，對那兒有感情，他的主張被嗣同採納了。嗣同從關口冷水井回來後，又向父親做了彙報，父親聽後，表示同意，他說：「冷水井那地方位置不錯，山上都是松樹、杉樹，四季常青……那口井裡的水一年四季冰涼，天氣熱得像火爐的三伏天，那口井裡的水，卻冰得牙齒疼，所以當地人便稱之為冷水井，後來有專家前來實地考察，留下幾句誰也沒有聽懂的結論，有老百姓笑罵『狗屁專家，還是不如我們涼水井自己建房子的磚匠』。但是，這樣一來，冷水井就出名了……」

嗣同驚訝地說：「原來也去過關口那樣的地方呀，爹？」

正在這時候，涂啟先來了。譚老朝涂啟先深深一揖，道一聲：「舜臣先生，請——」

涂啟先雙手打拱，還了一揖，兩位老漢又癡癡地站了一會兒，譚老這才緩緩地轉過身，靈堂裡，正在進行活動，他凝視著頭戴道冠，身穿道袍的幾位道士正在做法事，臉上掠過一絲欣慰的笑容，然後看著嗣襄的畫像，默默地說道：「泗生，涂先生和老七給你選了一個不錯的地方……」

涂啟先想說點什麼，誰知譚老卻吩咐家人：「送涂先生歇息吧！」

涂啟先離開靈堂後，譚老重新回到兒子的靈前，默默地站著，看著嗣襄的遺像，眼眶裡盈滿了渾濁的淚水。身後，嗣同輕輕地勸說道：「你也早點歇息吧，爹爹——」

譚老似乎沒有聽見，站立在靈堂邊，默默地看著道士手裡拿一根白幡，輕輕地晃動，由於長期的熬夜，兩眼發紅，聲音沙啞，拼命地將聲音拉得很長，在哀樂的伴奏下，使人聽了特別的不舒服——

天也空，地也空，人生渺渺在其中；

妻也空，子也空，黃泉路上不相逢……

在這樣一種消極頹廢悲觀厭世的音樂旋律繚繞的氛圍下，許多人顯得很沮喪，心堵得慌，幾乎喘不過氣來，兩條腿像灌滿了鉛，沉重得每邁出一步都十分艱難。承受老年喪子悲痛的譚老，表面看上去卻恬淡而平靜，似乎沒有受到太多的影響。其實啊，到這個年紀，經歷了滾滾紅塵的多少榮辱毀譽，應該看透了人世滄桑。他不經意的看了一眼身邊的涂啟先，說道：「舜臣先生，你還沒有走啊，還是快去歇息吧，辛苦你了，先生——」

涂啟先雖然比譚老要小十一歲，他們所經歷的也大不相同，但是，同為博學鴻儒，對生與死，何嘗不是一樣地參透？這正是他們一為高官，一為平民，卻能成為朋友的原因。他伸手拍打了一下大腿，笑道：「我不累啊，鄉野村夫，爬山越嶺，習慣了。」他往大院後面一指，說道：「我陪甫公去那兒看看如何？」

「當然好呀，只是，要辛苦先生了……」

於是，兩位老人，離開靈堂，來到後院一間由廂房臨時騰出來的紙紮房，幾名紙紮工匠正在忙碌，製作一系列諸如牛頭馬面無常之類物品。一般治喪活動，這是一項必不可少的內容。從一開始在門前豎起白幡，到靈堂的佈置，牛頭馬面、無常青面獠牙地或立於門外，或站在靈前，配之以道士撕心裂肺的哀樂，給活人製造身臨陰曹地府的恐怖，這都是紙紮工匠雙手造成的。

譚老與涂啟先走進紙紮房，四名工匠正在忙碌著主要工程——即靈屋子的最後一道工序。令譚繼洵感到驚訝的是，出現在眼前的用彩紙加上人工描繪出來的房子很特別。所謂「特別」者就是一點也不像司空見慣的那種闊氣的房屋。靈屋的結構，本來就是凡人眼裡氣派的庭院，想像的房屋，前後兩棟，中間走廊，左右廂房，連結圍牆的門樓。有些亡者，一生窮困，住茅草房，陰暗潮濕，沒有過一天舒心日子，到另一世界，可以過上生前奢望的日子了。這個美好的願望，全靠紙紮匠為其實現了！

紙紮房裡的工匠，見主人來了，一齊停下手中的活兒，垂首肅立。因為他們知道，站在他們面前的可不是一般的孝家，而是當朝一品大員呀。如果不是在這特殊時刻，特殊地點，庶民百姓，早就應該伏地相迎了，否則，就該受責罰了！

涂啟先搶在譚老面前，揮手示意：「你們忙吧，我陪巡撫大人來……隨便看看……隨便看看……你們忙你們的吧……」

譚老也揮了揮手，既然涂先生說了「隨便看看」，那就隨便看看吧，這一看，雖然是「隨便」，卻立刻便發現了問題。靈屋的結構怎麼看一點也不像以往看慣了的呀，也就是說這根本不是大戶人家的院落。門樓，前院，天井、兩邊廂房，後院、廚房、馬廄……

擺在面前的屋子，與傳統的靈屋完全不一樣，大門進去後，便是橫著一排長方形桌子不像桌子，櫃子不像櫃子的東西。相對應的牆壁上卻豎立半壁的多抽屜櫃子。天井周圍有三角架，客廳不像客廳，廚房不像廚房。譚老圍繞靈屋轉了一周，他的臉漸漸拉長了，終於責問工匠：「哪有這樣的靈屋呀？」

工匠頭說道：「啟稟大人，這是府上的管家譚凱吩咐的，大人請看，他還繪製了一張圖紙，令小人按圖樣製作，小人完全是按照圖紙做的……」

譚老聽工匠這麼一說，不由得皺了皺眉頭，心裡說道：「這個譚凱，也太大膽了吧，有我在，還有復生，這樣的大事擅自主張！」回頭對著院子裡的譚能揮手大聲吩咐道，「給我把譚凱找來！」

話剛出口，猛然想起了那年給佃戶免租的事，突然覺得，這個年輕人，做出這樣的主張，自然有他的想法，還是聽聽他的意見吧。

譚凱是整場喪事活動中最忙碌的人，幾乎到處都有他的身影，聽說老爺傳喚，已經猜到八九分。譚老見他氣喘吁吁的模樣，眼睛裡佈滿血絲，聲音沙啞，語氣中流露出幾分疼愛，指著靈屋問道：「這是靈屋嗎？世間哪有這樣的靈屋？」

顯然，對老爺的詰問，譚凱右手使勁擦了幾下額頭上的汗水，不慌不忙地解釋道：「老爺不是吩咐過喪事由我這個管家負責嗎？我知道，老爺、七公子都沉浸在喪失親人的悲痛之中，像靈屋這樣一件小事，我就不敢打擾了，老爺！」

譚老正色道：「這是泗生的安居工程，這是小事?!」

而此刻，涂啟先卻在認真聽工匠指指點點的一一作出說明，然後再仔細一看，面露微笑，說明他已經理解了譚凱為何要將靈屋繪圖，設計成這個模樣的意圖了，不待譚凱解釋，看著譚老，率先用誇獎的口氣說道：「甫公呀，這個年輕人，睿智，有見地，後生可畏！」

聽涂啟先這麼一說，譚老重新看了一遍這棟別具一格的靈屋，終於領悟了靈屋設計者的意圖，抬起頭來看著涂啟先：「唔……一間很不錯的商鋪……」

涂啟先點頭贊許：「泗生想做陶朱公的遺願，譚凱幫他在另一世界實現——嗯，好管家！」

譚凱受到兩位長輩的鼓勵，不好意思，臉紅了，說道：「這是一個管家應該做的分內事。」

兩位老人正在議論的時候，嗣同來了，開始，他對靈屋的結構也感到疑惑，但是，畢竟是年輕人，他很快便看出了靈屋的端倪，不由得也伸手在管家肩膀上拍了兩下。至此，譚凱一顆懸著的心終於放回了肚子裡。

譚老指著靈屋問紙紮匠：「既然是商鋪，還沒有題寫招牌門聯呀？」然後轉向對涂啟先，「舜臣先生，你說是嗎？」

紙紮工匠正要解釋，一直站在靈屋旁邊的嗣同說道：「請父親和先生題字！」

譚凱在一旁笑道：「七公子說得對，小人也正有此意……」

譚老對涂啟先說：「舜臣先生，我們合作如何？我寫門楣招牌，先生寫門聯，可否……」

涂啟先衝老友作了一揖，笑道：「恭敬不如從命！」

嗣同擊掌：「爹爹這個主意非常好！」

譚凱立刻吩咐工匠呈上硯臺，他自己則親自動手，往硯臺裡倒水。然後細細研磨墨汁，嗣同也很積極配合，挑選出一支三寸狼毫，恭恭敬敬地雙手遞給涂啟先。然後閃在一旁，靜靜地恭候。

涂啟先擰眉思索，沉吟不語，很快露出微笑，顯然，他已經想好了，在眾人目光的關注下，從容地走到靈屋大門前，往硯臺上的墨汁裡調試了幾下，略一沉思，便揮毫潑墨，一揮而就——

度量衡細品人間煙火；
吃穿用攸關國計民生。

懸腕書寫，這是需要臂力的，這時候，涂啟先已經是花甲老漢，書寫的時候卻能夠不受周圍環境的影響，思想高度集中，氣定神閒，寫出來的字依然猶如筆走龍蛇，力透紙背，有顏真卿的風骨，內斂而不張揚，字如其人，符合他的個性。他寫的時候，繼洵老漢站立一旁，全神貫注於筆端。涂啟先寫完最後一個字，目光移到譚老的臉上。

譚老撫掌，點頭，讚歎不已：「內容也挺好的……看似普普通通的兩句大白話，卻道出了商賈於民生是何等重要的精髓。好——好……」

兩位好漢討論書法的時候，旁若無人，譚老的喪子之痛也似乎暫時得到了緩解。

涂啟先受到巡撫大人的誇獎，乾瘦的臉頰上泛起淺淺的微笑，顯然，他對自己的作品較為滿意吧，遂將筆遞給譚老，譚老略為沉思，便在靈屋的門楣上揮灑了「陶朱府地」四個字。雖然年歲大了，又是懸筆，可是，寫字的時候，全身的力氣都灌注在手腕上了，神采飛揚，遒勁有力。譚凱的敬佩之情溢於言表，本來，在年輕人的心目中，老爺就是一位德藝雙馨的完人。

涂啟先贊許道：「甫公筆力千鈞，你一點也不老啊！」

譚凱忍不住讚歎道：「功夫在詩外！」

工匠也來湊熱鬧：「寶刀不老呀，大人！」

嗣同對工匠微微一笑，也插話說道：「你知道的還不少啊！」

院子裡傳來雜亂的腳步聲，陸續上來了一些人，其中也不乏讀書人，他們也聽說這個與眾不同的靈屋，想來一睹為快。當然，進屋之後，首要的舉動還是見過大人之類的繁文縟節。而後才將目光移向靈屋。大家都感到新奇，特別，不以為然者有之，大多數是肯定，說這個創意蠻好的，讓人大開眼界。

在一片讚揚聲中，譚凱的臉上便有了幾分得意。李閏抱著蘭生也夾雜在人群中來了。剛才的情景，她都看在眼裡，不時還打量一下譚凱，恰好與譚凱的目光相遇。譚凱偷偷地衝她送去一個得意的微笑，李閏卻將目光轉向了別處，沒有理睬。

蘭生在人群中發現了譚凱，便大聲叫嚷：「要叔叔抱抱。」

嗣同走攏來從他婆娘手裡接過兒子，蘭生哭得更厲害了，不停地叫嚷：「叔叔抱，叔叔抱抱……」

譚凱走攏去抱起，又在蘭生的臉上親了一口，說聲：「蘭生聽話，蘭生很乖……」

奇怪，蘭生的哭鬧立刻停止了，圓圓的小臉上露出了笑容，閃著淚光。嗣同皺了一下眉頭，呵斥兒子道：「叔叔忙著呢，不要纏他了，聽話，啊——」說畢，伸出兩手從譚凱手裡接過蘭生。蘭生「哇——」哭出聲來，試圖掙脫他爹的手，回到「叔叔」的懷抱。

譚凱猶豫了一下，一邊說：「我這會兒有點空閒。」然後伸手去接蘭生，奇怪，譚凱的手剛觸到蘭生，哭聲立停。

嗣同無可奈何地歎了一口氣，自嘲地說道：「這傢伙，連自己的爹都不認了！」

嗣同在兒子的小臉蛋上親了一口，然後遞給他婆娘，吩咐道：「帶到房間裡去吧，外面太吵鬧，別嚇著他了。」

蘭生顯然對自己的娘有些排斥，瞪大一雙眼睛，往四周的男男女女全都看了一遍，然後選擇了譚老，向他伸出一雙小手，口中含混不清地吐出一串：「公公公——」

譚老張開兩臂，將孫兒攬在懷裡，將一張老臉藏起來，他不願意讓人發現他眼角噙著閃亮的淚珠……

十九

今天是嗣襄出殯的日子，五月的湘東，連雲山腳下，大圍山麓，進入了氣候多變的季節。昨天傍晚還是紅日西沉的晴天，半夜突然起風，天空灰暗，烏雲翻騰，一聲沉悶的驚雷，一道耀眼的閃電，一陣呼嘯的狂風，頃刻間，下起了一陣潑瓢大雨。大夫第的年輕管家譚凱被炸雷沉悶的響聲驚醒過來，他很擔心，出殯下雨，怎麼辦呢？湘東一帶有這樣一種說法：大雨淋喪，家敗人亡。

風水先生離去，決定擡日的時候，譚凱對這個情況已經不會感到意外了。然而，知道又能怎樣，天要落雨娘要嫁人，誰也無法改變天氣。

黎明在一串悶雷的炸響聲中到來，刺目的閃電驚醒了沉睡中的瀏陽縣城，慘白而顫抖。到處是嘩嘩的水聲。為了避開下雨，譚凱與主子商量，出殯的時間提前到早晨進行。早餐後還是有驚雷閃電，風似乎比晚上弱了一些，大夫第門外，三聲響鎗的轟鳴餘音未了，靈堂裡三通鼓罷，緊接著便是如泣如訴的嗩吶聲。一切準備就緒。臺灣的柏木棺材有三百餘斤，還置放了一百餘斤石灰粉。遺體被石灰裹著，這樣，屍體不至於腐爛，即使在炎熱天氣，也還是能留存幾天，何況還打了砂台呢。

「除靈——」

司儀拖著悠長的聲音發出指令，道士指引四條漢子，頭上纏白巾，走到棺材面前，開始用很粗的棕繩將棺材捆綁起來。靈堂外鼓樂、鞭炮炸響。十六條漢子將棺材抬起來，向大門移動，譚能站在門口，舉起一面鏡子照到棺材上，於是，鏡裡鏡外同時出現兩副棺材。走出漆黑大門，身披孝服的男女，親友、譚氏本家簇擁著緩緩離去。一位身著法袍的道士，將一把米粒往金剛們頭上一撒，拖長聲音說道——

屋大好停喪，屋小好抬喪。

鼓樂、嗩吶、喧嘩……在人頭攢動下的大夫第哭成一片。

未亡人黎春梅趴在她老公的棺材上，呼天搶地，大聲哭喊：「夫吔，我的夫吔，你丟下兩個崽崽，叫我怎麼辦啊，怎麼辦啊——」

她身旁的兩個孩子不停地抹眼淚，嚶嚶地哭泣，悽惶的淚眼看著周圍的忙亂。

李閏和大嫂黎玳貞一邊一個扶住，不停地勸說，沒有效果，哭得更厲害了，勸的人自己也淚流滿面，尤其是黎玳貞，若干年前，自己也經歷了喪夫之痛。置身此情此景，想起了那年京師大疫中與婆婆一道走了的老公嗣貽，忍不住大放悲聲，哭訴著與弟媳一樣的內容：「夫吔，我的個可憐的夫吔……你走了好多年了，也不報一個夢給為妻啊……你在那裡過得好不好啊……我的個夫吔……」

與大夫第相對應的天馬山，一河之隔，地形較高，二十四把響銃轟鳴，震耳欲聾，與大院四周鞭炮的炸響，遙相呼應，紅紅綠綠的紙屑揚上天空，又紛紛落下。鼓樂齊鳴，道士們一個個身著道袍，手持佛幡，唸唸有詞，眾多幫忙的人一湧而上，一陣撕扯，靈前的挽聯、字畫被撕成碎片撒了一地，未亡人黎春梅及孝子會生、潞生從頭到腳一身素白，跪倒在靈堂前，黎春梅以頭撞地，絕望地嚎啕，嗣貽媳婦黎玳貞在旁邊兩隻手緊緊地拽著，黎春梅的額頭還是破了，傷口撞地，血液攪拌泥沙，又和著淚水，滿臉血污，沙啞的喉頭吐出的聲音已經很小很小了。沒有人聽得明白哭的內容，也沒有人會認真去聽哭訴的內容。只要在哭，表現得悲痛欲絕，這就夠了。

譚凱忙前忙後，事兒最多，左邊廂房的門緊閉，李閏此時已抱著蘭生坐在一把靠椅上，隔著一張緊閉的門，外面的噪音透過門縫後小了許多。這是老公公的叮囑，出殯的時候李閏的任務就是看護好蘭生，別讓他受了驚嚇。右邊的廂房裡，涂啟先陪同譚老在裡面待著，這是譚凱的安排，老爺年紀大了，擔心他目睹兒子出殯時承受不了。

兩位老人都沒有坐，在斗室裡走來走去。涂啟先拽著譚老的手，感覺到冰涼，微微顫抖。一牆之隔，靈堂裡的嘈雜喧鬧漸漸地往關口冷水井方向流動。譚老伸手去開門，涂啟先攙著他的一隻胳膊穿過正在清掃的靈堂，院子，路過天井，走出大夫第黑漆大門，臉朝著冷水井方向遠遠地眺望，神情顯得格外地平靜。

「嘩啦——」

一道閃電，緊接著一聲巨響，狂風呼嘯，大如黃豆的雨點當空飄灑，打在譚老銀白的髮辮上，撞擊他的額頭，臉頰。

涂啟先趕緊去攙扶，說道：「甫公，下雨了，回屋吧。」

譚老似乎沒有聽見，癡癡地站立在大門外，一雙昏花的老眼凝視漸漸遠去的哀樂。涂啟先只好進屋，與手持雨傘的李閏在門口相遇，他接過油紙雨傘為譚老撐開。就這樣，兩位老漢，在風雨中站立，他們的身後就是一扇敞開的黑漆大門。

一會兒，雨住了，天上翻轉鉛色的雲團。

這支百多人的出殯隊伍，移動十分緩慢。風，一陣緊似一陣，頭頂上的天空鉛色的雲團翻滾，嗩吶吹奏的長調，鑼鼓伴奏，混合黎春梅母子沙啞的慟哭，簇擁著金剛們抬的靈柩。冷水井是縣城往大圍山官道途徑之處，出殯隊伍占住了整個路面。譚凱與嗣同行走在隊伍居中稍微靠前一點的位置，年輕的管家臉上呈現從未有過的緊張，嗣同也是一臉的嚴肅。他們不時仰望天空的細微動作釋放出焦慮。

隊伍，在令人窒息中終於移到了冷水井的山腳下，一道耀眼的閃電，緊接著就是悶雷的巨響：「嘩啦——」之後，稀稀拉拉的雨點當空灑下，譚凱有些無奈地看著嗣同：「雨又要落下來了。」

嗣同神情嚴峻，沒有吭聲。從出殯到現在，他經歷了擔心——緊張——僥倖，伸出右手在年輕管家肩上拍了拍，說道：「天要下雨，這事由不得人的。——譚凱，你辛苦了！」

譚凱一臉的內疚，彷彿下雨是他的錯。

嗣同安慰道：「我曉得，你是怕應驗那句『大雨淋喪，家破人亡』——」

譚凱一驚，此時此刻，他最忌諱的一句話終於讓嗣同說出了口。

忽然聽見嘈雜聲從四面八方而來，老老少少，男男女女，各自手持雨傘、斗笠，農家常備的棕片蓑衣，還有抱著棉被的，冒著越來越密的雨點，往出殯隊伍湧來。他們走攏來之後，紛紛將雨具遮在他們的頭上，一個十三四歲的女孩，將一把很大的油紙傘撐在黎春梅的頭頂，叫了一聲：「譚嬸——」

黎春梅驚訝地看著這個女孩，不知道到底發生了什麼事，女孩一眼發現了人群中的譚凱，歡快地叫了一聲：「叔叔，還認得我嗎？」

譚凱正在為眼前突然發生的情況納悶，一位白髮老太顫顫巍巍走到他面前，拜倒在地，呼了一聲：「恩人呀——我總算又見到你了！你那年冬天收租，救了我一命……」

一位老漢接著說：「我不是譚府的佃戶，也得到了一件棉襖……」

啊啊，譚凱想起來了，還是那年寒冬臘月來冷水井免租的事，其時，譚凱剛來大夫第不久，還是一名普通的僕人。嗣同也明白過來了，看著冷水井人將厚厚的棉被罩在靈柩上，緊緊地抓住譚凱的一隻手，說道：「笨飛——我的好兄弟！」

「嘩啦，嘩啦啦——」

閃電，驚雷，暴雨，出殯隊伍似乎沒有遲疑，鼓樂伴奏下，嗩吶撕心裂肺的長調傳遞到很遠很遠的地方……

譚凱從旁邊一位老漢撐在他頭頂的雨傘裡出來，衝進雨幕，來到靈柩面前，向十六位金剛、冷水井的鄉親一齊說道：「大家放心，再大的雨也不會淋喪！」

出殯隊伍在雨中要上山了，到處濕滑，泥濘，在這樣惡劣的天氣下要將重達五百餘斤的棺材送進墓穴。在短暫的休息時，譚凱與嗣同緊急商量，該如何處理。一陣狂風之後，雨住了，灰暗的天空漸漸變得明亮起來，烏雲裂開一條縫，金色的陽光普照大地……

冷水井的老少爺們，從靈柩上扒下濕漉漉的棉被，紛紛說道：「還好，——好、好！」他們自己卻一個個像是剛剛從水裡打撈上來的。

譚凱抹了一把臉上的雨水，大聲發令：「上山——」

鼓樂再起，嗩吶的長調伴奏下，出殯隊伍像螞蟻一般往冷水井坡頭的墓穴移動。雨水沖刷過後的羊腸小徑，到處都是坑坑窪窪，堆積的淤泥，行動異常艱難。冷水井父老鄉親處理此類突發事件很有經驗。他們將各自帶來的稻草繩纏在鞋子上，踩在泥濘中，不會打滑了。

嗣同站在一旁，看著眾多冷水井人護靈，拉著金剛們的手，腳踏泥濘，艱難地爬坡，心想，今天如果沒有冷水井人幫助，將會出現一種什麼樣的狀況呢？民眾的智慧啊，你真的無法想像！

他的目光在人群中發現了譚凱那張年輕人的臉，濕透了的衣服緊貼在身上，和拖在腦後的長辮一樣，在陽光下閃閃發亮。看著管家與鄉下人之間的親密，無拘無束，聯繫到那年冬季寒風中赤膊出現在面前的那個家丁。

那是他們主僕第一次見面，那麼一副模樣，卻沒有狼狽，鎮定自若，當時他感到驚訝，這個小夥子，忘了自己家丁的身份嗎？

面對冷水井父老鄉親奮不顧身的幫助，嗣同的感觸特別多，就是這些普普通通看似不起眼的老百姓，能寫出自己名字的都沒有幾個，讀書對他們來說，那是連夢也不曾做過的奢侈。然而，這些看似渾渾噩噩的男男女女，他們口拙，難以表達自己的愛憎，但是，心裡有一桿秤，用實際行動，演繹什麼叫「受人點水之恩當湧泉相報」。

一些讀書人，自恃甚高，瞧不起庶民百姓，尤其是下層苦力的，以為這些人什麼都不懂，只知道吃喝拉撒，一任其自生自滅，與螻蟻沒有多少區別。

這些衣冠不整，渾身汗臭，為了永遠也填不飽的肚子，面朝黃土背朝天，一顆汗珠甩八瓣的人，他們的智慧，處事能力，只有在關鍵時刻，方才展現出來。世人眼裡的卑賤，其實比許多道貌岸然的人聰明能幹。

此刻，嗣同比任何時候更加渴望見到楊銳、林旭、康廣仁等幾位好友，一定要將這次二哥喪事的經歷告訴他們，要想改變炎黃子孫的生存狀況，改變積貧積弱的社會，實現世界大同的理想，一定要重視百姓！

從雲層中透出的陽光的照曬下，譚凱的眼睛有刺痛的感覺，站在稍微高一點的土坡上，雙手揮過頭頂，底氣很足地再一次拖長聲音吆喝：「上山囉——」

哀樂再起，鞭炮炸響、三眼槍朝天空轟鳴，濃黑的煙霧像一團蘑菇雲在天空彌漫開來，混合未亡人黎春梅撕心裂肺的慟哭，眾多冷水井父老鄉親的關注，十六大金剛齊刷刷一聲：「起……」

嗣襄的靈柩離開地面，繼續往墓地移動。

雨住了，彤雲裂開一條縫隙，露出金色的陽光，舉目四顧，到處都濕漉漉的。

殯葬隊伍像一隻碩大的甲蟲緩緩地爬坡。

二十

嗣襄的喪事已畢，嗣同緊鑼密鼓準備進京參加恩科鄉試。

譚老見老七忽然對走仕途如此熱心，這是譚老承受老年喪子悲痛時的一絲寬慰。

可是，老七的一句話讓他好像心被針扎了一下：「爹爹，我想奉勸你一句，你這麼大年紀了，還是告老還鄉吧？今後在老家安享晚年，和涂先生經常在一起，兩位老朋友說說話，散步什麼的，多好啊，有興趣的話，還可以到城南書院去講學什麼的……」

譚老的身子微微一震，這是他最不願意聽的話，當然，他何嘗不知道兒子這是關心自己；想起當初在瀏陽時，寒窗苦讀，鍥而不捨，無怨無悔，而且十分順利。後來，宦海浮沉，經歷了太多的大喜大悲，幾十年彈指間。現在年紀大了，許多事力不從心，何曾沒有過倦鳥歸林的念頭。

這番話，從兒子嘴裡說出來，他還是無法接受。

他理解兒子的一片孝心，兒子卻不理解父親的想法，父子之間存在代溝。譚老為官多年，經歷不少了，以他的地位，人脈，關係，給兒子謀一個官職，簡直是駝子作揖。龍生龍鳳生鳳，老鼠兒子學打洞嘛，有權不用，過期作廢，官二代這很正常呀，放著快捷方式不走，為何非要通過考試呢？

大清買官鬻爵的現象比比皆是，幾十年宦海生涯，譚老就是不幹。

想著，嗣同過來淡淡地說一聲：「爹爹，時候不早了，你該歇息了。」而後走進自己的臥室，夜已經很深了。蘭生睡一覺剛剛醒來，還在打呵欠，他伸手去抱兒子，蘭生「哇——」哭出聲來。李閏將兒子抱起來，哄了幾句，便停止了哭泣，漸漸地響起輕微的鼾聲。嗣同看著兒子，忽然說道：「二哥的喪事，多虧了譚凱，我要少操多少心呀。我琢磨他這個人，聽他的談吐，書讀的也不少，為何到別人家為奴呢？真是奇怪……」

李閏瞥了她老公一眼：「一個下人，有多大的能耐，也就一點小聰明而已。」

嗣同卻不這樣認為：「一個這樣身份的人，敢做主免除佃戶的田租，這不是一般的人能夠做到的……在爹面前的那番問答，你沒有在場，引經據典，對答如流，他肯定讀了不少的書。來我家做這個下人，到底為什麼？」

「問我幹嘛，真是可笑，這個你得問他呀，」李閏揶揄道，「琢磨一個下人，還不如多想想進京會考的事吧！」

嗣同卻還是按照自己的思路說下去：「今天二哥歸山，喪葬遇到下雨這樣的情況，我是一點辦法也沒有。他卻一點也不慌亂，彷彿早已經料到那些佃戶會來幫忙。譚凱這個人，將來一定會有所作為——我還是對他到我家做下人的原因感到奇怪……他的來歷有些讓人捉摸不透……」

「你呀，應該好好鼓勵給他獎賞才是，至於他的出身，爹交待過了，不要過問了，只要他努力做好本職工作就成。」

「你沒有聽懂我的意思，我是說他應該為國家出力，為民族出力……我也不會留他！」

嗣同這句話很輕，李閏脫口而出：「不會留他——你要趕他走?!」

「趕他走？」嗣同笑笑，搖頭說道：「我只怕想留也留不住，他不會長期在別人家裡當下人的。你記住我今天講的話吧……」嗣同改換話題，對往望城上墳的事，不是很積極：「我要進京了，你又不是不曉得……只怕時間來不及了。」

李閏兩眼直盯著老公，說道：「你的意思是不去？在武昌時說得好好的，變卦了？」

嗣同表示歉意：「要麼……你一個人帶了蘭生去？」

李閏不說話了，兩眼望著窗外，天井邊上的香樟樹枝葉搖曳的聲音細細碎碎的傳了進來，心裡感到委屈，打從嫁入譚府，也有些年頭了。復生的博學，睿智，憂國憂民的情懷，令她折服，不可思議的是，有一位成功的父親為榜樣，頭腦裡為何會總有一些不切實際的想法呢？

她心裡隱隱約約地感覺到，老公思想的形成，與康廣仁、林旭那幾位鐵哥們分不開。他們讀了不少書，縱論古今，指點江山，臧否人物，談吐不俗，都是一些有為的青年才俊，如果這些年輕人參加科舉，都有可能金榜題名的。……不能說老公不關心體貼，但是，這個枕邊人，卻不能走進她的心裡。她不會忘記自己是大家閨秀，一品高官巡撫大人家兒媳婦的身份，骨子裡浸泡的價值觀，人生觀，要改變委實很難，她也從來都沒有想到過要改變。可是，老公的態度，實在是令她感到很失望，夫妻應該是最親近的人啊……嗣同分明話裡有話地說道：「如果這次考試又耽誤了的話，你當誥命夫人的理想得再一次推遲……」

李閏還是不吭聲，不想和他爭辯，她已經沒有那個力氣了，這樣的爭論不是一兩次。

嗣同的心軟了，哄勸道：「好了，好了，去就是唄——作為女婿，也是應該的……好好睡一覺，明天才有精神！」

老公答應了，李閏看得出來，是用眼淚換來的。為了這次回娘家做準備，李閏忙碌到深夜。床上傳來一輕一重兩個男人的鼾聲。她撥亮書桌上的桐油燈，掀開蚊帳，老公仰面八叉地躺在床上，蘭生枕著父親的胳膊。鼾聲分別從大小兩副鼻孔裡發出來。她坐在床沿，看著床上熟睡中的父子倆，心裡說不出是什麼滋味。

這時候，她還隱隱約約地感覺到右邊天井旁那個房間裡一個男人的呼吸。今天她沒有前往送葬，但是，從老公的述說中，感受到了這個男人的聰敏、睿智。還是那年聽說譚凱免除田租，大冷天光著膀子回來的故事，心裡百感交集，有時候看不起他，認為一個大男人，就這點出息。有時候，她回想起自小在一起的瑣事，細微末節，尤其是那雙清澈明亮的大眼睛，心裡莫名感動。而今，出殯遇雨，佃戶們冒雨奮不顧身的救護，她也沒有親眼看見，心裡卻甜滋滋的，親切，溫馨。

可是，一想到笨飛來譚府的真實動機，心一下子被什麼東西給堵住。

嗣同說夢話了，唔唔嚕嚕，加上磨牙的聲音，含混不清，李閏一句也沒有聽得明白，忍不住輕輕地推了老公兩下，沒有醒。她伸手拽了拽滑落地上的床單時，嗣同這才醒了，睜開兩眼，一激靈坐了起來，打一個長長的呵欠，看著他婆娘問道：「天亮了嗎？」

「剛才更夫過了一趟，才二更呢。」

「唔。」嗣同倒頭又睡，腦袋剛沾枕頭，立刻響起了鼾聲，長長短短，高高低低，房間被鼾聲填滿了。在這樣的環境，李閏能夠安然入睡，心裡特別踏實；如果沒有熟悉的鼾聲，她反而睡不著覺。

嗣同的鼾聲暫停，睜開眼睛看著桐油燈下，坐在床沿的他婆娘，說道：「那就先去望城吧，反正兩處地方都是娘。」

這句話李閏聽了心裡很溫暖，於是說道：「我現在是大夫第的人，先看婆婆理所應該……現在還早著呢，你抓緊時間睡一覺吧，天亮了我會叫醒你的——」

李閏側身臥在她老公的身邊，闔上眼睛，忽然一陣「豆腐咧——」的聲音從北正街，周家碼頭方向傳來，天已經亮了，該起床了，儘管她還沒有睡下。整個縣城還處於一片朦朧之中，大夫第的黑漆大門便被推開了。嗣襄的喪事結束之後，偌大一個院子由熱鬧又回到冷清。管家譚凱，在這場喪事中忙得夠嗆，幾乎沒有睡過一個安穩覺，他的精力卻永遠是那麼充沛。昨天，他已經按照老爺的吩咐，準備了一份掃墓的祭品。嗣同夫婦洗漱完畢，用早餐的時候，譚老看著管家：「笨飛，今天上墳的祭品準備好了嗎？」

譚凱說道：「早準備好了，老爺！」

譚凱將擱在桌子上的專用禮品盒蓋子打開，裡面有幾個木格子。按瀏陽這一帶地方風俗，上墳掃墓的祭品內容稱之為「三牲」。何謂三牲？分別盛雞、魚、豬肉的三隻碗。一壺酒，三隻酒杯，三雙筷子，意思就是主人還有兩位陪客。陪客都有誰？沒有具體所指，大概是由主人自己決定吧。而今呈現在譚老面前的三牲，與習慣意義上的祭品卻有些不同。魚，不是整塊的鮮魚，而是一碟酒浸螃蟹。

這種螃蟹，原本是青灰色，兩隻虎螯透明，經過酒的浸泡，呈粉紅色了。老人彎腰將鼻子湊在螃蟹上嗅了嗅，臉上露出滿意的笑容，誇獎譚凱：「笨飛呀，你聰明能幹，做事老成穩重——」

譚凱受到鼓勵，便難免有幾分得意寫在臉上，斜睨了遠遠地站著的李閏一下，伸手拍了拍禮品盒裡放著的一只陶罐，說道：「老爺，這是周家碼頭的糯米酒。」

「是嗎？」譚老聞言，微微一笑，隨即伸手掀開裝米酒的陶罐蓋子，一股甜美的氣味直鑽鼻孔，「嗯，不錯不錯，周家碼頭的糯米酒又醇又香，我走遍了大清國的許多地方，感覺沒有哪兒的能相比。唉——」老漢吁了一口氣，「五緣在的時候，她自己在家裡也能做……」

譚老轉過身來，目光停留在院子裡一棵孤零零的樟樹上，樹幹足兩人合抱，喃喃地說道：「整整二十一個年頭了……難道真的是公務勞形，抽不開身嗎？——七兒，我和你們一起去……看看你娘，我。」

父親佝僂的腰桿，疲憊的面容，下垂的眼袋，渾濁的目光，嗣同心疼地勸說道：「爹，這一晌你也累了，山路不好爬，你還是在家歇息吧？」

譚老勃然變色，嘴唇哆嗦了一下，沒有吭聲。

李閏趕緊說道：「爹能夠去更好啊，這麼久沒有見到我婆婆了，他們在一起時候的恩愛，體恤，舉案齊眉，我真的羨慕……爹一定有很多話憋在心裡想和她說說吧，說不定還有一些悄悄話，對嗎？」

譚老的臉色好看一些了。

聽說去給婆婆上墳，黎春梅也要去，她兩眼紅腫，喉頭沙啞，亡夫的喪事，令她幾次虛脫，人也瘦了一圈。會生、璐生兩個兒子一左一右緊緊地依偎在娘的身邊，孫子大而黑的眼睛釋放這個年齡段不應該有的悲涼。爺爺情不自禁地走攏去，分別用兩隻手在兄弟倆的頭上撫摸。這時，嗣貽媳婦黎玳貞來了，站在會生旁邊，望著老公公怯怯地說：「爹，我也想去……」

譚老還沒有表態，嗣同搶先說道：「好呀，只差了二娘還在武昌——難得都在一起去，在我娘面前熱熱鬧鬧地團聚！」

李閏插話道：「是啊，既然是團聚，大嫂二嫂，幾個侄兒，我們一起都去吧，在娘面前熱熱鬧鬧的，多好呀，爹，你說是吧？」

「對啊，團聚……春梅，再過二十八天，就是你娘的生日，你那時再帶著孩子來給奶奶拜壽……雪梅，你陪春梅在家做伴。」

譚老吩咐完畢，拄一根拐杖，走在前面，嗣同企圖上前攙扶，被拒絕了。李閏抱著兒子蘭生，祭品放在一只精緻的食品盒裡，由譚凱提著。馬車停靠在院子裡，譚凱最先將譚老拉上車，坐好。嗣同自己爬了上去，而後拉李閏蘭生娘兒倆在馬車上坐好，譚凱的位置在馬車的轅上，眼睛不離裝祭品的木匣子。

一匹黑馬拉著馬車搖搖晃晃地從北正街的鵝卵石街道上碾過，走出縣城，往朝南的官道上而去。連日的陰霾突然放晴，給掃墓者一抹明亮的陽光，沉重的心情也變得輕鬆開朗一些。

馬車在鄉間路上搖搖晃晃了大約一個時辰，不時有路人和他們打招呼。這時候，譚老就會吩咐車夫放慢一些，聊上幾句，內容都是天氣呀，收成呀之類的農家話題，說的都是瀏陽土話。瀏陽距離長沙並不算遠，長沙人聽瀏陽話不打手勢的話，雲裡霧裡，能夠蒙對一半就不錯了。奇怪的是，瀏陽人幾乎都能講長沙話。

譚氏一行來到集裡橋嶺下，餘下的羊腸小徑只能靠兩條腿完成了。

譚老一大把年紀了，平時缺少鍛鍊，爬山對他也是一個不小的考驗，開始還可以，沒有多久，便感到體力不支，大口喘著粗氣。譚凱充沛的精力體現出來了，他爬山時一手攙扶譚老，一隻手還提著禮品盒，卻滿不在乎，也是他從小爬樹掏鳥窩鍛練出來的本領。譚凱回過頭來，見李閏大口喘著粗氣，和他年紀相差無幾的嗣同抱著蘭生，也是滿頭大汗。於是便返回幾步，說道：「七公子，我來抱蘭生吧！」

李閏一雙三寸金蓮，每往前邁一步都要使盡全身的力氣，畢竟年輕，暫時還無須幫助。

譚老見譚凱抱著蘭生，還要提禮品盒，忽然來勁兒了，將禮品盒接過去了。可是還沒有走幾步，便大口喘著粗氣，譚凱騰出一隻抱孩子的手將禮品盒重新接過來。

嗣同用胳膊幾乎是扛著妻子爬坡，譚凱抱著蘭生走在最後面，經過艱難的攀爬，他們終於到達一處雜草叢生的斜坡，這裡有一座規模雄偉、莊嚴肅穆的墓葬，歷經風霜雨雪的浸蝕，透出厚重與滄桑。這就是巡撫大人譚老的原配夫人徐五緣之墓。墓坐東北朝西南，占地約六十平方米，花崗石墓圍，三合土墓塚，高零點九米，底徑三點八米。塚首立祁陽石墓碑五通，中間主碑高一點九米，寬零點七米，陰刻楷書碑文「皇清誥授光祿大夫兼署湖廣總督湖北巡撫譚子實君誥封一品夫人譚母徐太夫人之墓」，碑文刻記「道光九年己丑——光緒二年丙子」。

譚老雙手拄著拐杖，站立在墓碑前，兩眼凝視著篆刻的碑文，往事就像啟開了閘門的潮水洶湧——

五緣、嗣淑、嗣貽三位親人在京師度過的最後一夜，雖然妻兒三個都不能說話，靜靜地躺著，靈前閃爍的燭光下，他一直陪伴在他們身邊。夜深沉，他滿腦子都是與母子三人在一起的碎片。他真的不敢相信，他們已經走了，永遠地走了，今生今世，不會再回到身邊。他不願意相信這是真的，他必須接受，嚴酷的現實，擺在眼前啊。

那個時候，他還是中年人，巨大的打擊摧殘，還比較能夠扛得住。

窗外，街道上，更夫的腳步聲和鑼聲：「哐哐、哐——」

四更了，還有一個時辰就要天亮，老譚走到五緣的靈柩前，站了一會兒，慢慢地蹲下去，伏在上面，輕輕地說道：「五緣啊，你為我這個家，吃了多少累，遭了多少罪啊。如果不是你的菜園子發揮作用，這日子還不知道會怎麼過呢……你說過，誰不想日子過的好一點，樂意吃苦呢？貪官污吏，遭萬人唾罵，也是坐在火藥桶上，一旦出事，遭殃的是整個家族。你欣賞『當官不為民做主，不如回家賣紅薯』這句話。一個鄉下女子，有如此胸襟，實在難得，我很知足啊五緣，……我們夫妻不是還有約定，待我告老還鄉的時候，我們就長期居住在爐煙洞。那裡山青水秀，環境優美，我們可以去小河邊釣螃蟹，還是我來提洋鐵皮桶……你才四十七歲啊，幹嘛急性走呀……

「我從蘭州趕回來，沒有和你說一句話……五緣，我知道，你還牽掛七兒，你只管放心，我會好好待他的，一定要讓他成才，成為我譚家書香門第的後起之秀！你要相信慧琳，她過去耍了小聰明，做過對不起你和老七的事。但是，她悔悟了，你以德報怨，是你的人格魅力征服了，讓她幡然悔悟，棄舊圖新。我相信她會善待老七，請你也相信她一回好嗎……五緣，我還有一事虧欠於你，記得當年你們姐妹爭論的時候，多次提及誥命夫人嗎？

「我現在還是四品，按大清制度，凡屬一至五品官員的夫人都可以封贈誥命夫人的。這只是一個虛名，卻是女人一生的追求啊。我由於一直在忙，經常外出辦差，沒有太重視，心裡也曾想過，你還年紀不大嘛，今後有的是時間……而今你走了，走得太急了，不給我報答你的機會，以至我沒有兌現自己的諾言，對不起你啊，五緣……今後，如果有機會，我還會向朝廷申請追封你為誥命夫人……我說的是真的，我發誓兌現自己的諾言，一定！」

老譚在五緣夫人面前待的時間有點長，訴說後，心裡感覺舒坦一些了，又來到嗣淑的靈柩面前：「妹子呀，你這麼年輕，怎麼就走了，不要你爹了？都怪你爹平時沒有花很多時間照顧你。你從小乖巧，聰明，懂事，讀書比哥哥、弟弟都強……你娘經常誇你是她的小棉襖，你在老家出生的時候，爹和你娘都非常高興，希望你將來是蔡文姬或者花木蘭式的人物。其實，爹只是口裡說說而已，並沒有真正關注過你讀書。說到底，還是重男輕女的意識作怪……嗣淑，爹對不起你啊嗣淑……爹身在官場，我要對得起皇恩浩蕩，許多事身不由己，爹對不起你，十四歲就讓你嫁人了，我覺得，唐景崶這小夥子不錯，有出息，你跟了他一定會夫榮妻貴……一場大病，你匆忙走了，給了爹當頭一棒，也對不起景崶，他一個有情有義的人，受朝廷派遣，往福建辦差，路途遙遠，一時半會恐怕還回不來……」

這時候，誰也沒有覺察，還有一個人站立門外。

當然是盧夫人了。

她是這個現在躺著的女人領進家門的，稱之為大姐的女子，無疑是她生命中影響最深的人。一個女人如果做妾，總是低人一等，說不起話，委屈欺侮乃家常便飯，這是普遍的社會現象。她是多麼的幸運，遇到了天底下最好的女人。這個女人比親姐姐還要好。她曾經耍了很多小聰明，其實是愚蠢。虐待嗣貽，作弄嗣襄、嗣同。每次都被大姐識破了，卻從來沒有責怪過。她記憶很深的是嗣襄嗣同兄弟關於家裡誰最大的談話：爹怕娘，娘怕二娘，二娘怕爹。老爺怕五緣夫人嗎？當然不是，五緣怕她嗎？也不是，只有她這個二娘怕爹才是真的。平心而論，老爺待她已經很不錯了，但是，妾和妻的地位還是沒法相比。比如那次寫休書，儘管老爺是氣頭上的話，可是白紙黑字地寫出來了啊。如果不是大姐仗義執言，恐怕家裡已經沒有她了……大姐，你這是以德報怨啊，你寬大的胸懷使我無地自容……大姐，你放心吧，我會加倍地關心老爺，照顧泗生、復生兄弟，視同己出……大姐，一路走好；大姐，一路平安！

更夫的腳步聲，接著銅鑼響了：「哐、哐、哐、哐——哐——」

五更。

天漸漸地亮了。說話、咳嗽、吆喝……昏濛濛的京師從沉睡中醒來。

老譚來到老大的靈柩面前，一炷線香正在靜靜地燃燒，青煙嫋嫋，他的眼神迷離，彷彿看到了當年在香火前罰跪的孩子。那是恨鐵不成鋼，而今，他卻悄無聲息地躺著，線香依舊，卻是人非。喉頭像被什麼東西堵住了，他艱難地訴說：「癸生啊，你明天就要回老家了。你是成年人，自己也當爹了，當爹的滋味如何……為讀書，爹沒有少讓你罰跪。記得有一次，跪的時間長了，你支撐不住，摔倒了，為此，你娘非常生氣，對我大吼一聲『這不是你的崽！』我知道，你那時候對爹有埋怨；而今對你爹當年的責罰你的做法，不會埋怨了吧。你要好好陪伴你娘，她名義上是高官夫人，實際上還不如一些平民百姓，她這一輩子吃了那麼多苦，為了這個家，為了我，為了你們兄弟姐妹，沒有一日的清閒……」

胡同裡傳來嘈雜的人聲，管家譚應走了進來，報告主人，三駕馬車以及車夫都停在大門口了。老譚的喉嚨嘶啞：「出發吧。」

家人點燃了一掛鞭炮，劈劈啪啪一陣炸響，在硝煙彌漫中，車夫們已經各就各位，老譚吩咐嗣襄，一路上你要多加小心啊，凡事多與譚應商量。嗣貽婆娘玳貞母子在老公公的面前跪下告別。老譚把孫子保生從地上抱起來，在小臉蛋上親了一下，說道：「保生啊，你是一個乖孩子，路上聽你二叔話，聽你娘的話，陪你大奶奶、你姑姑和你爹回去，爺爺有時間也會回去看你們的……過一段時間，疫情過了，爺爺再接你來京師讀書……」

譚應走到老譚面前，做最後一次懇求：「老爺，你還是自己走一趟吧，我想，朝廷知道了也會原諒，無論對哪個家庭來講都是大事呀，老爺！」

這樣的勸說，已經是多次了，老譚長歎一聲：「我何嘗不想送夫人母子回鄉啊……然而，這樣一來，怕誤了朝廷的大事。現在我的腦子很亂，只要稍微闔眼，就會出現甘肅一片荒涼，飢民三五成群，奄奄一息，路上倒斃的餓殍隨處可見。災民亟待朝廷賑災救濟，孰輕孰重，應該分清楚……

「譚應，泗生還年輕，沒有閱歷，這一路上，多加小心，要辛苦你了！我昨天講了，安葬的事請二位兄長做主。二哥經商，家道殷實，喪事的錢，不用開口，他會出的，請代我向二哥說一聲感謝吧……

「泗生，我剛才的話，也是要說給你聽的，你聽清楚了沒有啊？安葬事宜，你二伯父會做主的，一切都聽他的……大圍山書院的涂啟先涂先生，我估計他知道這個消息，也一定會來……」老譚囑咐泗生，給二伯父的信收好，不要弄丟了。

盧夫人也來送行，一隻手牽嗣同，一隻手抹眼淚。老爺囑咐的話，她以自己的身份向泗生再重複一遍。

「聽清楚了，」嗣襄動情地說道：「爹爹，你要保重啊，我一切都會按你的話去做；二娘，家裡的事您要多操心，孩兒走了……你放心吧，我會聽管家的話……爹——」

早晨的太陽光，將這座有些年月的四合院塗抹上彩霞，老譚一邊說一邊換上朝服，做上朝的準備了。他進京任職以來，每天上朝，總是比其他同事先到一步，這是他多年為官以來養成的習慣。這事傳到老佛爺的耳朵裡，慈禧當著眾多官員的面予以充分肯定：「譚繼洵的習慣是一個好習慣，列臣得好好學習。」

一陣劈劈啪啪的鞭炮炸響，在硝煙彌漫中紅紅綠綠的紙屑紛紛飄落，拉著三副棺材以及嗣襄黎玳貞母子、管家譚應等人的車隊走出大門，在胡同裡行走，老譚忍不住追了上去，在相距一丈開外的後面跟隨，嘴裡不停地叨念：「五緣，嗣淑，癸生……一路好走……走好……」兩行清淚在老譚的臉頰上汩汩流淌。

盧夫人突然跪倒，額頭很響地磕在地上，喉頭哽咽，朝漸漸遠去的靈車聲聲呼喚：「大姐，一路走好啊——」殷紅的血液點落在地上，楊媽連忙上前勸慰，拉扯起來，盧夫人的額頭上全是血污，她掙脫楊媽的手，揚過頭頂，聲嘶力竭：「大姐，你放心吧，我會照顧好復生——」

嗣同在旁邊叫了一聲「二娘」，盧夫人將他緊緊地攬在懷裡，淚水滴落在復生的臉上，熱的，掉在嘴裡，苦澀……

幾名家人紛紛上前勸慰盧夫人節哀，人既然去了，要曉得想開，別急壞了身子。

老譚跟隨在車隊的後面走出胡同，他的後面則是四抬官轎跟隨著，隨時恭候老爺登轎。老爺一直目不轉睛地凝視著漸漸遠去的車隊，緩緩地跟進了幾步，大轎便一直跟在他的背後。

老譚的目光一刻也沒有離開馬車，來到前門大街上，老譚知道不可能再送了，他站住了，凝視著馬車漸漸地消失在視線裡，想起當年一家子從瀏陽來京師的情景，五緣從馬車上下來，手裡扛著一把鋤頭，傻呵呵的模樣……他再也無法控制，精神一下子崩潰了，伏倒在地，放聲大哭。

四品頂戴官員身著朝服跪在大街上哭泣，立刻引來了看熱鬧的人，一時之間，交通都為之堵塞了。突然闖攏來兩名黑衣的大漢，衝到老譚面前，分別拽著老譚的胳膊從地上提拉了起來，動作粗暴，簡直像拎一隻小雞仔。圍著看熱鬧的人閃開一條縫，四匹高頭大馬拉著一乘豪華的龍鳳輦停靠在不遠的地方，輦的前前後後都是官差。看那些人的衣服，排場，老譚頓時驚出一身冷汗，口裡冒出兩個字：「皇上?!」

只猜對了一半，確實是當今的萬歲爺光緒帝，他雖然去年就登基了，可畢竟還是一個五歲的孩子，啥也不懂，全國人民都知道，他只是一擺設，做做樣子，事情無論大小，都得由坐在旁邊的慈禧太后老佛爺做主。之前還有一位慈安，慈禧覺得兩宮掌權，對許多大事上意見不一致，礙手礙腳的。她的腦瓜特別靈啊，幾乎沒有費多大的勁便將慈安給做掉了。

老譚跪在轎前，屁股撅起很高，遮過了腦袋，身軀發顫，嘴裡不停地說著：「微臣恭請太后老佛爺吉祥，千歲，千歲千千歲！吾皇萬歲萬歲，萬萬歲！」話一出口，又感到不妥，祝福的話，應該先提皇上呀，而後才是太后。順序給顛倒了。李蓮英站在老譚的腦袋附近，傳達轎內主子的呵斥，一個朝廷四品官員，身穿朝服，跪在地上哭哭啼啼，讓那麼多人看熱鬧，成何體統！

老譚經過短暫的慌亂之後，漸漸地鎮靜下來。將家裡發生的不幸，作了一次彙報。言及五緣妻子一輩子的操勞，而今又被惡疾奪去了性命，再加上女兒、兒子，禍不單行。他之所以失態，是因為想起婆娘生前的辛苦，自己卻抽不出時間送回老家安息。舉動莽撞，懇請老佛爺法外開恩。說到傷心處，嗚嗚地哭出聲來。

老譚說完之後，頭還磕在地上，圍觀的人越來越多。過了一會兒，耳邊終於又響起了李蓮英的假嗓子：「太后老佛爺口諭，即刻擺駕戶部侍郎譚繼洵家。」

情況突然變化，令老譚措手不及。老佛爺與萬歲爺娘兒倆乘坐的龍鳳輦在眾目睽睽之下，一路晃悠著走進了胡同，往老譚居住的四合院走去，老譚跟在後面暗暗叫苦。當今兩位天牌級別的大人物來家裡，該如何接待啊，家裡是啥模樣啊，萬一讓老佛爺感覺怠慢，吃飯的傢伙準保不住了。

慈禧與光緒小兒在李蓮英及其它護衛的簇擁下進了老譚的家門，老譚率盧氏、七兒及一些家人齊刷刷跪下，他的屁股再一次撅起老高遮住了腦袋，聲音顫抖：「微臣譚繼洵率家人恭候太后老佛爺聖安，千歲，千歲，千千歲！吾皇萬歲，萬歲，萬萬歲！」

慈禧揮手道：「起來吧譚繼洵，哀家不請自來，打擾了吧？」

老譚恭恭敬敬地說道：「皇上和老佛爺親臨寒舍，是微臣的福分，蓬蓽生輝。」

慈禧剛坐下，又站起來，說道：「得了，既然來了，你就讓哀家到處瞧瞧，看看你這個四品官過的啥日子。」她拉了一下光緒的手，說道：「皇上，你也隨額娘來瞧瞧吧，看看你的臣怎麼過日子的呀。」

光緒答應一句：「兒臣聽額娘的。」

老譚從地上爬起來，閃到李蓮英的身後，老佛爺說：「你前面來引路唄。」

慈禧示意讓老譚隨在自己身邊，舉目四顧，建築風格是四合院，房間狹窄光線也不太好，屋子裡沒有幾件像樣的傢俱。老佛爺在書房門口，眼睛便盯住了一張破籐椅，坐墊上有兩處巴掌大小的破洞，籐椅的一隻腳上捆綁著厚厚的帶子。李蓮英皺了皺眉頭，在一旁插話了：「譚繼洵，你怎麼過的日子啊，朝廷欠發你的薪俸了嗎？」

老譚囁嚅，心裡琢磨如何回話才算得體。

慈禧見他尷尬的模樣，眼神釋放讓人看不透的威嚴，見老譚慌忙又要下跪，說道：「利索點，站著說話多好。」

老譚的臉漲紅了，吞吞吐吐地說：「沒有，按時發了，只是，我家裡人口多，負擔重，微臣給朝廷丟人了！」

老佛爺問道：「繼洵啊，我聽你們湖南的巡撫陳寶箴說過你的故事，你讀書的時候，你妻子種菜維持生計？」

老譚深深一揖：「啟稟老佛爺，確有其事。」

慈禧又問：「你奉命全家進京，你妻子還帶著鋤頭、菜種準備來京師繼續種菜？」

老譚答道：「正是。」

慈禧忽然來了興趣，說道：「那好吧，領哀家去參觀一下你夫人留下的菜園子吧！」

老譚回一句：「微臣謹遵老佛爺懿旨！」便指引老佛爺來到後院，老佛爺立刻被眼前的景致吸引住了：一畦畦整齊劃一的辣椒樹，碧綠的葉片下掛著一串串碧玉般的辣椒，其中幾隻紅的，點綴其間，鮮豔奪目，籬笆上的冬瓜藤，旁邊臥著上了一層白粉的大冬瓜，院牆下的蘿菜鬱鬱蔥蔥。

眼前的景致，令光緒興奮起來，長期生活在深宮大院的孩子，何嘗見過如此生動鮮活的場面呢？兩隻粉色的花蝴蝶在一處絲瓜藤墨綠的葉片間起舞，他驚喜地一拍小手掌，問道：「譚繼洵，這是什麼東西呀？」

老譚深深一揖，答道：「啟稟皇上，這叫花蝴蝶。」

光緒興奮極了，連聲：「好啊，好啊，譚繼洵你真了不得啊，還養了這麼好看的花蝴蝶！」

慈禧被眼前這片生機勃勃的蔬菜吸引住了，發現一把鋤頭杵擱在南瓜棚子上，便走過去，伸手拿起鋤頭把，試圖舉起來，沒有想到很沉，她費了很大的力氣，鋤頭才離開地面。慈禧搖了一下頭，說道：「這麼沉，她一個女人有多大的力氣呀，使得動嗎？真難為女人了，不容易啊。」

突然，慈禧身邊的老譚失聲痛哭，李蓮英詫異地問道：「你哭幹嘛呀，老佛爺又沒有責怪你？」

老譚拚命克制自己的情緒，喉頭哽咽：「這柄鋤頭棒，是離開瀏陽的時候大姐慶緣送的栗木棒，想起內人往日使用這把鋤頭挖土的情景，而今，她走了，菜園裡再也見不到她的身影……這把鋤頭再也沒有人使用了，看著這根栗木棒，想起當年內人的歡喜模樣……嗚嗚嗚——」

打從皇上和慈禧進門之時起，老譚就竭力克制自己的情緒，擔心因為失態招來禍端，見到栗木鋤頭柄之後。他無法克制，情感崩潰了！

老譚哭泣，李蓮英又要責問，老佛爺的眼睛也有些潮濕，置身此情此景，想起自己的死鬼老公，三宮六院，夜夜與女人尋歡作樂，褲子一繫，便連女人的名字都給忘了。許多人背後議論她殘酷無情，其實啊，她也是血肉之軀，渴望有一份真感情，可是，一直到老，都沒有得到。常聽人說她眼裡只有權力，權力能得到一切，錯，比如感情，你就無法用權力得到。現在，見這個譚繼洵，官兒也不算小了，居然對已經死了的婆娘還有惦念，真難為他了。老佛爺抹了一把眼淚，動情地說了一句：「你是一個有情有義的好男人。譚繼洵啊，你妻子走了，她有什麼願望，也就是遺願嗎？」

老譚聽慈禧這麼一問，眼淚珠子又往下掉：「她……我不知道這個是否算遺願。」

李蓮英責備道：「你痛快點說出來呀，別讓老佛爺費心了！」

老譚說道：「五緣與姐姐慶緣姐妹易嫁的時候，說到了誥命夫人，五緣說，大姐啊，將來我當上了誥命夫人，你可別後悔啊。她似乎對誥命夫人有點意思……」

慈禧放下五緣夫人使用過的鋤頭，從菜園子收回目光，感覺有點累，慢慢地往屋子裡走去，在距離菜園子不遠的空地上，一根竹篙上晾曬著幾件衣服，上面的補丁格外顯眼。慈禧停下腳步，看著衣服上的補丁，說道：「子實啊，你一個四品官，連一件遮面的衣服都混不上，你這官當得真是有點兒——」

老譚撲通一聲跪在地上，說道：「臣無能治家，有辱朝廷顏面，懇請老佛爺治罪……」

慈禧這回沒有看老譚，自言自語：「俗話說，三年窮知府，十萬雪花銀；一些地方的七品知縣，良田萬頃，紙醉金迷，像你譚繼洵這樣的四品，家裡還這麼困難，恐怕是絕無僅有啊……如果我大清的大小官吏都能做到你這個程度，何患國泰民安呀……譚子實，你這次在甘肅待了多久？」

「回老佛爺的話，這一次快三個月了，那裡的災情確實嚴重，路上災民一夥一夥的，刨樹皮，挖草根，有的倒斃了，拋屍荒野，唉，非常嚴重，我明後天，至少後天還要趕回甘肅去，與甘肅巡撫商量賑災救民。」他說起災民的時候，聲音顫抖，眼眶裡滾動淚珠。而講到那些貪官污吏，馬上像換了一個人，義憤填膺，忘記了這是在朝廷決策人面前，激動地說：「我都不知道這些人……啊，我看不配叫人，簡直是畜生，看到飢民可憐巴巴的模樣，他還伸得出手——殺，殺，對這些蛀蟲，決不姑息！」

慈禧看了老譚一眼，意味深長地說：「看你這個樣子，傻乎乎的，居然殺人不眨眼呀？」

老譚一驚，撲通跪下，說道：「微臣處置不當，請老佛爺治罪。」

慈禧笑道：「我說過你做得不對嗎，你做得非常對！」

老譚又磕了一個頭：「謝老佛爺！」

慈禧說：「起來吧，我還想聽你說說甘肅的情況呢，都收拾了哪些貪官呀？說來聽聽。」

老譚稍微凝神，說道：「回老佛爺話，甘肅的貧困，比想像的還要嚴重啊，啼飢號寒者比比皆是，有些地方，樹皮都被扒光了，以為食用……可恨的是，這樣的貧困地方，還是有以身試法的貪墨——」

慈禧氣憤地說道：「簡直是喪盡天良，殺，殺無赦！」

「是，老佛爺……天水縣令因貪腐入獄有一段時間了，對殺與不殺我還沒有拿定主意……」

慈禧笑笑：「怎麼回事，貪腐難道還有特殊情況嗎？」

老譚的神情突然變得凝重，緩緩地說道：「這個知縣叫趙舒翹，甘肅人，家境貧窮，父親死得早，母親把兒子拉扯到大，靠行乞供兒子讀書成才，好不容易熬出頭。他自己後來又有了一群兒女，在甘肅那樣的地方，一位七品官養活一大家子不容易，我就深有體會啊，我現在四品了，拿的俸銀比他多，日子也就過成這樣了……更糟糕的是他母親還是瞎子，需要人照顧。趙舒翹是一位孝子，每天給他娘燙腳……趙舒翹貪污，觸犯了國法，罪不容誅，可是，如果他被處死了的話，他娘也活不成了……」老譚說到這兒，眼角噙著淚珠，說不下去了。

慈禧也沉默，過了一會兒，才看著他：「繼洵呀，這個趙舒翹，你打算怎麼處置？」

老譚穩定了一下情緒，說道：「網開一面，削職為民，回去好好盡孝吧，我不忍心老太太受不爭氣兒子的連累餓死——」

慈禧說：「這樣的傢伙，可恨，該殺，……不過呢，你講的也有道理——你看著辦吧，我就不操這份心了，啊，你對甘肅的情況算是比較熟悉了，談談你對治理甘肅的打算吧。」

老譚略一凝神，便成竹在胸地談了一通對甘肅如何治理，首先要抓的是吏治，讓老百姓相信朝廷……講完之後，突然意識到自己一個區區四品，哪有資格說這些呀，於是打住，暗中觀察慈禧的反應。

慈禧站了起來，神情嚴肅，說：「好的，你這些設想非常的好，說明你對甘肅是真的瞭解，對甘肅的老百姓也有感情……這樣吧，你再去甘肅，我想改變一下你的身份。」

老譚兩眼茫然，等候老佛爺說出下文：「授予譚繼洵甘肅巡撫，加一品銜。」她側過頭去看著光緒，問道，「皇上的意見如何？」

光緒小兒突然站了起來，一副很著急的模樣，兩隻手按著褲襠。急迫地說道：「額娘，我要尿尿！」

眾人感到突然，極力克制不要笑出聲來，但是，這個問題總歸要解決呀，雖然與國家大事沒有一毛錢的關係。老譚其實是解決這個問題的不二人選，他也確實想幫忙啊，他考慮的是自個兒的身份問題，在貴為九五之尊的皇上以及實際掌控朝政的慈禧面前，四品官的身份太卑微了。

這時，一個意想不到的情況發生了，十二歲的小男孩嗣同像一條泥鰍，在眾多成年人中擠過去，自然包括他爹老譚在內，還沒有人反應過來的情況下，走到光緒面前，徑直將一隻手伸向萬歲爺，說道：「跟我來吧，我領你去撒尿。」

大男孩牽著小男孩的手，並沒有去茅房，他知道自家茅房很髒，不願意臭氣熏著客人，而是將萬歲爺領到菜園子裡一株南瓜面前，很熟練地扯開褲襠，一泡尿撒在南瓜蔸子上了，光緒學他的模樣順利地解決了內急。在宮裡撒尿，需要宮女或者貼身太監協助，煩死了。在天地間撒尿，爽快呀。嗣同，啊，現在可以稱復生了，舉手之勞，讓這個叫皇上的孩子如此高興，他也高興啊，指著剛撒了尿的南瓜藤說道：「皇上，我敢和你打賭，肯定會結一隻大南瓜！」

光緒小兒笑了，說道：「那好，以後我來吃大南瓜！」

復生很興奮：「你說話算數！」

光緒說：「一定算數！」

復生說：「那好，我們拉勾！」

光緒傻眼了，問道：「什麼叫拉勾啊？」

光緒皇帝由復生領去撒尿的時候，老譚還在為剛才老佛爺的話感到驚訝，張開大嘴，半天腦筋還沒有轉過彎來。

慈禧說道：「皇上不會有意見的，就這麼著吧——小李子！」

李蓮英垂首答話：「奴才在。」

慈禧又不說話了，氣氛有點鬱悶，突然宣佈：「封譚繼洵之妻徐五緣為一品誥命夫人。待會回宮，請皇上下詔書——」

老譚不敢相信眼前發生的事情，李蓮英的聲音彷彿從遙遠的地方傳來——

「譚繼洵，你是木頭啊，還不趕快謝恩！」

這時候，光緒撒完尿已經回到了慈禧身邊，慈禧又徵求光緒的意見，光緒還是那句話：「行啊，就這麼著吧。」

老譚終於意識到天上真掉下大餡餅，砸在他頭上了，跪倒在老佛爺面前，說道：「皇恩浩蕩，微臣譚繼洵謝太后隆恩，吾皇萬歲，萬歲，萬萬歲！太后千歲，千歲，千千歲——」

老譚突然嗚嗚地哭出聲來，就像一孩子，李蓮英正想要說點什麼，被太后制止了：「我們走吧，讓他哭一陣，心裡就輕鬆了……」

李蓮英攙著老佛爺走出屋子，往轎子走去，歎息一聲：「老佛爺說的對，如果大清的官吏都要像譚繼洵這麼清廉，國家肯定強大，那些洋毛子還敢欺侮我們嗎？」

慈禧一行離去好一會兒了，老譚和他爹家人還跪在院子裡不敢動彈。

在上轎的時候，老佛爺忽然轉過頭來，叫一聲：「小李子——」

李蓮英上前答道：「奴才在。」

慈禧說道：「你剛才在譚繼洵家裡還發現了什麼情況？」

李蓮英兩眼茫然，說道：「奴才愚鈍，還望老祖宗明示。」

老佛爺說道：「我感覺譚繼洵那個小兒子叫……叫什麼來著？」

李蓮英趕緊回答：「嗣同，字復生。」

慈禧說道：「嗯，知道了，這小傢伙很聰明，有膽識，你看他那雙眼睛，」頓了頓，意味深長地說，「你看他今天當著這麼多陌生人的面，沉著穩定，他將來長大以後，肯定會有所作為的。走正道的話，可以是大清強盛的棟梁之才，如果不走正道的話，就是禍害大清的亂臣賊子——」

老譚聽老佛爺話裡有話，再一次跪倒：「微臣牢記老佛爺的教誨……」

老佛爺揮手：「起來吧，只要你知道哀家的一片苦心就可以了！」

「起來吧，老爺。」

是盧夫人的聲音，她將老譚從地上扶起來。

老譚抬頭一看，老佛爺一行已經走遠了，下意識地抹了抹額頭，濕漉漉的都是汗水。

二十一

冷水井的一陣鞭炮的炸響，巡撫大人譚老的思緒又回到了現實，回到了一品誥命夫人徐五緣的墓前，管家譚凱已經將酒醴三牲在徐夫人墓前的墳場上擺好了，在中間插上三根線香，兩支蠟燭，一齊點燃，三隻酒杯裡都斟滿了米酒，然後迅速退了下來，肅立在墓碑的一旁，譚老本能地吸了吸鼻子，聞到了一縷久違的熟悉的味道。

嗣同李閏夫婦和他們的兒子蘭生居中間，並排拜倒在墳前，嗣同喊了一聲：「娘，復生和你的媳婦帶著孫子蘭生來看望你了！你兒媳李閏是望城那位有名的翰林大學士李篔仙大人家的三小姐，一位飽讀詩書的大家閨秀……她今天還是第一次與你這位婆婆見面……」

李閏安安靜靜地跪著，嗣同與母親說話的內容，她都聽見，臉上露出了淺淺的微笑。

小蘭生被他娘雙手帶有強制性地按著下跪，一雙黑溜溜的大眼睛，看著親人的舉動，不知所措，他實在太小了。嗣同指著一堆土，吩咐蘭生道：「這是奶奶，叫奶奶，快叫呀……奶奶——」

蘭生本來還在學習說話的初級階段，對「奶奶」兩個字的發音還有點困難。他有些驚慌地看著蹲在墳場上的爺爺，似乎是求援。誰知爺爺也幫他爹：「聽見沒有，叫呀——」

蘭生哭出聲來：「哇——」

孫子的哭聲令爺爺心疼，吩咐兒子兒媳道：「行了，行了吧，不要嚇著了孩子，蘭生現在還小，將來長大了，懂事了，會自己來看奶奶的……」

嗣同夫婦在墳前行大禮：三次跪拜，九輪叩首，又強按蘭生的頭磕三下，蘭生哭得更厲害了。

嗣同、李閏夫婦抱著蘭生禮畢，站起來，譚老從李閏手裡接過孫子，一邊用手指在小臉蛋上擦拭淚水，一邊哄著：「蘭生別哭啊，你大奶奶躺在這兒呢，大奶奶睡著了，她要是醒了知道你這個大孫子來看他，多高興，別哭，蘭生乖呀！」

蘭生不聽哄勸，哭得更厲害了，在譚老的懷裡撲騰，試圖掙脫爺爺的手，撲向母親懷裡。

老人只好將蘭生交給李閏，然後吩咐：「你們都下去吧，在山下馬車上等我。我想和你娘說說話，我十四年沒有和她說話了……」

嗣同看著父親手裡的杖棍，又看了看下山的羊腸小徑，擔心地說道：「把你一個人留在山上，這——怎麼能行呢？」

譚凱看了嗣同一眼，然後目光停留在老爺的臉上，說道：「要不——我留在老爺身邊？」

老人將手裡的杖棍往山下一揮：「你也下去吧。你們都走，不會有事，我還沒老邁到那個程度……」

嗣同夫婦和譚凱還是沒有挪動腳步，老人朝山下揮了揮手，說道：「既然你們那麼不放心，先下去，過一個時辰再上來接我就是，放心！」

嗣同還在猶豫，李閏輕輕地推了她老公一下，說道：「我們走吧，讓爹爹和娘單獨待一會兒。」

譚凱對嗣同放低聲音說：「老爺想和夫人講悄悄話，不願意別人聽見的……」

譚凱臨走時，脫下上衣，折成一個布墊遞給老人，說道：「老爺，這個給你吧。」

顯然，老人對管家的這個細小的舉動感到很滿意，伸出雙手接了過去，在上面摸一摸，說道：「你想得真周到，好，好！」

嗣同李閏和譚凱下山了，留在墳前的譚老雙手抱著布墊，目送家人往山坡下走去，有頃，轉過身來，將布墊放在墳場邊上，坐下，倒了兩杯糯米酒，端起其中一隻杯子，兩眼看著誥命夫人的墓碑，緩緩地說道：「癸生他娘，我有十三年多的時間一直都沒有來看你，不會怪我吧。我不是不想來，確實是沒有時間。」

譚老端起酒杯來飲一口說道：「嗯，是正宗的周家碼頭的。五緣啊，譚凱這個小夥子真不錯，聰明能幹，辦事周到，實在難得啊。這壺糯米酒就是他置辦的，你也來一杯吧！」

譚老往另一隻酒杯斟滿糯米酒，然後將酒杯端起來，灑在墓碑前，飽含情感地說道：「怎麼樣，癸生他娘，嚐了沒有啊，是正宗周家碼頭的吧？」

老人重新在布墊上坐下，用筷子夾一隻螃蟹，朝墓碑揚了揚，說道：「這種蟹，一看就知道是小河裡的。五緣啊，你還記得新郎回門時候的情景嗎？那是我第二次來爐煙洞，第一次去是接親，來去匆匆，沒有過細看。第二回去情況就不同了，有的是時間，女婿專程拜訪岳父岳母。地方偏是偏了一點，蠻好呀，山清水秀，比縣城裡好多了。你家門前那條小河，河裡的螃蟹，個子不大，黃燜，紅燒，擱一把紫蘇葉，韭黃，出鍋的時候再灑一點燒酒。黃裡透紅的蟹殼，咬一口，鮮嫩，甜美，又香又脆。

「你說你最喜歡吃這種蟹，美味還有不愛吃的嗎？這麼多年南來北往，我走了不少的地方，也吃過一些螃蟹。我總會覺得，爐煙洞的螃蟹味道最美，沒有哪一個地方的蟹能比得上……」

譚老在墳前坐得有些久了，兩條腿感覺發脹酸痛，他用手支撐地面，佝僂的腰緩緩站立起來。瞇縫一雙老花眼，目光停留在墓碑上，熟悉的筆跡，使他想起了那位瘦小個子，灰布長衫，手持一桿煙管的老朋友……五緣去世於光緒二年，而今是光緒二十四年了。二十二年的酷暑高溫，風刀霜劍，雨露陽光的侵剝，有些筆劃模糊不清了。可是，在他的腦海裡，長眠於此的親人，陳年往事，別夢依稀，歷歷目前。

人在官場，身不由己，那年，他沒有親自送夫人返鄉。據泗生後來說，五緣夫人的葬禮極具規模，是瀏陽縣歷史上少有的盛典。一品誥命夫人的喪事，地方官員哪敢怠慢！而且，這正是一個巴結高官、千載難逢的好機會啊。忙壞了瀏陽縣衙。唐步瀛任知縣多年，這是他最為賣力的一件事。湖南巡撫陳寶箴是老譚的好友，那就更不用說了，長沙府台以及四周一些縣衙紛紛前往弔念。鄉紳名流則如過江之鯽。不過，有一條，是泗生扶靈從京師出發的時候，父親便叮嚀過的，絕對不得收取任何客人哪怕是一個銅板的禮物。

在這場規模空前的喪事活動中，作為誥命夫人的父親，徐韶春處於絕對尊貴的地位，巡撫大人陳寶箴還客客氣氣給他施禮呢。

然而，這位鬚髮皆白的老人的臉上看不到一絲快樂的影子，心事重重，欲哭無淚。按地方風俗，父親是不能為兒女送葬的，於是，先一天晚上，他提出要單獨在靈堂多待一會兒。

畢竟是古稀之年了，慶緣擔心父親的身體，提出作陪伴，老爺子遲疑了一下才勉強答應。父女倆讓應該守靈的孝子泗生也離開，說出的理由是：「你這一陣辛苦了，睡一覺吧，明天你還要扶靈歸山。」

喧囂了一天的喪事活動，到一更時分便全都結束了，夜靜更深，靈前一對白蠟燭靜靜地燃燒，忽明忽暗的燭光裡，留春老漢站立在靈前發呆。

不看十八歲姑娘上轎，要看八十歲婆婆朝廟，無非是說，一個女人出嫁的時候的風光不算，只有待過完一輩子，辭世的時候風風光光，那才令人羡慕。說心裡話，在他的兒女中，最為疼愛的就是二女兒五緣了。她從小聰明，乖巧，善解人意，明曉事理。那時候，子實乃一介寒儒，什麼也沒有，慶緣不就是因為這個原因拒絕出嫁的嗎？在危難之際，五緣挺身而出，願意姐妹易嫁。她口裡雖然說將來做誥命夫人，但誰能說得準呢？她分明是拿這話來寬親人的心，婚姻是大事，豈可撞大運！休看她說這話的時候一臉笑嘻嘻的，心裡真的那麼自信嗎？

……不知道什麼時候，慶緣來到了父親身邊，默默地凝視著妹妹的遺像發呆，這是出自京師畫壇名家的手筆，神態畢現，淡淡的娥眉，一雙會說話的大眼睛，臉頰上微笑時一對淺淺的酒窩。萬千往事，紛至遝來，絲不斷，理還亂……姐妹易嫁的時候，她始覺驚訝，繼而感動，當妹妹被伴娘扶上花轎的那一刻，她的心像被一雙無形的手撕裂。痛恨自己太自私，她下意識地趨前幾步，大聲道：「五緣，還是我嫁吧——」

這是無聲的呼喚。

五緣出嫁後，她口雖不說，其實一直心存牽掛妹妹，怕她過得不好。得知小倆口夫恩妻愛，和睦相處時，心裡才好受一點。妹夫金榜題名的消息傳來，她感到特別的高興。妹妹隨同夫君進京為官，在周家碼頭送別，萬人空巷的時候，她高高興興地說了一些祝福的話，那時候，她的心理已經漸漸有了變化——如果當初不易嫁的話，那麼，享受這無限風光的女人就是她了……

妹妹先於姐姐出嫁後，慶緣忽然意識到，自己在鄉鄰的眼裡，成了掉價的老姑娘。後來，迫於無奈，自己嫁了一個商人，脾氣極壞，經常挨打，更是悔青了腸子，那是她最後悔易嫁的日子。

留春在女兒遺像前站了一會兒，入帷往靈柩走去，慶緣緊緊跟上，這是一副上好的柏木棺材，高大威嚴，材料來自大圍山。黑色的油漆光鑒照人。棺蓋分別用兩個布坨塞起來，中間留一條縫隙，出殯的時候才釘棺材釘的。

老爺子俯伏在棺材蓋上，慶緣身子靠著父親坐下，手在棺材蓋上輕輕地撫摸。

四周黑洞洞的，大夫第的院子裡死一般的沉寂。右側天井邊那棵樟樹上傳來鳥兒扇翅的聲響，但很快重新歸於寂靜。

韶春突然雙手將棺材蓋輕輕一推，啟開了半截，燭光下，佩戴鳳冠身穿朝服的誥命夫人安詳地躺在裡面，雙眼微睜，似乎想和親人說說話。

「五緣啊，你這個誥命夫人，備極哀榮，」韶春老爺子對著女兒說道：「可是，你相夫教子，不停勞作，日子過得清苦……是爹對不起你，要這份虛榮有什麼意思啊，你才四十多歲人……丟下爹娘、姐姐、弟弟……一個人走了，走得如此匆忙……」

慶緣勸說父親：「爹……五緣不能復生，這是一個人的命，你要注意自己的身體啊——」

姐姐勸說父親的時候，下意識地將手伸進棺材，說道：「五緣，你安心走吧，我會替你好好照顧爹的——」

慶緣的手觸摸到了五緣手上厚厚的一層硬繭，突然放聲大哭！

她縮回自己的手，倒在父親懷裡，泣不成聲：「爹，五緣好可憐啊——」

五緣進京後，慶緣只去過一次，還是父親提出要她做伴。不曾料想，鄉鄰眼裡的高官家屬，竟然和在瀏陽的時候一樣，種菜，織布，養雞。嗣淑一個才幾歲的女孩，也幫她娘在菜地拔雜草，這和爐煙洞的那些農家孩子有什麼區別！此情此景，她心裡的妒忌漸漸地化為烏有。返回瀏陽的時候，路上，父親提醒女兒：「回去了不要亂說話。」

慶緣說：「我知道，爹——」

父女倆相視無言。

靈前的一支白燭燃盡，火苗跳了一下，滅了。韶春老爺子起身去換一支，慶緣趕緊上前，說道：「你坐吧，我來。」

韶春坐回了原處，看女兒點燃一支蠟燭，說道：「天快亮了。」

慶緣說：「嗯，天快亮了。」

二十二

「老爺，老爺——」

譚凱氣喘吁吁的聲音使老人回到現實，見他神色慌張的模樣，譚老心裡一沉，不知道又發生了什麼事情，一顆千瘡百孔的心一下蹦到了嘴裡，瞪著一雙昏花的眼睛看著譚凱，等候年輕的管家說出下文。

「蘭生突然發燒，又哭又鬧的，要趕快回去看郎中……」

「蘭生？蘭生怎麼啦，蘭生……」老人一急，坐得太久了，站起來時一個趔趄，不是管家出手快，就要摔倒，「你是說他……他……發燒……剛才還好好的呀，怎麼就會，哎，怎麼會……會……」

譚凱說道：「老爺，我背你下山吧？慢一點……老爺！」

譚老似乎沒有聽見管家在和自己說話，自言自語：「復生你這個爹是怎麼當的呀……」

「七公子在……半山腰接應……」

譚凱氣喘吁吁，滿頭大汗，整個人就像是剛從水裡面撈出來的一樣，一把背著譚老轉身往山下而去。譚老也沒有反應，就是一個木頭人，一任管家擺佈。下山的路還沒有走到一半，嗣同前來接應了。李閏抱著蘭生，坐在車上，孩子處於一種昏昏欲睡的狀態。

譚老將蘭生摟在懷裡，連聲：「我孫子真乖啊——蘭生真乖啊——」

車夫甩著響鞭，馬車以最快的速度在寬闊的官道上奔馳。車上的人都沒有說話，相互用眼神傳遞著內心的焦急。馬車終於駛入了縣城，進入北正街，在鵝卵石路面上晃蕩，狹窄的街道，紛紛向兩邊躲閃的行人，隱隱約約傳來難聽的罵聲。

馬車的直奔王璋人藥鋪而去。

王璋人藥鋪也是瀏陽的一張名家，世代行醫，名氣很大，尤其擅長疑難雜症，八九十里開外的長沙也有人慕名而至。本來皇上要招進太醫院的，他以老母尚在，不能遠行為由，堅決不從。皇上念及孝心而作罷。後來，御筆題寫了招牌，比大夫第還要早若干年。而今老先生基本上不坐堂問診了。只有身份特殊的病人，疑難雜症，或者指名要他的，才親自操刀把脈。

王璋人聽說巡撫大人親自來了，立刻起身迎接。

主顧之間有過交道，譚府在還沒有大夫第之前，家裡有人生病便一直在這兒就醫。那時候作為街坊鄰居，地位是平等的，遇上藥鋪忙，還得謙恭地說幾句好話。而今他們之間的地位發生了很大的變化。王璋人名氣無論多大，總歸還是布衣，巡撫大人，高官啊。

譚老顯然忘了自己高官的身份，這是他的作風，也是性格使然，與孫子生病與否沒有關係。他今天身著一件極普通的灰布長衫，腳下是那種普通老百姓常穿的布鞋。剛從山上下來，衣冠不整，身上多處很明顯的泥漬。此刻，他心焦如焚，滿腦子都是蘭生、蘭生、蘭生！

譚老將蘭生遞過去，解釋說病人就是他，本來一直好好的，上墳的時候突發高燒。旁邊的管家譚凱怕郎中沒有聽明白，將他家老爺的話又重複了一遍。

王璋人走近譚老，伸手在蘭生的額頭上摸了摸，用手指撐開眼皮檢查，吩咐藥店的一名徒弟送來一隻冰袋，先用冷敷控制一下體溫。在治療的過程中，李閏緊緊地盯著郎中與兒子，一顆心幾乎蹦到了嘴裡。經過治療，見孩子的呼吸逐漸平穩，感覺沒有那麼發燙了，身為母親，她的情緒才慢慢地鬆弛下來。

嗣同的表面看似平靜，其實他的內心也很緊張，目光一直盯著兒子沒有片刻的游離。而且，他的心裡還隱隱約約地有一種，似乎兒子的發病與他這個當爹的有一定的關係，從婆娘偶爾投來的一瞥，更加確定了這種可能。

王璋人見治療產生了明顯的效果，鬆了一口，說道：「沒有大礙，請大人放心，很快就會好的。」

譚嗣同還是不太放心，兩眼緊盯著郎中，連說幾遍：「真的嗎，王老前輩，謝謝啊！」

李閏瞥了她老公一眼，說道：「你聽不明白？」

嗣同將臉湊在兒子面前，伸手在小小的圓臉蛋上撫摸了，輕言細語：「乖兒子，你要乖一些啊！」

蘭生沒有理他，李閏雖然抱著兒子，叫他的時候還是沒有應，正如剛才那樣，只有老人叫蘭生的時候，蘭生這才真的叫了：「爺爺——」而且還伸出一雙小手，他剛學會講話，齒音不是很清楚地說：「爺爺，爺爺……抱，抱抱……爺爺……」

「哎——」

爺爺答應的聲音拖得很長，伸出兩手，將蘭生接過來，嗣同也伸出雙手，說道：「爺爺累了，爹抱一抱……蘭生……」

蘭生歪開一張小臉，不看他爹，一雙小手緊緊地拽著爺爺的袖口，就是不肯鬆開，爺爺開心地笑了。雖然自己感覺很累，兩條腿酸脹發軟，但疲勞在孫兒的呼喚中消失得無影無蹤，注意力集中的懷裡，彷彿摟著一件無價之寶，稍有碰撞，就會碎了。

李閏走進藥鋪之後，閃在旁邊，因為她是女人。她神情無比緊張地看著郎中施治，沒有插嘴說上半句話。這時候忍不住說道：「王老先生，真是好奇怪，蘭生從家裡出來的時候，好好的，路上，墳前，也是一直都好好的，怎麼突然就發燒生病了？」

「這個麼，」王郎中瞥了李閏一眼，而後將目光轉向老爺，滔滔不絕的一口氣說了很多，連插話的機會都不給別人——

「小兒高熱是兒科常見症狀之一，由於小兒為純陽之體，稚陰稚陽，最易感受病邪，邪氣最易囂張，邪正交爭急劇，則易於出現高熱，由多年臨床經驗，深感治療小兒高熱，須以大將方才可去敵邪，否則杯水車薪，藥輕病重，不能取效。故切不可因其年小而不敢用藥。方中石膏其性涼散，有透表解肌之力，為清陽祛實熱之聖藥，故有『溫病之實熱，非石膏莫解』之說，其功入血分，善清血分之熱，行血中之滯，使邪不凝於血，分為方中主藥，石膏得青蒿，白薇，桑葉之助，對高熱迫血妄行者用之甚佳。大青葉清熱解毒，涼血泄熱，與黃蓮配用解毒清心熱，以杜絕邪犯心包之勢。柴胡，荊芥發散鬱熱，透營轉氣，引邪外出，給外邪以出路，實為本方之妙。花粉養陰清熱，顧其津液耗損；配伍山楂、神曲、檳榔消食導滯，保中土、且制約他藥伐中之弊，使邪去正安。全方諸藥合用，共奏清熱解毒，透邪導滯之功，使體微汗出，大便通，鴟張之熱毒自去矣……」

老先生的親自治療，效果明顯，蘭生基本恢復了正常，譚氏他們一行人這才告辭。

在晚飯桌上，李閏提起了回娘家祭掃的事，和老公一起去。

譚老率先說道：「在武昌的時候已經講好了嘛，這是應該的。老七，你陪閏娘去吧。」

二十三

清晨，大夫第黑漆大門「吱呀——」一聲被推開，新的一天就這樣開始了。李閏利索地從床上爬起來，手腳很輕，怕吵醒了尚在沉睡中的老公和兒子。今天要回望城上墳，李閏在梳妝打扮上下了一番功夫，而後坐下來纏腳。長長的裹腳布，從腳尖往後推，一直纏到腳踝，一定要纏緊，才能保持一整天不會鬆散。裹腳布每天都要換洗一次，保持清潔，才不至於有異味，每天，在纏足裹足上都要花去不少的時間。今天，李閏纏腳更加認真細緻，因為還要走這麼長距離。

李閏裹腳也完畢了，站起來走了幾步，隱隱約約感覺床上只有大而高的鼾聲了——兒子呢？她急忙走到床前，伸手一摸，摸到了蘭生的面孔，怎麼冰涼呀。她心裡一沉，頓時莫名的緊張，本能的一聲喊叫：「蘭生——蘭生！！」

李閏尖厲的叫喊驚醒了夢中的嗣同，他睜開兩眼發現李閏驚惶失措的模樣，伸手觸到了蘭生，面孔冰涼！他一聲驚呼：「蘭生怎麼了?!」

李閏撲過去，將還有一絲體溫的兒子摟在懷裡，蘭生的眼睛半睜半閉，千呼萬喚也沒有反應。她一下跌坐在床沿，雙手掩面，嚶嚶地哭泣，嗣同從床上跳下來，在臥室裡走來走去，一拳砸在門上。對著門說：「王彰人，你徒有虛名——」

李閏揚起一雙淚眼看著老公的背說道：「這事能怪郎中嗎？」她儘量克制激動的情緒：「這不能怪他，只能怪你！」

嗣同詫異：「怪我?!」

「你忘記在鄒春生面前說的話了?!」

「鄒春生……怎麼又扯到風水先生身上去了？」

「你真健忘呀，自己講過的話，才幾天時間，忘得一乾二淨了！」

嗣同想起來了：「你指的是發誓？」

李閏不理會老公，將一張淚臉深深地埋藏在蘭生冰涼的胸前。

「這……純粹是一種巧合。」

「是嗎，巧合?!」

「爹不是接著也發了誓嗎？」

「爹，你還嫌家裡死的人還不夠多嗎，再把爹搭上?!」

嗣同有些激動：「鄒春生胡說八道——」

夫婦吵架的聲音透過門縫，被父親聽見了，譚老人站在門口，正要伸手敲門，房門突然大開，兒子從裡面衝了出來，臉色鐵青，房間裡，傳來兒媳的哭泣聲。

兒子發現了父親，說道：「爹，蘭生他……已經去了！」

「去了，什麼去了?!」

「去他奶奶那兒了……」

譚老嘴角抽搐了幾下，踉踉蹌蹌地一頭撞入兒子的房間，這是老漢第一次進入兒媳的房間，李閏喉頭哽咽，蒼白的臉上閃著淚光，坐在床沿，眼神裡充滿絕望，叫了一聲「爹——」便再也說不出話來。

老公公沒有答應，走到床邊，艱難地彎下腰來，伸開兩條顫抖的手臂，將蘭生抱在懷裡，而後將一張溝壑縱橫的老臉緊緊地貼在那張圓圓的小臉蛋上，試圖讓自己的體溫將開始冷卻的幼童焐熱。嗣同強忍住眼眶裡滾動的淚珠，不讓它掉下來，一個無意識的動作，手指頭觸著了他爹的手，本能地縮了一下，冷得像冰棍。作為年近八十的老人，短短的幾天之內，先是喪子，而今失去孫子，千瘡百孔的心頓時有一種被鏤空了的感覺。嗣同衝院子大聲喊：「能叔，你快來一下吧，快——」

老管家譚能被眼前的情景嚇得不能喘氣了，半天才回過頭來，放聲大哭。嗣同制止道：「我就是要你來陪陪老爺，勸勸他，你倒好，自個兒先哭了！」

李閏發洩一陣之後，情緒漸漸地平靜下來，淚水盈盈地從衣櫃裡取出為兒子準備好了還沒有穿過的衣服，在三位男人的目光注視下，顫抖的雙手剝下兒子的上衣，裸露出胖嘟嘟的臂膀，由於母親的手抖動得厲害，很費勁地才將胳膊穿進新衣的衣袖口。站立一旁的爺爺再一次將蘭生抱在懷裡，輕輕地說道：「蘭生真乖，去見奶奶，你要聽奶奶的話啊，你奶奶做的紅燒螃蟹可好吃了……你奶奶……」

蘭生從頭到腳都是他娘給穿上的新衣服，嗣同仔細端詳婆娘裝扮一新的兒子遺容，忍不住將大臉貼在小臉蛋上，抑制不住的淚水汩汩地流淌。有頃，爺爺走攏去，從兒子手裡接過孫子，說道：「蘭生呀，讓爺爺再抱一抱吧，今後……今後……啊，今後……」

爺爺的喉頭哽咽，沒有說出「以後」的下文，譚凱見狀，伸手去抱蘭生，說道：「蘭生，來，跟叔叔走吧……叔叔送你去見奶奶……」

李閏眼睜睜地看著譚凱將蘭生抱走，不由得趨前追了幾步，老人對站立一旁始終一言不發的兒子說：「你們到望城也快一點去吧，還要趕回來……」

老公公的話令李閏為之驚訝，她知道爺爺對這個孫子有多疼，甚於對秦生、潞生，儘管這幾個孩子都是自己的孫子，可很少在膝下承歡，唯有蘭生，從呱呱墜地那一刻起，分分秒秒都在眼皮子底下晃動，似乎更親近一些。

中年喪妻，老年喪子，而今孫子又離他而去，這麼多人生最悲催的事，都讓他遇上了，如果換上意志薄弱的人，早就崩潰了。然而，他居然這麼冷靜而理智，還能說出這樣的話來。往日對蘭生的那份濃濃的親情，這麼快就放下了嗎？

接著，老公公的話語令她無比吃驚：「蘭生也許就是上門討債的吧……你們倆個要想得開……你們還可以再生……」

李閏揚起一張淚臉，緊盯著她老公，恨恨連聲：「蘭生本來好好的，為什麼——都怪你！」

嗣同詫異：「怪我?!蘭生的死難道還與我有什麼關係嗎?!」

李閏生氣了，大聲道：「你在鄒春生面前發的誓就忘記了！」

老公公的心像是被鋼針狠狠地扎了一下，嘴唇一陣哆嗦。

嗣同神情木然地坐在床沿，他知道，在女人眼裡，老公兒子就是她生命的全部。成親多年，人到中年，雖然他也曾寬慰婆娘，家裡已經有秦生、潞生等好幾個男孩了，我們大夫第後繼已經有人。其實啊，哪個男人不希望有自己的親生兒子呢？

他心裡還有一個秘密，他與林旭、康廣仁等朋友都已經抱定了為改革而獻身的準備。如果有兒子，婆娘的後半輩子也就不至於孤苦無依，至於傳宗接代，在他看來，並不是很重要，況且家裡已經有侄兒了。

「都是我不好啊，對不起……蘭生既然去了，無論你多傷心他也不會回來了。注意別哭壞了身子。你看爹的模樣，就像木頭人，二哥剛走，蘭生又走了，他已經是風燭殘年了，萬一……我們還是早點兒去望城掃墓吧，七十多里，往返百四十里……」

沒有過多久，譚老忽然將譚凱叫到面前吩咐道：「笨飛，你好久沒有回家了吧，今天去家裡看看，多待幾天不要緊。」

譚凱十分感激地說：「謝謝老爺的厚愛，現在府上的一些事，還沒有處理好，我暫時不能回去……。」

「如果家裡不希望你出來的話，就不要來了……你是有能耐的人，現實中的馮諼，不應該長久的寄人籬下，鯤鵬展翅九萬里——你將來必定會幹出一番事業來……」

譚凱聽了這話，頓時目瞪口呆，半天沒有反應過來，他第一次不相信自己的耳朵，說道：「老爺，你不要我了嗎？笨飛哪兒做得不好，請指出來，我一定改……」

「你做得很好。」

「那——老爺為什麼要我走呢？」

「你忘了涂先生說過的話嗎，像你這樣的人才，留在我這兒做家人，是一種極大的浪費。男兒何不帶吳鉤，收取關山五十州——」

譚凱還想說什麼，譚老揮手制止，不要聽任何解釋了。

管賬譚貴很快便出現在譚老面前，聽候吩咐。

譚老對他說：「你給笨飛清算一下，他的俸銀都付給他吧！」

譚凱的眼眶裡淚珠滾動，雙膝著地跪在老漢面前，喉頭哽咽：「小人這輩子能遇上老爺這樣的好主子，是小人的造化……老爺的教誨，受用一輩子，老爺的恩澤，沒齒難忘……」

聽了譚凱這一番表白，譚老忍不住抹了幾下眼淚，將譚凱拉起來，說道：「你也許一時還想不通，今後會明白我的苦心……天下沒有不散的宴席。今後，方便的時候歡迎你來做客，笨飛——」

很快，一駕馬車駛出大夫第的黑漆大門，車夫是一位年近四十歲的中年漢子，原本是流落縣城街頭的孤兒。一個下雨的早晨，剛剛中了進士的譚老發現在冷雨中瑟瑟發抖的乞丐。老爺停下轎來，一問，原來是一名孤兒，老爺動了惻隱之心，將他帶回家裡，取名譚然，那時候還沒有大夫第。

馬車駛出縣城，在官道搖晃著朝望城方向而去。嗣同、李閏夫婦與譚凱坐在車棚內。嗣同微微閉著兩眼，神情凝重，身子隨馬車搖晃，李閏的臉上還殘留著乾枯的淚痕。儘管出門時已經擦拭乾淨，可是，她無法控制自己的思緒，她甚至不敢閉上眼睛，因為只要一闔上眼睛，蘭生就會鮮活地出現在眼前，彷彿聽到兒子那稚嫩地聲音叫出一串：「媽媽媽媽……」

她的幸福瞬間被一隻無形的手給撕碎了。馬車向前，距離母親越來越近，儘管迎接女兒的，不是那張慈祥的笑臉，而是荒郊野外雜草叢生的墓葬，她突然害怕起來，如何向母親交待呢？坐在她旁邊的譚凱很少說話，他是覺得人家倆口子說話，插嘴不合適。馬車上的空間太過狹窄，幾個人坐著，靠得很近，女人身上特殊的氣味令他心跳加速，想避開一下，受條件限制，根本沒有這種可能，只好微微閉上眼睛佯裝瞌睡了打盹。這樣也未免太尷尬了，他往前挪動了一下屁股，又試圖與車夫譚然拉拉家常。

譚凱意識到，而今自己已經不是大夫第的管家，身份是搭便車回家的遊子。但是，畢竟與這個大家庭的人相處久了，已經產生了感情。感情這東西，豈能說沒有就沒有了呢？何況老爺的話還是留下餘地啊，就是說，身後的門，並不曾完全關死。

馬車馳過了太平橋；

馬車晃過了馬家灣；

躍龍……江背……永安……

已經進入長沙縣的轄區江背了，路邊出現了衣冠不整的難民，越往前走，難民越多，拖兒帶女，扶老攜幼，看到馬車路過，緩慢地閃開身子，神情木然。譚凱與嗣同交換了一下眼神，有探究，有擔心，也有焦慮。

嗣同歎息道：「國運如此，皇親貴戚卻還在窮奢極欲……堪憂啊——」

譚凱說道：「聽說過今年有幾次水災，沒有想到如此嚴重……」

他沒有就這個話題繼續說下去，流露出愧悔的心情，為那年的負氣出走後，一直沒有與家人聯繫，責備自己的不懂事，剛才老爺還誇呢，其實他是譚氏一個忤逆不孝的傢伙啊。他的家裡不怕水災，但是，生活在這樣一個地方，肯定會受災情的影響呀。災情如此嚴重，米鋪還開得下去嗎？

馬車在官道上搖晃，譚凱的心卻飛到了望城坡，飛到了家裡……

沉默，都沒有吭聲，想著各自的心事。

嗣同在馬車的搖晃下進入了夢鄉，這一路都沒有好好睡過一覺，他實在是太累了。

「復生！復生——」

嗣同被耳畔的呼喚驚醒，睜開兩眼，隱隱約約感覺到似乎有一個熟悉的聲音在叫自己，連忙伸手撥開車棚的門簾一看，只見兩匹壯馬奔馳而來，馬蹄躥起的塵土飛揚。

「啊，康廣仁！楊銳！」

嗣同立刻吩咐：「停車！」

譚然的車還沒有停穩，嗣同就已經從車上跳下來了，十分驚訝：「兩位兄台，你們怎麼來了？」

楊銳看了康廣仁一眼，說道：「我們本來是到武昌找你的，到府上一瞭解，原來府上……才——」

嗣同急切地問道：「你們遠道而來，一定有重要的事情囉？」

康廣仁抑制不住內心的興奮，搶著說：「皇上召見了廣夏（康有為的字）兄，聽取了關於施行新政革除弊端的陳述。皇上很重視，口諭譚嗣同立刻進京，商討推行新政的具體事宜。」

嗣同不敢相信，當今萬歲爺居然會召見布衣之士商討國事。他非常激動，忍不住舒展兩臂，將兩位遠道而來的客人抱在一起。三位志同道合的朋友在馬車旁邊，手舞足蹈，歡呼雀躍，就像是不識天高地厚的頑童。

李闖看到老公和朋友的談論，神情中流露出迷茫、困惑、惆悵，漸漸的明亮起來；譚凱卻注意力高度集中，不放過三個人嘴裡吐出的每一個字，漸漸地明白了他們交談的內容，情不自禁地握緊了拳頭……

只有譚然獨自坐在車轅上打盹兒，大夫第發生了那麼多的事情，他不知道，也不想知道，車夫是一個下人，做好自己本份的事就是，管那麼多幹嘛。

就在他們誰也沒有注意的時候，一位面黃肌瘦的中年女子，臉如菜色，衣衫藍褸，腳下穿一雙露出兩根腳趾的布鞋，髒兮兮的右手牽著一個五、六歲的男孩，左手拿一只有缺口的蘭花大碗，慢慢吞吞地走到馬車邊，發現坐著的李闖，將碗伸進去，低聲下氣說道：「夫人，救救孩子……」

譚然將馬鞭擋住，低聲喝道：「去去，去——」

李闖憤怒了：「讓她攏來——」

在女人攏來的時候，李闖已經掏了幾張紙幣塞過去。女人道一聲「謝謝夫人！」卻沒有離去的意思，譚然睜大兩眼不客氣地對她說：「你還要幹嘛?!」

女人有氣無力地說：「孩子……餓……討一口吃的……」

譚然厭惡地揮動手裡的馬鞭，說道：「沒有，沒有，給了錢了，自己去買唄！」

李闖制止車夫，又從車上的食品盒裡拿出兩塊煎餅，分別遞給母子二人。小男孩膽怯地看著他娘，女人雙手接過，又說了一聲「謝謝夫人！」男孩看了李闖一眼，一把從他娘手裡奪過煎餅，咬一大口，顧不及細嚼，往下吞咽。食物卡在喉嚨裡，他娘說：「慢一點，沒有人和你搶……孩子……」

李闖的舉動，譚凱看得清清楚楚，他是性情中人，見此情景，忍不住動情地叫了一聲：「表姐——」

李闖沒有答應，這個稱呼，時隔多年，已經有些陌生了。可是，依然那麼親切，她沒有答應，看著譚凱，臉上露出一縷淺淺的微笑。

路旁一棵足有兩人合抱樹幹的紅楓歪脖子枝椏上驚飛了兩隻烏鴉，像兩支黑色的利箭射向雲端，留下幾聲嗚叫：「哇——咧哇……咧哇——」

「好，太好了！我馬上進京——譚然！」嗣同轉向他婆娘，說道：「闖娘，今天我恐怕去不了望城，皇上召見，新政有希望了！——非同小可……」

「你半路上返回，把我扔下不管了?!」李閏突然喉頭哽咽，沒有出聲。康、楊二人相互看了一眼，然後一齊對嗣同說道：「祭掃長輩，事關人倫五常……遲一兩天……復生兄——」

嗣同語氣堅決：「不行，你們先到武昌，而後南下，已經耽誤了時間，我不能以私事貽誤了國家大事……要不這樣吧，閏娘，讓笨飛陪你去……請你轉告岳母大人，女婿今天沒有來，我今後一定抽時間去，一定會去……笨飛拜託你了！譚然，一路小心啊，聽見沒有？」

譚凱還沒有回話，李閏搶先了：「你別忘了，譚凱已經被爹解雇，不是管家了！」

嗣同看著譚凱，抑制不住興奮地說道：「這個我知道，剛才在家裡爹的話我聽見了，是留有餘地的，」他一把拉著譚凱的手，「你不能走，尤其是這個時候，拜託——父親那兒我會和他講清楚的，一句話，現在的大夫第不能沒有你。聽見沒有啊，算我求你了，笨飛啊——」

嗣同一口氣說了這麼多，就像是下命令，沒有商量的餘地，他說這些話的時候，面孔雖然轉向了妻子，但是眼神裡沒有柔情，儘管婆娘正在為此流淚。

譚凱對嗣同這個突然改變的主意感到驚訝，作為旁觀者，他的心情也有些複雜，斜睨了李閏一眼，答應一聲：「七公子，你只管忙你的國家大事去吧，這樣的小事，交給我好了。」

「你還是沒有聽明白，我是請你別走，繼續做管家——大夫第的老小離不開你，笨飛。」

譚凱點了點頭：「那好吧，恭敬不如從命……」

嗣同向康廣仁的馬走去，準備與他合騎一匹，上馬之前，猶豫了一下，明亮的雙眼飽含深情地對妻子，說道：「閏娘，現在鬧飢荒，天下不太平，你要時刻注意安全，好在有一個聰明能幹的笨飛，我也就放心了，你多多保重，我走了——」

李閏強忍住眼淚不讓流出來，短暫的沉默，近距離凝視著老公，說心裡話，她對老公的種種做法，始終是持反對意見的。她覺得，國家大事，應該是肉食者謀之，然而，今天路上的見聞，災民的淒苦，給她以震撼，改變了長期以來形成的觀念。此時此刻，她重新審視這張再熟悉不過天庭飽滿的臉，結婚這麼多年了，她對他真的還談不上瞭解。莫非這就是近在咫尺，如隔天涯？然後，一個深情的眼神，一句簡單的囑咐，一股倍感溫暖的情感，從腳下往上升，迅速傳遍全身。

「復生，保重——」

嗣同與兩位朋友飛上馬，往縣城方向返回，「噠噠噠……」急驟的馬蹄聲，塵土飛揚，眨眼便不見了蹤影。

譚凱見她站久了，在她的身後輕輕地說了一聲：「我們趕路吧，表姐？」見李閨沒有反應，聲音便大了一些，「七少奶奶，我們走吧？」

李閨緩緩地轉過身來，說道：「走吧！」

馬車過了瀏陽河碼頭東屯渡，便進入了長沙的境地，距離目的地望城坡也不是太遠了。在夕陽的餘暉照耀下，長沙城給人的印象就是兩個字：混亂，如果非要再添兩個字，那就是飢荒。還沒有到打烊的時候，多數店鋪已經陸續關門了，究其原因，不排除防止災民動亂。如果在沿途見到三三兩兩的災民的話，那麼，在城市街頭，則比比皆是。馬車走一棵垂楊邊路過時，李閨突然用手一指，說道：「譚笨飛你還記得嗎？」

譚凱點頭回答：「當然記得，那一次上這棵樹掏鳥窩，褲子都劃破了，差一點，」他看了前面的譚然一眼，壓低聲音笑道，「鳥窩裡蛋沒有掏著，差一點自己的蛋給掛樹上了……」

李閨臉一紅，用眼神提醒他講話注意一點。

馬車繼續搖晃著從街上碾過，車上的人感覺到城裡的惶恐，心頭的壓抑越來越重，李閨忽然說道：「我們就在這兒分手吧，笨飛，你回你的家，我回我的家，明天的事，明天再說吧，好嗎？」

譚凱點了點頭，說道：「行，那就這樣吧——譚然，好好照顧三少奶奶，聽見沒有？」

譚然衝譚凱點了點頭，沒有出聲，看著譚凱，很快又看了李閨一眼，沒有吭聲，神情有些古怪。

譚凱從馬車上跳下來，轉身就要離去的當兒，李閨突然說道：「該認錯的應該認，聽見沒有啊，表弟——」

譚凱聽了「表弟」二個字，很久不曾聽到了，而且是從李閨的口裡說出來的，感到特別的親切，他那年離家出走，不就是為了這個麼！他一雙大而黑的眼睛盯著李閨，無所顧忌，觀察細緻入微。他驚訝地發現，原來鼻翼兩側的幾顆雀斑是如此的刺目，臉上佈滿滄桑。眼角的魚尾紋像粗劣的雕刻。寸金蓮不堪重負的搖晃。兒子的夭亡對母親的打擊是何等之大啊，他突然記起了自己的娘，現在是什麼模樣呢？肯定為兒子的安危擔憂。頓時，悔恨充溢了整個心胸。他急於要見到他娘，在娘面前懺悔。譚凱突然覺得，和親情相比，什麼都顯得浮雲。

「表姐，」譚凱突兀說道：「我也不想為以前的種種莽撞行為辯解，我只想說，表姐夫是一個很了不起的人，他將來的作為恐怕會超乎你的想像！」

沒有哪個女人聽到誇自己的老公不高興的，李閏自然也不例外啊，不過，她的高興中有較大成分的憂慮。如果老公金榜題名，和老公公一樣，那她就是超高興了。而今，老公所走的路，奮鬥的目標，和她心目中想像的南轅北轍，漸行漸遠……作為妻子，她沒有辦法干涉老公的選擇，只能被動地接受，眼下，使她感到一絲憂慮的是這個年輕人，也許有朝一日，他們會成為同黨？

「表弟……」李閏凝視著譚凱，由於是零距離，感覺到了這個愛了自己這麼多年，付出青春年華為代價的小夥子，她的心情其實也是很複雜的。不可否認，少年時期，他們在一起的日子裡，也有過激烈的爭吵，置氣，幾天不理會，可是，很快便和好如初。他們之間已經產生了青澀之愛。當她年事稍長，當她感悟了社會，在父親的影響下確定了人生，她放棄了心中的愛，毅然嫁給了大夫第的七公子。

她獨自廝守冷清臥室的時候，也會反躬自問，熱衷於嫁入大夫第，究竟圖的是什麼？愛的不是嗣同這個人，而是他的家庭背景，大家閨秀，有幾個不想夫榮妻貴，當上誥命夫人？她之所以一再排斥譚凱，不是他這個人，而是他所選擇的人生道路與自己的理想相悖，再加上父親的影響，才有了這樁婚姻。李閏依稀記得，婚後，每每與老公意見相左，特別是發生爭執的時候，也曾有過對自己當初選擇的後悔。再加上婚後多年沒有身孕，不能說沒有一點影響。

蘭生在肚子裡孕育期間，使她又有了新的憧憬，兒子的降生，有了實實在在的希望，歷來子憑母貴，她李閏難道能夠免俗麼！蘭生突然夭亡，她的心跌到了人生的低谷，整個人都彷彿一下被鏤空了。

趁車夫譚然到附近路邊一戶人家找茅坑這樣一個難得的機會，應該好好說說心裡話：「表弟，如果我沒有記錯的話，你今年三十歲了吧，應該成家了，別讓爹娘為你擔心，牽掛……聽我一回，好嗎？」

譚凱搖了搖頭：「成家？其實，在我心裡，已經成家了——對不起，這叫意淫吧？」

李閏的大眼神裡充滿期待，語氣懇切：「我老公公經常誇你聰明能幹，其實你不但糊塗，而且自私！你爹娘就你一個兒子，你也不想想，你走了也不和他們聯繫，如果你站在爹娘的立場想一想，就會明白。養兒防老，積穀防飢，你不成家，爹娘心裡會怎麼想？讓二老絕後嗎？你想到過他們有多擔心嗎？也該替爹娘想想！我再說一遍，你不但糊塗，而且很自私！」

譚凱聽了李閏的一番話，面有愧色，微微低下頭來，沒有吭聲。

李閏還想對譚凱說點什麼，見譚然上茅房之後向自己走來，忽然改變了主意，說道：「明天的事明天再說吧，我們其實就這樣作別也不是不可以的，你……回去好好當你的米店少掌櫃吧！」頓了頓，補充一句，「來日方長——」

譚凱苦笑一聲：「米店掌櫃？我都離家多年，家裡的米店是否還開都不一定，路上的所見所聞，你都看見了，在目前這樣動亂的社會，你有多大的本錢呀，還開得下去嗎？除非天下糧倉都歸我家管還差不多。我同情弱者，想為他們做一點善事，但是，必須是力所能及，比如那回給佃戶免租的事……」

「表弟，」李閏動情地叫了一聲，「你是一個好人，可是，有些事，心有餘力不足，做好人很難、很難，真的——不說這個了，你知道我最放心不下你的是什麼嗎？」

譚凱表情誇張地笑道：「表姐如此待我，太知足了——還有讓表姐不放心的，那我就太太知足了！」

「我還沒有說完呢。」

「不必了，我知道你要說的是什麼了，」譚凱朝李閏作揖，道了一聲：「珍重，表姐——」

他說這話的時候，臉上的笑容有點僵硬，分明有閃光的淚珠在眼眶裡滾動，李閏儘量控制自己的情緒，以女人行禮的方式還了譚凱一揖，說道：「請代我向你爹娘問候——」

譚凱沙啞的喉頭艱難地吐出三個字：「我知道。」又走到譚然面前，仍然用管家的口氣吩咐：「一路上要好好照顧三少奶奶，遇事多長一個心眼！」

「是，管家！」車夫譚然回話的口氣一如從前，但是，今天，他對所看到的一切，感到有些莫名其妙，對三少奶奶與管家譚凱的對話雲裡霧裡，不知道他們之間到底發生了什麼。他隱隱約約地感覺到三少奶奶與譚凱的關係非同一般，絕非單純的主僕關係。

譚凱在大夫第，李閏在武昌巡撫官邸，譚凱想要見到她，一年也沒有幾回。她的心裡，始終覺得譚凱就像是埋在身邊的一顆炸彈。沒有見面的時候，還真有點想看看他，哪怕是看一眼也是好的；見面，希望他趕快回瀏陽。以譚凱的條件，何愁娶不到美女嬌妻呀？可是，他偏偏只認準了她，明明知道這是無望的希望，如此重情重義，實在是難得啊。但是，理智提醒她，不可越雷池半步，身為翰林大學士的千金，應該懂得自重。

譚凱意識到耽誤的時間有些久了，轉身穿過一條街道往家裡走去，不時有災民三五一夥迎面而來，擦肩而過。這些人衣冠不整，臉色菜黃，盯人像死魚一樣的眼神。他猛然記起家裡開的是米店的，心一下便蹦到了嘴裡，為家裡親人的安危捏一把汗，不由得加快了腳步。在街道的拐彎處，破舊的屋場，濃濃的鄉音，勾起了對往事的記憶，物是人非，一些有旋律的句子卻上心頭，不由得輕輕吟哦——

物是人非事事休，欲語淚先流。
聞說雙溪春尚好，也擬泛輕舟。
只恐雙溪舴艋舟，載不動許多愁。

這首詞是李清照在宋高宗紹興五年避難浙江金華時所作。與譚凱這個年輕人此時此刻的心情何其相似。他急於見到親人，他爹，他娘，昔日因為罰跪挨打的怨恨早已經無影無蹤，充溢心胸的是牽掛，後悔。自己當年的不懂事，給父母帶來了多大的傷害啊，不爭氣的眼淚，奪眶而出，順著臉頰越過顴骨往下流，不知不覺加快了腳步。

望城坡是長沙城郊，人口還是比較密集，街道上亮起了燈光，譚凱腳步更快了，譚記米鋪隱隱約約可辨，突然，前面傳來嘈雜的人聲，一些災民模樣的男男女女在譚記米鋪門前湧動，一片亂象。突然，在攢動的人群中間傳來一聲慘叫：「哎呀——」緊接著就是一個女人的哀鳴：「你們不要再擠囉，要出人命囉——」

譚凱心裡一驚，脫口而出：「爹！娘——你們怎麼啦？」

他的聲音很大，近乎吼叫，再加之金剛怒目式的模樣，鬧哄哄的聲音立刻安靜下來，飢民四散開來，一會兒便不見蹤影。眼前的景象讓譚凱驚呆了！米鋪的大門破成了幾塊倒在地上，鋪子內一片狼藉，盛米的木桶倒翻在地，大陶缸碎成多塊，白花花的大米撒得滿世界都是，他爹倒在鋪台前，他娘坐地上摟抱著他爹，他爹的額頭上殷紅的血液汩汩地流淌。

譚凱不顧一切地撲上去，叫了一聲：「爹，娘——」舒展雙臂，將爹娘抱在一起，再也說不出話來。

譚凱他娘伸出雙手在兒子的臉上撫摸，喜極而泣：「凱兒，是你，真是……凱兒啊——你回來啦，這麼多年，你去哪兒啦？」

譚凱忘了回答，無比驚訝地面對頭上滿是血污的父親，譚炎掙扎著坐在地上，有氣無力地呵斥兒子：「不都是為了你這個不聽話的東西，她為了找你，天天哭，忤逆不孝的東西。你還回來幹嘛，我就當沒有你這個兒子！」

他娘卻一把緊緊地摟著兒子，恐怕一鬆手又不見了，打從兒子離家出走，她終日過著以淚洗臉的日子，有過怨恨，有過責罵，更多的是牽腸掛肚。在這最困難的時候，兒子突然冒出來，她喜極而泣：「不要說了，不要再說了，回了就好，回了就好啊——說明心裡還惦念這個家……」

譚凱揚起一張淚臉，看著眼前一片狼藉，問道：「娘，這究竟是怎麼回事？」

他娘氣憤地說道：「這些災民啊，我開始還蠻同情他們，儘量接濟了一些，可是，這些傢伙，居然動手搶了！也太沒有良心了！」

譚凱四處打量，顯得很焦急，說道：「趕緊報官啊！」

譚炎艱難地搖了一下頭：「官府如果管事的話，就不會有這樣的事發生了……算了吧，這些飢民也是為了活命才做出過激的行為——」

他娘也說：「人餓的受不了，逼急了，兔子還會咬人呢！」

譚凱從他爹憤怒的目光中讀到了柔情，也沒有再責罵兒子了。譚凱在他娘的協助下，將他爹扶起來，試圖背到屋子裡去。譚炎說道：「只是破了頭皮，沒有傷到筋骨，不要緊的，歇歇就好了。」

譚凱不由分說，一把拉著他爹的胳膊，背一弓，背起他爹往屋子裡走去，譚炎開始還是拒絕，一會兒，也就不再抗拒了，任由兒子將自己背進裡屋，躺下。

譚凱見父親臉色慘白，估計傷得不輕，站起來說：「我去藥鋪請柳郎中吧，娘，你照顧一下爹吧，我馬上就回來！」

譚炎臉色突變，很費勁地抬起右手指著兒子，聲音發顫：「你、你這不爭氣的畜生，你、你、你……還回來幹嘛？」

譚凱他娘急了，勸說道：「兒子知道錯了……」她示意譚凱，「給你爹認錯啊——凱兒，你聽見沒有？」

「我——」譚凱態度誠懇地說道：「爹，是我錯了，都是孩兒不好——」

譚炎面無表情，一雙眼睛轉向院子裡，停留在一只被災民搗翻的木桶上，一聲不吭。

譚凱他娘批評老公：「孩子回來了，說明他懂事唄，你就別再責備他了！」

譚炎側身而臥，將臉朝內，他不想看兒子。譚凱打來一盆水，在他爹額頭上輕輕地擦拭。他娘坐在旁邊，盯著兒子。譚炎還是沒有吭聲，板著臉。

譚凱說：「我還是去請郎中來看看吧，怕傷著骨頭，表面看不出來。」

他娘說：「好，你快去吧，快去快回呀，凱兒！」

譚炎還是沒有反應，背對著兒子。譚凱雙膝著地，跪了下去，說道：「爹爹，孩兒真的錯了，你別生氣了，自己的身體要緊……」

突然門外人聲嘈雜，譚炎艱難地轉過身來，兩眼絕望地說道：「這是什麼世道啊！大好河山，被慈禧那個老女人弄得不像樣子了……」

二十四

薄暮時分，倦鳥歸林，各個屋場、店鋪的頂上，冒出一縷縷炊煙，匯成暗灰色的紗帳，遮蔽了天空，大夫第的馬車搖晃著繼續前行，李閨隱隱約約看見娘家院子的一角了，她的心情漸漸地激動起來，拐彎處的歪脖子樟樹，樹葉墨綠，樹杈上用茅草和枯樹枝架的鳥窩，路邊的水圳裡，清澈的溪水汩汩地流淌，三五條五六寸長的魚兒在追逐，激起一串水花。眼前的景象勾起了李閨兒時的記憶，這兒遺落了她童年的夢。

自從她娘去世後，父親在外為官，帶走了家人，娘家老屋，其實已經沒有親人了，只剩下一個空殼。老家的房子給堂叔居住，希望他照看一下幾座墳墓，每年的清明代為祭掃。堂叔眨巴著僅有的一隻左眼，滿口答應。堂嬸是一位北方逃難的女子，無處可去，就這麼湊合著成了一個家。

堂叔入住後，將大學士臨街的房子打點，經營一個賣油燭紙錢的小店，父親也答應了。開始，堂叔還很感激的，漸漸地便覺得，你一個那麼大的官，也太摳了吧。

大夫第的馬車駛進院子，堂叔見她兩手空空，表面上看似熱情，眼神裡流露出的是失望。明顯地看得出，對房子東家的歸來，敷衍的成分居多。

家，對於李閨，徒然只剩下一個冰冷的空殼。夜色愈濃，李閨搖晃著身子，三寸金蓮爬一個山坡，其艱難程度，旁人是難以想像的。如果老公在的話，肯定會攙扶著一步一步的向上移動，那要省下多少體力呀。她突然埋怨起譚凱來了，只要譚凱不離開的話，她無須使勁全身力氣往坡上爬，譚凱自然會攙扶她爬到她娘的墳場的。這個譚凱呀，難道你就沒有想到我爬坡沒有人幫忙有多困難嗎？

車夫譚然填補了譚凱的空缺，幹往日屬於管家的活，一隻手提著祭祀用品，一隻手攙扶著三少奶奶的胳膊，往墳場移動。譚然取代了本來應該由譚凱做的事，將雞魚肉等祭品一應物品擺開，三只酒杯，三雙筷子，插上一對紅燭，一炷線香。點燃紙錢後，李閨跪在墳前，叫了一聲：「娘，你女兒看你來了……你老人家還好吧？女兒本來是帶了你外孫來給你看的，他叫蘭生，一個聰明活潑的孩子……前天……昨天上午還好好的，突然病了，病得很重，晚上就……就……娘啊，對不起，我沒有看好你外孫，他走了，不要我這個娘了……」

李閏說這番話的時候，一臉的歉疚，閃著淚光。

翰林大學士夫人的墳場，由於沒有皇封，其規模比她婆婆徐五緣的墓葬要簡陋得多。由於堂叔的疏懶，墳場到處都是雜草荊棘。譚然費了很大的勁，將墳墓上的雜草拔除，讓它露出本來面目。一陣訴說之後，李閏的心情漸漸平靜下來，不再悲傷，停止流淚，彷彿她尋覓的只是一個遺落的舊夢。

李閏從墳山上返回的時候，天已經黑了，只能借助星光下山，不時有驚飛的宿鳥，幾聲鳴叫，在樹梢上空盤旋；路邊竄出一隻不知名的動物，從身旁竄過，眨眼便沒有了蹤影，嚇出人一身冷汗。李閏一雙小腳，下山很艱難，每一動一步都得全神貫注，譚然幾次試圖攙扶，都被她拒絕了，好不容易下得山來，只覺得背脊上涼颼颼的，都是汗水。

如果老公在身邊，自己還需要這麼辛苦嗎？還有譚凱……也不知道他回去的情況怎麼樣，他爹生氣了會怎麼處置……這天晚上，她住宿在自己原來的老房子裡，依稀可辨昔日的影子，聞到親人的味道，領略人去樓空的失落。也許是旅途太累了，身子一倒在床上便睡著了，在窗外打更的聲音中醒來，仔細一聽，才三更呢。但是，她再也無法成眠，睜開兩眼看著窗外，滿腦子晃動的竟然是少年時期與譚凱在一起的情景，背書，對聯，掏鳥窩，彷彿嗅到了燒熟鳥蛋的香味兒……

黎明從窗櫺悄悄地進來。李閏仍然躺著，耳朵卻竭力撲捉窗外的動靜，期盼那個熟悉的身影，那個熟悉的聲音……直到重新坐到馬車上，她的眼睛還不時看著街道那一頭的動靜。李閏返回瀏陽上馬車的時候，譚然攙扶三少奶奶，被拒絕了，李閏自個兒爬上馬車的，模樣很吃力。譚然待她上了馬車之後明知故問道：「三少奶奶，回家嗎？」

李閏覺得奇怪：「不回家還能哪兒去啊？」

車夫抱著鞭子，用試探的口氣問：「我們不等管家了？」

李閏心裡一咯噔，顯得有些尷尬，淡淡地說道：「譚凱昨天就告辭了，你不是親眼所見麼……不必了……走吧，我們回瀏陽……回家……」

「那好吧，七太太。」譚然使勁甩一鞭子，「叭——」

李閏身子一陣抽搐，彷彿鞭子抽到了她的身上，好疼。

譚然駕駛大夫第的馬車在官道上搖晃，李閏的頭伸出來，往望城坡方向看，眼神中流露出企盼、焦急、不安。馬車眼看就要到瀏陽河岸的東屯渡了，譚然的話打破了沉默：「管家這個人也是，真的就這樣走了——老爺對他多好啊……還是太年輕了，不懂事。」

李閏瞥了他一眼，沒有回應，一任身子隨馬車的搖晃而晃動。

早晨，到處冷冷清清，一些屋場的頂上，冒出縷縷炊煙，路上偶爾也會遇到三五個一夥的災民，破爛的衣服，菜黃的臉色，盯人時死魚一般的眼睛。李閏的心感到特別的壓抑。她不敢看這些陌生的面孔，卻又會回過頭去想多看一眼。她的心裡突然冒出一個概念：官府。緊接著便有一種負罪感，她爹是官，老公公也是官，他們還且都是不小的官，庶民百姓流離失所，你們這些當官的幹嘛去了。她向來敬重老公公這樣的清官，此時此刻卻不以為然了，你僅僅滿足於自己的清廉，罔顧百姓死活，有什麼意義。

李閏的腦海裡出現譚凱的身影，記起他大膽免除佃戶的田租，寒冬臘月打著赤膊回來的情景。那時候，他還是一個家丁，一個下人呀……雖然當時她不在現場，沒有親眼見到這一幕，但是，譚凱的形象在她的腦海裡立刻變得高大起來，心裡默默地說道：「你們這些當官的，怎麼還不如一個普通老百姓呢？」

馬車到了東屯渡了，過河，很快便到了瀏陽的地界，譚然正要下車聯繫渡船的事，李閏突然大聲說道：「譚然，回轉——」

譚然奇怪，轉過臉來，問道：「回轉？」

「是的，」李閏顯然已經打定了主意，「到譚凱家去看看，也許他家裡出了什麼事，不然的話，他——聽見沒有啊，回轉。」

大夫第的馬車返回原來的官道上搖晃，沉默，主僕都沒有說話，僕人看前面的道路，主人看官道兩邊的房屋，神情無比凝重，似乎有許多要說的話，卻又一句也不想說出來。

馬車，晃過一個店鋪，又晃過一張剛打開的大門，露出一張慵懶的臉，打著呵欠，金色的朝陽將破敗簡陋的世界塗抹得五彩斑斕。還是僕人率先開口打破了沉默：「管家住哪兒呀，我不知道？」

李閏回答：「走吧，快到了。」

「哪兒？」

「譚記米鋪。」

李閏眼睛往前方搜索。馬車繼續前行，李閏突然揚起手來一指，大聲吩咐：「停——」

譚記米鋪的招牌赫然觸目，但是，被砸後的景象，卻令人慘不忍睹。李閏下車的動作有點艱難，譚然試圖去扶她一把，仍然被拒絕了。其實，有了昨天沿途與災民接觸的經驗，李閏對米鋪的遭遇不會感到意外，她吩咐車夫在車上等著，一雙三寸金蓮邁著急切的步子往被砸得一片狼藉的米鋪走去。她在門口停下腳步，衝裡面叫了一聲：「譚掌櫃——」

屋內一個女人的聲音：「對不起，多走一家吧！」

李閏猶豫了一會，繼續問：「請問，您是表伯母吧？」

譚凱他娘聞聲而出，走到李閏面前，忽閃著雙眼，驚訝地說道：「你——是閏娘吧，你也回了?啊，我明白了——」

房間裡躺在床上的譚炎聽得分明，從床上坐起來，充滿敵意地說道：「李大學士的千金，來幹什麼?!」

李閏有些尷尬，勉強露出微笑，譚凱他娘搶過話去：「凱兒是和你同回來的吧？」

「是的……」李閏坦然承認，正想做一些解釋，被譚炎打斷了，「你是知書達理的大家閨秀，行為也太不檢點了！」

李閏身子一顫，感覺臉上被打了一個耳光，她長這麼大，何嘗受過這樣的委屈啊，強顏為笑地告辭：「二老保重，我走了……」

李閏不知道自己是怎麼離開譚記米鋪，來到馬車邊，吩咐道：「我們走吧……回瀏陽……」

譚然答應一聲：「哎。」大夫第的馬車，繼續往東屯渡而去，沒有走多遠，便發現了路邊一個肩上挎著藥箱的熟悉身影，身邊還有一年紀稍大的長者。李閏衝挎藥箱的年輕人大喊一聲：「笨飛——」

果然是譚凱，他陪著郎中柳至誠往家裡給他爹娘治病的。他爹是新傷，他娘卻是舊疾。柳郎中，李閏還記得那次給蘭生治病的時候，王彰人提到過，稱其醫術高明，堪比華佗、扁鵲，內外兼治，最擅長的則是跌打損傷。今日一見，這位被瀏陽名醫誇上了天的名醫，其實也就一相貌普通的老漢而已。

「柳先生好，」李閏與柳郎中施禮後便迫不及待地問譚凱說：「我剛才去你家裡了，對不起你，請原諒！」

「我爹娘對你很不客氣吧，我替他們向你道歉。」譚凱答非所問。

李閏看了旁邊的車夫一眼，說道：「你娘對我很熱情……你爹也還可以啊——你爹是讀書人呀，通情達理。」

譚凱輕輕地歎一口氣，說道：「其實，我昨天回來後把在外所有的情況都跟爹娘講了。當時我爹還笑了，誇我能在大夫第受重視，說明我兒子能幹呀——怎麼就變卦了呢？」

李閏問道：「你爹的傷不要緊吧？」

譚凱說：「我也不知道啊，這不請柳老先生檢查一下，也好放心……」

「你想事周到，應該的，你……你們的米鋪……」

譚凱搖頭道：「社會如此動盪，民不聊生，即使昨天不被搶，也開不下去了……眼下這個世界，我昨天還講天下糧倉都歸我管的話，現在不敢講了，誰知道糧倉裡還有多少糧啊，如果是一座空倉呢?!」

一直在旁邊沉默的譚然突然插話：「跟我們回去吧，繼續當你的管家，大夫第上上下下沒有一個人不喜歡你的呢！」

柳郎中開口了：「我已經決定收譚凱為徒弟了……這個年輕人不錯，很有同情心，郎中就要這樣性格品質的人啊！」

「是嗎？」李閏的眼神中露出幾許失望，但說出口的話卻是，「那好啊，懸壺濟世，功德無量——祝你好自為之。如果有什麼事，只管來大夫第，大夫第大門永遠為你敞開……你就安心學醫吧，你娘也離不開你這個兒子呀……」

譚凱朝李閏深深一揖，動情地說：「你也要多多保重，祝願姐夫此次進京赴考，金榜題名，夢想成真——！」

這不過是一些應酬話，在許多場合都能說，李閏的眼眶裡卻盈滿了淚水，她是一位很能控制自己感情，不會輕易外露的女人，即使今後見不到了，李閏依然謹慎，儘量用平靜的語氣示意譚然，可以走了。

大夫第的馬車沿著長沙往瀏陽的官道搖晃，李閏忍不住從車上探出頭來往後看，隱隱約約感覺到那個熟悉的身影漸漸變小，小得成了一個黑點，最後完全從視線裡消失，她的心裡產生了一種從未有過的失落。

馬車在官道上搖晃著往瀏陽縣城而去，望城坡離李閏越來越遠。

二十五

嗣同與康廣仁、楊銳三個人分別騎著兩匹馬從望城往瀏陽的官道上，躍馬揚鞭，一路上談論著他們的改革維新計畫的實施，有了皇上的支持，使他們更加堅定了改革成功的信念，眨眼便進入了瀏陽縣城，還沒跨進大夫第的門檻，忽然聽見裡面哭聲一片。嗣同心裡一驚，出門才多久啊？他第一時間想到父親，喪子之痛，亡孫之悲，這連連不斷的打擊，這對一位古稀老人來說，能扛到現在，已經到極限了，莫非父親出了問題麼？

嗣同在大門口就從馬背上跳下來，還沒有跨進大院，在門外的一棵香樟樹下發現了武昌官邸的譚應，心一下就蹦到了嘴裡。他的猜測很快便從譚應的口裡得到了證實。還是康、楊二人惹的禍。他們二人來到武昌巡撫衙門拜訪七公子嗣同，從管家譚應的口中得知譚氏父子都回老家為嗣襄治喪，在盧夫人面前告辭時無意間泄的密。

以盧夫人當前的身體狀況，哪能承受如此大的打擊？連呼三聲「泗生」，便昏倒在地。譚應一下子慌了神，老爺、七公子都不在，沒有了主心骨，整個官邸上上下下的眼睛都看著他呢？他的第一反應是治病。柳郎中很快便趕來了巡撫官邸，忙碌了半天，最後說道：「準備後事吧……告辭了！」

譚應一把拽著原太醫柳郎中的衣角，大哭道：「你不能走，再想想辦法吧，我求你了！如果……老爺回來了我沒法交待呀，柳郎中，你……再想想辦法吧，我求你了，求你了……」

原太醫面無表情：「我已經盡力了！」

譚應大聲哭：「不，你不能走！夫人就這樣去了，我如何向老爺交差啊？」

原太醫臉色鐵青，說道：「郎中不為病人送終的，你堂堂巡撫家的管家連這個都不懂嗎？我再說一遍，放開手！」

嗣同站立在香樟樹下，聽譚應把話說完，驚得旁邊的兩位好友也無所適從，覺得這禍其實是他們闖下的。嗣同說：「這怎麼能怪你們呢？你們也是好意嘛。」嗣同繼續問譚應：「你離開武昌的時候二娘……已經、已經——走了嗎？」

「還有一點微弱的呼吸——」

其實嗣同知道，二娘那個模樣，這是早晚的事，一旦成為現實，心裡還是感到突然，難以接受……他首先想到的是父親，父親已經是風燭殘年了，不到一個月的時間內，首先是二哥病逝臺灣，接著蘭生匆匆而去，而今與他相依為命的老伴不辭而別，他能承受得了三位親人別離的痛苦嗎？嗣同目睹了父親與二娘之間深厚的夫妻情分，他們誰也離不開誰了。他曾經對李閏說過：「父親與二娘是我們的榜樣……」當時李閏是這樣回答：「復生啊，只要你能做到爹爹對二娘的十分之一二，我便心滿意足了！」

此刻，父親的臥室門虛掩著，嗣同推門而入，剛剛進去的時候，感覺室內的採光不是很好，陰暗壓抑，空空蕩蕩，有父親的氣味，卻不見父親的影子。他趕快退了出來，焦急地四處尋找父親的下落，幾乎找遍了整個大夫第的院落，估計他爹可能在的地方都去過了，沒有發現父親的身影。

他突然想到了一個地方。

嗣同抬腳往外就走，穿過鵝卵石鋪的街道，一路疾步來到周家碼頭，果然，老遠就看見碼頭上父親的身影，銀白色的髮辮在陽光照耀下刺眼。老人身著灰色的瀏陽夏布長衫，腰桿佝僂，雙手拄著拐杖，兩眼默默地凝視著波光粼粼的河面，三兩船隻，片片白帆，劈波斬浪前行。一條烏篷船的船頭，坐著一位妙齡女子，一位英俊瀟灑的後生侍立旁邊。老人怔怔地遠眺這一道流動的風景，嗣同悄悄地靠近父親，但沒有打擾他。河對岸天馬山方向吹拂過來的一陣冷風，像一雙無形的手，撫弄著雪白的髮辮，老人削瘦的肩甲更加顯得單薄。嗣同脫下一件外衣，輕輕地披在他爹的身上，老人沒有反應，兩隻手在衣服上拉扯了幾下，一雙昏花的老眼繼續凝視著波光粼粼的河面。就這樣，父子倆站了一會兒，嗣同開口打破了沉默：「別著涼了，回去吧，爹——」

老人卻往河裡一指：「當年你二娘第一次從京師回瀏陽就是坐這樣一條烏蓬船……那條船的帆還要大一些，右下方補了一塊灰色的布……」

嗣同歎息道：「爹，不要去想這些事了，自己的身體要緊，也許二娘沒有事呢，譚應那傢伙辦事總是毛毛糙糙的，你說是嗎，爹爹？」

老人的目光始終沒有離開河面，離開碼頭上停泊的船隻，說道：「你先回去吧，你得趕快進京……我還想再在這兒待一會，這裡清靜一些……你走吧，七兒……」

嗣同沒有將他爹一個人留在河邊的意思，解釋道：「我——是打算立刻進京面聖的，可是，現在情況有變化，如果……我說的是如果，二娘真的……有事，我肯定會走不了。」

「是的，」父親點了點頭：「本來，母親去世，兒子有孝在身，不能離家……三年無改於父道，可謂孝矣。」

「爹——」

譚老的目光凝視一條即將起錨駛出碼頭的帆船，說道：「你還是與康、楊二位立刻進京面聖吧！盡兒子的孝，這是小孝，為了民族國家的富強昌盛，這是大孝。為盡小孝而放棄大孝，這不是我譚氏的作風！去吧，你二娘不會怪罪於你……你不是講她沒有事嗎？」

嗣同感動得說不出話來，兩行清淚，在臉頰上流淌，從腮邊灑落在碼頭的石頭上。他情不自禁地去拉父親的手，感覺老人的手冰涼顫抖，心裡陡然像被一雙無形的手慢慢撕裂。

「我們回去吧，家人到處在找你，——爹！」

「哦，那就回吧。」父親漫應道，瞇縫著兩眼看水天相接處那艘烏篷船的白帆越來越小，最後變成一個小白點不見了。有頃，老人慢慢地轉過身來，剛邁了一步，一個趔趄，幾乎摔倒，兒子眼疾手快，一把護住了。父親也不推辭，讓兒子攙扶著離開碼頭拾級而上，一邊走一邊口裡自言自語：「走囉……老的少的，一個個都走囉……你什麼時候北上？」

「本來是打算明天一大早便與康、楊二君出發，現在還走得了嗎？」

「怎麼走不了，還記得二娘對你說過的話嗎？」

「忘不了……」

「那麼，我問你，二娘希望你為國家出力，幹出一番轟轟烈烈的事業，光宗耀祖，現在你為國家出力的機會來了。如果你為了守孝辦喪事而誤了國家大事。二娘在九泉之下也會失望……老七，你不會連『忠孝不能兩全』這樣的古訓都忘了吧？」

「爹……如果二娘真的有大事，我做兒子的這樣離開家裡拍屁股一走了之，別人會怎麼看呀？我們是書香門第，不應有為天下所不齒的行為吧，你說呢，爹爹？」

「道理我不是跟你講清楚了嗎？」

「是的，爹爹講得很清楚了，其實爹爹不講孩兒也懂，……但是，我總覺得不好，盡孝是一個人應該有的品格……」

父親的臉拉長了：「你喜歡紙上談兵，這與趙括有什麼區別?!」

「爹爹——」

父親不需要辯解，兩袖一拂，頭也不回走在前面，不再理會兒子了。

兒子在老子的身後，神情有些擔憂，他完全理解爹爹的心情，緊追幾步：「我聽你的，爹爹！」

父親加快了腳步，兒子說這句話的時候聲音其實很大，不可能沒有聽見，直到快要到家門口了的時候，忽然回過頭來說道：「閏娘、譚凱他們還沒有回來嗎？」

經父親提醒，兒子也感到納悶，「如果按時間算的話，這個時候應該回來了呀？她又不是不知道我急著要走——」嗣同一語未了，遠遠地發現譚然駕駛的馬車回來了。

李閏感覺到悲哀的氛圍，門口高高插著的白幡，嚇得她的心一下子縮緊了，從馬車上下來時，險些摔了一跤，顧不及勞累，顛著一雙小腳搖搖晃晃地徑直往黑漆大門走。啊，她看見了大門內院子裡晃動著武昌官邸管家譚應的身影，心裡陡然有了一種不祥的預感……莫非……李閏越想越感到害怕，手心也出汗了，緊走幾步，想儘快從譚應口裡知道他為何來了的原因。就在這時，與她老公以及老公不期而遇。她上前施禮，道了一個萬福。

嗣同發現馬車上不見了管家譚凱，問道：「譚凱呢？」

兒子的話引起了老子的注意，一雙昏花老眼往馬車上掃描，突然加重語氣：「譚凱呢，不回來了是吧？」

李閏回答：「他回家了……」

譚老、嗣同幾乎同時問道：「他家在哪兒？」

李閏沒有猶豫，坦誠地說：「他是望城坡人……」

譚老不說話了，眼神裡流露出深深的失望。

其實，李閏的這個回答，顯然在嗣同的意料之中，而一旦真正成為現實之後，卻又感意外，繼續問，「他還會回來嗎……他……」

譚老接過話頭；「他有自己的家……既然有爹娘，當初就不應該出來……父母在，不遠遊……」他轉頭看著兒媳，「他講了不回來了嗎？」

「是的，爹爹。」李閏回答，譚應的出現，她也很敏感，急忙問道：「譚應怎麼來了啊？武昌發生了什麼事嗎，爹，你快告訴我——」

嗣同急忙將妻子拉到臥室，說道：「累了吧？你聽我說……」

「二娘不行了——」

李閏卻有如五雷轟頂，掙脫她老公的手，額頭伏在衣櫃上，失聲痛哭，嗣同勸阻道：「二娘只是病重，又沒有死……你輕一點聲好不？別讓爹聽見了，他那麼大年紀，受不了的，萬一——」

他們夫婦強忍住心頭的悲痛走出臥室，與父親相遇，老人一臉的落寞與淒苦，緊盯著兒媳：「譚凱呢，回去了，不來了嗎？」

李閏的悲痛已經寫在臉上了，沒有辦法，她實在不忍心在這個時候，告訴老公公，譚凱不會返回來了的消息。她知道譚凱雖然是一個管家，一個下人，奴才，但是，譚凱在老人的心裡是有分量的人物。這時候，告訴他，未免太殘忍了一點。但是，不得不如實相告：「譚凱原來是望城坡人，家裡開米店……」

嗣同驚訝地插話：「真的是生意人家庭?!」

譚老抬起頭來兩眼看著門外，右邊天井岸上的香樟，墨綠的葉片在微風中窸窸窣窣，像是有人在那兒竊竊私語，長長地吁了一口氣，面無表情地喃喃自語：「回家了……唔，好啊，回家了……他早就應該回家……他爹娘還不知道盼成什麼樣了……回家了就好啊……回家……好啊……」

李閏補充說明：「其實，譚凱家的情況與我們家差不多……」

嗣同驚訝地看著他婆娘，說道：「一個做生意的人家，和我們的背景可以說是完全不同……」

「你知道譚凱的爹是誰嗎？」

譚老從兒媳的嘴裡聽出話裡有話，便不經意地探問：「他爹，哦，就是那位米店掌櫃的呀？」

李閏的聲音很輕：「譚凱他爹是譚炎——」

老譚父子異口同聲：「譚炎?!你的意思，譚凱是譚炎的兒子?!」

李閏淡淡地一笑：「嗯，是的。」

嗣同認為這個簡直不可思議，但是，回憶起自己對譚凱的認識，又不得不承認確實有出類拔萃之處，他搬來一把木椅，請他爹坐下。譚老不坐，轉身跨過門檻，回頭叮囑嗣同道：「老七啊，時間不早了，早點休息，明天一大早就要走了。」

嗣同說道：「爹，如果二娘——現在我還能走嗎？」

李閏很少當面反對長輩的意見，可今天有點特別：「復生你有孝在身，絕對不可以這時候離開家裡。」

譚老一聽到「孝」字，很生氣：「譚應講了，他離開武昌時，你二娘還……還……你就那麼希望她死嗎？她對你們那麼好，沒有良心！」

李閏臉色煞白，嘴唇哆嗦了一下。

譚老話一出口，也知道自己這話說得有些重，這樣說兒子倒也罷了，說兒媳就有些欠妥，話已經說出口，沒有法子追回，頓了頓，語氣柔和了許多：「老七身為七尺男兒，報效國家，是大孝，也是你婆婆對兒子的期望……道理我已經和復生講清楚了——閏娘，你也是飽讀詩書的人，道理你都懂，無須我囉嗦了——好了好了，剛才我的話，我的心情不好，你不要介意，好嗎？趕快為老七做準備吧，他的兩位朋友還在家裡等著呢！」

李閏淚流不止，喉頭哽咽：「爹爹，你說的有道理，是晚輩的不懂事！」

老公公神態的平靜，令李閏十分驚訝，二娘如果真的有事，承受最大悲痛的應該是他呀，少年夫妻老來伴，一大把年紀的人了，對於老伴的離去，一定是傷心欲絕。而今，他關注的竟然是兒子進京赴考的事。她覺得，老公公做官不見得是成功的，你看人家做官，還沒有他這麼大的官，卻家財萬貫，富甲一方。可他家裡有什麼呢？清廉，清廉所得到的除了一塊御筆題寫「大夫第」的匾額之外，其他什麼也沒有了，名聲確實要緊，可是，居家過日子需要銀子呀。再好的聲譽，肚子餓，身上冷，值得嗎？一大把年紀的人了，官癮還很重，真不知道他心裡是怎麼想的……

譚老緩緩地轉身往門口走去，佝僂的腰，一條拖在背脊上銀灰色的髮辮，顫顫巍巍的背影。他走出大門，踩在鵝卵石街道上，目光迷離，往周家碼頭而去，河風迎面拂來，親吻一張多皺紋的臉。河面上，點點白帆，漸漸遠去……

晚上，嗣同與閏娘幾乎沒有多少交流，家裡發生了太多不幸，他們感同身受，想法卻不一樣。明天，老公就要北上京師了，這原本是她最希望的，然而，康廣仁、楊銳的出現，使得這次赴考變了味。對老公明天的行動，老公滿懷希望，而作為婆娘的她，卻總有一種不祥的預感，朦朦朧朧，說不清楚，絲不斷理還亂。

為了不影響老公的睡眠，她強制自己閉上眼睛，直到更夫敲到第三遍時，才勉強進入睡眠，做了一個噩夢，老公和她講話時突然腦袋不見了，伸手去摸，手掌上都是血跡。嚇得她一聲驚叫，醒來，頭上汗水淋漓。

嗣同被閏娘的叫聲驚醒，打了一個呵欠，叮囑道：「明天我走了，你在家裡好好照顧自己吧，爹的年紀大了，身體狀況越來越差，你也要多費點心……而今譚凱走了，一時難以請到合適的管家……」

「家裡的事，你不要操心……」她還是忍不住將臉在老公的臉上貼了一下，濕漉漉的。

第二天一大早，嗣同在康廣仁、楊銳的陪同下，帶上簡單的行裝，走出大夫第的黑漆大門，往周家碼頭而去，李閏竭力控制住，不讓眼淚掉下來。

嗣同故作輕鬆地一笑：「別那麼緊張好嗎，又不是生離死別……爹爹歲數大了，我把他交給你了……你自己也要多多保重，不要再想蘭生的事了……」

嗣同的口裡剛吐出「蘭生」二字，李閏的淚水已經溢出眼眶，喉頭哽咽：「你安心去吧，家裡的事，我會盡力的——你在外面，凡事三思而行，多與朋友商量……你……多多保重！」

嗣同抽出妻子裝在衣口袋的手絹，試圖擦拭她臉上的淚水，被李閏伸手扯掉了。

李閏輕輕地推了老公一下，說道：「你快一些走啊，別貽誤了大事……」

二十六

譚老要趕回武昌了，臨行前，將三位兒媳及眾家人召集在一起開緊急會議，會上，給幾個負了一點責的家丁分別做了具體交待。會議明確指出，這一段時間，府上的大情小事，概由李閏拍板，等同主要領導，譚能協助之。譚能原本是退休了的，再一次要他充任臨時管家之職。他在府上白吃白喝的時間不短了，非常時期發揮一下餘熱吧。如果譚凱還在的話，那就沒有他什麼事了。李閏則是對老公公安危的擔心。如果二娘有事，他承受得了嗎？如果復生在身邊，則根本輪不到要她來操這份心。譚應這個人，他們在先後在蘭州、武昌的官邸共同生活了一段時間，給她的印象，還算能幹，和譚凱比則差了一大截。

譚應陪同譚老回到武昌巡撫官邸。

楊媽喉頭哽咽，叫了一聲「老爺！」便再也說不出話來。

繼洵老漢神情木然地回話：「是的，夫人——」

老爺的話一出口，楊媽、譚應都感到無比驚愕，意外，冷場了一小會兒，巡撫大人回過神來，覺察到自己說錯了話，頭也不回，徑直往客廳走去，剛走幾步，身後楊媽的聲音：「夫人在後花園……」

巡撫大人停住腳步，轉身往後花園而去，楊媽趨前幾步為他打開後門，映入眼簾的景象使他驚訝，墨綠色的松柏枝搭成一個涼棚，潔白的月季點綴其間，涼棚中央置放一口漆黑的棺材……老人眼前晃動著另一口同樣也是黑漆的棺材，泗生的容貌與盧夫人的笑臉交插出現，重疊，搖晃成碎片……譚應、楊媽的臉在面前旋轉，越轉越快，隱隱約約地感覺到譚應、楊媽一臉驚惶向自己走來……譚應的手，楊媽的手都伸過來了……後腦似乎撞著了什麼硬東西，眼前一黑，便什麼也不知道了！

也不知道過了多久，巡撫大人的耳邊響起了一個熟悉的聲音，使勁睜開又腫又澀的眼睛，正對著的是……是……啊，柳郎中！他憤怒了，使勁罵了一句：「你來幹嘛？哪個叫你來的，回去！」

這是譚老心裡要說的話，使了很大的勁，可是，發不出聲音。這使他特別的著急，眼神中釋放從未有過的憤怒與無奈。譚應與楊媽堅持叫老爺，不放棄，不動搖。譚老在家人的千呼萬喚中悠悠醒來，楊媽驚喜的聲音響起：「老爺醒了！」

譚應說：「老爺終於醒了——」他額頭上一層細密的汗珠，緊張的神經得到了鬆弛，長長的吁了一口氣。

柳郎中說：「我講的不錯吧，大人沒有什麼大礙，只要調理一下，好好休息就是……」

老人的目光對準了譚應，吐出兩字：「笨飛……」

譚應有些尷尬地說道：「老爺，我是譚應……你靜養吧，家裡的事我會處理好的。」

譚老一雙眼睛直勾勾地盯著譚應，沒有出聲了。

譚應本來想說老夫人的後事，但話一到嘴邊又咽了回去，因為他知道，在主子面前，「老夫人」已經成了敏感字眼。

巡撫一聲長歎：「唉——我這次真的失策，不該回來，在老家迎候就是……爐煙洞的螃蟹味道真好……啊啊，慧琳，我感覺好累，只想睡一個扎扎實實的覺，都不要來打擾，吩咐下去……我這個狀況，護靈回家，路途遙遠，恐怕不勝鞍馬之勞……這又如何是好呢？」

譚應覺得自己應該起到管家的作用，於是回應主子的話：「老爺放心靜養吧，老夫人的遺體我已經妥善處理好了，多存放一些日子沒有關係……」

巡撫大人沒有理會管家，從床上爬起來，譚應緊張地問道：「老爺你要去哪兒？」

譚老沒有出聲，搖晃著佝僂的身子往後院走去，譚應、楊媽跟在身後。譚老瞥了他們一眼，想說什麼，嘴唇動了動，沒有出聲，徑直走到停放在屋子中央的黑漆棺材面。譚應等家人也跟著站在他的身後。譚老站了一會兒，揮手示意譚應：「打開。」

譚應猶豫了一下，只好吩咐兩名下人將棺材蓋抬起來放在一邊，讓老爺觀察。他們是按照瀏陽的法子處理，即遺體入殮後，棺材蓋留了一條縫隙。據說這是為了防範假死，這樣的情況不止一次聽說過，入殮的時候確實斷氣了，可是，放在棺材裡待上幾天，居然鼻孔裡喘上氣了！每每出現這種情況，死的是活過來了，而活著的卻被嚇一個半死。為了防止這種情況的出現，不至於窒息真的死去，治喪的人家，直到喪事結束出殯時，才將棺蓋釘死。還是繼續說盧氏夫人吧，她的棺蓋移開後，巡撫大人見到的遺體竟然與往日沒有什麼區別，神態安詳，兩眼微睜，一副昏昏欲睡的模樣。譚老旁邊的譚應、楊媽等人緊張地喘氣都有困難了。他們的歲數也不小了，死人見過不止一兩回，還從來沒有見過這模樣的死人呢，不由得後退幾步，躲在老爺身後，緊張兮兮地看一眼。譚老畢竟關係不同，此時此刻，他的整個心胸都被痛苦攫住了，俯伏到棺材上，叫了一聲：「慧琳，你這是幹嘛，睡了？你不能這樣睡呀，睡幾天了吧？你醒醒，慧琳！聽見沒有，我回來了……你醒醒呀……慧琳——」

譚應見這情景，示意楊媽等其他家人，悄悄地退出，將空間留給這對陰陽相隔的老夫妻。

譚老四周看了看，在靈前的一把椅子上坐下來，微微閉上眼睛，與老伴兒聊起了家常。從第一次見到慧琳聊起。那天傍晚，他從戶部衙門下班回來，一隻腳剛跨進大門，癸生、泗生兄弟便跑攏來，歡快地報告「二娘」的消息。當時他確實感到突然，思想上對此沒有半點準備。他還清清楚楚地記得那天兒子們喜悅的模樣……可於今他們兄弟都沒有了，音容笑貌卻銘刻在他們爹腦子裡，不會因為時間流逝而淡忘……接著便聊她成為孩子們二娘之後的生活。他儘量避開她曾經的因為糊塗折磨癸生、泗生以及復生的種種劣跡，只有後來的改變，對他們兄弟三人視同己出的關懷備至。談到他們夫妻間的事，始終繞不開一個人，那就是徐五緣。正因為五緣的賢慧，深明大義，他們才有機會走到一起，生活在一起。令譚老感歎不已的是，五緣與他患難與共，心心相印，而他們生活在一起的時間卻沒有與慧琳長久。論名分慧琳是妾，但是，即使五緣夫人在日，她們在家裡的地位出來都是平等的。她稱五緣夫人為大姐，五緣也確確實實把她當妹妹看待了……為了讓老伴兒聽得更清楚一些，他將頭伸進棺材，緊盯著棺材裡的那張臉上，繼續說道：「慧琳，你怎麼就這樣走了呢？你忘了當年五緣臨終時怎麼囑咐你的話嗎？……你扔下我不管啦，你忍心扔下一大家子人嗎？你講過的話忘了麼？你這人怎麼能這樣，講過的話不算數了？」

譚老傾訴的聲音由於激動而越來越大，有停頓，哽咽，抽泣，更多的淒涼……譚應、楊媽不知是什麼時候出現在譚老身後的，也許他們只是候在門外根本不曾離開過。他們一齊來到棺材邊，在這個家庭生活了很長一段日子的人，深切地理解一位行將就木的老漢此時此刻的心情。她們愛他，同情他，想幫幫他，卻又束手無策。他們置身這樣的情景，控制不住情緒，除了歎息，陪著流淚，唏噓，還能做什麼！夜漸漸深了，江城進入沉睡，白天的嘈雜化為死一般的寂寞，江船漁火跳躍，像一顆顆鑲嵌在夜幕上的星星。他們意識到待的時間已經不短了，卻什麼也沒有做，什麼都不能做。

在譚應、楊媽等人開始一齊發聲後，男男女女一齊上，你一言，我一語，苦苦勸說老爺回房間休息。譚老沉默了，半天沒有反應，而後就是一聲長長的歎息，示意譚應，重新將棺蓋闔上。譚應將老爺攙扶著進他自己的臥室歇息。老人躺在床上，雖然這次回老家有一段日子，可是，一旦回到這個熟悉的環境，衣櫃擺設在視角右邊，書桌擱在窗戶下面，床上是的瀏陽夏布蚊帳，枕頭上被脖子壓出的一道陷塌下去的坑坑……儘管人去樓空，在他的眼裡，依然晃動著夫人的影子，夫人的氣味，盧氏夫人佇立在窗下，吟誦朱淑貞的一首關於海棠的詩——

竹搖清影罩憂窗，兩兩時禽噪夕陽。
謝卻海棠飛盡絮，困人天氣日初長。

二十七

黃鶴樓的鐘聲，給熟睡中的人們送來了黎明，長江碼頭的汽笛，預示一些船隻將要起錨開始新的航程。湖北巡撫官邸的輪廓漸漸地變得清晰起來，院子裡已經有了動靜，那是僕人開始打掃庭院的衛生了。繼洵老漢一夜沒有上床，直到天快要亮了的時候，在僕人的一再苦勸下勉強躺下。床墊還沒有躺熱，這會兒又爬起來，兩條腿就像灌了棉花一樣發軟。瀏陽回武昌後，他便按柳郎中的吩咐，喝湯藥，靜養。能夠做到嗎？最急迫的事是護送盧夫人的靈柩回鄉安葬。光緒二年京師瘟疫，送走了三個親人；這一次，在沒有徵兆的情況下又是三個親人匆匆走了。

家裡發生了這麼多事，靜得下來麼！兒子，妻子，都是他一生中最重要的人，孫子是這個家庭未來的希望，就這樣接二連三地別他而去，噩耗，訣離，一次又一次地發生，就像一把尖刀戳在心上。武昌——瀏陽、瀏陽——武昌，在短時間內這樣的長途奔波，即使是壯年，也會不堪重負，畢竟他是年近八十歲的人了。他人躺在床上，心卻在想著譚應辦事的情況。應該加緊啊，不能讓慧琳冷冰冰地躺著。對於逝者來說講究入土為安；對生者而言，分分秒秒都是痛苦，煎熬。同時，他還牽掛去了京師的七兒。憑直覺，老七這回進京，絕不是應考這麼簡單。隱隱約約會出點狀況，他暗暗禱告上蒼，千萬別出事啊，他這個家庭已經受不了折騰。譚老的情緒極不穩定，焦慮，不安，只要外面稍有動靜，他就會緊張地豎起兩隻耳朵。

管家譚應突然而入，面露喜色：「老爺，好消息！」然後遞過來一份還散發油墨氣味的《申報》。譚老接過去一看，頭版頭條，黑色的大字標題，譚嗣同等維新人士受到了皇上的接見。廟堂上，復生落落大方，旁若無人的一番慷慨陳詞，反響強烈。朝野的頑固守舊勢力猛烈攻擊維新派，反對變法。慈禧的親信、軍機大臣榮祿，威脅康有為等人「當心自己的腦袋」。皇上頂住壓力，於八月十一日下達「明定國是」的詔書，正式宣佈變法。

九月五日，光緒帝當廷下了一道御旨：「賞譚嗣同、楊銳、林旭、劉光第等四品銜，在軍機章京上行走，參加新政事宜。」

是晚，皇上還給嗣同等四人一道密諭，要他們盡力輔佐變法活動，不要瞻前顧後。皇上還格外地給了復生一個特殊待遇，共進晚餐。飯桌前，不分尊卑，就像兩位好朋友，聊起了家常。光緒笑道：「復生啊，你家的菜園子還有麼？」

嗣同感到奇怪，皇上怎麼會知道他家菜園子的事呢?況且，打從他娘去世後，再也無人打理，一任其自生自滅。菜園子的概念漸漸地淡出了他們的家庭生活了。

光緒笑道：「我隨額娘去過你家裡啊，那時候，你娘、姐姐、大哥剛剛去世……」

嗣同想起來了，就是那一回，爹爹由四品的戶部主事越級提拔到一級，授予甘肅巡撫，開大清提拔官員的先例，五緣獲得一品誥命夫人的追封。皇恩浩蕩，試問滿朝文武，又有幾個能得到如此的恩寵呢？而今，兒臣竟然要與太后老佛爺唱對戲了！但是，國家都弄成這個模樣了，內憂外患，民不聊生，如果再不棄舊圖新，亡國滅種的可能性不是沒有的。可恨一班皇族，一心聚斂財富，醉生夢死，終日在慈禧面前信口雌黃，罔顧庶民在水深火熱之中。

慈禧是一個權力欲望很強的老女人，覺得這些人的話很對胃口，相信他們，依靠他們。對皇上越來越排斥，革新的言辭，根本聽不進去。他們母子之間的關係越來越疏遠，何況他們本來就不存在血緣關係。他們因為政治上的需要湊合在一塊兒的親情，其實是很脆弱的。譚嗣同、楊銳他們一班立志改革的中青年，在事業受到阻力的時候，目光盯著光緒。因為光緒是全力支持改革的。但是，包括譚嗣同在內，他們也知道，他們的事業存在極大的風險。光緒貴為九五之尊，實際上是一個擺設，沒有實權，一切都得聽命於慈禧。

談論這些國家大事的時候，心情都有些沉重。議論了一會兒之後，光緒提議來一點輕鬆點吧。嗣同說：「那好啊，不知道皇上要聊些什麼？」

上朝的時候，光緒高高在上，威風八面的，與列為臣工之間，隔著一條不可逾越的鴻溝。而在家裡，特別是這樣比較私人的場所，光緒帝便卸去了朝堂上所戴的面具，還原血肉之軀的本來面目。此刻，他與譚嗣同在一起相處，就像一對好朋友，無拘無束地交談，想說啥，就說啥，不要有任何的顧忌。聊累了，膩了，便換一些輕鬆的話題。

在談到有些累了的時候，光緒忽然收斂了笑容，說道：「復生，你失約了！」

失約?!嗣同一頭霧水。

光緒笑道：「你的年紀比我大呀，我都還記得，你怎麼忘了？」

嗣同兩眼看著光緒，腦子裡苦苦思索，自言自語：「皇上比我小七歲……皇上講的是少兒時候的事吧？」

光緒笑道：「對呀，我那一年才五歲，隨額娘去了你闌眠胡同的家呀！」

「啊啊，我想起來了，」嗣同拍了一下腦門，說道：「皇上是指撒尿那回事嗎？」

「不對，」光緒搖頭，提示，「撒尿之後呢？」

嗣同的思維又斷路了：「撒尿之後……之後還有什麼事啊？」

光緒突然站立起來，目光停留在一幅屏風上，一隻威猛的老虎下山的畫，他突然轉過身來，指著嗣同笑道，「你說皇上撒了尿的南瓜肯定會結出大南瓜，一定送來宮裡請皇上嚐嚐！」

嗣同想了想，搖頭說道：「不對，皇上是說來我家吃南瓜啊，沒有講要我送進宮去呀？」

「是你記錯了，你講了送南瓜進宮！」

「沒有，皇上講來我家吃！」

「你記錯了！」

光緒不待嗣同說完，便仰面一陣大笑。嗣同也笑了起來。

那些報社記者，他們真狗仔啊，竟然八卦到皇帝的頭上了！杜撰，還是確有其事，這並不重要，無非是證明光緒與革新派的關係親密而已。不知道報紙刊發這些真真假假內容的文字，是娛樂還是別有深意。客觀上，是害了嗣同他們這些革新派，也害了光緒。因為，皇上與革新派走得這麼近，老佛爺心裡不高興。老佛爺不高興，他們的事業則危矣。

譚老讀了這些內容，一點也高興不起來。兒子與皇上走得這麼近，那些頑固的皇室成員不高興，更值得擔憂的是太后老佛爺不高興，其後果是多麼可怕。老漢一顆心惴惴不安，他知道，兒子他們一班人的所作所為，是為了民族國家，理當支持。可是，老佛爺不高興，問題的性質就嚴重了。在譚老的心目中，慈禧有許多事處理不得勁，比如說利用義和團殺洋人，引來了八國聯軍，結果鬧得割地賠款，就是最大的失策。但是，人家是朝廷的大當家啊，江山都是他們的呀，如何治國只能聽她的啊。提起慈禧這個人，譚老心裡很矛盾，畢竟是他的恩人啊，由四品一下提到一品。這恐怕是許多人做夢都不敢想。巡撫大人以往閱讀報紙的習慣。他認為報紙上的話未必完全可信，但是，涉及到兒子的內容，這樣的報紙，他絕不會忽視一個字的內容。老人拿報紙的手顫抖，熱淚滾滾。其實巡撫大人還有不知道的事情呢，嗣同進京前夕，還給妻子李閏寫過這樣的信：「今後益當自勉，視榮華如夢幻，視死辱為常事，無喜無悲，聽其自然。」

譚老激動的情緒漸漸地平靜下來，臉上的神情顯現從來都沒有過的憂慮，深深地為老七的安危擔憂，他甚至後悔，在這樣的情形下，當初放他去京師就是一個錯誤。他來到客廳，緩緩地坐了，放下報紙，兩眼茫然地看著窗外，陷入了沉思。

「不好！」他突然叫了一聲，譚應一驚，不知道老爺這是為什麼。

譚應沒有領會主子的意思：「老爺的意思是……」

譚老在腦門拍一下，歎息道：「真不該讓譚凱走啊！」

譚應滿臉羞愧，不好再說什麼了，告退的時候，老爺叫住了他，「你還去多買幾份報紙，要新出來的，越多越好！」

譚應眼看就要走出大門，譚老又把他叫了回來，聽口氣，顯然他已經打定了主意：「我得去京師一趟，告誡復生，凡事不要操之過急，欲速則不達。」

管家聽主子這麼一說，心裡未免有些著急，於是勸說道：「老夫人呢？還在後院躺著等候老爺……老爺可以修書一封派人送往京師，親手交給復生……」

老人不說話了衝譚凱揮了揮手道：「你先出去吧，讓我再想一想……」

譚應說了一句「老爺好好歇息吧」，便轉身離去，跨出門檻，隨手將房門輕輕地帶關。巡撫獨自枯坐書齋裡，陷入了深深的焦慮之中，他原本打算自己護送盧夫人的靈柩返鄉安葬的，具體地方都想好了，就在集里筱水的徐夫人墓旁邊，親人在一起，也好說說話，中間的位置是留給自己的。

他知道，像自己這把年紀的人，無需多考慮，想得最多的是老七的安危，打定了親自去京師一趟的主意。遲遲未能動身的原因，身體欠佳固然是一個方面，另一個原因是想護送盧夫人的靈柩返鄉，入土為安。可是，想得更多的是七兒。他的兒子不算少，可是，真正有才能，可以幹出一番事業的恐怕只有七兒一個了。復生的能幹，在朝野的影響，天下恐怕沒有幾個人不知道的。可惜一個人分身乏術啊，既想進京探望兒子，又想護靈返鄉。由於想的事情太多，腦袋都要炸開了。

譚老暈暈乎乎的時候，突然發現復生渾身是血地站在面前，他一聲驚叫，醒了，額頭上沁出了一層細密的汗珠，心，怦怦直跳。信步踱到窗邊，推開窗門，一股帶著長江潮濕氣味的冷風徐來，親吻發燙的臉頰。

「不行，我得趕快進京！」

深夜的武昌城，天空一片灰暗，稀稀拉拉的幾顆星星若隱若現。江心漁火靜靜地燃燒，大街，小巷，格外地冷清，巡撫大人在朦朧的星光下，走出房門，向後院走去。回來之後，只覺得暈乎乎的，分不清南北西東。可是，只要一走進臥室，聞到盧夫人的味道，記憶一下子便恢復了，上次回家鄉，在臥室與夫人說過許多話，當時的情景，依然鮮活在腦海裡，記得十分清楚。那天，夫人的話特別的多，一副難分難捨的模樣，他跨出房門的瞬間，盧夫人一雙不太明亮的眼睛流露出難以割捨的情感，當時似乎還不覺得，現在浮現在眼前時，就有一種被刀子切割的疼痛。莫非，冥冥之中，她已經感覺到這將是永遠的別離？

巡撫從書齋出來，推開通往後院的門，一個臨時搭建莊嚴肅穆的靈堂展現在他的眼前，墨綠色的松柏枝，彩紙剪的花朵，靈桌上擺放著亡者的靈位。靈柩停放於綠蔭掩映下。他在靈位牌前站立了一會，發現靈柩旁有一個人影，坐在旁邊，他走近一看，是楊媽。這位女傭是隨同盧夫人進入譚府的，還是花季少女，而今漸漸老去，不勝今昔。巡撫走到楊媽面前，她沒有發覺，頭伏在棺材上，發出均勻的鼾聲。楊媽頭上的白刺眼，巡撫歎了一口氣，眼前晃動著那個年輕姑娘陪盧夫人來到京師，進入譚府的情景，不由得感慨萬端，回憶起自己一生的坎坷，淒苦。楊媽這個本來毫不相干的人，一生不是也搭進來了嗎？

幾十年彈指間。

譚老悄悄地退了回來，重新進入書齋，在籐椅上坐下，看著如豆的燈光發呆。也不知道又過了多久，他再一次起身來到靈堂，因為只等天亮，他就要前往京師，盧夫人的靈柩則由管家譚應護送回瀏陽，雖然盧夫人沒有了知覺，不能和她說話了，但依舊使得他產生了一種深深的依戀，而且，這一次的別離，再也沒有見面的機會了，總想著在一起多待一會兒算一會兒吧。

沉寂的暗夜，整個靈堂特別的安靜，靜得使人不會懷疑連一根針掉在地上都會有響聲，靈前兩支白蠟燭燃燒，燃燒過後的燭芯枯黑，流了很多的淚，微弱的燭光閃爍，空空蕩蕩的靈堂在燭光下顫抖，搖曳。楊媽依然伏在棺材上發出輕微的鼾聲，譚老凝視著楊媽花白的頭髮，腦海中浮現那年與盧夫人一道來家裡時大姑娘的形象，渾身充滿青春活力。

歲月無情，暗消年少。以前，從來沒有意識到這位女傭的情感，獨立的人格。現在，突然覺得欠了這個女人的債，一筆無法償還的債。他在楊媽面前站了很久，心裡很歉疚，覺得對不起她，誤了她的一生，她本來也應該有自己的家庭，自己的情感生活啊。譚老用手指揉揉發脹的太陽穴，輕輕的歎息自己的過失，他老了，楊媽也老了，時光不會給他改正的機會了。巡撫站得有些累了，想坐下休息，坐下去的時候不慎碰翻了一把椅子，驚醒了楊媽。

楊媽發現譚老站在自己身邊，不免有些慌亂，緊張地說道：「老爺，你……起來了？」

巡撫點了點頭，說道：「楊媽，辛苦你了。」

楊媽說道：「沒有什麼，老爺和夫人都對我這麼好，這是我應該做的，我和盧夫人在一起多年，現在，一想到她走了，這輩子再也見不到了，我……我心裡特別難受……」楊媽說這話的時候，兩行淚水流出來了，

譚老感概地說：「這個我知道，你和慧琳，其實，根本不像主僕，像親姐妹一樣……」

楊媽聽老爺這麼一說，忍不住嗚嗚地哭出聲來。

譚老悄悄地走出靈堂，將臉轉向院子裡，叫了一聲「笨飛——」，馬上意識又叫錯了，拍打一下腦門，心裡想這是怎麼啦。他意識到現在天還沒有亮，不應該打擾管家，譚應已經是半百之身，來府上幾十個春秋，一位青春年少的小夥子而今兩鬢飛霜，精力已經大不如前，家裡一大攤子事，多虧了他料理，能做到這個程度，已經很不錯了，雖然處事的能力比譚凱要差一些。當初要譚凱走也許是一個錯誤的決定。

「譚應……」

譚應像是從地底下突然冒出來的出現在主人的面前，永遠是兩手垂直的招牌動作：「老爺有何吩咐？」

「向朝廷告假的摺子我馬上就寫，你派人給我送往京師……我決定後天，不，明天就啟程。」他見譚應站著發

愣，有些不高興了：「還不快去啊，譚凱在的話，這些事就不用我操心了。」

「老爺放心去京師吧，我一定會完全按照老爺的話辦事的。萬一七公子有什麼事你可以給他拿主意……」

譚老聞言，臉色突變，呵斥道：「七兒是皇上召他去的，能有什麼事?!你年紀也不小了，真不會說話！烏鴉嘴！」

「是，老爺，那我就按你的吩咐做準備去了。」

譚老又吩咐楊媽：「你準備和譚應一起回瀏陽吧，這次回去了，就不要再來了。」

楊媽有些惶恐：「老爺，不要我啦，我哪兒做得不好，請指出來，我一定改，你就別趕我走了，好吧，老爺，讓我繼續侍候你吧？」

「不是趕你走，你做得非常好，既然夫人不在了，你也一把年紀了，還是回家去，天下沒有不散的宴席，我會讓譚應給一筆足夠你養老的錢的……你願意留下也行，譚能不是也留下來了嗎？你在我家裡，可是功臣啊，勞苦功高……大夫第永遠是你的家……」

「謝謝老爺！」楊媽聽主子這麼一說，頓時淚流滿面，說道：「一輩子能遇到老爺這樣的主子，是我前世的造化……」楊媽情不自禁地在主人面前跪下磕頭。

主人連忙將她從地上扶起來：「你這是幹嘛，趕快起來，應該說感謝的是我呀！想當初，五緣領了慧琳和你來京師的家裡，還是一個大姑娘，而今也老囉……你一輩子的年華都在府上消磨了，幾十年彈指間，人生苦短……」

楊媽聽了主子一番話，喉頭哽咽，珠淚雙流：「能遇上老爺，還有徐、盧二位夫人這麼好的主子，她們沒有把我當下人，像親姐妹一樣，我很知足——我家裡已經沒有什麼親人了，老爺家就是我的家，老爺家的人都是我的親人……」

譚老被楊媽的幾句話打動了，說道：「我還是那句話，去留由你自己拿主意……剛才我已經講清楚了呀，你就留下來吧，做不動了，譚府會給你養老送終的。你一百個放心，即使我不在人世了，我也一定會交待後人這樣待你的。」

「老爺……」楊媽喉頭哽咽。

湖北巡撫譚老在官邸度過了一個悲催的不眠之夜，除了對盧夫人的思念，還有對環境的留戀。他意識到，作為官邸的主人，留在這兒的日子已經不多了。他對環境不是很敏感，除了客廳，餐房，臥室、書房，其他的房間很少進去。

在京師的日子裡，家有五緣，他在書房累了的時候還會到後院的菜園子裡去看看，和五緣聊一聊種菜，他不是很懂，卻聽得認真。有時候，他還會動手，幹一些簡單而無須費勁的活，比如摘南瓜、豆角，拔掉雜草。五緣去世後，盧夫人對種菜一點興趣也沒有，菜園也漸漸荒蕪起來。他偶爾還會去後院看看，那一片雜草叢生，昆蟲老鼠出沒的景象，和留在腦海裡的景象相比，相去太遠，便會生出無端的感慨，視線迷離恍惚。

在武昌也居住多年了，他的記憶中還殘存不少京師闌眠胡同四合院的生活碎片。

譚老從盧夫人的靈堂出來，天已經大亮了，江城開始了一天的喧囂，他在門口站了片刻，做了兩次深呼吸，然後走進書房，取出紙、筆、硯臺，開始給朝廷寫摺子了。府門外叫賣報紙的聲音驚動了巡撫的注意，他吩咐譚應，買報紙。

譚應答應一聲，很快買回一份《申報》，赫然觸目的頭版就是講維新派的活動，京城上下都在議論這件事，還有光緒帝召見復生的照片。他不及細看，便揮舞著手裡的報紙高興地大聲道：「老爺，喜事，大喜事呢，復生的照片多風光啊——」

譚老眉頭一挑，伸手接過報紙，他突然叫了一聲：「哎呀，復生啊，會出大事！」

譚應大吃一驚：「七公子不是好好的嗎，出什麼大事啊，老爺？」

譚老爺輕輕的吁了一口氣，不解釋，叮囑譚應馬上備四轡馬車，他要以最快的速度立刻進京，當面勸復生他們幾個。

譚應不敢再問，轉身便走，譚老看著他的背影自言自語：「你們得罪了頑固派，皇室成員，還惹得老佛爺不高興。老佛爺動怒，將會產生多麼嚴重的後果，年輕人啊，意氣用事，還是嫩了一點……你們難道不知道那一年，湖南老鄉譚溪譚炎父子，就因為不遵守官場的一些規則，結果雙雙被罷官，譚溪還為此丟了性命。老七，你們已經站在懸崖邊了！」

譚老想到這裡，驚出了一身冷汗，發現譚應又回來了，大聲呵斥道：「你怎麼回來了？快去啊——要四轡快車！」

譚應還在猶豫：「老爺，四轡日行二百五十餘里，老爺已經是一大把年紀的人了，能夠承受得了嗎？萬一——」

譚老使勁跺腳，吼了起來：「快去，別誤了我的大事！」

譚應這才急急忙忙奪門而出。

沒有過多久，一駕四轡馬車已經備好了停在院子裡，楊媽等僕人紛紛提醒老爺，盧夫人遺體要管家護送返鄉，誰陪你進京呀。譚老說他不用陪，自個兒去就是。家人還是不放心，老人動怒了：「哪來那麼多廢話！」

譚老出發京師之前，到靈堂與盧夫人告別。而後叮囑譚應，曉行夜宿，沿途小心謹慎，回到瀏陽後，把涂先生請來，凡事多與他商量。

湖北巡撫官邸剛剛送走老爺北上的馬車，譚應又要開始自己護靈的武昌——瀏陽之行，任務也相當艱巨。他做慣了下人，而今，忽然要以領導的身份全權處理一些事務，感覺到了頭上的壓力。將棺材搬上馬車，前往江漢碼頭登船，兩名道士作了一齣簡單告別祭祀，點燃一掛大紅鞭炮。譚府的一貫作風是不驚動地方官員，低調辦事，堂堂巡撫大人夫人出殯，竟然等同尋常百姓一般。

譚老日夜兼程的北上途中，京師政壇已經發生地震了。老佛爺再次臨朝聽政，將親自扶持登基的光緒帝幽禁於瀛台，對帝黨舉起屠刀，無數人頭紛紛落地。榮祿派兵大肆搜捕維新派的「帝黨」人物，十分兇殘。「百日維新」頒佈的一切除舊佈新的諭旨，一律廢除，除京師學堂之外，一切新政統統被推翻，京城到處是血腥……

譚老離京師越近，越感覺到了恐怖氣氛。沿途不時有三五一群的捕快，一襲黑衣，滿臉兇殘，一晃而過。路上很少有行人，偶爾有一輛的囚車，蓬頭垢面的囚犯，在吆喝聲中迎面而來。行色張惶的路人，緊緊關閉的店鋪。聽到的言語幾乎都是與什麼亂黨有關，他想知道更具體一些的內容。卻又不敢仔細地去聽。

譚老不時將腦袋從車簾內探出來，目擊的景象令一品大員悲涼的情緒像一塊巨石壓在心頭，他喘不過氣來。去哪兒，瀏陽會館，那裡經常聚集有不少瀏陽讀書人，有的士子還與他私交不錯。去那兒瞭解一下情況再說吧。譚老壓根兒沒有料到，會在這個時候與南下的欽差相遇。欽差率一群衙役，一輛囚車，湖北巡撫的四轡快車被攔截下來。

欽差大臣幾步上前，譚老險些叫出聲來：趙舒翹——

趙舒翹而今是刑部尚書，他趨前一步，來到譚老面前，雙手打拱，深深一揖，說道：「大人，久違了！」

譚老看到欽差身後的囚車，回揖的動作僵硬，聲音發顫：「有勞大人惦記，不勝感謝——」

趙舒翹突然虎著臉大聲說道：「太后口諭，將亂臣賊子譚繼洵拿下！」

四名快捕立刻逼近，譚老伏倒在地，頭磕在地上，屁股撅起老高，聲音顫抖：「太后千歲，千歲，千千歲！」

中央機關的公差是緝捕高手，緝拿對象又是一個八十歲的老頭兒，他們以嫻熟的動作將湖北巡撫頂戴朝服一一剝去，換上一件大清犯人常穿的囚衣。他們業務嫻熟，一氣呵成。譚老頃刻就成了一名囚犯，銀白的頭髮，一條銀白的長辮拖在背心。由於年紀大了，又是第一次感受囚車的滋味，動作遲緩笨拙。

譚老入獄數天之後，前往武昌抄家的人返京師彙報，沒有找到譚嗣同圖謀不軌的直接證據，倒是發現了一封其父給兒子的信。趙舒翹看過之後，卻長吁了一口氣，顯得輕鬆了一些，然後傳給榮祿，榮祿的臉色有點難看，再傳給了恭親王。

這封信在袁世凱的手裡停留的時間稍長一點。諸位高官都想說點什麼，見慈禧一臉琢磨不透的神情，沒有人敢先開口。最後呈老佛爺。慈禧讀到「老佛爺天縱英明，乃我大清之福也」一句，臉上居然有些動容。良久之後才說：「譚繼洵的事待會再議，反正他又沒有參與進去。還是說說這些昏了頭的傢伙如何蠱惑皇上的吧。」

恭親王以專案組負責人的身份歷數帝黨康有為一夥的罪證，提到譚嗣同「開議院」、「興民權」的幾項主張時，慈禧連拍幾下桌子：「反了，反了！」

袁世凱趁熱打鐵：「譚嗣同本來幾次有出逃的機會，他就是不走，在大門口坐等快捕，放出話來，說什麼『大丈夫不做事則已，做事則磊磊落落，一死何足惜。外國變化，無不從流血而成，今日中國未聞有因變化而流血者，此國之所以不昌也。有之，請自嗣同始。』……」

榮祿不待袁世凱說完，氣得大叫：「這傢伙也太倡狂了！」

專案組個個發言，在老佛爺面前，都有一點激動，措辭嚴厲，唯有刑部尚書趙舒翹沉默不語，他的內心很焦灼，複雜，矛盾，理不出一個頭緒。想當年如果不是譚繼洵網開一面，他的墳頭在甘肅長草了，救命之恩，造浮屠且不說吧，良心上還是有些過意不去。

譚嗣同的種種言行，給老佛爺帶來的不是一般的憤怒，而是可惡之極。這樣的亂臣賊子，留下一天多生一天的氣。本來，按律法，這樣的大案，須由刑部牽頭，組織吏部、工部三堂會審。老佛爺覺得那樣曠日持久，不如來一個快刀斬亂麻。早殺一天，心裡早痛快一天。

可是，對於譚繼洵的誅殺，便有些猶豫了。

她還記得光緒二年去譚繼洵家裡的情況，整整二十一年了，當時情形，依然清晰地記在腦海裡。一位四品官員，身著朝服，跪在街頭大哭，不顧尊嚴，是對亡妻的深情；晾曬的補丁衣服，說明他的清廉；看著亡妻使用過的栗木鋤頭柄哽咽，證明他是一個情深意重的好男人。當時的提拔，是有點情緒化，但是並沒有錯，而今譚繼洵犯下如此大的錯誤，她對昔日的決定也不會後悔。本來是一位值得大清大大小小官員學習的楷模，誰知兒子唱了這麼一齣，養不教，父之過。

專案組的成員對譚繼洵的處置意見，慈禧覺得過了，刑部尚書趙舒翹還沒有吭聲，於是點他的名了：「趙舒翹，你說到底給譚繼洵怎樣的處罰合適，我想聽聽你的意見。」

趙舒翹只好硬著頭皮說出了自己的不同意見：譚嗣同罪不容誅，可是，譚繼洵就算了吧，他也不容易，兒子不聽話，老子就沒有轍了……俗話說，崽大爺難做……

榮祿不待趙舒翹說完，便一聲冷笑：「好一個『崽大爺難做』，趙大人是陝西人，怎麼對湖南方言如此熟悉啊，看來譚繼洵和你的關係不一般。他給了你什麼好處啊，說說看？」

恭親王緊接著幫腔：「今天當著老佛爺的面說說清楚！」

趙舒翹辯解：「我只是就事論事而已。」

恭親王勃然變色，呵斥刑部尚書：「什麼話?! 譚嗣同這樣的亂臣賊子，應該誅滅九族！」

袁世凱撫掌附和：「微臣附議，恭王爺說的對，至少應該誅三族，如果連父親都不殺，我大清律法威嚴何在?!」

恭親王再次提到譚繼洵給兒子的信，說道：「微臣認為，此信係譚嗣同那賊子偽造！」

趙舒翹笑笑：「王爺，你有什麼根據認為是假的呢？」

太后輕輕地拍了下桌子，「你們不要吵了，信再讓給哀家瞧瞧。」

慈禧對大臣呈上來的信匆匆流覽了一遍，皺眉頭了：「恭親王，這封信上哪一個字不是譚繼洵寫，指給哀家瞧瞧，也算長點兒見識。」

恭親王一驚，額頭出汗了，趕緊拜倒在地，說道：「老佛爺聖明！」

趙舒翹見狀，膽兒大了，接著發言，歷數了譚繼洵的為官清廉，辦事認真負責，替譚繼洵總結了許多的貢獻。他還沒有說完，被恭親王打斷了：「養不教，父之過。兒子犯了大逆不道的罪行，父親理所當然要承擔責任……」

慈禧衝恭王爺不緊不慢地說道：「皇上糊塗，做了錯事，按照你的意見應該追究哀家的責任囉？一個快八十來歲的老傢伙，還能蹦躂幾天？」

專案組的人聽慈禧這麼一說，停止了爭辯，紛紛欠身恭維：「老佛爺聖明！」

慈禧按自己的思路說下去：「譚繼洵為官清廉，幾十年如一日，哀家當年破格提拔，主要就是衝他這一點來的，你們誰敢拍胸脯說一句，自己沒有貪一點分外之財？」

專案組的人一個個臉都紅了，默然無語。慈禧站了起來，走到趙舒翹面前，說道：「你去牢房宣旨吧，官是做不成了，這麼大年紀，也該歇歇了……趙舒翹，哀家知道你心裡念譚繼洵的好，這個人情讓你來還吧。」

趙舒翹朝慈禧深深一揖，奏道：「微臣牢記老佛爺的教誨。」

專案組散會後，恭親王、榮祿他們有些失望，唯有趙舒翹一臉的喜色，顧不上片刻休息，便興沖沖地來到刑部大牢，對關在號子裡的白髮老頭宣佈：「太后口諭，譚繼洵接旨——」

譚老慌忙跪下，趙舒翹宣示：「諭裁決湖北巡撫譚繼洵，無須覲見，即日回原籍。欽此。」

「即日回原籍」，這是真的嗎？打從被投入牢房之時起，譚老就抱定沒有生還可能的可能，而今，還讓他還原籍?!

冷場片刻，趙舒翹提醒他：「譚繼洵還不謝恩啊！」

一語驚醒夢中人，老漢的頭磕在地上，聲音顫抖：「罪臣謝太后隆恩，太后千歲，千歲，千千歲——」

他感覺額頭上一股熱流，用手一摸：血……

二十八

譚老剛從刑部大牢出來，也知道了老七的狀況，自己鬼門關前又轉了回來，坦然地接受了現實。對於個人的榮辱，忽略不計，焦急如焚的是七兒的安危。

陽光燦爛，天氣晴好，他本來就年事已高，精神上的打擊，讓腰桿比以前更加佝僂，步伐踉蹌，一條銀白色的髮辮耀眼，他奮力趕到瀏陽會館。

在這兒，他還瞭解到一些復生被捕的細節。政變發生之後，康有為奉光緒帝之命離京外逃，嗣同與梁啟超等人仍留在北京，九月二十三日，嗣同到日本使館會見了在那兒避難的梁啟超，勸梁趕快東渡日本，並將自己所著的書、詩文的稿本都交給了他保存。嗣同回到瀏陽會館後，日本使館勸他去那兒避難。他不走，激昂地說道：「大丈夫不做事則已，做事就要光明磊落，一死亦何足惜。」

瀏陽老鄉提及老七的這句話，譚老的心裡產生了怨艾，老七啊，你說這話的時候，考慮後果了麼，有沒有想到家裡的親人，忍心讓你爹又一次白髮人送黑髮人？

嗣同被關押在刑部南獄第一監室。瀏陽會館的人中，劉人熙，歐陽中鵠都是他的老師，唐才常是他的同窗好友，大刀王五，是他習武的師父，也是至交。他們個個神情凝重，沒有哪一個不是憂心如焚。

譚老形容憔悴，面無表情，默默地坐在一旁，聽大家講述兒子在變法失敗後的種種表現，視死如歸的崇高氣節，酸甜苦辣一齊湧上心頭，絲不斷，理還亂。聽到七兒為防不測模仿他的筆跡留下那封信，心裡感到陣陣發緊，好像被一雙無形的手慢慢地撕裂。他們父子聚多散少，在一起的時間屈指可數，能夠交談幾句的時候更加少之又少，而且意見相左，很少統一。兒子對父親的愛，深藏在心裡，不會輕易外露。

譚老和瀏陽同鄉會的接觸，對復生在京師最後日子的活動情況有了基本瞭解，對康梁，尤其是康有為，產生了怨恨：「康有為、梁啟超是新政的發起人，世稱康梁，平日裡講起大道理來一套一套的，可是，一到關鍵時候，比誰都溜得快！」

歐陽中鵠知道譚老誤會了，想做解釋，被劉人熙制止：「讓他宣洩一下也有好處，憋悶在心裡會生病的。」

譚老突然提出，準備去探監，父子一場，見最後一面吧。

劉人熙說道：「甫公，這個恐怕難，刑部尚書趙舒翹，你雖然有恩於他，但在這樣的形勢下，像復生這樣的情況，他不敢答應，惹火燒身，須知此刻太后的爪牙無孔不入……」

「正因為趙舒翹是刑部尚書，我才想去試試……」

唐才常比嗣同小兩歲，在瀏陽會館的這些老鄉面前，算是最年輕的，他的看法與其他老鄉稍微有所不同：「既然沒有別的辦法了，去試一試又有何妨，機會往往是爭取而來，你一開始就放棄的話，今後難免會後悔的，伯父，您別急，我這就去打聽這位趙大人的住處。」

小唐在瀏陽時，和嗣同在城南書院同學過，雖然相處的時間不是很長，但是，他們投緣，是很不錯的朋友，他們又都是涂啟先的得意門生。

看到小唐，譚老有一種特殊的情愫，恍惚把他看成老七了。小唐直言，他來京師，原本是參加嗣同的新政，而今……譚老問他今後的打算，小唐毫不遲疑地說組織武裝，推翻腐朽的滿清，恢復中華，復生推行新政的失敗，血的教訓，證明皇帝是靠不住的，只能靠民眾的覺醒……小唐說到激昂處，揮起了拳頭。

譚老默然無語，推翻滿清這種謀逆的行為，他無法接受。當年老佛爺的提拔之恩始終忘不了。他不想就這個話題討論下去，說道：「你什麼時候走？」

小唐說道：「我還有一些事，處理好就回長沙，望城坡我有一位同窗好友，我們準備在湖南發展我們的武裝力量……我這位同窗爺爺和父親都是進士身份，曾經同朝為官，後來遭遇變故，一死一革，賦閑在家。我這位同窗離家出去多年呢。」

譚老驚訝地問道：「是譚溪譚炎嗎？」

「正是。」

譚老沉默了，想起了那一對父子的命運，還有些傷感。

小唐走了，直到第二天中午時分，一張滿頭大汗的臉出現在譚老面前，將趙舒翹官邸的具體方位告訴了他。小唐說：「譚老伯，要不我陪你去吧？」

譚老不答應，怕給小唐惹上麻煩，獨自從瀏陽會館出來，很順利地來到了趙舒翹的官邸門口，「煩請通報趙大人，瀏陽譚繼洵求見。」

門客像驅趕蒼蠅一樣，呵斥白髮蒼蒼的老人：「趙大人是想見就能見的嗎——」

譚老也生氣了，大聲道：「你不要狗眼看人低，趙舒翹的一條命還是老夫從牢房裡救下來的！」

門客聽這個老漢說話的口氣，決非一般人，重新打量了他一番，問道：「老大爺，你到底是什麼人啊，非要見我家老爺不可？」

「湖北巡撫譚繼洵。」

門客譏諷道：「你這模樣，還巡撫啊？」

「你就說湖南譚繼洵求見！」

門客的腦子有點懵，你這是啥意思啊，一會兒湖北，一會兒湖南，面對這樣一個七老八十的糟老頭，神神叨叨的，莫非真有些來歷，萬一誤了什麼事，老爺怪罪下來……於是撂下一句「你等著」，便進去通報。

趙舒翹聽到譚繼洵三個字，心裡一驚，但是不感到意外，因為他也有兒子，理解一位父親的心情。可是，他知道，譚嗣同犯下了謀逆大罪，你說什麼都沒有用，太后已經下了必殺的決心，就是你這個當爹的，險些也要父子同往陰曹地府了。你還來幹嘛，還是及早準備後事吧。但轉念一想，人家既然來了，不與他見面，心裡還是有一點不安，畢竟救過自己一命。於是吩咐門客，讓他在客廳等候。

門客答應一聲「是，老爺」剛轉身還沒有走幾步，又被主子叫住了：「回來！」他還是擔心萬一不慎，惹火燒身。語氣堅決地回了兩個字：「不見！」

譚老碰了一個釘子，感到很失望。但是，既然來了，他就會堅持，於是，他一直在大門口守株待兔。兩個時辰後，刑部大臣的大轎出來，譚老突然從旁邊插上，跪倒在轎前，高呼：「罪臣譚嗣同之父拜見趙大人——」

譚老的聲音不小，「譚嗣同」三個字嚇壞了大轎裡的趙舒翹，因為這已經是敏感字眼了，急忙伸出頭來，說道：「大人，請原諒舒翹的苦衷，我真的無能為力，趕快回去吧，好好為復生料理後事……你的救命之恩我沒齒難忘……」

譚老見趙舒翹還是不鬆口，只好從地上爬起來，佝僂著腰桿，腦後拖一條銀白的髮辮搖搖晃晃地走了。他還沒有走多遠，趙舒翹突然叫住了他：「甫公請留步……」

譚老站住了，慢慢轉過身來，滿懷希望地看著刑部尚書大人。

趙舒翹朝他一揖：「大人比我清楚，自古以來謀逆都是要滅三族甚至九族，復生給父親留下的那封信，還有大人幾十年為官的清廉得到老佛爺的賞識……大人能夠保命已經是不錯的結果了，我已經盡力了……」

譚老默然無語，艱難地轉過身來，搖搖晃晃地往街上走去，趙舒翹幾步上前，左右觀察了一下，趕緊從衣袖中掏出一張紙條塞到他的手裡，壓低聲音說一句：「這是復生寫在獄中牆壁上的詩。」然後迅速離開。

譚老向趙舒翹說了一聲「謝謝」，轉身往瀏陽會館的方向走去，幾次想打開看，行人太多，又將它塞進袖口。直到回到瀏陽會館，走進臥室，將門關緊，這才將紙條打開，沒有錯，果然是七兒筆跡，是一首七言絕句——

望門投宿思張儉，忍死須臾待杜根。
我自橫刀向天笑，去留肝膽兩昆侖。

二十八字，每一個字都像一枚扎在譚老的心上的鋼針。嗣同陷身囹圄，回顧往事，覺得自己的遭遇與漢朝的張儉和杜根有些相似。張儉因揭發朝中權貴遭到報復，被通緝逃亡在外，望門投宿，到處奔走；杜根因為勸鄧太后還權給皇帝受酷刑，被折磨得死去活來。他還想到了康有為和師父王五，他們兩人，一個已經離京外逃，一個還留在京師，但願他們會繼續設法救皇上，行變法，實現自己未盡的志願。

譚老走進臨時臥室，室內光線暗淡，一雙昏花的眼睛看了半天。門外有腳步聲，一個下意識的動作將紙條塞進貼身的口袋。半躺半坐在床上，渾身的骨頭都要散架了，眼睛發澀，滿腦子都是七兒，記憶的碎片雜亂無章地在腦海裡浮現……

他在監牢見到了日思夜想的七兒，灰布長衣，胸前圓圈裡白色的囚字刺痛了老父親的眼睛。父子分別還沒有多少天的時間，但是，他們彼此卻都有一種彷如隔世的感覺。

「爹，你怎麼來了？」

復生一臉的驚訝，腳上釘著沉重的鐐銬，移動腳步時的聲響撞擊父親的心扉，每響一下，父親的心就抖一下：「老七，你真的沒有受刑嗎，轉過身來，再讓我看看……」

「沒有，只是訊問。」

譚老不信，搖搖晃晃地靠近兒子，瞇縫著一雙眼睛，從頭到腳仔細察看，摸摸。

刑部尚書趙舒翹突然出現，語氣還算客氣：「甫公，你怎麼進來的呀?!」

「我也不知道自己是怎麼進來的，大人！」

趙舒翹祈求道：「我現在也不問你是怎麼進來的，我只求你快些走吧，讓老佛爺知道了，我也活不成了！」

譚老看他焦急的模樣，想起當年在甘肅時的往事，心頭略過一絲憐憫，身後，向兒子告別：「七兒，家裡的事你放心吧，見到你娘、二娘，告訴她們，說我活得很好……」

兒子突然拜倒在地，大呼：「兒子不孝，不能為父親盡孝了，多多保重，兒子最後一次給爹爹磕頭了！」

趙舒翹手一揮，一群赤膊頭戴紅巾的劊子手將七兒推上囚車，走出去了，他緊緊地在後面追趕，可是，總是邁不動腳步，拼命地追啊，追啊，就是追不上，眼睜睜地看著七兒被拉到刑場，跪下，監斬官一聲口令：「時辰已到！」

劊子手揚起鬼頭刀在空中劃了一道弧，寒光一閃，七兒的頭滾落地下，鮮血噴灑——

「哎呀——」

譚老一聲驚呼，夢中醒來，額頭上濕漉漉的都是汗水！

九月二十八日下午二時，太后一道諭旨給軍機大臣：「康廣仁、楊深秀、譚嗣同、楊銳、林旭、劉光第等六人，大逆不道，著即處斬。」

刑部尚書趙舒翹，因案情重大，本擬奏派大學士、軍機大臣會同刑部嚴訊。太后這道諭旨便使案件的處理簡單多了。太后諭旨下達二個小時後，康廣仁等六人旋即被押赴北京宣武城門外菜市口刑場。

行刑的時候，嗣同昂首向天，高呼一聲：「有心殺賊，無力回天！」

頭上纏紅巾，赤膊黑褲的劊子手高舉屠刀，寒光一閃，在京師灰濛濛的空中劃了一個弧，六顆人頭紛紛滾落地下。站立在遠處的觀望者中間立刻引起一陣騷動，有人昏到在地，有人失聲痛哭，有人尿了褲子，有人鼓噪：「好……好……」

菜市口空曠而冷清，以前也是殺人的屠場，而今又因為有了這六顆落地的人頭而鼓噪一時。

黃昏，菜市口刑場，行刑者早已散去，圍觀者已經離開，喧鬧嘈雜還給了空曠與冷清，增添了幾許淒涼與恐怖，大大小小的狗在刑場上伸出粉紅色的舌頭，舔地上的血漬，烏鴉在灰暗的低空盤旋，行人紛紛繞道而過。劉人熙、王五率會館長班劉鳳池用一輛馬車拉來棺材，找到嗣同的屍身，滾落身邊的頭顱，洗盡上面的淤血，然後用針線縫合在脖子上。

劉鳳池幹這活兒的時候，菜市口幾乎沒有了一個人影，只有血腥，一群野狗爭奪食物展開了撕拼。下雨了，霏霏細雨從灰濛濛的天空撒下，落在臉上，涼颼颼的。劉鳳池因為幹活的時間久了，雨絲落在頭髮上凝成了水滴，順著額頭、臉頰，往下流。他沒有受雨水的干擾，認真仔細縫完最後一針，站起來，伸了伸腰桿，向遠處等候的劉人熙、歐陽中鵠說：「過來吧，好了。」

劉人熙與歐陽中鵠的臉上，是雨滴和眼淚交融之後的閃爍，悲憤得說不出話來，他們都與嗣同有過特殊的接觸。光緒二年大瘟疫，劉人熙正好在京師，去了老譚家裡，嗣同昏睡不醒，家裡亂成了一鍋粥。他留了下來，天天按郎中開的方子抓藥，煎藥，而後一調羹一調羹地送到嗣同的嘴邊，他在老譚家堅持了整整七天。譚老說過，如果沒有劉人熙的守護，便沒有嗣同的復生。他這個父親第一次說出「復生」這個名字時，劉人熙流淚了。

歐陽中鵠清楚地記得，他在瀏陽的學生中，最為突出的要算復生與佛塵了，他們的聰明好學，尤其是超前的思維常常令年長者驚訝，佩服。一八九五年三月，在瀏陽文廟後山奎文閣開辦算學館，基本上是先生聽學生的。復生關於算學館給他爹的那封長信，他將好好珍藏，以為永久的紀念，在這封長信中，譚嗣同陳述了中國所面臨的深重的民族危機。他認為造成這種危機的根本原因在於官、士、民各階層的沉迷不醒：官則貪贓枉法，虐待百姓；士則空談氣節，虛驕無實；民則愚昧迷信，盲目排外。他認為要改變這種狀況，就必須變西法，開風氣，育人才。他認為，中國之積弱，首先在人才不濟，而中國數千年的封建桎梏，尤其是唐以來的科舉取士制度極大地限制了民智的開化，束縛了人才的成長。因此，他主張「變法必先從士始，從士始必先變科舉，使人人自占一門，爭自奮於實學」。他認為，當前保守勢力佔據上風，變法先可「小試於一縣」，並提議從算學、格致開始。因為「算學為中國所本有」，格致「亦雜見於古子書中」，實施過程中阻力要小一些；且經費來源有限，規模開始不可太大，可先立算學館，「而置格致為後圖，以待經費之充足」。

從此，歐陽中鵠的家成為了他們聚會的場所。他們徹夜不眠商議，四處奔波謀劃，制定了算學館《開創章程》、《經常章程》和《原定章程》、《增訂章程》，選定了瀏陽文廟後山奎文閣為社址，邀約了包括歐陽予倩父親在內的十六人，每人出資五十緡（一千文為一緡），一所完全新型的學校、中國第一個數學館——「算學社」終於開辦了。

劉人熙淚眼婆娑，霏霏雨絲灑落在頭髮上，結成白色的水珠，當年為嗣同煎藥的情景浮現在眼前；歐陽中鵠腦海裡出現的是復生一雙睿智的眼睛……

嗣同的遺體入殮的時候，劉人熙、歐陽中鵠擦乾淚水，協助劉鳳池他們抬起棺材，而後運回瀏陽會館，暫時存放在側屋。馬車拖著棺材出現在門口時，譚老站立門口，一條雪白的長辮，一張壽斑交織皺紋的臉，蒼白，灰暗。歐陽中鵠和劉人熙一齊上前，試圖去攙扶他，碰了一下譚老的手，冰涼，微微顫抖，想勸說幾句，嘴唇動了動，卻沒有發出聲來。說什麼呢？

譚老借助二位的臂力，轉身走進側屋，屋子裡的光線黯淡，復生的靈柩暫時安放在這兒。朝門口置放一張小方桌，桌子上放兩支蠟燭，燭光閃爍。父親走近暗紅色的棺材，轉身說道：「謝謝諸位同鄉，各位辛苦了……請你們出去一下好嗎？我想與復生再單獨待一會兒……」

同鄉一齊說了一句「節哀順變」，便出去了，劉人熙走到門口猶豫片刻，從袖口掏出一頁染著血漬的紙遞到譚繼洵面前，說道：「大人，這裡有復生留給夫人李閏的一封信。是在復生的袖口發現的……」

譚老伸出顫抖的雙手接了過來，仔細地閱讀——

閨妻如面：

結縭十五年，原約相守以死，我今背盟矣！手寫此書，我尚為世間一人，君看此信，我已成陰曹一鬼。死生契闊，亦復何言！惟念此身雖去，此情不渝。小我雖滅，大我常在。生生死死，常住蓮花。如此迦陵，毗加同命鳥，比翼雙飛，亦可互嘲。願君視榮華如夢幻，視死辱為常事，無喜無悲，聽其自然。我與殤兒同在西方極樂世界相偕君，他年重逢再聚團圓。殤兒與我靈魂不遠，與君魂夢相依，望君遣懷。戊戌八月九日，嗣同。

人之將死，其言也真，遺書傾訴無盡的傷痛、悲催、牽掛……而今又添加了慈父的淚滴。父親捏信紙的手冰涼、顫抖。

良久，譚老將遺書折疊好，小心地塞進袖口。

光線暗淡的屋子裡，父親站著，兒子躺著。

二十九

瀏陽會館決定雇請羅根、胡里程二位年輕力壯的工人護送嗣同的靈柩返鄉，同時還要照顧七十六歲高齡的老人。京師至瀏陽，路途遙遠，又是這麼一種情況，他們感覺責任重大。瀏陽同鄉忙碌的時候，譚老感慨萬千，造化弄人啊，光緒二年京師大疫，護送五緣、嗣淑、癸生靈柩回瀏陽的是泗生，而今，他已經作古了，今日又是七兒的離去。遠在瀏陽的盧夫人諒已經入土歸山了吧，人生漫長，卻又苦短……

離開京師之前，譚老還是去了一趟曾經居住過的宣武門外闌眠胡同。

那座四合院已經更換了新的主人。房子的結構依舊，卻給他一種物是人非的感覺。白髮長者在門外徘徊，後院的菜園子的痕跡依稀可辨，眼前晃動著五緣種菜的影子。視線模糊了，眼眶裡滾動著淚珠，已經平靜的心頭湧起了微微波瀾……也許是他在這兒逗留的時間太久的緣故吧，老宅的門口走出一位老太太，問道：「老爺爺，你有事嗎？」

「沒有，隨便看看……」

「砰——」那扇曾經屬於他的大門緊閉了，譚老緩緩地轉過身來，長長地吁了一口氣，移動著兩條似乎是灌了鉛的腿，往胡同口走去，再一次站住了——當年就是在這兒哭送五緣嗣貽、嗣淑，在這兒遇到老佛爺和皇上的，所發生的一些事情至今猶清晰地烙印在腦子裡……人生如戲，這句話一點不差。

瀏陽會館為護送嗣同的靈柩返回家鄉，安排了一駕最豪華的馬車，靈柩安放在車尾，中間用布簾隔開，前面安放幾張木椅，其中一把加長的還可以躺下睡覺。車廂中間置放一張小方桌，上面有一壺茶，幾只茶杯。

馬車離開瀏陽會館時，劉人熙他們再一次道一聲：「大人珍重，一路平安！」

譚老揮了揮手，顫抖的右手擦拭著眼眶裡滾動的淚水，喃喃地重複，「……平……安……」

就在這時，歐陽中鵠氣喘吁吁地趕了上來，大聲地喊著：「大人，您稍候片刻，我有一樣重要的東西給您。」

老人站住了，歐陽中鵠走到面前，神秘地遞給他一張紙，說道：「我也是剛得到的電報，康有為發來的……」

老人嘴角抽搐了一下：「康有為?!這個耍嘴皮子的，平時講得那麼好，一到緊急關頭跑得比兔子還快——我不要看！」

歐陽中鵠說：「大人您可能誤會他了，還是看看吧。」

譚老猶豫了一下，伸手去接，電文是一副挽聯：「復生不復生矣；有為安有為哉。」

歐陽中鵠解釋道：「許多亡命海外的人，為東山再起聚集力量……如果都死了，希望也就徹底幻滅了……」他左右看了一下，然後壓低聲音說道：「大人知道小唐突然離開京師去武昌的原因嗎？」

譚老搖頭：「不知道，如果是秘密的話，他也不會隨便透漏給無關的人。我能理解，不會怪他。」

歐陽中鵠說道：「他們正在緊鑼密鼓地籌建一支武裝，以推翻滿清，建立民主憲政為奮鬥目標。復生對這位老同學的愛國情懷很贊同，對推翻滿清政府的主張卻反對……」

老人一聲長長的歎息：「復生不復生了……」

「復生兄死得其所。他敢為人先的精神鼓舞了多少人，喚醒了多少人啊！」

老人點了點頭，大顆的淚珠在眼眶裡滾動，顫抖的雙手小心翼翼地將電報紙折疊好塞進袋裡，由劉人熙等人攙扶著爬上馬車，進入車廂，坐下。離開瀏陽會館的那一刻，淚珠化成溪流，越過高聳的顴骨，洶湧而下。

馬車起步了，在狹窄的胡同裡搖晃著前進，老人朝送別的瀏陽老鄉頻頻揮手致意，兩行渾濁的淚水模糊了視線，偌大一座北京城在他的眼裡一片混沌……熟悉而陌生的京師漸漸遠去，想起當年拖家帶口來到京師，旋即陪同夫人選擇住宅的情景歷歷在目，夫人、癸生、泗生兄弟歡快的話語，言猶在耳，頓時，一種淒涼悲愴的思緒充溢了整個胸腔。想起此行的終點家鄉瀏陽，他突然記起了管家譚凱護送盧夫人靈柩回瀏陽時的事，自己最後叮囑譚凱的那句話：在兩位夫人的墓之間，留出他的位置。

譚老護送兒子靈柩的馬車，一路餐風露宿，歷盡艱辛，終於抵達武昌，由於一路上的顛簸，像他這樣年事已高的人，特別的辛苦。

他忽然向羅、胡二人提議，改走水路。

羅、胡二人感到驚訝，馬車不是好好的嗎，幹嘛改乘船呢？

老人站立在長江堤岸上，江城就在眼前，這裡的一切，對他來說，比京師更加熟悉，更加牽扯到每一根神經，他站立在碼頭，潮濕的冷風親吻著老人憔悴的臉頰，三五艘鼓滿風帆的木船在洶湧波濤上躍動。老漢意識到這裡恐怕也不可能再來了，一種難以割捨的依戀頓時充斥了整個心胸。

羅、胡二人悄悄地站在譚老的身邊已經有一會兒了，他們理解老人此時此刻的心情。羅說：「大人，還去官邸嗎？」

譚老身軀微微一顫，沒有吭聲。

胡便勸說：「既然路過，還是去看看吧？」

譚老轉過身來目光停留在一處看不甚清楚的建築，搖頭說：「還是上船吧，走那次與七兒一同走過的水路返鄉，七兒也是最後一回了……」

胡羅二人終於明白老人要改乘船的意思，於是一齊說道：「大人的主意不錯，那就乘船吧，我們也想觀賞長江沿岸的風光呢！」

嗣同的靈柩很順利地被搬上了帆船，經長江進入洞庭湖，湘江，到達長沙，由長沙城的東屯渡轉道，逆瀏陽河水而上。此次，全然不像以往的四抬官轎，差役隨從前呼後擁的顯赫。木船一進入瀏陽境地，譚老看著眼前的一切，這裡的田園屋宇，山巒溪流，一草一木，是那樣的熟悉，都能引起對萬千往事的記憶。相距不過二百里的長沙人，卻聽不懂瀏陽的方言，久違的遊子，獨特的方言，特別親切。他想起自己從一介平民，苦讀寒窗，到金榜題名，而後青雲直上。

他是瀏陽讀書人的榜樣。

帆船一路順風順水，劈波斬浪地沿著彎彎的河道前行，縣城在老人的眼裡清晰起來。他站起來，進入船艙，在棺材上輕輕地撫摸，說道：「復生，我們到家囉……」

布衣之士，寒窗苦讀，能做到他這樣的高官，實屬不易，自然是萬人仰慕。他為數不多的幾次回鄉省親，當他剛從周家碼頭的官船上下來，已經是萬人空巷了。為了與父老鄉親接觸，他拒絕官轎步行，朝夾道歡迎的鄉親頻頻地揮手致意，後被眾人簇擁著往大夫第緩慢地移動而去。

近鄉情更怯，而今非昔比，老人的心情可不是一個「怯」字能說得清楚的。他不敢想像以這樣一種狀況回來，官沒有了，連兒子都弄丟了，鄉親會怎麼待自己。

大帆船停靠在周家碼頭，在管家與二名僕人的攙扶下，譚老從搖搖晃晃的船上走下來，跪在他面前的李閏，呼了一聲「爹——」已經泣不成聲。

他喉頭沙啞地答應一聲，由於太嘈雜，李閏沒有聽見。

嗣同的靈柩剛一出現，李閏從地上爬起來，從人縫中穿過，撲倒在棺材蓋上，尖厲的一聲慘叫：「復生——」李閏暈過去了。

眾人七手八腳地將她抱著往屋裡送，譚應吩咐家人快去叫郎中，場面十分的混亂。譚老一臉的落寞。這時，一個熟悉的聲音使他大吃一驚：「七兒，我的七兒啊，你回來啦——」

「慧琳?!你還活著?!這是怎麼回事?!」譚老順著聲音看過去，嘴頓時張成橢圓，闔不攏，前後左右四周打量，還掐了掐耳朵，他不敢相信這是真的，這怎麼可能？俗話說，日有所思，夜有所夢。這可是在光天化日之下呀，天馬山麓的太陽光塗抹在身上，停泊周家碼頭的船隻在碧波蕩漾中搖晃，路人踩踏鵝卵石的街道發出的聲響，與往日沒有兩樣呀——

這不是白日做夢吧?!

盧夫人叫了一聲「老爺——」之後，以踉蹌步伐來到嗣同的棺材前，撲在棺材蓋上，雙手拍打，撕心裂肺地嚎啕，聲音超過了未亡人閏娘。過了好一陣子，哭得也很累了，聲音也嘶啞了，這才在眾人的一再勸慰，還一步三回頭，由一位陌生的漢子攙扶著，再一次往譚老的身邊走來，一邊抹眼淚一邊說：「老爺，你辛苦了……」

譚老驚訝：「你真的還活著?!」他揉了揉眼睛，「這不是做夢？」

盧夫人的手按在嗣同的棺材上，哭泣：「有志者入泉，無為者在世……如果能替換七兒的話，我寧願死去——」

譚老見夫人哭得如此傷心，勸解說：「人死不能復生，別哭壞了身子啊，還是給我講講如何活過來的故事吧。」

譚應上前攙扶二老進入房間坐下，然後向主子講述了一個天方夜譚的故事——

他和兩名家人護送盧夫人的靈柩在武昌登船後，一路上小心謹慎地看護，沒有釘牢的棺材蓋在風浪中隨時都有可能被掀翻，甚至被拋到水裡。

上船後，譚應頭上的壓力很大，睡覺的時候都睜開一隻眼。

由長江到洞庭湖這一段水路，水面遼闊，譚應所擔心的現象沒有出現，眼看就要到長沙了，鬆了一口氣。接著就要進入瀏陽河，河道狹窄了許多，即使颳風，也掀不起大浪。

這時天色突變，狂風暴雨襲來，波浪滔滔，運載盧夫人靈柩的木船，在驚濤駭浪中，好像被一雙無形的手，時而高高舉起，又狠狠地摔下。這在九月的湘東北，實在是罕見的氣象。譚凱的心裡只有一個念頭：「一定要護住夫人的靈柩，一定要護住，不能出現任何差錯，否則沒法向老爺交待！」

船顛簸得十分厲害，船艙進水了，譚應和兩個僕人顧不及渾身透濕，三個男人撲在棺材上面，雙手緊緊地懷抱著棺蓋。在風浪面前，他們的力量實在是太渺小了，搏鬥了一陣，筋疲力盡，癱倒在船板上，眼睜睜地看著棺蓋被掀起來，像一片樹葉拋進滾滾波濤！譚應渾身水淋淋的，大聲喊叫……用自己身軀堵在棺材上，兩位僕人協助，以免盧夫人的遺體被風浪拋出去！

暴風雨肆虐的時間並不長，很快，又是藍天白雲，風平浪靜，似乎什麼都沒有發生過。譚應已經精疲力竭了，濕衣服緊貼在身上，棺材雖然沒有蓋了，只要盧夫人還躺在裡面。這就夠了，最可怕的結果總算沒有發生。他們三個活人都鬆了一口氣，癱倒在船板上，渾身的骨頭都散了架。

帆船終於駛入了瀏陽河，逆水而上，譚應站立在船頭，鼓滿風帆的木船像一隻輕盈的燕子，貼著水面直指周家碼頭！他長吁了一口氣，回了一下頭，丟失了蓋子的棺材經過了驚濤駭浪的襲擊後，擺放在梢板上，盧夫人濕透了的遺體躺在棺材裡。

這個模樣絕對不能進入大夫第！

船臨時靠岸，譚應找到一家布莊，買了三丈三尺白布，重新回到船上，與兩位僕人一道將遺體從棺材裡面搬出來，用白布包裹好。可是，在包裹的時候，他感到特別奇怪，盧氏夫人分明去世多日了，形態卻一如活人在沉睡中。他大著膽子用手在逝者臉上摸了一下，驚訝地大喊一聲：「怎麼還有溫熱啊？」

那位年紀較大的僕人也用手在盧夫人鼻孔下試探，大叫一聲：「詐死——」

「詐死?!」譚應一下子懵了。

老僕人說：「我的老家也出現過一次，死去六天了，出殯釘棺材蓋釘的時候，坐起來哼了一聲……」

「世間真有這樣的事啊？」

「為何棺材蓋治喪期間留一條縫，出殯的時候才釘，就是這個道理。」

譚應無比激動，站立船頭，朝周家碼頭上的人，揮手大聲喊道：「盧夫人沒有死，盧夫人還活著呢，盧——夫——人——沒有——死——」

碼頭上站滿了男男女女，都是譚氏族人以及一些親朋好友，當然，還有許許多多看熱鬧的閒人。他們看見船頭一個人雙手揮舞，大喊大叫，卻聽不清楚，直到船靠碼頭了，準備抬棺材的二十四條大漢向停泊碼頭的帆船走去，譚應揮手大聲道：「夫人沒有死！快叫郎中，快叫王先生，叫王璋人先生，快啊——」

盧夫人被前呼後擁地送入了大夫第，大夫第院內院外擠滿了看客。一些上了年紀的人都說，以前只是聽說過詐死，而今在眼皮子底下發生了！奇聞很快便傳遍了瀏陽縣城。

眾人閃開一條縫讓老郎中進去。

王彰人不受干擾，拿出一包銀針，抽出其中幾根，在人中、合谷、會泉等多個穴位扎下去。盧夫人的頭看上去像刺蝟。老郎中坐在病榻前，不時將銀針往深處推進。沒有反應，第二輪推進，還是沒有反應。觀看的人有些沉不住氣了，竊竊私語。

王彰人安靜地坐在一旁，閉上眼睛，周圍的喧嘩，嘈雜，尖刻的言辭，似乎對這位行醫六十餘年的老郎中沒有什麼影響，神情悠閒、放鬆，一副穩坐釣魚船的姿態。

「哼……」

盧夫人回家後的第一聲呻吟很輕，老郎的面部表情突然生動起來，瞇縫的眼睛釋放出喜悅，從盧夫人的手上抽出自己的手，很長很長地吁了一口氣：「醒了。」

眾人一聲吶喊：「活過來了?!」

大夫第的奇跡很快就傳遍了縣城的大街小巷。這位老郎中行醫六十來年了，各種疑難雜症見過無數，這樣的情況卻還是第一次遇到，對盧夫人是否能從鬼門關拉回來，說心裡話，他並沒有十足的把握。針灸治病，原本是王家祖傳的絕活，但一直很少為人所接受。經過幾天針灸治療，盧夫人不但活過來了，而且她的腿腳也比之前還利索了許多。

譚老聽完之後，他兩眼緊盯著盧夫人，周圍的人立刻閃開一條縫，看著他搖搖晃晃地走近，盧夫人也向老公靠近，這對老夫妻在眾目睽睽下，越來越近。譚老伸出顫抖的雙手將盧夫人攬在懷裡，淚水滂沱，不停地呼喚：「慧琳，慧琳，慧琳……」

大夫第的院落裡響起一個蒼老的聲音：「甫公，一路順風吧？」

譚老一愣，趨前幾步，雙手一拱，深深一揖，叫了一聲「舜臣兄——」便淚水奔湧，喉頭哽咽，再也說不出話來。

這幾天，涂啟先一直逗留在縣城，在城南書院的講學已經結束了。他估摸，譚繼洵應該回來了，說道：「舜臣估計你們父子該到家了，在此恭候多日……」他把「父子」兩個字的發音咬得很重。

譚老深受感動地說道：「人生得一知己足矣，有你這麼一位朋友……復生有幸師從你這樣一位老師……」

涂啟先伸手護住了老人的肩膀，動情地說：「復生為民族國家的復興而死，死得其所，你不要悲傷，應該為有這樣一個兒子感到驕傲——我也驕傲……謝謝你給我送來了一位了不起的學生！」

譚老一任熱淚在皮膚鬆鬆垮垮的臉頰上流淌，說道：「復生……他才三十三歲……」

涂啟先感慨良多，隨即吟誦嗣同的一首詩——

「世間無物抵春愁，合向蒼冥一哭休。

四萬萬人齊下淚，天涯何處是神州！」

譚老揚起一雙淚眼看著涂啟先，喉頭哽咽：「舜臣先生，我這次往京師，在瀏陽會館，見那麼多素不相識的人為復生的後事出力，甘冒風險。尤其是你的學生，也是復生的同窗唐才常，他比七兒小二歲，我看了他，就會想起我的七兒，欲哭無淚……」

涂啟先說道：「是的，佛塵是我的學生，我對他很瞭解，也是一腔愛國熱血，他最近去京師，與復生所採取的方法不同……」

聽涂啟先說話的口氣，似乎他對唐才常的一些秘密活動有所瞭解。

譚老略顯得驚訝：「是嗎，我這次在京師也有感覺，他的方法與七兒到底有什麼不同之處呢？」

「這個嘛……」涂啟先寓意深長地說：「我沒有參與，不是很清楚，人家的組織要保守秘密，我也不便去打聽吧，不過呢，凡屬是為振興中華的事業，我都支持，你看，我們的大清都成什麼樣了，千瘡百孔，內憂外患，困難重重，社會矛盾日趨激烈，四萬萬同胞生活在水深火熱之中，復生的詩句『四萬萬人齊下淚』正是當今社會現實的真實寫照……如果再不改弦易轍，禍不遠矣……」

譚老對老朋友的這番話，有所感悟，低垂著頭，默默地想他的心事，突然停下腳步，抬起頭來看著老友，緩緩地說道：「這次發生在京師的血案，我的所見所聞，使我於悲痛中獲得莫大的安慰，復生他們為理想社會的實現而獻身……現在雖然被朝廷視為大逆不道，但是，我相信，總會有一天，對他們會有新的評價。我在心裡為復生寫了一幅挽聯……」

「哦，是嗎？」涂啟先也站住了，「讓我聽聽……」

譚老稍微停頓了片刻，然後輕聲吟誦——

「謠風遍萬國九州，無非是罵；

昭雪在千秋萬代，不得而知。」

「寫得好，甫公，我佩服你的骨氣，你已經覺醒了，我想儘快告訴佛塵，還有劉人熙、歐陽中鵠等好朋友，他們一定會感到高興。這叫做『有其子必有其父』……六君子蒙難，在全國產生了極大的反響……我敢斷定，對復生他們的事業，歷史一定會做出公正的評價，無須千秋萬代，更不會有罵……六君子的血不會白流……」

涂啟先說這話的時候，淚光閃爍，儘管遠遠地有不少的目光關注他們，在父老鄉親面前，兩位老人毫不掩飾自己真實情感的流露。

三十

江南三月，草長鶯飛，山上的杜鵑花，一簇簇，像火苗靜靜地燃燒。瀏陽河有如一根玉帶，將縣城纏繞。街區蟄伏在沿河兩岸，吊腳樓的立柱浸泡在河水裡。

天藍，水綠。

然而，這幾天，整個縣城都籠罩在一層深深的悲哀之中。人們彷彿聽不到鳥兒婉轉的鳴唱，就連豆腐佬的叫賣聲都夾雜著幾許淒涼。行人一個個神情肅穆，步履沉重。整個縣城，除了縣衙沒有動靜之外，無論是富紳，還是尋常百姓人家，幾乎無一例外地舉哀，為他的英靈祈禱，祝願他安息。

嗣同的靈柩運回瀏陽暫厝於南鄉南流橋以待葬，對於他的營葬事宜，官府和平民百姓都極為關注。比如墓地的擇定，墓碑、墓前石器（包括華表、石獸等）的採辦，很費了一些時日，以至現在才準備就緒。墓地擇定在距縣城六公里的牛石嶺之石山下。這兒地勢高而開闊，下面阡陌縱橫，群山環抱，一峰獨秀，景色清幽，實為難得的勝地。

根據清制，墓前石獸的多少，是有嚴格的品級規定的：一品為八，三品以上為六，五品以上為四。嗣同為四品銜，故墓前的石獸只刻了四獸：石馬、石虎各二。

清晨，往縣城南流橋方向的大道上，人們低垂著頭，絡繹不絕。由於人太多，就像螞蟻蠕動，十分緩慢。既有遠道而來的官員，名流，士紳，社會賢達，但更多的是尋常百姓。

送葬的人們，默默地望著五十四條大漢抬著用足有茶杯粗的棕索捆綁的靈柩，循南流橋、傅家壩、譚家壩的大路過小河。每位送葬的人都手執潔白的佛條，在哀樂繚繞下，緩慢地向墓地移動。大漢們的頭上一律披著白幡。靈柩的後面，是亡者的家屬和族人，披麻戴孝，全身皆白。這群人中三十三歲的未亡人李閏，臉色蒼白，神情凝重，艱難地移動一雙三寸金蓮。看到這麼多陌生人為亡夫流淚，慟哭，嚎啕，她感到無比震驚，看似平靜的神情，內心卻像一座波濤洶湧的大海！

待在家裡的老父親正嚶嚶地哭泣，突然，一個熟悉的聲音在譚老的耳邊響起：「老爺——」

譚老停止哭泣，使勁叫了一聲：「譚凱！」

其實譚凱離開大夫第的日子並不是很久，卻發生了多少驚天動地的大事，他疾步走近譚老，深深一揖，問候：「老爺，請節哀順便。」

兩行渾濁的淚水在譚老的臉頰上流淌，譚凱一邊哄勸老人，一邊攙扶譚老回到大夫第的客廳，除靈之後一片狼藉，鄉鄰親屬忙碌打掃。

譚老提議：「到復生的房間裡坐吧？」

譚凱欣然答應：「好！」

嗣同很少回家鄉，這間房子一直空著。李閏回家鄉的日子也不算長，以往，即使夫妻同處，她也很少進老公的領地。嗣同的一些未完成的著作，不希望任何人打擾。久而久之，也就養成了夫妻各自有臥室的習慣。

譚凱進去時不經意間關上房門，將嘈雜關在外面，房間裡雕花板床，夏布蚊帳，印花被單，褪色的油漆書櫃，三個抽屜的書桌，黑色的靠椅。他的目光一邊逡巡一邊思索著該說些什麼話來安慰老爺才合適。

譚老忽然問道：「令祖是譚溪，令尊是譚炎，對嗎？」

譚凱坦然：「是的，老爺。」

「你們家庭也是一個很不幸的家庭，我與令祖令尊其實有過交往的，後來出於避禍，疏遠了。我在他們面前感到羞愧啊……」譚老一聲長長的歎息。

他沒有說下去，但對譚凱的離家出走一時還是很難理解，跑到瀏陽來做下人，更是不可思議。譚凱沒有吭聲，顯然，他的內心在斟酌如何回答老爺的問話。他知道不能沉默太久，於是坦然地說：「我爹開了一家米鋪，逼著我做少掌櫃，我不喜歡經商……」

不喜歡經商，這句話正中下懷，譚老便有找到了知音的感覺。

「你走的時候告訴家人了嗎？」

「沒有……」

「你這孩子，不怕家裡擔心嗎？你其實是一個明事理的人呀？」

譚凱辯解道：「我雖然沒有回家，但是，給家裡寫過信，講我在老爺府上很受器重，當了管家。我爹我娘很高興，回信說，『好，譚繼洵大人是我最敬仰的好官，你在他府上，一定能學到很多東西，你就安心在他府上鍛鍊幾年，長長本事吧，這比關注書齋裡讀死書有用一些。』」

「你爹真的這麼說了？」

「老爺，我哪敢騙你呀？老爺對我多好啊，年紀輕輕，就要我在府上當總管，這麼信任我。我爹說，你到大夫第能學到許多東西，尤其是為人處世方面。你一定要認真啊。」

譚老歎息道：「七十二行，行行出狀元，你爹一個進士，居然願意開米鋪，能屈能伸，老夫佩服……至於要你當管家，是對你才能的瞭解，我相信，你在我家這麼多年，我對你還不瞭解嗎？你家裡有幾位兄弟？」

「回老爺話，家裡就我一個兒子。」

譚老臉色頓時變得凝重起來，口氣生硬：「不孝有三，無後為大，你在外這麼多年，也不替爹娘想想，他們想抱孫子的心情有多麼著急！」

譚凱突然情緒激動，聲音也大了，一改過去的謙卑：「國運如此，民生多艱！位卑未敢忘憂國，這才是我又一次離開大夫第的原因，復生的葬儀就看出了人心背向！」

譚老無比驚訝，他清楚地記得泗生葬禮後要譚凱離開的情景，儘管後來返回來了，那是復生的要求。當時笨飛不能理解老夫的心情，現在想起來還覺得處理比較草率。

時過境遷，現在提這個已經毫無意義了。

見到昔日管家的變化，譚老於驚訝中透出幾分欽佩：「笨飛，好樣的……只是平民百姓，還需要皇恩浩蕩……」

「不，」譚凱臉上呈現從來不曾有過的自信：「命運應該掌握在每一個人自己的手裡！」

譚老重新審視年輕人，「士別三日當刮目相看」，不但高遠，而且有了自己追求的目標，而這個目標，與七兒的奮鬥的理念大致相同。他凝視著這張年輕人的臉，悲傷，像蠶繭抽絲剝繭一樣漸漸地消退，心情很久沒有如此踏實。

「賢侄，」譚老不知不覺改換了稱呼，「謝謝你來看我，你只管放心，我，還有涂先生，不會因為七兒的罹難而絕望，相反，我看到了希望，對七兒有了更深的瞭解……我會腳踏實地做一些有實際意義的事，告慰七兒的在天之靈！」

「大伯，」譚凱也改變了稱呼，面露喜悅，「我相信，復生的一腔熱血不會白流，我們，啊，四萬萬同胞，會以實際行動實現復生的遺願！」

譚老看譚凱的眼裡有著複雜的情感，一方面是欣慰，復生的血沒有白流，喚醒了許多人，他們必定會成為後來者，前赴後繼；另一方面，則是擔心，不願意再看到愛國者的犧牲，於是這樣說道：「你要幹什麼，年輕人啊，做事多動一點腦子，絕不可亂來！」

「老爺，你對我還不瞭解嗎？不會亂來的——我已經決心參加佛塵兄的一個秘密組織！」

譚老一聽，心頭突然湧起莫名的激動，緩緩地站了起來，眼睛久久地看著門外，想起了在京師瀏陽會館時與唐才常的接觸，於是說道：「佛塵……有一個什麼組織，從來都沒有聽說過呀？」

譚凱說道：「伯父啊，如果所有的人都知道的話，那就不叫秘密了，你說是嗎？」

譚老聞言身子一陣輕微的顫抖，說了一句他自己也沒有聽清楚的話。

譚凱意味深長地說：「伯伯，有些事，不知道比知道還好一些，免得擔驚受怕，不過，伯伯只管放心，我們所做的一切，無一不是為了民族國家的前途、命運！」

譚老聽了，長吁一口氣，但心裡仍存忐忑，說道：「這次在京師，我見到佛塵了，他說很忙，原來是這樣，賢侄啊，我預祝你的事業成功——凡事多動腦子，三思而後行……」

就在這時，大夫第大門外又有了一些嘈雜，譚老站起來，一張臉迎向門外，是送葬的人回來了。譚凱眼尖，一下就在人群中發現了李閏，頭髮枯黃，面容憔悴，神情落寞，鼻翼兩側的幾顆雀斑格外明顯，眼角刻著幾道深深的魚尾紋。喪夫的悲痛，在她的身上打下了烙印，他便有一種揪心的痛感，以至譚能、譚然、譚貴等人親熱地叫「管家，你回來了」，只是稍微點了點頭，回一聲：「嗯……你們都好吧？」

李閏萬萬沒有想到，在這樣一個的地方，這樣一個場合，見到了深藏在內心深處的人，她多麼想叫一聲「表弟」啊，說出來的卻是「笨飛」，連一聲「管家」也沒有給他。

「我來遲了，」譚凱說道：「但是，我感覺到了復生他們六君子的壯烈在社會上產生的反響，他們的血不會白流的，——表姐！」

李閏聽譚凱這麼一說，淚水奔湧，千言萬語堵塞喉頭，產生了一股想伏倒在譚凱懷裡痛痛快快大哭一場的衝動。她看了身邊的人一眼，然後目光停留在譚凱的臉上，心裡產生了有士別三日的感覺。

譚凱看了看天色，說道：「我該回去了……」

譚老說：「這個時候了，別走啊，晚上再聊聊？」

聽主人這麼一講，譚能楊媽等其他一些老家人紛紛挽留：「歇一晚，歇一晚，管家！」

「今天我一定要趕回去，我後天要成親了，家裡還有許多事……」

譚老憔悴的臉上泛起淺淺的笑容，撫掌道：「這是好事啊，你剛才為何不正式請我的客啊，我們相處多年，還有和令祖令尊的這一層層關係，你也應該請呀？」

「伯父大人說的很對，等家父定下喜期後我一定專程來瀏陽登門來請……伯父。」

譚凱跨出大門，李閏突然叫住了他：「笨飛，你……等等。」

譚凱緩緩地轉過身來，看著李閏，他從表姐的眼神裡讀到了痛苦與悲傷，於絕望中透出可能連自己也說不清楚的希望，給他的感覺是可憐、悲憫，弱女子的概念由抽象瞬間具體起來，看著閏娘鼻翼兩側的雀斑，心弦被無形的手撥動，萬語千言，說出來的卻只有不帶感情色彩的三個字：「有事嗎？」

李閏移動三寸金蓮，向譚凱走去，一步、兩步、三步……腦海裡卻浮現兒時兩小無猜的情景：背書，你一句我一句，掏鳥窩分鳥蛋，你一顆，我一顆。

她一共只走了七步，與譚凱零距離了，往事碎片的連接完成，埋藏在心裡的許多話，卻統統被扼在喉嚨裡，最後吐出來的只有三個字：「送送你……」

譚凱見李閏吞吞吐吐欲言又止的神情，坦然地說道：「你有話就直說吧？表姐——」

李閏深情地瞥了譚凱一眼，回答表弟：「你真的要成親了，不會是騙人的吧……你早就應該成親，有屬於個人的小天地了。你爹娘把你養大不容易，你不要讓他們失望……」

「是的，表姐，你說的很對，我以前太不懂事了，我成親，生孩子，就是為了報答爹娘的養育之恩。」

「姑娘是哪兒的？」

「我師父的女兒。」

李閏驚訝地問道：「師父？你哪來的師父呀？」

「就是給我爹治傷的郎中，柳至誠，在東屯渡碼頭附近……。」

「哦，我想起來了。」李閏點了點頭，說道：「你那好啊，這樣的話我也放心了！」

譚凱幽幽地說道：「是嗎？」

「我關心的是你爹娘，不是你，他們一輩子不容易。」

譚凱似乎有點生氣了：「我成親與否，和你一個銅板的關係也沒有。」

「你這個人呀，聰明的時候，比誰都聰明，糊塗的時候比誰都糊塗！」

「表姐，」譚凱瞬間變得無比嚴肅，語氣堅定，「復生遇難後，我想了很多……」

李閏臉一紅，急忙打斷他的話：「你想什麼是你的事，——你好走吧，我不遠送了！」

譚凱走了，她卻站著，譚凱的身影漸漸遠去，越來越小，她還站著。

她不希望有人注意，因為她的身份已經是寡婦了。

寡婦門前是非多。

李閏眼看快要回到大夫第的門口了，身後猛然一聲：「表姐——」

她一愣，下意識地回過頭來，語氣中帶有幾分責備：「你還沒有走啊？」

譚凱忽然變得異常激動，聲音也大了一些：「讓我再道一次別吧，今後，我們不會見面了！」

李閏：「你返回來，就是為了對我說這句話嗎？那好，我知道了，你可以走了——」

譚凱的情緒陡然變得激昂，大聲誦讀——

世間無物抵春愁，合向滄溟一哭休；
四萬萬人齊下淚，天涯何處是神州！

這不是復生的一首詩嗎？李閏驚訝地看著他，說道：「你這是幹什麼呀？」
譚凱使勁抹了一把眼眶裡滾動的淚珠，道一聲：「保重，表姐——」
這次，他不待李閏的反應，一個轉身，甩開大步走了！

三十一

從瀏陽往望城的路上，譚凱沿途所見的破敗荒涼景象，災民的呻吟絕望，令他不由得輕聲吟誦譚嗣同一首詩裡面的句子：「四萬萬人齊下淚，天涯何處是神州?!」他揮起拳頭大呼一聲：「這個社會一定要變革！」他的舉動，將一對過路的母女嚇壞了，小女孩哇的哭出聲來。母親連忙拉著她跑了一段距離，才停下腳步。

譚凱快到家門口的時候，已經是三更了，他看著從身邊走過的更夫，竟然產生了莫名的敬意：社會都成這樣了，只有他還堅持工作，無須別人監督，盡職盡責。暗夜中，看不清更夫的面孔，就冒冒失失地呼了一聲：「大爺，你老辛苦了！」

窗戶閃爍的燈光，還沒有睡，正等待兒子的回來。譚凱流淚了，三十而立，瞧瞧自己離家出走多年以來的所作所為，有時候他特別恨自己，為何總是要爹娘操心呢？

門楣上譚記米鋪的招牌已經不見了，但是，被災民打砸的痕跡還很明顯。譚凱的手剛剛在門上敲了一下，「吱——」的一聲便打開了，他娘手裡端一盞桐油燈，暈黃的燈光照映慈母一張憔悴的臉，期盼的眼神。娘的身後，是攙著一把木椅當拐杖的爹。

「你怎麼才回來？」他娘急促地說道：「把你爹和我都急死了！」

譚炎還是虎著臉，沒有好聲氣：「你什麼時候才能叫我省心！」

父親也不想聽兒子解釋，自顧進房間睡覺去了，他娘卻守在身邊，兒子洗澡的時候，她都在客廳裡等候。譚凱洗完澡出來，她端著桐油燈在前面引路，進房間來。這間房，由於譚凱很少在家，一直空著。譚凱走進去，感到驚訝，僅僅離開家裡一天的時間，已經佈置一新，床鋪，紅木書櫃，靠椅，亞麻色蚊帳。

他娘的話不停：「你爹請算命先生算了一下，今年只有一個喜期了，那就是大後天，如果錯過了就得明年，你爹說，明年絕對不行，他等不及了，那就大後天吧。我今天請了你幾位姑媽姨媽都來幫忙佈置新房了，一定要把這場婚事辦得風風光光……」

譚凱打了一個長長的呵欠，遠距離的行走，他已經困得不行了，他娘吩咐他趕快睡覺。

他答應「好」的時候眼睛已經睜不開了。這一覺，足足睡到第二天將中午，他從床上爬起來，走出房門，發現堂屋正中間懸掛著一幅紅紙黃色的大紅雙喜字。他的房門口、爹娘的房門口、都貼著一張上面寫喜字的門聯，大門口的一幅對聯更加引人注意。他猛然記起了昨晚回來，爹娘說過的話。

爹娘忙碌，他很少這麼認真仔細觀察過爹娘。爹娘的頭髮裡都有白髮，腰也佝僂。他的心被刺痛了，連叫了幾聲，爹娘都沒有聽見，顯然，二老的思緒此刻完全沉浸的喜悅之中了。

「你再睡一會兒起來吃飯就是……」

「爹爹，我不困了……」他的心裡感到特別溫暖。

譚凱在家裡待了整整一天，內心掙扎得很激烈。他也學會了內斂，表面上若無其事，參與爹娘為自己的婚事準備工作。他的舉止言行，譚炎夫婦看在眼裡，也很開心。第二天傍晚，是家裡最忙的一天，因為明天就要迎親了，各個環節，都進行了仔細的研究。忙壞了譚炎，他的一條腿沒有痊癒，行走離不開一把有靠背的木椅做支撐。他作為一家之主，許多事都得由他來拍板定調呀，感覺頭上的壓力不小。

黃昏，忙碌了一天的譚記米鋪，佈置一新。大門口張貼的對聯「笙歌迎淑女；結伴繡神州。」門楣上掛一個很大的喜字。譚凱對書法從來缺少興趣，只是隨便流覽。

「凱兒，你爹這字咋樣？」

「爹，」譚凱回過身來，看著他爹笑嘻嘻地說道：「我還以為你只知道扒拉算盤一天賣多少米掙多少錢，寫字的功夫還在呀！不愧是進士！」

「哈哈，哈——」譚炎開懷大笑。

他娘也忍不住笑了，為老公的開心而開心。

晚飯後，一些幫忙的親戚陸續回家，每走一位，譚炎便要說一句：「辛苦你了，明天還要請吃累……」

不知不覺，街道上各個店鋪已經萬家燈火，譚炎父子倆坐在客廳裡說話，幾乎都是父親說，兒子傾聽，不時箇單地回應：「知道了」、「記住了」、「放心吧，爹」。

敲門的聲音響起，譚炎的神經莫名地緊張起來，衝他娘小聲說道：「你去門縫裡瞧瞧……」

他娘會錯了當家人的意，將大門打開了，出現在米鋪掌櫃面前的是一位中等個子，體態稍胖，年紀和譚凱差不多的年輕人，一身讀書人打扮，身穿藍布長衫，頭上戴一頂瓜皮帽，看模樣，他已經走了很長一段路了。

譚凱驚訝地叫了一聲：「佛塵兄，是你呀，你不是去京師了嗎？」

唐才常看了他一眼，卻走到譚炎面前，深深一揖，叫了一聲：「伯父大人。打擾了！」

譚炎還了一揖，驚訝地問道：「先生難道就是瀏陽唐佛塵先生嗎？」

唐才常笑道：「正是佛塵。」

譚炎熱情張羅客人坐下，誇獎：「當年岳麓書院有名的才子，博覽群書，學貫中西。主編的《湘學報》、《湘報》，通俗流暢的文風，犀利潑辣的筆鋒，令人佩服啊！『天下非一人之天下，億兆人之天下也』，說得多好，振聾發聵！你們瀏陽真是了得呀，出來多少才俊，劉人熙、歐陽中鵠、涂啟先，譚繼洵，這些人我都認識……最了不起的還是譚復生啊，他那種捨生取義的英雄行為，是天下讀書人的楷模……昨天凱兒從瀏陽回來講看到了復生的葬禮，萬人空巷的送別……」

唐才常謙遜地說道：「伯父說的極是，我為有這樣的同鄉感到光榮，驕傲，在他們面前，佛塵慚愧，佛塵和他們比，差得太遠！」

譚炎的臉色變得凝重起來，充滿敬意地說道：「譚復生這個人真是了不起啊，為了民族國家的利益，自願流血犧牲。昨天《申報》還刊登了他的的詩作『望門投止思張儉，忍死須臾待杜根；我自昂頭對天笑，去留肝膽兩昆侖』……我讀一遍流一次淚……我敢肯定，這首詩用不了多久就會在社會上廣為傳頌！」

唐才常點頭道：「是的，凡是有良知的人，都會受感動，我是復生的同窗，感受更是非同一般。而今皇上被囚禁。慈禧垂簾聽政，廢除一切新政，許多維新志士慘遭殺戮。當時，我正在京師，目睹了這一切，悲憤之餘，我也寫了一首詩，」他隨即站起來，在客廳裡一邊走動，一邊吟誦《戊戌八月感事》：

滿朝舊黨仇新黨，幾輩清流付濁流；
千古非常奇變起，拔刀誓斬佞臣頭。

譚炎擊掌說道：「『拔刀誓斬佞臣頭』，說得好，有膽有識，襟懷坦白，凱兒有你這樣的朋友，我感到欣慰。如果有用得著老朽的地方，只管說，一定支持！」

唐才常立刻朝譚炎深深一揖：「謝謝伯父謬獎！我這就是請求伯父支持來了！」

譚炎一愣，看了兒子一眼，聲音一下小了許多：「先生……請說，只要力所能及的……」

「伯父，我在大門口看見喜聯。知道府上要辦喜事了，我在這個時候來打擾真不合適……佛塵實在是情況緊急才登門的。」

「先生……請講。」譚炎的額頭上冒汗了，聲音小得幾乎聽不見。

「佛塵有一個不情之請。府上的婚事可否推遲，我需要公子隨我活動。」

唐才常的話像是扔了一顆炸彈，譚炎的臉色突變，「你說什麼，要我推遲凱兒的婚期?!」

「時間緊急，關係到多少性命的事，我也是沒有辦法了……」唐才常言辭懇切。

譚炎的聲音顫抖：「這個，明天……後天以後可以嗎，擺過三朝回門酒之後，一切聽先生安排，行嗎？」

最後的「行嗎」二字聲音雖然很輕，卻能聽得出分明是在掙扎。

「突發事件，今晚就得緊急行動！」

原來，戊戌事變，六君子蒙難，震驚朝野，輿論一片譁然，同學、老友的血，使唐才常看清了朝廷腐敗黑暗的本質，成立了一個名為自立軍的武裝組織，並擔任總統領這樣一個重要職務。自立軍的宗旨與譚嗣同他們基本一致，只是採取的方式不同，譚嗣同是體制內，擁戴皇帝，推行政治改革的方針路線；而自立軍則純粹來自民間的群眾組織，採取軍事力量推行他們的政治主張。

當然，目前一切都還處於地下狀態，但是，忠於慈禧的湖廣總督張之洞已經虎視眈眈，張網以待。今天上午線人密報，起義計畫洩密，臨時取消，一些重要成員趕緊轉入地下，躲避朝廷搜捕。稍有失誤，勢必造成一批革命志士流血犧牲。

沉悶，窒息，譚炎感覺喘不過氣來，看著譚凱：「你是什麼時候參加佛塵先生自立軍的？」

譚凱看了唐才常一眼：「……一個多月。」

譚炎生氣了：「這麼大的事竟然瞞著家裡！你眼裡還有爹娘嗎?!」他的話剛出口，感覺不妥，抱歉地對唐才常說：「凱兒不懂事，與先生無關。」

唐才常笑道：「我能夠理解一位父親的心情，因為我也為人父了。」

譚凱說：「爹，娘，我現在是自立軍的一員，這個時候總統領親自登門安排我的工作，可見情況十分危急……爹，婚期推遲到明年也行，反正她十七歲還小，等得起——總統領，我們走吧！」

譚炎呵斥：「你走了就再也不要進這個門了，我就當沒有你這個兒子！」

唐才常見情況都這樣了，向譚炎一揖告辭：「伯父，打擾了！」他走到譚凱面前，說道：「你不要再說了，我能理解伯父伯母的心情，你就安心當新郎倌吧，我的大兒子四歲，小的才一歲，萬一我有不測，還望賢弟照顧……好了，我走了！」

唐才常的囑託，聲音不大，譚炎聽清楚了，這話給他的心靈以震撼。

大門「吱——」一聲被推開了，唐才常跨出門檻的那一霎，譚炎突然叫住了他，「佛塵先生請留步。」

唐才常正要翻身上馬，立刻轉過頭來，他看到的是一張蒼老的臉上閃著淚光：「凱兒還是跟你走吧……」

譚凱的手觸到了父親的手，顫抖，冰涼，他的心像被什麼重物撞了一下。

譚然態度的改變，唐才常也頗感意外，但是，他很快就從這位父親臉上焦灼的神情讀到了複雜的內心世界，老父親苦苦的掙扎，最後，還是做出了七尺男兒的抉擇，克制自己的情緒，平靜地對二人說：「去吧，去吧……」

譚凱他娘從丈夫身後走到前面，拉著兒子的手，強忍住不讓眼眶中滾動的淚水掉下來，說道：「凱兒，出門在外，凡事要多長一個心眼，不要魯莽——佛塵先生，凱兒年紀小，不懂事，請你多多關照……」

譚炎催促道：「好了好了，別婆婆媽媽了，你們快走吧——」

譚凱突然跪倒在父母面前，淚流滿面，歉疚地說道：「孩兒從小不聽話，孩兒不孝，孩兒對不起二老——」

譚凱他娘伸出雙臂將兒子緊緊地抱懷裡，大放悲聲……

譚炎一跺腳，催促：「快些走啊——」

三十二

「豆腐，剛出來的熱豆腐咧——」

大夫第漆黑大門在六駝背的吆喝聲中被推開，晨曦從門口滾進大院，兩棵樟樹披著霞光，李閏搖晃著身子從房間走了出來，來到空曠的院子裡，站立在那棵樹梢伸出圍牆的樟樹下，呼吸新鮮空氣，看著家人忙家務。楊媽往洗衣房路過，叫了她一聲：「三少奶奶，你早哇。」

她禮貌地回答「楊媽你早」，而後目光轉向門外冷冷清清的鵝卵石街道，她面容憔悴，鬢角添了幾根白髮，眼睛佈滿血絲，鼻翼兩側的雀斑更加明顯，聲音沙啞，與三十三歲的真實年齡相去甚遠。

李閏洗漱完畢，便來到公公處請安，無論在京師，蘭州，還是武昌，或者大夫第，這是她每天必做的功課。今天的情況與往日似乎有所不同，客廳裡，公公端坐在上首，他的對面，一字兒擺開坐著先於李閏成為未亡人的大嫂黎玳貞、二嫂黎春梅，這兩位寡婦的身旁依偎著他們的兒女。而今，李閏成為這個家庭的第三位寡婦了。

譚老腦後拖著一條銀白色的辮子，七旬老人經歷了六次白髮人送黑髮人的打擊之後，溝壑縱橫的臉上沒有了悲戚。一個這樣的家庭，就剩下這麼一些老幼婦孺，生活還將繼續。在李閏還沒有到來之前，他已經將其他家庭成員聚集在一起了。

譚老示意李閏在他的身邊坐下。

老盧夫人也指了指那個空著的椅子，眼神中充滿鼓勵與期待。

譚老待一家大小按照自己指定的位置坐好之後，鄭重其事地說道：「全家人都到齊了，我有一件重要的事情，」他的目光停留在李閏臉上，「七嫂，你的兩個嫂子都是老實人，出身小戶人家，沒有念書，不能與你相比，幾個侄兒尚未成人，從今往後，這管理家務，教育子女，我一概交給你來承擔……」

李閏感到意外，驚訝：「我來承擔?!」

譚老的眼神中充滿信任與期待：「是的。」

未亡人黎玳貞、黎春梅一齊說：「我們都聽你的……七嬸！」

全家大小充滿期待的眼神，李閏感覺肩頭的責任重大，強忍住剛剛成為寡婦的巨大悲痛，噙著眼眶裡滾動的熱淚，不讓它掉下來。她走到二嫂黎春梅面前，將潞生這個年僅兩歲的侄兒抱起來，一張大人的臉緊貼孩子的臉，輕輕地說道：「乖孩子，快快長大，大夫第的希望寄託在你們身上——」

晚上，孤獨寂寞，李閏枯坐床前，一燈如豆，憶及自己的身世，浮想聯翩，絕望、無助、淒涼……怎麼也想不到，當年翰林學士家的千金，竟然會淪落到這樣一種狀況。一些有旋律的句子撞擊她的心扉，於是輕移腳步，來到書案前，鋪開一張宣紙，提起筆來，略一沉思，寫下一首七言絕句——

髫齡失母尤堪憐，朝夕相依十六年。
問暖噓寒勤撫恤，追隨不異在娘前。

意猶未盡，一種奇怪的想法襲上心頭，鋪開宣紙，揮毫潑墨，情不自禁地為自己書寫了一副挽聯——

今世已如斯，受人間百倍牢騷，一死怎能拋恨去；
他生須記著，任地下許多磨折，萬難切莫帶愁來。

字裡行間，充溢著難以排遣的痛苦與淒涼，今後的人生之路不但要獨自走完，還要承擔一份操持這個風雨飄搖大家庭的重擔。而且，膝下猶虛，沒有子嗣。不孝有三，無後為大啊。蘭生如果不夭折，亦可承歡膝下，繼承譚氏一門的香火，自己也不致孤苦無依，侄兒再好，也是別人的孩子，這一點，她還是心裡有數。

嗣同去世有一些日子了，李閏依然沉浸在痛苦之中不能自拔，即使老公公明確今後家庭的重擔將要壓在她的肩頭，淚水從來都沒有乾過。

大夫第是御筆題贈的大院，一直冷冷清清。那張黑漆大門終日緊閉。院子裡兩棵香樟樹，一些枯枝無人及時修剪，譚能老了，這些活已經幹不動了。年輕一些的譚應，離開了大夫第，該去的還是得去。而今，繼洵老漢每天堅持為盧夫人捏腳，洗腳，捶背。漸漸地養成的習慣，偶爾也會想起官場上的一些往事，發一些失落的感歎。

他提醒自己，現在已經是一個普通老百姓了，廟堂上的事與他沒有了任何關係，他有更多的時間幹這些活了。可是，畢竟歲月不饒人，盧夫人每每見丈夫老態畢現的模樣，蹲在地上為她服務，心裡不忍，幾次拒絕，老漢就是不肯答應。楊媽說讓她來吧，老漢說沒有你的事。態度生硬，弄得楊媽很尷尬。

盧夫人何嘗不知道老爺對自己的愛，但是，也感覺到，老爺的性格和以前比，改變了許多，變得有些像孩子，只要一句不中聽，立刻就會和你翻臉，沒過多久，便忘得乾乾淨淨。

楊媽完全是出於好心，委屈她了。打從嫁到譚府的那一天起，楊媽就沒有離開過她的身邊，由青春年少，到白髮蒼蒼，幾十年的廝守，她們之間早已經超越了主僕的感情。

老郎中王彰人的到來，打破了屋子裡的尷尬氣氛。他們的注意力都集中在治病上了。王璋人的幾根手指節骨分明，不能伸得很直，這種現象證明他的老。但是，這雙老手使用銀針的時候卻特別靈活，銀針扎在盧夫人的身上，曾經獲得了社會各界的信任。有了信任的基礎，神醫的形象在老百姓的頭腦裡生根了。神醫說道：「大人，夫人，只要堅持針灸治療，完全恢復到以前的狀況，不是沒有這種可能。」

「是嗎，那太好了！」譚老高興得像一個孩子，連聲道，「慧琳，你聽見了嗎？慧琳，你聽見了嗎？」

譚老發現身邊還站著楊媽，笑咪咪地說：「楊媽，你幹嘛不笑？」他不給楊媽解釋的時間，自個兒大笑起來。

譚老抱定了針灸治療的決心，而且固執，非要王老先生親自來不可。王彰人比譚老年輕兩歲，雖然他的藥鋪與大夫第相距不是很遠，兩里路，或許還不到兩里路。畢竟是一把年紀的人了。遇到雨雪天氣，怎麼辦？譚老說好辦，用馬車送夫人上門就診，自己還要陪同前往。一次，受了風寒，他自己也發燒，在急劇的咳嗽聲中給老妻捏腳。盧夫人忍不住哭出聲來：「我還不如當初死了的好⋯⋯」

「你這是什麼話呀，不想陪我了不是？想扔下我不管了不是？你的心不要那麼狠⋯⋯」

盧夫人不和老公爭辯了，她叫來李閏求援，「你是老爺選拔的家長，你該出來說句話了，老爺這樣下去，遲早會出問題。」

李閏卻向盧夫人訴苦：「二娘啊，我和爹爹講過幾次了，他不聽我也沒有辦法啊？你還是多吹枕邊風吧！」婆媳兩的交談被譚老聽見了，他不生氣，笑嘻嘻地：「閏娘這個家長是我任命的，她不聽我的話我隨時都可以把她撤了——」

盧夫人搖頭歎息：「你和老佛爺學了一手垂簾聽政！」

譚老又笑了，他還真像一個老頑童。王先生對李閏說道：「看到這對老夫妻，使我想起了那句話，百年修得同船渡，千年修得共枕眠。」

李閏突然流淚了，哽咽道：「我想起復生了……」

王老先生輕輕地一聲歎息，專心做完一天的治療，告辭出來，譚老一定要送到大夫第的門外，揮揮手：「王老，好走啊，明天見——」

大夫第曾經是瀏陽的驕傲，讀書人成功的典型，官員外出的名片，而今成了人們眼中的凶宅，一到黃昏，路人寧願拐彎都不願意從這兒經過，怕沾上晦氣。寂寞的大夫第，只有老郎中王彰人風雨無阻的造訪。他來是因為這裡有他的特殊的病人，以其敬業精神而堅持。除此之外，只剩下圍山書院的涂啟先了。

譚老只要聽到那不緊不慢的腳步，熟悉的咳嗽，聞到一種產於大圍山的煙草氣味，便知道是涂啟先來了。圍山書院位於湘贛邊大圍山下東門集鎮，距離縣城約九十餘里。涂先生來縣城，主要原因是到城南書院授課，算學館也是要去的地方。

光緒六年，復生十六歲，拿著父親的親筆信回家鄉拜訪涂先生。像譚老那樣學識淵博的人，所結識的大學問家無數，他卻要復生拜涂先生這樣一位鄉下人為師，其佩服之情，由此可見一斑。

復生很少聽父親這麼誇獎、讚賞一個人，而且還是讀書人，於是就產生了想見涂先生的願望。他們見第一面的時候是在縣城的城南書院。其時，涂先生在那兒講學。見面之後，復生不免有幾分失望，他見過的大人物不少，而眼前這位先生，四十來歲年紀，皮膚黝黑而粗糙，相貌平平，中等身材，穿一件灰布長衫，一雙青布面、白布底的鞋子，手持一根二尺來長的竹煙管，這副模樣，完全是一位農夫。

具體會見時卻使他頗感意外，涂先生接過復生遞上父親的信函，這可是堂堂當朝一品、湖廣總督的親筆信呀，看過信之後，隨便往桌上一放，詢問了嗣同一些學業方面的情況。嗣同的應答，涂先生很滿意。

自此，城南書院多了一位來自京師的學生，裡面還有一位比復生要小一點的同學，叫唐才常，字佛塵，家住縣城孝義里。

譚嗣同很快就喜歡上了這兒的學習環境，也喜歡上了唐才常這位比自己小兩歲的同學，他倆很快便成了好朋友。

涂先生授課內容，儒家經典之類，他雖然不喜歡，但卻開始了嚴格的基本功訓練。涂先生的思想，在講述儒家經典時，不受前人注釋的束縛，能夠自由地發揮議論。這符合嗣同的個性，提高了他的學習興趣，涂先生對列強的頻頻侵犯，深感憂慮，經常在課堂上抒發自己的感慨，這給少年譚嗣同思想上極大的影響。一天，他在課堂上提出，現在外洋的槍炮越來越厲害，我們卻不能以同樣的槍炮對付，所以大清國總是挨打，割地賠款，這樣下去，我們當亡國奴的日子不會很久了。

先生個子矮小，態度祥和，說起話來慢條斯理善於啟發誘導，在他看來，沒有學生不愛國願意當亡國奴的。

「你們說該怎麼辦？」

譚嗣同激動地大聲道：「我們也得發明新式武器，將強盜趕出去！」

唐才常的聲音近乎吶喊：「拿起槍來，把這些強盜趕出去！」

其他學生受到了譚唐情緒的感染，異口同聲：「趕出去！趕出去！」

在先生的啟發下，學生議論了一陣，沒有結果，涂先生的目光巡視了一遍學生們，痛心疾首地說道：「甲午戰爭，中國戰敗，訂立喪權辱國的馬關條約，使中國的國體元氣一舉喪盡。如果我們有更先進的武器，就不怕小日本了！」

復生在瀏陽讀書的時間不長，但是，城南書院，涂先生，給他留下了深刻的印象，這對他以後的人生有一定的影響。涂先生主張實業救國，這是他創辦園山書院的初衷。他意識到，要拯救民族國家，還得開啟民智，從教育著手。經費從哪裡來？祖上傳下來的六十石水田，已經被他開支了一些，餘下的，他全部都拿出來，做書院的基業。

為了使書院早日建成，他強撐著被疾病困擾的身子，親自督促工匠夜以繼日。親人勸他休息，他歎息道：「人生在世，總想做成一兩件自己想做的事……」

涂先生身處湘東一隅，對遠在北京發生的維新運動十分關注，大力支持。戊戌年，他已經六十四歲了，壯年時期得過的肺病復發，咳嗽，咯血，書院的講學也暫時停了下來。他吩咐三十二歲的兒子質初道：「復生他們在京師發起的維新運動，你也去參加吧。」

「好爹爹，他譚嗣同是人，我也有兩條走路的腿，一張說話的嘴——」

涂啟先笑了：「還有一支能夠寫一手漂亮文章的筆……一支畫筆春秋筆——」

質初立刻接下句：「十首道情天下情！」

涂啟先感到欣慰，說道：「但願你也有鄭板橋的情懷，不僅僅是熟讀他的詩句——我給復生寫一封信。」

涂啟先取出文房四寶，給復生寫信，他在信中對維新派的政治主張予以充分肯定，對復生的主要著作《仁學》大加讚揚，他在信中寫道，自己年紀大了，身體狀況不佳，但在有生之年，準備在地方上辦一些實事，算是對維新變法的回應吧。信寫得很長，寫不上幾個字，就是一陣急劇的咳嗽，用手掌捂著嘴，掌心一團鮮紅的血跡。

質初說：「爹，你病成這樣，叫兒子如何走得放心？」

「你去了，我會為此高興，病也就輕了……」

第二天一大早，涂質初出發了，他起床之後，腳步很輕，來到父親的臥室門口，將耳朵貼在門縫上聽了一會，裡面傳來熟悉的鼾聲，於是悄悄離去。可是，他登船後，一轉身，竟然發現了父親佝僂的身影……父親送到河邊碼頭上，看著烏篷船起航，看見兒子在梢板上朝他揮手……

七月的大圍山下，瀏陽河的晨風，還是有點兒冷，涂啟先又是一陣急劇的咳嗽，連吐兩口唾沫，裡面都是殷紅的鮮血……

涂啟先決定往省城長沙，他與湖南巡撫陳寶箴有同窗之誼，相處甚好。

得知瀏陽涂啟先要來造訪，湖南巡撫衙門裡似乎要舉行一個典禮，陳寶箴這位官居二品的「封疆大吏」端坐於公案旁，背後的屏風是一隻下山猛虎。階下，所轄的知府、知縣，悉依級別的高低分兩邊站定。大堂上鴉雀無聲。

從中門外傳來一個拖長的聲音：「涂——先——生——到——」

堂上的大小官員，一律屏聲靜氣，低垂著頭，除了瀏陽知縣唐步瀛之外，他們不知道這位涂先生是何等人物？巡撫大人站了起來，離座相迎，深深一揖，說道：「涂先生別來無恙？」

官員們這才敢抬起頭來，一看，竟然是一位普通老百姓。身著灰布長衫，腳下白底黑面布鞋，手裡還持一根長長的竹煙管。巡撫大人與布衣老漢攜手從眾官員前走過，安排在巡撫旁邊臨時加的椅子上坐下。寒暄過後，涂啟先提出了一個令巡撫感到意外的問題：「大人幾次三番勸舜臣出山做官，我都推辭了，今天我可是專程來討烏紗的啊！」

「討烏紗?!」階下眾官員一陣輕微的騷動，偷偷地交換眼色，這是怎麼回事？

巡撫大人微微一笑，問道：「先生能夠講具體一點嗎？」

涂啟先點燃煙鍋裡的煙葉，吸了一口，說道：「我想到瀏陽上東大團任團總。」

涂啟先的話令所有的官員都大吃一驚，瀏陽知縣唐步瀛卻莫名其妙地緊張起來。他在瀏陽父母官這個位置上待了幾十年，對涂啟先這個瀏陽人實在是太瞭解了。涂啟先這個當年名氣那麼大的少年秀才，不願為官，而今卻跑到巡撫衙門討一個區區團總，他……什麼意思？涂啟先緩緩地站起來，掃了滿堂大小官員一眼，說出一番話來：「向來治團之難，難於為官治縣，名不足相鎮，權不足相懾，而事之興替，俗之美惡繫之。瀏陽上東風氣勁悍，錐刀乾餱勇爭鬥……」

唐步瀛聽到這裡，深有感觸地插話：「是啊，瀏陽知縣難當，最棘手的就是上東。地處湘贛邊，土匪出沒，民不聊生，加之乾旱頻繁，農民一年辛苦，三成收還不到。有道是飢寒起盜心，如果要治理好瀏陽，必先治理好上東。」

涂啟先看著巡撫，接過知縣的話，說道：「上東係舜臣桑梓，熟諳當地民情。今天來請命，是想為家鄉辦點實事。若取得成功，以此向三湘推介，也算不辜負大人對舜臣的厚愛。」

陳寶箴說道：「斯言極是！瀏陽上東民風勁悍，動輒刀槍相見，沒有太平，一般老百姓難得過上幾天安穩日子，以往的知縣，知府，一提到瀏陽上東這塊地方就感到頭疼，覺得這裡的刁民難以治理……」

涂啟先不以為然，解釋道：「世間無所謂刁民，只有貪官、庸官，由於治理不得法。或聚斂錢財，或橫行鄉里，魚肉百姓，服麼？歷來所謂『刁民』造反，都是貪官逼出來的呀！」

涂啟先幾句話，說得階下一群官員面面相覷，默然無語。

巡撫大人高興地對瀏陽知縣唐步瀛說：「唐大人，你的治下難得有舜臣先生這樣的人啊。」他當眾朝涂啟先一揖，「有你這樣熱心桑梓建設的人士，乃子民之福也！」

涂啟先說：「且慢，我還有一個條件。」

巡撫說：「但講無妨。」

「我可能需要一筆數目不小的錢。」

「你要錢?!」陳寶箴一時摸不著頭腦，涂啟先的道德文章，他與譚繼洵一樣，十分敬仰。而今，他居然當眾提出要錢，這到底是怎麼回事啊？

大堂上又一陣騷動，紛紛用異樣的目光看著涂啟先。

涂啟先站了起來，笑道：「你們不要吃驚，我是講當團總以後，總要做具體的事吧，喊幾句空話有什麼用?!」

涂啟先衝唐步瀛哈哈一笑：「唐大人，你聽明白了嗎？」

涂啟先任瀏陽上東大團總的消息很快便傳遍了全縣各個角落，還是親自往巡撫衙門討要來的，他到底圖的什麼呢？

已經是午夜時分了，涂啟先還沒有睡覺，埋首昏暗的桐油燈下，制定《鄉規民約》，內容包括禁止屠宰耕牛、溺嬰、賭博、嫖娼等。之前，他在圍山書院教授的閒暇，做過調查，收集了一些資料。涂老太太見兒子熬夜，為他的健康擔憂，來到兒子的書齋，斥責他不聽話。

涂啟先解釋道：「母親，這是上東百姓生活中的一件大事，馬虎不得的……好吧，我不搞了，馬上就睡覺。」

他將母親送走，將門關緊，隨後將窗戶遮嚴實，不讓燈光透出去，以為這樣母親就發覺不了。當他寫完最後一個字時，一看窗外，天已經大亮了，站起來，推開大門，準備出去透透氣。一條熟悉的身影從河邊走來，他心裡一沉：「那不是質初嗎？你——怎麼回來了？」

「復生他們被老妖婆下令抓起來了……篡奪朝綱的那個『老佛爺』又臨朝聽政了，矯詔稱復生、康廣仁他們為大逆不道，亂臣賊子……刑部準備三堂會審，可是，還沒有來得及，就被她一道假聖旨給殺了，在京師的菜市口……還有康廣仁、楊銳、劉光弟、林旭、楊深秀等一共六個人……」

晴天霹靂！涂啟先只覺得天旋地轉，質初眼疾手快，伸出雙手一把抱住，才沒有栽倒。父親大口地咯血，質初的衣服上一片血漬，忙不迭將父親送往附近的同和裕藥店，進行救治。這家藥鋪的傅郎中多次為涂啟先治療，對他的身體狀況非常瞭解，奉勸道：「先生，你的病主要在養，不要太辛苦了。」

涂啟先歎息道：「你講的情況我何嘗不清楚，只是，現實若此，有什麼辦法！」

涂啟先在藥鋪經過一番望聞問切之後，抓了幾副中藥，而後回家。質初試圖去攙扶，他輕輕地說了一句「不用」，便自顧往家裡走去，質初提著中藥緊緊地跟在後面。深夜，質初起來小解，走父親臥室前過，聽見從門縫裡傳來的啜泣聲，吃了一驚，急忙推開房門，直奔父親窗前，問道：「父親，你的病……」

暗夜中，蚊帳內的聲音：「你來幹什麼？」

「父親，復生不能再復生，你不必太難過了……」

涂啟先再也忍不住涕淚滂沱，泣不成聲：「你說那當今呂后真糊塗啊，復生這樣的愛國志士，唉！」

「復生是為救大清而獻身的，復生他們不在了，大清也就玩完了，活當氣數已盡！父親，你還是注意自己的身體吧，只有養好了身體，才能做自己想做的事……」

「你說的對，我得抓緊時間！我要親眼看看氣數已盡的大清朝，還有誰來救它?!」

涂啟先掙扎著從床上爬起來，兒子問：「天還沒有亮，你起來幹嘛？」

「許多事要做的，我反正睡不著覺……」

一天上午，團局負責人之一魯錫成發現有人偷宰了耕牛，將其牛肉沒收了，帶回團局，煮了一大鍋。牛肉的香味溢滿整個屋子，但在團總回來之前，誰也沒有動筷子。直到天快黑了，涂啟先從鄉下回來，大家連忙告知煮了一鍋牛肉等他回來之事。

涂啟先走進廚房，打開鍋蓋，聞了聞，說：「真香啊！」

他的臉色突然變得嚴肅起來，手中長煙管一揮，大聲道：「這牛肉不能吃。我們張貼告示，保護耕牛，應該身體力行，起帶頭作用，才能服眾！」說畢，他雙手端起一鍋香噴噴的牛肉，全部都拋進了糞坑，並且為此事張貼告示，向眾鄉鄰作檢討。

涂啟先處理小偷，也有他的特別之處。一天，團丁抓了一名小偷，扭送團局，聽候團總發落。他打量被綁的小偷，覺得此人面黃肌瘦，一臉悽惶，似乎有難言之隱，不像慣盜，便令團丁為他鬆綁，然後和顏悅色地問道：「你為何要偷人家的東西呢？」

那人哭喪著臉說：「家裡上有七十多歲的老母，下有妻兒，一家數口，生活沒有著落，才——」

涂啟先說道：「你應該知道，偷東西是一種很可恥的行為，人家勞動所獲，你卻想不勞而獲……」

小偷低下頭，滿臉的羞愧。涂啟先的聲音緩和了一些：「將來你的兒女長大了，人家戳他脊梁骨，罵賊崽子。你不是害了兒女抬不起頭來嗎?!」

小偷的淚水直往下掉。涂啟先走到小偷面前，從懷裡掏出兩塊還帶體溫的銀元遞給過去，說道：「這點錢給你做本錢，做一點小本生意養家，今後不要再去偷了啊！」

小偷瞪大兩眼看著團總遞過來的錢，不敢相信這是真的。涂啟先說：「拿去啊，我的話你沒有聽明白嗎？」

團局的一些人對團總的做法不解，涂啟先解釋說：「如果打他一頓，受些皮肉之苦，並不能從根本上解決問題。我這樣做，給他一條生路，解決了一個困難家庭的生活問題，世間又少了一個小偷，一舉兩得，何樂不為？」

三十三

凌晨，瀏陽縣城一片灰暗，冷清，偶爾幾聲犬吠。周家碼頭的幾星燈火，像是夜幕上鑲嵌的明珠，閃爍。鵝卵石街道有耳熟的腳步聲，那是一些小販正搶佔有利的攤位。從徐五緣賣菜的時候算起，幾十年過去了，這點習慣一成不變。但細心的人還是感覺到一點變化，每天晨曦中那個沙啞的聲音「豆腐，熱豆腐咧——」的叫喚消失了。六駝背沒有後人，家底也薄，喪事辦得簡單，甚至不知道姓甚名誰，門楣上只能遺憾地寫著「六駝背千古」。有人指點：這是涂舜臣先生的墨寶，也有人說是譚繼洵大人的手筆。

大夫第緊閉的黑色大門內，譚老被斷斷續續哭泣聲驚醒了，李閏哭泣的聲音很小，很壓抑，她是怕驚動家人，卻令老人耿耿難眠，他心裡未免有些失望。本來，那次召集全家人在一起，鄭重其事地宣佈，今後李閏主持家政，對這位大家閨秀給予了厚望。可是，終日哭哭啼啼，那怎麼行呢？喪夫之痛，與喪子之悲，孰輕孰重？既然還活著，應該好好地活下去……老人掀開瀏陽夏布蚊帳，從床上爬起來，看了看窗外，一片朦朧，香樟樹上的斑鳩窩裡，幼鳥啁啾了兩聲，牽動了他的每一根神經。他的眼前晃動著嗣容、蘭生兩個孩子圓圓的臉蛋，淺淺的笑靨，稚嫩的聲音——

「爹，嘻嘻嘻……」這是嗣容的聲音，那個被盧氏視為命根子，自己也一度寄予厚望將書香門第發揚光大的孩子，夭折時才六歲。

「爺爺，嘿嘿、嘿……」這是蘭生的聲音，那個復生婚後十三年才出生的孩子，不滿周歲，發音還不清楚，圓臉蛋上一對淺淺的酒窩……

他想起了今天要率李閏及會生、潞生等幾個孫子下鄉去圍山書院看望涂先生的事，乾脆早點起來吧，躺在床上也是貼烙餅。涂先生任團總後，在短短的時間內，將上東那樣一個亂糟糟的山區治理成了路不拾遺、夜不閉戶的模範大團，一度做過封疆大吏的他，不由得對一位小小的團總很感興趣。當然，更主要的原因還在於他們是幾十年的至交摯友。

瀏陽的八月，溫差很大，中午時分，酷暑蒸騰，令人窒息；早晚，卻涼風習習。譚老來到院子裡，大門外街道上嘈雜的聲音，聲聲入耳，天井旁邊，隱約聽見李閏臥室裡傳來的一唱三歎，是一首懷念亡夫的《七律》——

盱衡禹貢盡荊榛，國難家仇鬼哭新。
飲恨長嚎哀賤妾，高歌短歎譜忠臣。
已無壯志酬明主，剩有臾生泣後塵。
慘澹深閨悲夜永，燈前愁煞未亡人。

譚老的神情變得凝重起來，來到李閏的窗戶前，猶豫片刻，他轉過身去，走到會生的臥室門口，門突然開了，十五歲的會生叫了一聲：「爺爺！」

會生是泗生的兒子，無論長相還是性格，和他父親當年差不多。凡是教過會生的老師，都說這孩子聰明，就是不想讀書，他也不知道該怎麼管束。他總覺得，自己仕途通達，但在教育孩子方面，卻是一個失敗者。光緒二年的那場大疫之後，死了幾位親人，他的心一下子變軟了，一切順其自然吧。再說，國事都糜爛得不成樣子了，讀書做官也未必有什麼好前途，對於衰朽的國家來說，亟需的不是白面書生，而是醫國高手、治國能人……

「還記得爺爺今天要你去幹什麼嗎？」

「到大圍山去看涂爺爺嘛。」會生滿不在乎地說道。

爺爺在孫子的肩上撫摸了一下：「好！趕快洗漱用餐吧，趁涼快，早一點出發。」

一會兒，管家譚應備的馬車駛入了大夫第的院子。爺爺領著三個孫子上了馬車，老人大聲叫著「七嫂」。李閏在臥室裡梳妝打扮了很久，她希望給亡夫敬重的老師一個好印象。

縣城往大圍山需要在馬車上搖晃五個多小時，一路上，有孫子們的歡聲笑語，老人一點也不感覺寂寞，孩子們稀奇古怪的問題彷彿令他也變得年輕了。李閏的眼睛浮腫，雖經精心化妝，仍難以掩飾其憔悴與滄桑。在孩子們的歡聲笑語感染下，她的臉上終於露出了久違的笑容。

馬車不停地搖晃，車夫不停地吆喝「駕——駕……」或者「吁——吁——」。

馬車將譚老一行送到了湘贛邊陲的一個小鎮。狹窄的街道像一條巨蟒蟄伏在瀏陽河上游大溪河的岸邊。古老而寧靜的小街背後，便是大圍山了，層巒疊嶂，與天相連，有如浩瀚無際的汪洋大海上漂浮的一串島嶼。近處的松樹、油杉、灌木，一群群紅嘴綠毛的相思鳥啁啾，美麗畫眉競展歌喉……

會生的注意力被映入眼簾的景致吸引了，他問十一歲的弟弟保生：「用一句話來形容大圍山吧？」

爺爺也被孫兒的問題吸引住了，以前也太小看這個不認真讀書的孩子了。保生想了半天，臉紅了，說：「不知道。」

十歲的潞生說：「真笨！」

爺爺笑咪咪地看著潞生：「你知道？」

潞生說：「——好看唄！」

爺爺鼓掌：「對，好看。」

李閏笑笑，表示認同。

會生看著爺爺和七孃，滿不在乎地說道：「我娘經常講爺爺和七孃兩個人最有學問，我看是浪得虛名！」

「呵呵，看不出，你還知道浪得虛名呀，」爺爺笑了，「好，我這個沒有學問的人向你請教，老師，你這個題目要怎麼回答才對呢？」

李閏微笑：「七孃也想聽聽。」

會生大聲道：「不知蝴蝶之夢為周歟？」

爺爺撫掌大笑，下頜的白鬍子抖動。

七孃的臉上也露出久違的笑容，接了下句：「周之夢為蝴蝶歟……」

馬車繼續在街道上搖晃著前進，突然，譚老發現了一個熟悉的身影，以及他背後一處門面側掛著上東團防局的招牌。

「舜臣先生——」

涂啟先正在與人說著話，立刻轉過臉來，驚喜地說：「甫公，什麼風把你吹來了？」

潞生插話說：「你這位爺爺說話太誇張了，有這麼大的風嗎？」

譚老連忙介紹說：「我孫子潞生……」

會生說：「我不用介紹了，我們認識，對嗎，涂爺爺？」

涂啟先「哈哈」一笑，點頭道：「對對，對，我們不但認識，已經是老朋友了……」

簡陋的團局，接待了一批來自縣城的特殊客人，他們給團總涂啟先留下了深刻的印象。打從譚嗣同罹難後，涂啟先曾為這個家庭的以後擔憂，見過這一些孩子後，他特別的樂觀：譚家後繼有人，而且將有出藍之色。

由於身體的健康狀況越來越差，對自己想做的事，似乎有一種無形的壓力，迫使他「要趕快做」，切莫留下遺憾。

譚老一家子被團總引進堂屋，這是一間很大的房子，瀏陽一帶農村的房屋都是這樣的結構。建房時只論能擺得下多少張方桌。堂屋正上方安放一張桌子，上面堆放一些材料。一把木靠椅，這就是團總處理公務的地方。

堂屋門口兩根大立柱上還貼著一副對聯——

處世公平，不怕奸雄生百計

為人正直，何愁律例有千條

譚老看著那熟悉的筆跡，發出會心的微笑，他將會生拉到身邊，問道：「你看涂爺爺這副對聯如何？」

會生認真看了一遍，說道：「嗯，字寫得不錯，只是內容太直白了一點。爺爺，你經常講涂爺爺是一位博學鴻儒，這副對聯……看不出有多大的學問。」

「是嗎？」涂啟先聽到了，非常開心，笑道：「涂爺爺沒有多少學問，那是你爺爺幫我吹牛哦。」

「哈哈哈……」笑聲溢滿寬敞的團防局大堂。

譚老走到桌子旁邊，隨手拿起一份文件，看了看，問道：「舜臣先生，你還打算辦育嬰堂嗎？」

李閏一聽，也看著涂啟先，顯然，作為女性，這個話題更能夠引起她的注意。

涂啟先臉上的笑容消失了，神情變得凝重，看著門外狹窄的街道，偶爾走過的一、二男女，緩緩地說出一番話來——

民間習俗，歷來重男輕女，特別是多胎女嬰，往往剛一出生就置於尿桶裡活活溺死。每當聽到溺嬰之事，他便在屋子裡扼腕歎息，溺嬰現象的發生，有一個重要原因是家庭貧困供養不起。通過多次調查計議，他決定在上東建立一所育嬰會，令有田產的人家，按比例抽繳款項，同時廣泛宣傳禁止溺嬰。

繼洵老漢拿起另一份文件示意李閏：「七嫂，你看看這個吧？」

李閏接過一看，原來是涂啟先擬定的育嬰會章程：凡生下女嬰，每年可到育嬰會領取茶油二斤，土布一丈，大米三石。

李閏看完之後，沉思良久，抬起頭來望著老公公，說道：「爹——其實這個事情，讓女人來做更合適一些……」

老公公欣喜地衝兒媳點了點頭：「七嫂說得對，如果你願意做的話，我全力支持！」

「讓我仔細想想……」李閏又仔細看了一遍育嬰會章程，情緒有些激動地說道：「先生，昔日復生多次提到在瀏陽求學期間的點點滴滴，現在我知道他為什麼對先生充滿欽佩的原因了！復生能遇到你這麼一位老師，是他的造化，幸運！老師，還望你多多保重身體，否則，復生在九泉之下也會不安……」

「哪裡，哪裡，」涂啟先擺了擺手，走到門口，兩眼遠眺巍大圍山峰巒波濤洶湧的莽莽林海，緩緩地說道：「望門投止思張儉，忍死須臾待杜根……這樣的氣節，這樣的操守——我不過是復生的一日之師，他才是我的永遠的老師！」

譚老抑制住激動的情緒，說道：「先生言重了……我還有一個不情之請……想將會生交付先生……」

涂啟先愣了一下，隨即爽快地答應：「當然可以。」

「會生，快過來，拜見老師！」

會生被拉到涂啟先面前，在大家的關注下，臉紅紅的，朝端坐的老師拜了三拜。

「跟了我，可要吃苦呀？」

譚老正要說話，被會生搶了先：「天將降大任於斯人也，必先苦其心智，勞其筋骨！」

「好！這個學生我收下了！」

上東地區人口達八萬之眾，分散居住在大圍山下各個自然村落，有大片肥沃的土地，氣候溫潤，適宜耕作，可惜灌溉條件不善，每年立秋一過，旱季來了水田受旱，禾苗枯死，為爭水械鬥的事件時有發生，往往鬧出人命來。涂啟先深感不安，認為如果這事處理不好，是團總的失職，無能。矛盾的根源就是缺水。於是，他決定親自上山尋找水源。

長子孟庚攔阻：「你都六十多歲的人了，身體又不好，這個團總當初就不應該當。」

質初勸說：「父親，我擔心的是你的身體……還是量力而行吧！」

涂啟先看著次子質初，說道：「你哥讀書不多，有些道理不懂，我不怪他，可你就不應該說這樣的話——你去過京師，目睹了戊戌喋血的一幕，你是否認為他們是不量力而行呢？復生『我自橫刀向天笑』，我記得你讀他這些詩句的時候流了眼淚不是嗎？」

質初低下頭來，默然無語。

涂啟先沒有理會兒子，自顧往山路而去，質初說道：「爹，我支持你的行動，我沒有別的意思，只是擔心你的身體……」

涂啟先手一揮，說道：「既然支持，那就走啊，不要停留在嘴巴上，要有實際行動，辦實事！」

「好，我和你一起去。」

涂啟先與質初走了一段路，孟庚氣喘噓噓地從後面趕來：「你們等等我……」

父子三人在大圍山上爬了幾天，沒有任何收穫。晚上回到家裡，涂啟先一坐下便不想動彈，說話都感到很吃力。質初勸說道：「明天你別去了，讓我們兄弟去就是。」

涂啟先說：「今天走得點累，早點歇息，明天再說吧。」

第二天他比誰都起得早，還說一夜睡足了，疲勞也沒有了，爬起來就忙著做上山探尋水源的準備工作。

父子三人爬到了大圍山最高峰雞籠尖，汗水濕透了衣服，貼在背脊上，一陣山風吹來，冷得打了一個寒噤。從山巔往下眺望，村落、田園、屋宇盡收眼底。質初擔心父親受不了，請他坐下好好休息。父親卻吩咐兒子打開隨身攜帶的皮夾，取出紙筆，畫了一張地圖，將村落、田地、溪谷以及山梁，密密麻麻地畫了一大張。在雞籠山的一側，找到了數處流量不小的山泉。他簡直變成了一個淘氣的孩子，先伏倒，捧著喝幾口，連聲說：「好甜！」然後捧著水往頭頂一撒，快樂地說道：「下雨囉！」

質初悄悄地對哥哥說：「你看爹，簡直是一老頑童！」

涂啟先用泉水擦了一把臉，指著汩汩流淌的水，說道：「修一條水圳，將這些山泉引下山去，那些田土就不怕乾旱了——」

質初倒抽一口冷氣，說道：「這麼大的工程，一個小小的團局，你哪有這個力量去做呀！」

涂啟先說：「事在人為嘛。」他從腰間抽出煙桿，往山下一指，「水圳修成了，五千畝田土豐收就有了保證……功德無量！」

兄弟倆不說話了，他們知道父親的脾氣，他打定了主意要做的事，誰勸說也沒有用。涂啟先仍然領著兩個兒子，經過二十多天的實地勘測，走訪了各個村落的長者。由他親自設計了一條從雞籠尖環繞山嶺經白沙、東門兩地區的鴛鴦圳工程。所謂鴛鴦圳，就是從水源頭起，兩條水圳並行延伸，時併時分。在乳頭坳分開，一條走羅家坑，一條走梘坑。工程浩大，有的地方需要鑿開堅硬的岩石，而低處卻要砌丈餘高的石坎，水圳全長二十餘華里。

像這樣一個工程，必然要有財力的支持，這可是一筆不小的開支啊。涂啟先說：「錢的問題我已經有安排，你們就不必操心了。」

涂啟先指的是知縣唐步瀛，那天在湖南巡撫陳寶箴面前表了態，現在到了該找他的時候了。他對團局的魯錫成說：「明天我去縣衙拿錢，你上門動員民工建勤吧。」

魯錫成不做聲了，他知道涂啟先在官府有人緣，一些高官都與之稱兄道弟。而且，還知道涂啟先的性格，沒有八、九成把握，冒險的事，是不會去做的。

涂啟先來到縣城找唐知縣，卻得到了一個使他目瞪口呆的回答：「現在的知縣不姓唐。」

原來唐知縣已經去世了。現在的知縣姓賴，叫賴成裕，字梓佩，來瀏陽之前是長沙府通判。既然來了，還是應該去會一會這位新來的賴知縣。

賴成裕任瀏陽知縣之前，沒有與涂啟先接觸，但對他這個人還是有所耳聞，與涂啟先打招呼時還算熱情，可是一提到錢的事，立刻擋了回去，稱自己剛履新職，對前任的一些事，不是很清楚，至於錢嘛，肯定沒有。

涂啟先默默無語，沒有籌到錢，計畫就無法實現，工程便成立空中樓閣。從縣衙出來，在鵝卵石街道上，邁著細碎的腳步往北正街走去，路過周家碼頭時，不由自主地停下腳步。今天碼頭上泊船不多，他的目光凝視著一條烏篷船鼓滿風帆往長沙方向劈波斬浪而去。白帆越來越小，最後消失在水天相接的天際，心裡充滿了對陳寶箴這位老朋友的牽掛，也不知他現在身在何處。

猛然間，涂啟先只覺得頭暈，腳下像踩著棉花，胸口憋悶得很難受，喘不過氣來，喉頭發癢，堵上了一口痰，使勁想吐，這一吐，一股鹹腥味兒的血痰落地上了。又是一串急劇的咳嗽，眼淚也出來了。他只好蹲下去，使盡全身力氣咳嗽，咯血……

涂啟先感覺稍好一點，決定去拜會老友，在大夫第的門口與譚繼洵不期而遇。

譚老將老友引進堂屋，涂啟先剛坐下，迫不及待地問：「陳寶箴出事了？」

譚老歎息，接著，便聽涂啟先將到縣衙裡要錢的情況說了一遍，然後道：「這位賴成裕，原來是長沙的候補通判，陳寶箴門下的人，他現在這樣做，大概是為了撇清自己吧……鐵打的衙門流水的官，官場上的人，不都是這樣嗎？」

「我知道了……」

「那——你的工程怎麼辦啊？」

涂啟先說：「我得回去了，錢的事，我還是另想辦法……」

李閏聞聲而出，與先生見過面，興奮地說：「先生，那次造訪，很受鼓舞，我也打算走出家庭，搞一些社會活動，在瀏陽成立一個不纏足會。現身說法……」

涂啟先感覺到李閏的氣色好了許多，精神面貌已經有了很大的變化，高興地說道：「那好啊，有用得著老夫的地方，一定支持！」

李閏簡單的幾句話，給涂啟先注入了活力，病一下好了許多。他再一次起身離去時，繼洵老漢又叫住了他：「舜臣先生，會生回來後經常講涂爺爺的事，他還鬧著要長期住到你那兒去呢——」

涂啟先笑道：「可以啊，他不是行過拜師禮了嘛，隨時都可以到大圍山來！」

兩位老友正說會生的事兒，會生便出現在門口了，驚喜地叫了一聲：「涂爺爺！」

涂啟先道：「你剛才叫我什麼？」

譚老拉著長孫的手，笑道：「我已經和你涂爺爺說過了！」

會生看著涂啟先：「涂老師，可以嗎？」

涂啟先看著譚老：「我答應你就是，不過，我馬上就要開工修水圳，會生去了要做好吃苦的準備哦。」

會生笑嘻嘻的：「吃什麼苦呀？」

「一把鋤頭，一根扁擔，兩支撮箕，開山修水渠……」

會生豪情萬丈，大聲說道：「天將降大任於斯人也，必先苦其心智，餓其體膚，勞其筋骨！」

涂啟先笑道：「好，好，書香門第的後人，我希望你將來有出藍之色！」

譚老抹了一把眼淚，說道：「我把會生交給你，一百個放心。會生，一路上好好照顧你涂爺爺。」他又叮囑車夫，路上平穩一點……

一路上，有會生陪伴，說說話，倒也不寂寞，涂啟先彷彿自己也變得年輕了許多。

魯錫成與涂質初等人一直在河岸邊企望著涂啟先的歸來，一方面看錢是否拿到，另一方面也為涂啟先的安全擔憂。質初後悔，沒有堅持陪同父親前往。

朦朧的星光下，終於聽到了路上傳來馬車行駛時特有的聲響，團局的人以及涂啟先的兩位兒子便一齊迎了上去……

「錢到手了麼？」這是魯錫成的聲音。

「你身體沒事吧？」這是質初兄弟的聲音。

暗夜中，涂啟先的聲音：「身體沒有事，錢也沒有到手。」

他故作輕鬆的語氣中還有一點自嘲的成分。他簡單地講了沒有拿到錢的原因，但是，他也堅定了水圳工程一定要修的決心，並將在路上考慮的方案說了一遍，那就是宣傳發動士紳民眾捐款。

第二天，上東大團在東門集鎮發佈了關於捐款修水圳的公告。就在當天，團總涂啟先將家裡一條大黃牯也賣了，所得錢都捐給了水圳工程。涂啟先賣牛捐款的事在社會上反響強烈，有些人家連雞婆剛下的蛋都捐出了。

水圳開工的那一天，涂啟先扛一把鋤頭，他的身邊是質初兄弟以及會生，他們從街上走過，一些男男女女走出家門，跟在後面，及至爬到雞籠尖時，已經是一支八百多人了！

歷時五個多月，上東大團的鴛鴦圳投入使用了，此後，山下的大片田土乾旱的歷史一去不復返了！

三十四

從大圍山回來，李閏的眼前不斷晃動涂啟先辦實事為民造福的情景，心潮起伏，耿耿難眠，又想起了夫君在日的點點滴滴。窗外的樟樹杈上，傳來一斑鳩扇翅的聲音，格外清晰。

「梆！梆！……」

更夫敲第五遍了，大夫第門外已經有了早行人的腳步聲，她起身將《遺書》放進抽屜，心裡卻還在回味，這些話，出自老公之手，骨子裡卻道出了為民族國家命運而獻身的精神。在上東大團所看到了一切，涂先生沒有豪言壯語，有些事甚至瑣屑，使她深切地感受到愛國者的情懷，怪不得他們師生那麼融洽，原來他們的心相通。於是，她便產生了繼承老公遺志，將老公的未竟事業繼續幹下去的願望！

光緒二十六年冬，在瀏陽縣城大街上以及大夫第的牆壁上，張貼著一份非官府的《告示》，在社會上引起了強烈的反響。一天下午，在縣城的操場上，聚集了數百人，似乎在搞一個什麼活動。知縣賴成裕得報，他擔心亂黨餘孽鬧事，急急忙忙地領著幾名衙役趕到現場。所看到的情景使他感到奇怪，一個臨時用門板搭的舞臺上，站著幾位中年女子。其中一位三十來歲的正在對台下的男女老少做演講。賴知縣急忙打聽，是否亂黨在做宣傳。

有長者看了他一眼：「什麼亂黨，人家在宣傳婦女不纏足！」

「不纏足？」賴成裕一時還沒有明白過來，只見臺上另一位女子接過話，興奮地說：「還要辦女子學校呢！誰說女子不許如男！」

站在知縣旁邊的長者接著說道：「是啊，古有花木蘭那樣的女英雄，現在為什麼不能有?!」

賴知縣明白了，記起了縣衙附近還貼著一張所謂《告示》呢。他當時還搖頭，說過：「你一個庶民百姓，有什麼資格出《告示》！」身旁的師爺就要伸手去撕下來，賴成裕兩眼盯著頭頂的天花板，想了想，斥責道：「你少給我惹事！」

李閏站立在臺上，面對群眾，現身說法，歷數纏足的切膚之痛。她聲淚俱下地控訴纏足給婦女身心的摧殘：「一個女孩年方六七歲，母親便要將她兩隻腳的十趾壓彎，再用一根兩三寸寬的布條纏成所謂的『三寸金蓮』，使婦女喪失勞動能力，相反，不纏足婦女卻反而遭到歧視和嘲笑，甚至終身嫁不出去……」李閏話鋒一轉，伸出兩手拉著身邊的兩位女子，介紹道：「這是我的兩位嫂子，都是天足，健康的身體，現在我們家裡的許多活兒靠她倆做，我這個廢人卻什麼也幹不了……其實，纏足與否，還靠自己把握命運。大家也許還記得我的婆婆徐五緣吧，她沒有纏足，和我老公公恩愛有加，去世多年後，老公公還向朝廷請命，追封一品誥命夫人啊！」

圍觀的人群中立刻響起了一陣歡呼聲、掌聲。

李閏的不纏足運動，招來了一些守舊的道學家的指責，書香門第怎麼出了這麼一位女人啊，還是翰林大學士家的千金，名門閨秀呀？李閏不為閒言碎語所動，大聲疾呼，鼓動婦女大眾衝破禁錮她們的枷鎖，抵制纏足！有了上海參與的經驗，她提出了更加具體的行動口號：「全部燒毀裹腳布，堅決砸爛小腳鞋！」

李閏為自己的事業奮鬥，精神面貌與以前大不相同，每一天都過得踏踏實實。瀏陽不纏足會的活動深入到全縣的鄉村各個角落，講述纏足給婦女帶來嚴重的危害，隨著李閏的努力，這些逐漸成為都能接受的事實。七嫂的變化，老公公譚繼洵都看在眼裡，為此，他感到特別的欣慰。

現在，一家人在飯桌旁，李閏的話成了主要的議題，三妯娌對婦女的命運進行熱烈的討論，把老公公晾在一邊。李閏意識到了，將臉轉向譚老，態度誠懇地問道：「爹，我想聽一聽你老人家的意見。」

譚老笑道：「我只想說一句話。要你當家長是一個正確的決定……」

冷清的大夫第變得熱鬧起來了，出出進進的人群中大多是一些尋常百姓，而且以女人居多，她們都是為女人不纏足的事而來。在大廳裡，經常會看見一位耄耋老人被女人圍在桌子旁邊，七嘴八舌地問一些關於女權的事。老人蠻有興趣地一一作答，笑聲不斷。一天下來，幾乎沒有多少休息的時間。李閏看在眼裡，深為老公公的身體擔心，勸他注意身體。老人搖頭笑道：「七嫂啊，我現在好得很呢，如果沒有你的不纏足會，獨自待在屋子裡冷冷清清的，那才會鬧出病來……」

「爹，除了不纏足會之外，我……還想辦一件事……」

「什麼事？」

「辦女學。」

「女學？」老人沉吟片刻，「我看行，女人一旦發動起來，所發揮的作用，不可小覷，巾幗不讓鬚眉嘛……說說看，有什麼用得著爹的地方？」

「好，有你這句話就夠了！」

老人淺淺一笑：「我的話那麼管用？」

「爹的支持最重要，當然，還有一點小問題……」

「這個小問題就是經費，對嗎？」

「爹不愧為當朝一品大員！」

老人右手捋了捋下頜一撮雪白的鬍鬚，說道：「現在你是當家人，家裡的田契、產業都在你手裡，所有開支你做決定就是……」

「爹，」李閏動情地說：「你一輩子為官清廉，誰不知道，這一百幾十畝薄田在大戶人家根本不算什麼，可仍是你辛辛苦苦積攢下來的，我知道你會支持，但是，我還得先向你說一聲啊，爹——」

譚老搖頭：「你說的不對，這份產業，還是你二伯父繼鏞那位商人饋贈的呢。俗話說，三年窮知府，十萬雪花銀，我做的官比知府大得多，卻什麼也沒有落下……」

李閏顯得有點激動，聲音一下大了許多，「爹爹，你留給後人的精神財富，富可敵國！」

李閏一語未了，大門外響起一陣腳步聲，傳來一個有點耳熟的聲音：「譚伯父，久違了，別來無恙？」啊，是唐才常！走在他後面的竟然是譚凱，還有一名十五六歲，與會生年紀相仿的少年，譚老立刻驚喜地迎上前去，說道：「佛塵，你什麼時候回瀏陽了？」

唐才常上前一揖：「我剛從日本回來……」

老人看著譚凱，驚訝：「你也到了海外?! 你們怎麼認識的？」

唐才常笑道：「譚伯伯，那次你老在京師接復生回家的時候，我和你說過呀，只是，我後來有急事要去武昌，沒有機會和你說清楚。」

譚老想起來了，說道：「嗯，是的，我當然還記得。」

譚凱比以前黑了，也瘦了許多，向來精緻的後生，現在的衣著裝扮很隨意，像下苦力的短工，又像賣藝的江湖客，說不出是什麼味道……總之，以前那種文質彬彬的書生管家形象幾乎沒有留下多少痕跡了，鬍子拉碴的，眼神中卻透出自信和堅毅。他的變化，不用說李閏了，就連老眼昏花的譚老都看出來了，他打量譚凱，突兀說道：「笨飛呀，你食言了——」

譚凱的臉上微微一笑：「伯伯，我沒有忘記，確實是準備訂下喜期就來請你老喝喜酒的，我爹他要親自來府上請客。」

「是嗎，你是說你爹……啊，你後來怎麼又沒有音訊了呢？我可是等著喝你的喜酒呀？」譚老大聲吆喝三位客人：「坐吧，坐坐，站著說話不腰疼嘛？」

聽主人這麼一說，年輕的客人忍不住笑了，李閏的臉上略過一絲不易覺察的笑容。

男人說話的時候，李閏還遠遠地站著，她為復生的同學出現感到高興，然而，她更關注的還是譚凱。還記得復生安葬的時候，他講已經有了對象，許諾請喝喜酒，可是，一去年餘的時間，再也不見蹤影，也沒有任何資訊。

譚凱的嘴唇周圍一圈黑黑的鬍子，看人時候明亮的眼光，給人的感覺成熟了許多。譚凱在熱烈交談的時候，李閏隱隱約約覺得，他們有一個秘密組織，唐才常還是一個頭兒，譚凱要服從他的指揮。

唐才常比過去老練了許多，與復生同學時的天真、頑皮的勁兒沒有了，言辭犀利，擲地有聲：「是的，康有為由日本又去了加拿大……許多人都在海外，多方奔走，蓄積力量，為推翻滿清政府，復興中華！」

譚老聽了一會兒，終於忍不住插話了：「康有為這個人，我——」

唐才常記起了譚老在京師瀏陽會館說過對康有為不滿的話，解釋道：「譚伯伯誤會了，他往海外不是貪生，而是為了東山再起。如果都像復生一樣流血犧牲，誰為烈士報仇，只有前赴後繼，不然的話，復生他們的血就白流了。」

譚老聽了唐才常一席話，很受啟發，但是，對於皇上也反則不能認。

唐才常示意譚凱做解釋，譚凱說道：「戊戌維新的失敗，主要原因是把希望寄託在光緒帝身上，血的教訓應該吸取，不能再那樣幹了，我們決定採取其他途徑！」

譚老不說話了，不知道說什麼才好，指著少年問道：「他是……」

唐才常連忙介紹道：「他叫焦達峰，瀏陽北鄉焦家橋人，你別看他年紀小……」

譚老欣喜地將焦達峰拉到面前，說道：「你就是焦達峰呀，早就聽說了，北鄉有一個有志少年，年紀小小，卻幹出了一番轟轟烈烈的事業。啊，我還聽說過你十一歲時寫的一副對聯：『一點心思，做出千年事業；兩個目的，看破萬里乾坤』，少年有志，爺爺佩服你呀！」

焦達峰臉紅了，說道：「譚爺爺，您就別誇我了，與復生叔叔那種敢為人先的獻身精神相比，我還差得太遠。不過，我抱定了以復生叔叔為榜樣，像佛塵叔叔一樣，為了國家的強盛奮鬥到底的決心！」

老人連連點頭，說道：「好好，好啊，長江後浪推前浪！」

李閏插話道：「佛塵老弟，你們還沒有吃飯吧，我們一起用餐？」

唐才常爽快地說道：「還沒有。」

老人示意二人道：「坐吧，我們一起用餐……」

餐桌上，唐才常對李閏說：「嫂子，聽說你在家鄉的不纏足會辦得有聲有色呀？」

李閏有點不太好意思地笑道：「你怎麼知道？」

唐才常卻將目光轉向譚老：「復生的獻身壯舉，海內外震驚，對他家人的狀況，都很關心。嫂子以一位大家閨秀，投入女權運動，現身說法，歷數纏足對女人的危害，影響很大……回國時，瀏陽老鄉陳作新還捎來一件東西，說是對瀏陽女權活動的支持。」

唐才常說畢，從手提藤箱裡取出一個布包，是一尊拇指頭大小金光燦燦的麒麟，送到李閏面前，李閏慌忙說：「這個絕對不行！」

老人激動地說道：「陳作新，瀏陽永安人吧，一位以民族復興為己任的青年才俊……早有所聞，這個請你帶回，他，啊，不對，是你們，你們是幹大事業的人，需要錢的地方還多，至於瀏陽的女權運動，你們只管放心，老朽還有一點田產，經費上沒有問題的！」

他將李閏介紹給唐才常：「她現在是大夫第的當家人，今後有什麼事都與她商量吧！」

李閏落落大方地與譚唐二位打招呼。

有老同學在身旁，譚凱沒有二人單獨相處時候的尷尬。

譚凱和唐才常一齊笑了起來，譚凱的笑特別燦爛：「好啊，嫂子，今後我們就相互支援吧，目的只有一個，為了中華民族的偉大復興！」

李閏不好意思：「我一個女子，何德何能，主要還要靠你們這些年輕有為的七尺男兒……」

譚凱搶過話去：「此言差矣，古有花木蘭，近有李閏娘……」接著，他吊嗓子唱了一句戲文：「誰說女子不如男！」

「哈，哈哈——」大夫第爆出一陣大笑，向來冷冷清清的很久沒有這麼熱鬧過了。

唐才常說：「伯父，我此次回瀏陽，還想去看望涂啟先老師……」

譚凱也說：「我也很久沒有見到涂先生了，很想見見他的……」

譚老熱烈地說道：「我也有好久沒有見到他了，今年他好像沒有在城南書院教書了，在家鄉辦了一座圍山書院，我們一起去吧！」

焦達峰也說：「我也想去拜見涂爺爺！」

譚老、唐才常、譚凱一行乘坐的馬車剛剛來到大圍山集鎮時，遇到了一臉憂愁的涂質初，稱父親病得很重，卻堅持在團局處理公務，不肯歇息。繼洵老漢說：「走，我去說說他！」

半年時間沒有見面，涂啟先臉色蒼白，形銷骨立的模樣令繼洵老人心疼，一見面就說：「舜臣啊，你怎麼不聽話啊？」

涂啟先見到唐才常、譚凱與譚老，特別興奮，掙扎著要起來，被大家勸住了。他雖然生病了，精神狀況還是鑾好的，說了一些禮節性的客套話之後，神情變得凝重起來：「大圍山地區，也就是，上東大團義倉募集到了五千石糧食了，以前所謂上東土匪出沒，打家劫舍，其實都是一些飢民，飢寒起盜心。如果不餓，自然就不會鋌而走險了……」

「飢民！」譚凱聽到這兩個字，很重的聲音重複了一遍，引得都看了他一眼，他有點不好意思，示意涂啟先，「先生，我沒有什麼，你還是接著說吧。」

涂先生還沒有說幾句，會生像一陣風似的突然出現，撲到譚老面前，叫了一聲：「爺爺，你來啦！」

祖孫倆分別的時間不長啊，會生皮膚黑而粗糙，雙手一層硬繭，像換了一個人，譚老心疼地撫摸著孫子的手，問道：「會生呀，過得習慣嗎？」

會生笑嘻嘻地說道：「習慣，習慣！」

譚老將焦達峰介紹給孫子，兩個同齡少年第一次相見，沒有陌生感，很快就成了好朋友，手牽著手出去了。

涂啟先看著兩名少年的背影，頗有些感慨地說：「年輕真好。朝氣蓬勃，充滿活力，天下是他們的啊！」

涂啟先今天的精神狀態非常好，與唐才常聊了很久，與以前不同的是，學生滔滔不絕地講，先生仔細認真地聽，還會不時點頭認可，甚至點贊幾句：「後生可畏，中華民族的復興有希望了！」

涂先生過於興奮，突然大口地咯血，如果不是唐才常出手快的話，險些栽倒了。涂先生本來就矮小，唐才常幾乎沒有費多大的勁便一把將先生抱起來，放到床上。

涂啟先面對近前的譚老，抹了一把嘴角的血跡，長歎一聲：「我已經時日無多，不能看到民族的復興，多麼遺憾啊……甫公，我還有一件事相求……」

譚老輕輕地握住老友枯瘦的手：「你說吧……我會盡力去做。」

「我想把平生著述整理成冊付梓，請人作序，這個人只有你才合適……」

「行，我肯定做，不過，你的病也一定要有治的信心，想丟下老友不管，我不會答應，你比我還小十二歲，知道不，舜臣……」

涂啟先說話已經很吃力了，目光環視身邊的幾個年輕人，最後在唐才常的臉上定格，口中吐出最後幾句話：

「命運一定把握在自己手裡，後死諸君多努力……」

涂啟先的目光在唐才常、譚凱、李閏的身上逡巡了一遍，慢慢地失去了光澤。譚老連喚幾聲：「舜臣兄，舜臣兄，你醒醒，醒醒，你比我還小十二歲，你丟下我不管，我可不答應啊。」

唐才常、譚凱、李閏千呼萬喚：「涂先生，涂先生——涂先生——」

焦達峰、會生不停地叫：「爺爺，爺爺……」

質初兄弟聞聲闖了進來，涂啟先已經停止了呼吸。

三十五

譚老一行，在離開大圍山返回縣城的路上，身子隨著馬車的搖晃而晃動。唐才常和譚凱表達了希望留下來參加涂先生葬禮的願望，可是，根據自立軍組織的統一安排，他要立刻趕赴上海，而譚凱則要根據組織安排完成湖南地區的任務。唐才常告辭出來的時候，表達了自己的心思，還向譚老吟誦了曾經為同窗好友復生寫的挽聯——

「與我分別幾時許，忽警電飛來，忍不攜二十年刎頸交，同赴泉台，漫贏將去楚臣孤，簫聲嗚咽；近至尊剛十餘日，被群英構死，甘永拋四百兆為奴種，長埋地獄，只留得扶桑三傑，劍氣摩空。」

唐才常念完之後，沉默了。他現在是自立軍總統領，這支武裝的目的就是推翻滿清王朝，屬於組織的秘密，不能隨便亂說。至於譚老，年紀大了，留下來顯然不妥。他說回家後，會寫一些文字表示對老友的悼念。

唐才常很久沒有回自己的家了，家裡還有父母，妻兒，想回去見上一面。譚凱與唐才常的情況有所不同，畢竟在這兒生活了很長的一段時間，他還是進了大夫第的門。這裡的一切，都能勾起他的記憶。與譚能、楊嫣等老傭人，朝夕相處，自然有一種特殊的情感，不過，他們的交談變得拘謹而有禮節，人啊，是無法回到從前的。

譚老看著譚凱，忽然又記起了請喝喜酒的事。譚凱看得出，李閏對這個問題也非常關心。這使他很感動，有了與親人在一起的感覺。然而怎麼回答呢，這可不是三言兩語能講得清楚。還是簡單一點吧，說多了也沒有任何實際意義。

「伯父，成親的事改期了……所以沒有來請喝喜酒，對不起啊！」

李閏話裡有話：「你不會是又離家出走了吧？」

譚老有點莫名其妙：「離家出走？你是講哪個離家出走？」

譚凱臉紅了，有點不好意思地說道：「不是一兩句話能解釋清楚的——」

李閏揶揄道：「那就不要說了！」

譚老有些吃驚，不解兒媳為何會這樣。本來，對喝譚凱喜酒一事，也就是出於對一個故人的關心吧，請與不請，也沒有太要緊。可是，現在聽譚凱這麼一說，反倒引起了他的注意，像譚凱這樣年齡段的人，不用說三妻四妾，單身無論如何還是屬於不正常。

譚凱知道譚老與李閏都是出於對自己終身大事的關心，稍微想了想，解釋道：「本來請算命先生看好了喜期的，就在成親的前一天晚上，佛塵突然登門，有緊急事情需要我協助處理，所以今年不能結婚了。」

譚凱說道：「不行啊，算命先生講了，今年只有八月一個喜期，過了就沒有了，要等明年。」

譚老不信：「今年還有後幾個月，看過一個日子不就行了？」

譚老笑笑。李閏為了不想讓老公公聽見，將聲音壓得很低：「編，你就編吧！」

譚老忽然問道：「我想知道我未來的侄媳婦的家庭出身。」

譚凱看了李閏一眼，回答：「一位著名的老郎中的千金。」

譚老問道：「老郎中，還著名，不會是柳至誠吧？」

譚凱回答：「正是，伯伯你認識他？」

譚老點頭：「我也聽王璋人先生提及過，他們是很要好的朋友。」

譚凱不想就這個話題繼續下去，至於真正的原因，打死他也不會說，有組織的人，必然會有嚴格的組織紀律約束，怎麼能隨便向外人透漏？這裡的外人包括親人好友。譚老與李閏將他送出大門，譚凱在彎腰答謝昔日的主子時行九十度的鞠躬禮。李閏突然發現了他的秘密，腰上插著一根長約尺餘黑不溜秋的傢伙，大吃一驚：「你，什麼東西?!」

譚凱想遮掩也來不及了，乾脆向李閏說明：「這叫短槍，從國外帶回來的。現在軍隊打仗都使用，組織上給我配了一桿，遇到緊急情況，我會立刻拔出來給他一傢伙！」

譚老笑道：「你在家跟著師父好好學醫吧，既然無意於仕途——像現在這樣的朝廷，正直的人哪個還願意啊，懸壺濟世，解救庶民疾苦，功德無量！」

「大伯說的是，不過，我還是會有時間來府上的……」

譚老搖頭：「一個郎中經常來幹嘛，瀏陽有王彰人，已經可以了……」

譚凱衝李閏笑笑，他知道譚老誤會了自己的意思。趁機又向李閏說了在組織上屬於犯紀律的內容，他今後一段時間就是在瀏陽地區秘密發展組織，為今後的武裝起義作準備。最後，還是不忘提醒：「表姐，我講了一些本不該講的話……」

李閏笑道：「既然是不該講的話，為何又講了呢？」

她不待譚凱對這句話做出反應，伸手意圖攙扶老公公，被譚老拒絕了：「不用，我走得動，將來到了七老八十了，你再來扶我不遲。」

李閏愣住了，難道老公公聽了我和譚凱的話有不滿意的內容嗎？

「嗚嗚，嗚……」一進門，譚老竟然衝兒媳哭了起來，唬得李閏不知道如何是好。哭聲引來了另二位兒媳，她們一齊從自己的房間跑出來，大驚失色，不知道老公公剛才還好好的怎麼突然傷心落淚，盧夫人行走不便，在裡屋連聲問發生什麼事了。因為在他們的記憶，打從光緒二年京師大瘟疫死了三位親人算起，經歷了一次次的生離死別，白髮人送黑髮人，譚老未曾像孩子般放聲大哭，哭得如此傷心。

三位兒媳幾乎是齊聲問：「爹爹，為何這麼傷心啊？」

譚老喉頭哽咽：「涂先生走了，今後還有誰來陪我說說話啊？」

兒媳們又是一齊勸說：「家裡還有你的親人呀，幾個孫子一天天長大，懂事，陪你講話的人多呢。」

譚老揚起一雙淚眼，看著兒媳，以及稍後攏來的幾個孫子，搖頭：「舜臣是我幾十年的知己，他的話句句說到我心坎裡了，你們哪個都不如他，今後誰和我說說話啊……嗚嗚、嗚……」

眾人都沒有注意的情況下，盧夫人用一張木椅做支撐，從自己房間裡出來，往譚老面前移動身子。兒媳們發現了，趕緊攙扶她坐往譚老旁邊的椅子上。譚老淚眼婆娑地對她說道：「慧琳啊，涂先生走了，我活著還有什麼意思啊，我還比他大十二歲呢，我、我……」

譚老在李閏的心目中，一直是敬仰的男子漢大丈夫，經歷了一次又一次的災難，挫折，依然頂天立地，流血不流淚。而眼前這個模樣，卻像一個受到長輩責難可憐兮兮的孩子，一股憐憫之情油然而生。在親人的勸慰下，譚老的情緒漸漸地平息下來，用手揩了幾下眼淚，示意李閏近前。李閏走攏去，依偎在盧夫人身邊，婆媳倆的兩隻手拉在一起。

「爹，你就別太難過了，涂先生身體那麼差，能熬到六十六歲，已經很不簡單，還是自己的身子要緊……你有什麼事只管吩咐，我盡力去做。」

盧夫人笑道：「老爺，閏娘可是你選拔的家長呀，她剛才說的話，你進耳朵了沒有？哎——」

「哎，我知道了，」譚老點了點頭，看著李閏，說道：「你創辦的那個女學，現在怎麼樣了，啊，還有不纏足會的活動一定要抓緊啊，涂先生在天上看著呢！」

他的嘴裡一提到「涂先生」，眼淚又冒了出來，在眼眶裡滾動。李閏還沒有回答，黎、黎二位兒媳一齊說道：「這個你只管放心，明天，啊，最遲三天以後，我們的閏娘就該稱呼她李校長啦！」

「李……校長？」譚老不覺笑了，笑臉上閃著淚光，對這個陌生的稱呼感到新鮮、親切，輕輕地重複一遍，「李校長，嗯，不錯——閏娘，你可要實實在在地做事，做出成績來，不要當一個掛在嘴邊的校……校長！」

盧夫人忍不住又插話了：「這個嘛，老爺只管放心，我們閏娘是什麼人呀，大家閨秀，學富五車，在小小縣城當一個女學校長，那還不是小菜一碟？」

黎玳貞忽然問道：「辦女學就是讓女子入學讀書吧，還要一碟小菜，爹？」

譚老一愣，隨即仰面哈哈笑了，往李閏一指，說道：「這個李校長愛吃什麼小菜，你和她一日三餐同桌吃飯，你還會不知道？」然後側過臉看著李閏，示意道：「閏娘啊，你這個大嫂啊，只知道埋頭做家務活，其他什麼都不關心，還不如你二娘呢，你二娘都知道你愛吃什麼小菜，她還不知道！」

盧夫人聽譚老這麼一說，愣了一下，旋即笑了。盧夫人的笑引發一家老小都笑，只有黎玳貞莫名其妙，不知道有什麼可笑的。李閏雖然也笑，但是，她的心情卻複雜而沉重，從老公公突然的傷心流淚，很快又笑了起來，感覺到了他是真的老了。和涂先生比，多活了十幾年，一輩子承受了太多的苦難，挫折，竟然活到了耄耋之年，恐怕算是奇跡了。

李閏暗下決心，一定學習涂先生的實幹精神，把女學辦得有聲有色，對得起流血犧牲的老公，讓遲暮之年的老公公以此為驕傲，每一天都過得開開心心，快快樂樂。於是，在飯桌旁邊，趁老公公高興的時候，將瀏陽女子學校的籌辦情況說了一遍。譚老耳朵聽力很弱，有時一句話沒有聽清楚，李閏不厭其煩地重複，直到老公公點頭為止。她說的時候，一家人認真地聽，飯菜都涼了。其實，李閏的事業進展很艱難，並非她講的那麼順利，輕鬆。其時，她剛剛走出悲痛，步入社會，以她的閱歷，最缺乏的還是經驗。面臨的困難，遠比想像的要多。這時候，她幸運的是遇到了一位叫劉松芙的知識份子，正在為宣導瀏陽辦女學四處奔走。

李閏與她取得了聯繫，兩人合在一起，具體策劃。她們辦學的告示剛貼到公共場所，立刻招來了非議。反對的多，贊成的少。老百姓讀書識字不多，但意見卻相當一致，女子無才便是德，讀什麼書啊？沒有嫁的姑娘，早晚是別人家的；娶進門的，你就好好做你的家務，帶好孩子就是了。

知縣賴成裕聽說後冷笑：「這個譚繼洵呀，他的官也不知道是怎麼當的，家裡的事都管不好，還書香門第呢。女人要三從四德，你的兒媳都成寡婦了，怎麼還讓她拋頭露面，你家裡已經出了不少的事了，還嫌不夠是嗎？」

這番話沒有進譚老的耳朵，否則他不被氣死才怪呢。不過，話說回來，李閏、劉松芙她們不遺餘力的宣傳，還是取得了明顯的效果。究其原因，還得謝謝自立軍湖南地區的負責人之一的譚凱，他偶爾也會因為工作上的需要來瀏陽，他為李閏她們創作了通俗易懂的順口溜，列舉自古以來的巾幗英雄如花木蘭、穆桂英為例，說明女子是多麼的了得。順口溜中還提到蔡文姬，這個是一個讀書不少的女中豪傑呀。劉松芙對譚凱這位神秘人物頗感興趣，聽說此人居然在大夫第做了多年的管家，大惑不解。受好奇心理驅使吧，便向李閏問，這是為什麼？李閏從來沒有被人這樣問過，不覺臉紅了，她也不想就這個話題繼續下去了，淺淺一笑：「我也不知道啊，下次他來了瀏陽，你自己去問吧。」

劉松芙一笑了之：「我現在滿腦子都是女學！」

李閏拉拉劉松芙的手，笑道：「這就對了！」

經過一年多的積極籌備，瀏陽縣立女子學校終於在縣城柴家巷迎佛寺正式掛牌成立。劉松芙任校長，李閏為學監。教師的聘請，老公公譚老都出馬了，一些社會賢達，礙於他老人家的面子，勉強答應。每一個人的心裡都有一桿秤。瀏陽人哪個不熟悉大夫第呢？他們一家子為了民族國家利益的行為，尤其是譚復生，連命都不要了。人家都做出那麼大的貢獻了，答應去女學任教還會為難嗎？

而學生的來源，比聘請教師還要困難。沒有學生，那還算學校嗎？愁煞了兩位學校領導，正在她們無計可施的時候，譚凱恰到好處地出現了。李閏感覺到譚凱變了，不僅僅是言語變了，行為也很詭秘，一身夜行者衣服，晚上冒出來的時候多，就像一個夜行俠。那夜李閏的辦公室窗戶還亮著燈，兩位校領導說話的聲音透過窗戶傳出來，內容還是招生的事，為此愁眉不展。

「砰，砰、砰——」

敲窗戶的聲音很輕，兩個女人都聽見了，劉松芙先開口，對著窗戶問：「誰呀，這兒是女子學校！」

李閏面露微笑，說了一句：「他來了。」

一語未了，譚凱已經出現在辦公室了，還是上次見到的時候那身打扮。

李閏問：「夜行俠，你來得真是時候。」

「是嗎，我也估摸再不來你們兩位領導就會愁死了。」

「你怎麼會知道？」

「你沒有聽說過這句俗話，『你是我肚子裡蛔蟲』，我就是你肚子裡的蛔蟲。」

李閏臉一紅，瞥了旁邊的校長一眼，說道：「我們在為招不到學生的事發愁，可沒有心思和你開玩笑。」

譚凱衝劉松芙一笑：「我就是為這事而來的。」

劉松芙驚訝：「你怎麼知道，你們自立軍也管學校招生的事嗎？」

譚凱神情立刻嚴肅起來，看著李閏：「是你告訴她的吧？」

李閏尷尬地一笑：「松芙是我最好的朋友。」

譚凱不以為然：「我的事，知道的人越少越好，雖然我不懼流血犧牲，但是，如果都像復生那樣了，誰來完成烈士遺願？」他見李閏慚愧地低下了頭，語氣變得溫和了一些，「我知道表姐的朋友可靠，……好了，不說這個了，你們招生的事包在我身上吧。」

李閏、劉松芙一齊看著譚凱，不敢相信，問他有什麼高招。

譚凱微微一笑：「明天吧，我困了……」

劉松芙李閏還有話要說，譚凱卻頭一歪，坐在靠椅上鼾聲大作。

李閏疼惜的口氣：「你多長時間沒有睡覺啊。」

回答她的是長長短短高高低低的鼾聲，鼾聲填滿了這間不大的辦公室。兩位校領導商量了一下，決定讓譚凱在學校將就一晚，且看他明天招生有什麼靈丹妙藥。她們離開學校各自回家，沒有多說話，心裡想的還是招生的事。她們走出沒有多遠，不約而同地回過頭去看學校的房子，儘管譚凱的語氣肯定，她們還是半信半疑。

第二天，她們都起得很早，來到學校時到處靜悄悄的，門窗緊閉，沒有一點聲息。李閏伸手正要推門，旁邊劉松芙突然說道：「不辭而別了嗎？」

李閏隨即說道：「譚凱不是那樣的人！」

譚凱確實沒有走，趴在辦公室桌子上打鼾。不過，他很警覺，兩位校領導剛出現在辦公室門口，便醒了，將一本寫了什麼東西的小本子卷起來塞進衣袖，而後收拾桌子上的筆和硯臺。李閏見他有些慌亂的模樣，想問本子上記載些什麼呀。話到嘴邊又咽了回去。

譚凱信心滿滿地說：「沒有問題，你們跟我走吧！」

劉松芙說話了：「你這是……要去哪兒？」

譚凱看著李閏說道：「冷水井。那兒有一百多戶人家，招二、三十個學生不會有問題。」

李閏眼睛一亮，冷水井的人，只要這位當年的管家一出現，還有什麼辦不成的事嗎?!她欣喜地對譚凱說：「我怎麼沒有想到呢？」

譚凱陪同兩位女子來到冷水井，他來這裡也就幾次吧，但這裡的一切，他非常熟悉。他不會忘記，第一次來冷水井的情景，那時候，少年氣盛，遇事容易衝動，不記後果。幸虧他運氣好，遇到了一位開明的主子，不但沒有受責罰，反而升任管家。

之後他是真的忘了，但嗣襄安葬時，發生在大雨中的那一幕令他震撼。目不識丁的鄉下男女，在一些讀書人眼裡，什麼也不懂，渾渾噩噩，了其一生。然而，活生生的事實教育了他，使他對這個群體有了全新的認識。他們正直，善良，知恩圖報……而今天，他之所以很有把握地領著兩個女人來招生。他相信，他的話冷水井的人絕對會聽。算起來，這些年，也沒有少來瀏陽，而縣城距離冷水井也不算太遠，卻一回也沒有再來過。其實，在經歷了嗣裏的喪事之後，他對這個地方產生了有一種特殊的感情吧。

譚凱一行三人僱上一輛馬車，往冷水井而去。剛一上車，譚凱便催促車夫快，要以最快的速度去。李閏不解：「要那麼快幹嘛，這招生的事，是做思想好工作，急性不得。」

譚凱笑道：「這個你就不懂了吧，這個時候趕到那兒，人家還剛吃完早飯。去遲了的話，人家都上地裡幹活去了。你便找不著人了。」

劉松芙讚歎：「你對鄉下人真的很瞭解呀，你在鄉下住過嗎？」

李閏微笑地看著譚凱，等候他的回答。

譚凱想了想，深有感觸地說道：「我家爺爺、爹爹兩代進士，書香門第，說實在的，與鄉下人接觸很少。由於家裡的變故，在自己家的米鋪，我有了與鄉下人打交道瞭解他們的機會。對鄉下人的瞭解，需要經歷……啊，快到了，前面就是冷水井，你們看，那是一口水井，分上下。上面的供飲用，下面的洗衣服；那一棵歪脖子樟樹，那年就是在那兒看到一位老太太為了避風，蜷縮在樹洞裡……啊，那裡原來有一堵院牆的，沒有了，是倒塌了吧……」

重來舊地，觸景生情，能喚起譚凱許多對往事的記憶。

冷水井的男女老少發現一大早便來了一輛馬車，上面坐著一男兩女，感到好奇，從各個屋場走來。還沒有一個認出當年那位莽撞的家丁，這使譚凱的心裡有了一點小小的失落。冷水井的男女對李閏、劉松芙兩個城市裝束女子的興趣顯然超過了譚凱。

李閏、劉松芙見來的人已經不少，便開始宣傳辦女學的意義，希望冷水井的積極報名參加學習，將來成為有用的人才，為國家出力。冷水井的男女聽了半天，也不知道說些什麼，聽得認真，臉上掛著大大的問號。譚凱看在眼裡有點急，協助宣傳辦女學的意義，列舉了古代花木蘭、穆桂英等女英雄的故事。

譚凱他們的嗓子快冒煙了，聽眾還是一頭霧水。李閏和劉松芙洩氣了，譚凱還在堅持。他突然大聲道：「各位父老鄉親，我是大夫第的譚凱呀，大家認不出來了吧？」

「大夫第」、「譚凱」幾個字令轉身準備離開的人站住，一位六十多歲的老漢看著譚凱，說道：「你是大夫第的那位年輕的總管譚凱？」

譚凱笑了：「我是譚凱呀，大爺——」

老漢揉了揉眼睛，而後歡快地說：「呀呀，果然是你呀，你怎麼老了許多，我還真認不出來了！」旋即扯開嗓子衝大傢伙吆喝：「來貴客了啊，大夫第的譚總管來啦——」

譚凱介紹道：「這位是譚復生夫人李閏，現在是瀏陽女子學校管事的……」

大夫第的馬車面前重新圍了許多人。幾位年紀稍大的中老年人一齊看著李閏，驚訝地說：「你就是大夫第的七太太呀，七爺好樣的，七爺了不起啊！」

「我那天還到縣城為七爺送了葬……」

另一位搶著說：「我也去了……冷水井去了六十多個人……」

很快，冷水井各個屋場的男女老少紛紛湧來，將譚凱他們三個人圍在中間，嘰嘰喳喳，問這問那。一位年輕女子從人縫中擠過來，跪在譚凱面前，一句：「感謝管家的救命之恩！」

譚凱懵了。

女子旁邊一位三十來歲的年輕人說道：「這是我婆娘，那年臘月管家你來收租，她在樹洞裡發燒，你給她錢治病……」

譚凱想了想，終於記起來了，笑道：「啊啊，你……就是銀華？」

銀華抹了一把眼淚，說道：「是我，恩人。」

譚凱說道：「你那時候還是一個小女孩，現在長大了，還成了人家婆娘——怪不得父老鄉親認不出我了，我已經老了呀！」

一位中年漢子說道：「不老啊，比以前精神了許多。」

銀華對李閏說：「七太太，你那個學校，不嫌我笨的話，算我一個吧？」

銀華老公谷雨接著說：「我支持，算我婆娘一個！」

谷雨是一位憨厚的小夥子，也是一位孤兒，成親後育有一對龍鳳胎兒女，現在已經七歲了，婆娘持家，老公種田，日子清貧，但踏踏實實，算得上幸福美滿。

譚凱問道：「你們瞭解女子學校嗎？」

銀華說：「你們二位辦的事，肯定是好事呀。」

眾人同時大聲道：「這還要說嗎，好人做的當然是好事！」

有銀華帶頭，接下來報名者十分積極。劉松芙目睹冷水井的父老鄉親，儘管家裡很窮，卻爭搶著要他們到自己家裡做客，問暖噓寒，就像久別重逢的親人。不到喝一杯熱茶的功夫，便招收了二十八名學生，超額完成了招生計畫。

這批學生，分甲乙兩個師範班。李閏在女子學校沒有任課，但經常在學校工作。她總是布衣布鞋，平易近人，與學生交談，號召學生勇敢地衝破封建禮教的禁錮，走向社會。男子能做到的女子一定能做到，正如花木蘭所說：「哪一點不如男?!」

她自己一雙小腳，行走困難，卻經常深夜來到學生宿舍巡查，悄悄地進來，將蹬到地下的被子抱回床上，蓋好，學生還沒有醒，發出鼾聲，然後悄悄地離開。在學校，無論是教師，還是學生，沒有人稱她校長，老師，一律親切地稱之為「七太太」。

三十六

九月二十八日，是復生的忌日，眼看這一天就要到了，現在學校的一切工作，在李閏與劉松芙的配合下，已經步入了正軌，在社會上也產生了良好的影響。明天就是中秋節，對親人的思念從來都沒有這麼強烈。

就在她準備回家的時候，郵差送來信件報紙，她拿起一份《申報》，自立軍起義失敗的文字深深地刺激她的神經。她忽然記起，譚凱也有好長一段時間沒有見到了，還有那位總統領唐才常，接觸不多，對他的情況也不是很瞭解，竟然是一位如此了不起的人物。白紙黑字，言之鑿鑿，被湖廣總督張之洞逮捕。報紙公佈了自立軍首領被殺者的名單，唐才常三個字就像扎在她心頭的鋼針，疼痛不能自已，淚水滴落在報紙上。她抹了一把淚水，繼續仔細閱讀。文章對唐才常的情況做了詳細的敘述，他被捕後，五花大綁押送漢口巡撫營牢房，路上，神態自若，隨口吟誦二首《七絕》——

其一

新亭鬼哭月昏黃，我欲高歌學楚狂；
莫謂秋風太肅殺，風吹枷鎖滿城香。

其二

徒勞口舌難為我，剩好頭顱付與誰？
慷慨臨刑真快事，英雄結束總為斯。

李閏兩隻手冰涼，淚水模糊了視線，吟誦這兩首詩的時候，眼前出現老公天庭開闊的額頭，充滿自信的眼神，與唐才常的臉疊印在一起。唐才常比復生小兩歲，兩年後殊途同歸，也是三十三歲，這是多麼殘酷的機緣巧合。她掏出手絹，擦了擦眼睛，腦海裡突然冒出一個熟悉的身影，稚氣未脫的笑臉，拿著手槍，突然心裡一咯噔，難怪有一段時間沒有見到他的身影了。李閏將報紙上被害者的名單看了三遍，仍然沒有找到譚凱的名字……也許他還活著，已經藏身一個安全的地方了。

在沒有譚凱的確切消息之前，李閏的心始終懸著，產生了去一趟望城的念頭。劉松芙聽後心裡一沉，雖然與譚凱接觸不多，但是，已經留下了深刻的印象，於是爽快地說道：「你只管去吧，學校的事我會處理好的，不過，我倒是擔心你的安危，你畢竟是一個女人，估計官府正在大肆搜捕他們這些人，如果遇上麻煩怎麼辦呢？」

李閏知道「不方便」是指她的一雙小腳，說道：「你放心吧，我回去還要與老公公商量，不是我一個人做主。」劉松芙說：「是呀，譚伯伯會給你拿主意的，去吧，我盼你平安歸來。」

在校門口分別的時候，李閏見劉松芙還站著不動，忍不住折回來，和她擁抱了一下，說道：「學校的事你要辛苦了——放心吧，不會有事的。」

李閏急急忙忙回到大夫第，為望城之行做準備。她剛走進院子，譚老便迎了出來，詢問一些學校的情況，最後提到了復生忌日活動安排。她神色張惶的模樣也引起了老公公的注意。

「你……好像有什麼事嗎？」

李閏為了使老公公寬心，勉強擠出一點微笑：「爹爹，當然有事啊，一直忙著呢，所以沒有及時回來請安，這是兒媳的不是。」

譚老鬆了一口氣：「是嗎，學校剛開張不久嘛，當然有事，辛苦你了。」

李閏又到二娘的面前請安，然後與黎、黎二位嫂子拉幾句家常。她在生活中是一個很注重細節的人，這麼一大家子，無論長幼，相處得很好。她和所有的家人都打過招呼之後，才打開自己的房門，聞到了裡面一股子發霉的氣味，湘東地區，本來是秋高氣爽的季節，牆角卻泛起一層淺淺的綠苔。裡頭一張構圖複雜雕工精細的床，瀏陽夏布蚊帳的帳門分別掛在兩頭，還是成親時候望城搬來的嫁妝，其實，不要說復生，她自己都沒有在上面睡幾個晚上，基本上閒置。以往，進入屬於私人的空間，總是會觸景生情，無可避免地要對往事感慨一番。而今天，她的整個心思都在譚凱的牽掛上了。

第二天早晨起來梳洗完畢，往公公、婆婆處請過安之後，她沒有按慣例退出，老公公看著她，說道：「昨天我就看出來了，你一定有事，說吧！」

老公鼓勵的目光，打消了李閏心裡的顧慮，於是，將報紙上獲知的資訊說了一遍，最後提到今天打算去一趟望城，到譚凱的家裡瞭解情況。譚老一聽，神情變得異常凝重，點頭道：「我和你一起去！」

「你也要去?!」李閏急了，「爹爹，往返一百幾十里路，很辛苦的，萬一體力不支，我也不方便呀，爹，你說是嗎？」

譚老聽兒媳這麼說，有點不高興了，虎著臉說道：「我去不方便，你一個女人去打探男人的事，就方便嗎？」

「爹爹，我是擔心，你這麼大年紀了……」

盧夫人勸說道：「老爺，七嫂說的是實情，你去了能起什麼作用，反而要七嫂分心照顧你……七嫂辦事你難道還不放心嗎，她還是你推選的家長呀。」

李閏故作不高興地說道：「是啊，你選出的家長，又不聽安排，這個家長我沒有辦法當了！」

盧夫人說道：「老爺不放心的話就讓二位嫂子陪七嫂一起去吧？」

譚老說：「她們去了能幹什麼，只會添亂，……也罷，我叫譚然路上好好照顧一下就是。」

很快，李閏乘坐的馬車駛出大夫第，往長沙方向而去，車夫一個響鞭「駕——」。

譚老站立在大門外癡癡地看著塵土飛揚的長沙望城方向發呆……

李閏此次去望城，比上一次掃墓時的心情要複雜得多，一路上，不斷地想像有可能出現的情況，如何應對。前一次望城坡之行印象深刻的是災民，這一次沿途所見，門戶緊閉的居多，路人神色慌張。在長沙城郊的瀏陽河東沌渡，發現碼頭上有兩個兵丁站那兒放哨，身後一張懸賞通緝要犯的告示，上有六個人的頭像。畫像顯得有些模糊，而其中一張下面的「譚凱」二字明白無誤地映入眼簾，李閏的心抖了一下，額頭冒出一層細密的汗珠，頓時感覺呼吸困難。

馬車被攔截了，兩名兵丁掀開車簾，手裡拿著告示，目光從李閏的臉上跳過，在譚然的臉上聚焦，又查對畫像。然後一揮手，呵斥道：「走吧走吧！」

馬車上輪渡時，被盤查的時間更久，李閏額頭上冒出一層細密的汗珠。她意識到自己此行潛伏著極大的風險，頭上感到想像不到的壓力，幾乎喘不過氣來，每每看見一隊兵丁迎面而來，心跳就會加速，莫名其妙地緊張。她忽然想到，這一次冒冒失失地行動，合適嗎？但如果不來的話，也是一種煎熬啊。

馬車登渡船過河，便進入長沙城郊了，每一處十字路口都張貼著同樣的告示，過往行人，受到嚴格的檢查。告示下站著捕快，瞪著一雙烏雞眼看過往行人。李閏很緊張，但又有一種寬慰，懸掛的畫像既然有譚凱，等於告訴她，譚凱至少還活著，還是自由之身。

馬車過湘江輪渡之後，進入望城地界了，不時有三三兩兩兵勇、身著黑衣服的捕快迎面走來，擦身而過，街道兩旁的店鋪，也是一張張怪異的臉，鬼鬼祟祟的交談。幾乎看不到一個正常狀態下的男女。李閏的馬車在街上搖晃，偶爾也會遇到兵勇的阻攔，將車簾掀開，將車上人和畫像仔細核對。馬車離譚記米鋪越來越近了，李閏的心漸漸往上提，她不知道自己在這樣的情況下冒冒失失闖上門是什麼結果。

夜幕降臨，街上陸續亮起了燈火，譚記米鋪的招牌早已摘除，但是，被災民哄搶砸壞了的門窗雖經修補，痕跡還在。門口的牆上赫然觸目的是一張和其他地方內容沒有區別的告示。大門緊閉，馬車在距離一丈開外的地方放慢了速度，李閏吩咐譚然先下車上前敲門：「砰、砰、砰——」

敲了好一會兒，裡面傳來一個女人的聲音：「誰呀？」

譚然將一張嘴貼到門縫上，說道：「瀏陽大夫第的。」

裡面沒有了動靜，又過了一會兒，門「吱呀——」一聲開了，露出一張憔悴的臉，花白頭髮結成的長辮鬆鬆垮垮地拖在身後。李閏趨前幾步，正要和主人打招呼，譚炎瞥了她一眼，莫名地緊張起來，周圍打量，沒有異常，這才做了一個請進的手勢。譚凱他娘從老公身後轉到前面，憂心忡忡地叫了一聲：「表姐，你來啦？」不待李閏答應，走出門來，一雙眼睛警惕地四周看了看，聲音透出幾分緊張，「快進屋吧！」

馬車駛入狹窄的院子，譚凱他娘趕緊將大門閂了。李閏因為腳太小，下車的時候很困難，譚凱他娘上前，才把她從馬車上牽下來。譚炎在前面引路，進入客廳，屋子裡光線暗淡，譚凱他娘端來一盞桐油燈擱在桌子上。狹小的客廳立刻裝滿暈黃的光。譚炎與李閏分賓主坐定，譚然站在李閏身後，譚炎招呼：「你也坐下呀？」

李閏說道：「叫你坐就坐下吧。」

譚炎看著李閏，說道：「七……夫人，你這個時候降臨寒門，不知道有什麼見教？」不待李閏回話，自顧說下去，「你從瀏陽來的吧……路上好走嗎？」

李閏淺淺地一笑：「是的，表姑父，瀏陽來的，不好走。」然後講沿途的檢查，盤問，「風聲很緊啊，說心裡話，我也有過猶豫，害怕，但一想到表弟的安危，一咬牙，還是來了。」

「好，閏娘，」譚炎站起來，說道：「你跟我來吧？」

李閏一時還不明白，問道：「去……哪兒？」

「你不是來看凱兒的嗎？」

李閏又驚喜有疑慮地說道：「表弟……在家嗎——」

譚凱他娘用目光徵求老公的意見之後，端著桐油燈對李閏說道：「你跟我來吧！」

李閏被譚凱他娘引到廚房裡，搬開碗櫃下胡亂堆放的雜物，露出一塊木板，移開木板，露一隻洞口。洞底下閃爍微弱的燈光。

洞裡給李閏的第一感覺是潮濕，涼爽，彌漫著一種藥材的氣味，與地面上完全是兩種氣候。狹小的空間，擺放一張單人床，旁邊是椅子、水桶、幾隻裝滿糧食之類的布袋。床頭插一隻蠟燭，暈黃的燭光裝滿了整個地下室。譚凱仰面躺在床上，手裡拿著一隻小本子，在讀上面的內容。這只黃色封面的小本子，這是李閏第二次見到了。第一次是在瀏陽的女子學校辦公室，那時候，譚凱正在本子上寫字。李閏奇怪，上面到底寫了一些什麼內容呢？

見到李閏，譚凱非常意外，目光中釋放意外的驚喜，問道：「你——怎麼來了？」

李閏忘了回答，借助微弱的燭光，眼前的譚凱，顴骨高聳，臉色灰白，兩隻大眼睛深深地塌陷，嘴唇皸裂，牙齦滲血。才分別幾天啊，譚凱就像是換了一個人。

「事情的大致經過，報紙上已經有了，我還讀到佛塵在武昌受審時的兩首詩……」李閏說道：「主審為兩江總督張之洞……」

譚凱歎息道：「張之洞……佛塵還是他的學生呢……」他說話間，身子輕輕地動了一下，頭上冒汗了，李閏感覺到了他的痛苦。

待譚凱這一波的疼痛平穩之後，李閏掏出自己的手絹在他的額頭上輕輕擦拭，這一刻，譚凱的神態特別安靜，很享受，似乎是一種渴求的東西在不經意間到來。

李閏問：「喝口水吧？」

譚凱說：「剛吃過藥丸，儘量少喝水，怕不太方便。」

「什麼不太方便啊？」

「就是——」

李閏臉一紅，打斷他的話，說道：「知道了，你不用解釋。」

譚凱零距離凝視著李閏，聞到了女人身上特有的味道，敘述了驚心動魄的四十八小時——

唐才常犧牲後，各地自立軍相繼被鎮壓，張之洞大興黨獄，先後被殺害者千餘人。十幾萬人的自立軍起義，較之戊戌更大的流血犧牲而失敗。深夜，譚凱在長沙城郊結合部的一處民房參加緊急會議，因為叛徒出賣被俘。在押解往長沙巡防營的途中，他趁看守的兵丁鬆懈，跳入波濤滾滾的湘江，感覺到胸脯被什麼東西撞了一下，耳邊隱隱約約還有槍聲，左腿一麻。他的第一感覺是被亂槍擊中，漸漸地便失去了知覺。也不知道過了多久，在江邊冷風的吹拂下悠悠醒來，四周一片漆黑。遠處，幾點星星漁火，他正巧被堤岸邊的一株垂柳的根系擋住。他使勁從水裡爬上來，竭力思索著發生的事，觀察周圍的環境，判斷自己所在的位置，然後作出一個堅定的決定：「回家。」

因為他記起了家裡有一個可以藏身的地下室。暗夜裡，他幾次試圖站起來，胸口劇烈的疼痛卻令他未能如願，渾身濕漉漉的，一陣風刮來，打了一個寒噤。他清醒地意識到，應該克服一切困難，離開這裡。他一咬牙，爬！爬也要爬回家。他大致估算了一下，從這兒到他家裡，大概是十里左右，這需要多大的耐力才能做到。其時，長沙城已經開始大規模搜捕自立軍的流散人員，到處張貼著通緝告示。

所幸的是譚凱對這裡的一切非常熟悉，只要發現有動靜，就會選擇有利的地方，如水溝，涵洞、圍牆跟，趴下不動。他躲過了多次被捕的兇險，來到自己家大門口時，天快亮了。他咬緊牙關支撐著站起來，伸手敲了一下門，叫了一聲：「娘。」

門開了，爹和娘一齊出現在眼前，他再也支撐不住了，像一段木頭栽倒在地。待他蘇醒過來，已經躺倒在地下室了，旁邊，一位頭髮花白的老漢正在為他治療。他睜開眼睛，下意識地叫了一聲：「岳父——」

老漢說道：「不要動，剛剛接上去的，傷筋動骨一百天，你可是斷了兩根肋骨——」

譚凱又叫了一聲：「岳父。」

老漢面無表情地說道：「還是叫柳郎中吧。」

譚炎夫婦完全能夠理解柳郎中作為父母的心情，這樣的事，無論發生在哪個家庭，都會生氣的。譚炎前往請郎中的時候，思想上就做好了被拒絕的準備。他來到柳郎中的藥鋪門口時，天還沒有大亮，街上每每走過早行人，便會多看他一眼。這無所謂，他害怕的是三五個一群的兵丁，捕快，他們會在譚炎面前突然停下腳步，從頭到腳看一遍。如果不是年紀大了，與被通緝者明顯的不符合，說不定還會糾纏不休。好不容易熬到天亮，他舉手敲門。門開了，閃出老漢柳郎中的身影，打著呵欠問道：「你是哪兒的呀，這麼早就來了？」

柳郎中發現是譚炎，剛才還有些微笑的臉垮下來，譚炎硬著頭皮說請郎中出診的事。他還沒有說完，老郎中就打斷：「你另請高明吧，我去不了！」

譚炎尷尬地笑了笑：「凱兒現在被官府通緝，請別的郎中我不敢，怕人家告發……」

「我沒有時間！」郎中語氣生硬，譚炎沒有辦法，只好轉身，十分不情願地離去。他還沒有走多遠，郎中卻從後面趕了上來，說道：「走吧——」

譚炎驚喜地說：「你老答應去了？」

李閏聽譚凱的敘述，簡直是一種煎熬，感到窒息，而此時，譚凱的神態平靜，似乎講的這一切都和他沒有關係。柳郎中的故事，令李閏特別的感動，真想再見一見這位令人欽佩的老郎中，可惜在瀏陽河畔的東屯渡附近的第一次見面，沒有顧得及說幾句話。

李閏左右看了看，忽然問道：「你爹呢，剛才還在這裡呀？」

譚凱也說：「剛才還在呀，娘，爹去哪兒了？」

譚凱娘歎息道：「他呀，已經焦頭爛額了，也沒有和你打招呼，急急忙忙又去找柳郎中……我去等他。」說完便爬上地下室。

李閏笑了笑：「你這個人呀，三十歲了，還要爹娘為你操心。」

譚凱凝視著李閏，李閏說道：「你老看著我幹嘛？」

忽然從洞口隱隱約約傳來譚凱他娘說話的聲音，譚凱與李閏一齊看著洞口，過了一會兒，一切又歸於寂靜。李閏鬆了一口氣，緊張的神經得以鬆弛下來。又過了一會兒，洞口的木板移開了，譚炎與郎中從樓梯上下到洞裡。李閏迎向洞口，與譚炎打招呼，郎中下來以後，走到李閏面前，雙手打拱，深深一揖，充滿敬意地說道：「復生君為國為民，捨生取義，天下敬仰，久聞夫人繼承先烈遺志，組織不纏足會，興辦女子學校，無怨無悔，今日一見，甚幸甚幸！」

李閏與柳郎中，在這樣一種特殊環境下又見面了。李閏猛誇：「柳老先生醫術高明，在這樣風聲鶴唳的情況下，挺身而出，救死扶傷，品德風範，高山仰止！」

郎中檢查的時候，譚炎在旁邊看著，等候郎中說明病情。郎中講恢復得很快，他臉上露出笑容；郎中說至少還得三個月才能基本恢復，至於完全恢復到從前的話，是不可能的了。而且強調，從今往後的一段時間，就這麼躺著，不要隨便動，否則前功盡棄了。就在這時候，喧鬧聲再起，地下室的幾個人立刻中斷了交談，不時抬頭往洞口看，包括病人，四個人的臉上都寫著焦慮。

待平息下去後，譚炎開口說話了：「官府正在全城瘋狂大搜捕，一天多次上門來騷擾，這個地下室還是不安全啊，因為這不是一天兩天的事，今天躲過了，明天誰能保證？」

郎中說：「是啊，得想辦法轉移出去，這裡太不安全了！」

譚炎反問道：「轉出去？目前的形勢，即使好了也不行啊，那些衙役、捕快滿大街都是，只怕是插翅難飛！」

李閏也發表意見：「如果出得了長沙就好了，可以到我家去避一避。大夫第，還是御筆題寫的呢，房子也寬敞，走開一步，還是安全一些的……家裡這個目標太大了一些。」

譚凱立刻插話：「是啊，大夫第我在那兒生活了多年，對那兒的一切都巒熟悉的。」

譚炎打斷兒子的話：「你這不是廢話嗎，想要走出長沙城，恐怕你一走出這張門，立刻就會——」

「我有一個辦法。」郎中沉吟一會兒，說道：「我已經想好了一個辦法，問題是需要願意擔風險的人配合才行。」

譚炎父子一齊緊問：「什麼辦法，請先生快說！」

郎中看了李閏一眼，緩緩地說道：「今天七夫人的到來，也許這就是天意吧——要冒很大的風險，還需要七夫人出力——」

李閏想也沒有想，便爽快地說道：「我非常願意——只要能救笨飛！」

柳郎中的神情嚴峻，變得舒緩了許多，看著李閏說道：「萬一出了紕漏，也捲進去了……」

譚炎父子同時輕輕地說道：「這個……不妥——」

說實在的，李閏聽郎中這麼一說，心裡咯噔了一下，其實這也很正常啊。她嫁到大夫第以來，經歷過多少大事啊，帶來的都是滅頂之災。慌亂很快就被理智戰勝，她坦然地看著郎中，說道：「前輩但說無妨，只要能做到的，閏娘萬死不辭！」

柳郎中的情緒也有些激動，衝李閏點了一下頭，小心翼翼地從衣袖中掏出一黃一黑兩顆拇指大小的蠟丸，說道：「這是祖傳的秘方，我爺爺叮囑過，不到萬分緊急關頭，絕對不能用。今天，我把它帶來了。這顆黃的叫斷魂丹，吞下去後，便斷氣了……」

李閏聽罷倒抽一口冷氣，譚炎臉色煞白，兩眼死魚般盯著郎中手裡的蠟丸，掙扎地說道：「管用嗎？萬一——」

郎中解釋道：「不給病人斷生死，是行醫者的古訓，我剛才講了，這個秘方也從來沒有驗證過，是否有效，我也不知道。」

譚炎突然發作，衝郎中吼了一聲：「不知道你拿來幹嘛?!」話一出口，自己也吃了一驚，隨即深深一揖，「對不起，我心裡著急，出言不遜……」

郎中微微一笑，表示理解，說道：「沒事，我也有兒女，我懂你的心情。」

譚炎說：「請先生說具體一點，好嗎？」

郎中點了點頭，又出示那顆黑色的蠟丸，說道：「這顆叫還魂丹，服下之後，很快，就會蘇醒過來。」躺在床上的譚凱突然笑出聲來，身邊的二男一女一齊驚訝地看著他，都這個時候了，不知道他緣何發笑。

譚凱說：「既然人都斷氣了，他還能吞服藥丸嗎？」

郎中拍了一下腦袋，說道：「啊啊，這個只怪我沒有說清楚，不是服用，是從肛門裡塞進去。」他特別強調，兩丸使用的間隔時間不能超過十二個時辰，也就是說，辰時吞下的黃丸，在下一個辰時之前一定要將黑丸塞進肛門，否則就失去藥效，還不了魂……

聽郎中這麼一說，譚炎兩邊的腮幫子控制不住抽搐了幾下，這個細微的表現被郎中捕捉到了，問道：「你牙疼嗎？」

譚炎搖了搖頭，否認：「沒有啊。」

郎中的語氣也不是很堅決，有商量的成分：「牙痛不是病。」

譚凱見兩位長輩轉移話題開始扯閒篇了，心裡未免焦急，他的頭在枕頭上擺動了一下，說道：「師父，時辰如何判斷，晚上還好說，有打更的報時，白天呢，如何掌握呢？」

郎中的注意力回到了譚凱的臉上，說：「既然要用這個藥的話，當然要考慮一些環節，人命關天，豈可兒戲，不過你只管放心，我已經準備好了！」

柳至誠隨即從懷裡掏出一隻懷錶，先遞到李閏面前解釋道：「這是一款女式石英懷錶，五年前我治好了一位南洋商賈夫人的病，那位夫人非要用這塊懷錶感謝。我擱在櫃子裡，從來沒有動過，不需要嘛，今天，我估計會派上用場，所以帶來了。」

譚凱卻伸出手來，說給他看看，錶上都是英文字母，他能認識幾個單詞，但懷錶上的內容，則完全看不懂，然後將錶遞給李閏，說道：「表姐，你看得懂嗎？」

李閏接過去，仔細看了一遍，她還不如譚凱，一個字母都不認識。郎中說道：「沒有關係的，只要識數字就成。」接著，他將一個白晝如何化為十二個時辰的事說了一遍。李閏點頭說：「知道了，其實很簡單的，一晝夜二十四個小時，每兩個小時為一個時辰。」

聽李閏這麼一說，譚炎的神經繃得更緊了。

譚凱卻面露微笑，說道：「開始行動吧，別耽誤時間了。」他還詢問郎中這個方案的其他內容。郎中不慌不忙地從衣服內扯出一隻布袋，抖開，將內容一一展示，一綹白髮，用來摻在黑髮裡結辮子的；這是一隻手指大的瓷瓶，打開塞子，瓶口冒出一股淡淡的氣味。郎中說，只要將這個塗在臉上，不到半個時辰，就會起皺紋，變老三十歲。

譚凱笑道：「那不比我爹還老嗎？」

郎中瞥了譚炎一眼，說道：「這個藥效也是十二個時辰。」

譚凱「啊」了一聲，又笑了，他爹斜了他一眼，說道：「我並非貪生怕死之輩，如果能保住一條命，我就可以完成先烈未竟的事業，其他都無所謂！」

突然的沉默，地下室寂靜無聲，譚炎在狹小的地下室空間走來走去，他是下不了決心。郎中的策劃是周密的，但是，對是否能活過來不敢保證，畢竟沒有驗證，他不想冒這個險。萬一還魂丹還不了魂，唯一的兒子就真的失去了，那對於他們夫婦來說，無異於天塌地陷。他終於打定主意，與其冒那麼大的風險，還不如採取保險一些的法子，暫且藏在地下室，等過了風頭再作打算。

譚凱他娘不知道什麼時候也來到了地下室，焦急地說：「怎麼辦啊，快捕一天來幾次，這樣下去，過了今天，難保明天不出事！」

譚炎還在地下室狹小的範圍走步，一圈，又一圈，顯然，他仍在遲疑，就是下不了決心。譚凱他娘沉不住氣了，說道：「當家的，你說一句話呀！」

譚炎沒有理會，繼續走來走去，沒有停下腳步的意思。

譚凱他娘說：「你別轉了，我的頭都暈了！」

譚炎終於打定了主意：「不行，謝謝柳先生的好意，暫且這樣吧，如果情況……麻煩柳先生，對不起！」

郎中點頭，對一個父親的心情表示理解，轉身往扶梯走去的時候，譚炎又叫住了他：「柳先生，你別急著走啊，還有其他辦法嗎？」

郎中重新回到剛才的椅子上坐下，譚凱他娘說：「這樣不行啊，快捕說不定哪一天發現了這個地下室，不就完了嗎？」

譚炎沉吟不語，李閏沒有吭聲，她的焦急寫在臉上，鼻翼兩側的幾顆雀斑比任何時候都明顯。突然，洞口傳來打更的聲音：「梆、梆……」

譚凱突然說：「什麼藥丸，這麼神奇呀，」他艱難地伸出右手，對郎中說道：「師父，讓我見識一下吧？」

郎中答應，將兩顆藥丸遞到譚凱手裡，譚凱右手食指拇指捏著黃色的藥丸問道：「這就是斷魂丹，真的有哪麼厲害嗎？……我不信。」

譚凱突然將藥丸往嘴裡一塞，待身邊的人反應過來時，他已經吞下去了！

這時候，譚炎長吁了一口氣，對郎中說：「既然凱兒這樣，我尊重他的選擇，先生，現在一切都聽從你的安排了。」

郎中立刻跳了起來，從身上掏出一隻懷錶看了一下說道：「現在是戌時。」隨即將另一顆黑色的藥丸遞給譚炎，譚炎想了想，遞給李閏，說道：「閏娘，凱兒的生死交給你了！」

他感覺到李閏一雙女人的手顫抖，冰涼。郎中明白了譚炎的意思，說了一些鼓勵的話，從衣袖裡掏出幾張藥方遞給她，叮囑道：「七夫人，這些藥你可以去王璋人的藥鋪買，我們是彼此信得過的朋友，一看處方，他就明白了。只是他年紀大了，如果治療期間出現了狀況，你可以將實情告訴他，……還有一點請你千萬注意，譚凱的肋骨折打的夾板不能動……要辛苦你了啊！」

李閏接過藥方，與那顆還魂丹一起放進內衣口袋，還在上面按了按。緊接著，幾個人分頭行動，結辮子是譚凱他娘的事，她為老公結了幾十年的髮辮，後來就增加了凱兒的辮子，也是她的必修功課。而今天，她的手發抖，笨拙，將白髮參雜進去結辯，這還是頭一遭啊。譚炎忙於準備一些祭奠的紙錢蠟燭等用品。郎中使用藥水將譚凱的形象變老。李閏在一旁想幫忙卻插不上手。譚凱靜靜地躺著等候「斷魂」，感覺到他娘結辮子的手冰涼，顫抖，兩鬢的白髮刺痛了他的眼睛，他很久沒有這麼近距離看娘的臉了。娘竟然如此蒼老，憔悴，心被一根鋼針扎痛了，眼角噙大顆的淚珠，喉頭哽咽：「娘，我從小淘氣，不聽話，讓你操了不少的心，到這麼大年紀了。還不能讓你和我爹省心……你是世界上最好的娘——萬一我就這樣去了，你老多多保重，如果有來生，我還做你的兒子，聽話，懂事……」

他娘打斷兒子的話：「你不要這麼說，柳先生的醫術高明，兒子你不會有事的，娘和你爹還等著你養老送終呢……」

譚凱又將臉轉向郎中，動情地叫了一聲：「師父——其實，我多麼想叫你一聲爹啊，在心裡，我早就把你當親爹了。你的的品格，我一輩子都學不完，你的恩情，我無以為報……」

柳至誠面無表情，繼續做著一個郎中該做的事。

譚凱的聲音漸漸地變得微弱，語速也越來越慢，柳郎中依舊細心地在譚凱的臉上工作，不時提醒其他人抓緊，他心裡牢記的是譚凱吞下藥丸的時間：戌時。

譚炎大聲叮囑：「你去你敬甫老伯那兒，虛心一點，在大夫第還能學到許多東西。你娘就別牽掛了，我會照顧好她的……」

譚炎說了許多，兒子卻沒有反應，郎中將手指伸到他的鼻孔下試探，說道：「已經走了。」

柳郎中的聲音很輕，譚凱他娘就像耳邊響了一個炸雷，身子搖晃，險些栽倒，譚炎手快，伸手去拽婆娘，老倆口緊緊相擁，一任淚水汪洋恣肆。

譚凱被抬上馬車時有一個奇怪的現象，既然已經斷氣了，手裡還緊緊地攥著一只黃色封面的小本子，無論你如何掰開手指都無濟於事。最後郎中說：「算了吧，也許裡面記載著他不願意讓任何人知道的秘密。」

臨走的時候，郎中將懷錶遞給李閏，鄭重其事地提醒，要牢記時辰：「明天戌時！」

李閏將懷錶緊緊地攢在手裡，說道：「記住了！」

郎中又問：「你記住什麼了？」

李閏說：「明天戌時之前。」

譚凱他娘是幾個人中最忙碌的人了，她一輩子幾乎沒有走出過比長沙更遠的地方，但是，她卻從老公、兒子那兒見識了許多事物。她每一件事都做得過細，沒有什麼疏漏。她為李閏他們三個人準備了煎餅、鹹鴨蛋外加一大罐開水，而且備了一木桶麥麩做馬料。

一切準備好了，大夫第的馬車駛出了大門，譚炎又一次叮囑李閏：「閏娘，藥丸……明天戌時之前一定要……一定要……記住啊，戌時——」

李閏說：「放心吧，我記住了。」

譚凱他娘拉了一下李閏的手，喉頭哽咽：「閏娘，凱兒的生死全靠你了……」

李閏忍不住抱了一下她，說道：「表舅媽，你只管放心，我完全能做到！」

譚炎夫婦目送馬車搖搖晃晃而去，消失在朦朧的星光下，漸行漸遠。他們沒有走多遠，只見譚炎從後面急急忙忙追趕上來，李閏吩咐車夫停車，等候譚炎攏來，問道：「表舅還有什麼事嗎？」

譚炎大口出著粗氣，手伸進車廂，觸摸到了兒子冰涼的臉，突然雙膝著地，跪下，說道：「請表姐千萬不要忘了戌時——戌時——」

李閏大驚，趕緊將他扶起來，說道：「我已經牢記在心！請回吧——戌時。」

馬車在朦朧的星光下消失了，譚炎還癡癡地站著，就像一個木頭杵在那兒。

夜，靜悄悄的，街道兩邊的店鋪，都在沉睡之中，也有一些窗戶亮著燈光，好像是在一塊碩大的幕布上鑿了一個個的洞。一處狗叫，引發了兩處、三處……剛才還寂靜的望城坡，成了狗的世界。

在狗的世界，一駕馬車在昏暗的街道上搖晃，車廂裡躺著一位去世的「老人」，守護在旁邊的是一對男女，男的譚然，充當逝者的「兒子」；女的李閏，充當逝者的「兒媳」。他們的頭上都紮著一塊白布，這是親人去世後孝家的標誌。為了應付沿途的搜查，他們準備好了應對的臺詞：兩口子護送病死的老父親回家。強調他們是瀏陽人，說著難懂的瀏陽土話，以此證明他們是瀏陽人。

大夫第的馬車過湘江時遇到一次盤查，從西向東，穿過長沙城，中途遇到兩次查詢，很快就要到了瀏陽河畔的東屯渡了。這期間，又遇到一次攔截檢查，快捕手裡揚起熊熊燃燒的火把，一聲大喝：「幹什麼的，這麼晚了還在路上?!」

李閏叮囑譚然要沉住氣，譚然回一聲「知道了」，從車廂裡探出頭來，用瀏陽話說：「我爹在長沙醫院裡去世，我們回家……」

快捕聽不懂瀏陽話，反問：「你再說一遍！」

譚然重複剛才講的話，加快語速，快捕一句也聽不懂，推了他一個趔趄，將火把伸到車廂內，照映一顆女人的腦袋，上面纏一塊白布，而後把躺著的譚凱從頭到腳仔細看了一遍。見譚凱毫無反應，李閏則淚水婆娑地解釋：「這是我爹，長沙走親戚，突然發病，去世了……」

快捕問道：「死啦？」

快捕往譚凱的鼻孔邊伸出兩根指頭，試探了一下，觸到了冰涼的皮膚，而後從車上跳下來，做了一個放行的手勢。

李閏與譚然同時鬆了一口氣，對車夫說：「走吧，快——」

前面就是東屯渡了，遠遠地還能看到幾星漁火，一陣晚風徐來，夾雜著魚腥鹹味，碼頭上泊有渡船嗎？如果停靠在對岸碼頭，該怎麼辦啊？李閏剛剛放鬆的神經又繃緊了。

渡船果然在對岸！沒有辦法，譚然拼命扯開嗓子喊，嗓子都喊破了，停泊在瀏陽河對岸碼頭上的渡船還是沒有理睬。李閏在暗夜裡不時拿出懷錶來看看，懷錶的指標走過一個數，又一個數。他們到達東屯渡的時間，李閏看懷錶是二十二點二十分，屬於亥時。沒有船便無法過河，怎麼辦啊？難道要他們在渡口待到天亮以後，渡船才能擺渡嗎？那就意味著他們將要在渡口熬一個通宵！

沒有辦法的辦法就是呼喊渡船駛過來，這就要寄希望於艄公耳朵不聾，肯發善心。這兩條缺一，他們就只有等天亮了。如果時限之前沒有到瀏陽，只有提前給譚凱塞還魂丹了。那麼，活著的譚凱能逃避檢查嗎？時限到了不給塞還魂丹，譚凱就真的死了，那樣的結果更加不能接受。

李閏指著對岸碼頭邊一點星火，對譚然說：「你是男子漢，氣力足，你繼續喊吧。」

譚然點頭，衝河對岸拼盡全身的力氣大聲喊叫：「請擺渡啊，有人要過河——」

他喊破嗓子，對岸沒有反應，無奈，李閏加入了呼叫艄公的行列，她雖然是一個女人，嗓子還行吧：「請對岸的伯伯接一篙，我們有急事要過河……」

還是沒有動靜，車夫又加了進來，兩男一女在暗夜裡一齊呼叫，對岸碼頭上的燈火反而滅了。頓時，李閏感到天都要塌下來了，顫抖的手掏出懷錶來，星光下，螢光顯示二十四點整，已經是子時了，他們竟然還沒有走出長沙。

譚然嘀咕道：「如果早知道會這樣，還不如天亮了出發，也就不會有現在這樣的狀況了。」

李閏感到絕望，無助，萬一出了事，她怎麼對得起譚炎，還有譚凱，雖然他是主動吞下藥丸的。一個將生死託付的人，這是極大的信任，如果任務失敗的話，她還有何面目活在世上呢？她想到這兒，悲從中來，放聲大哭，深夜的哭聲驚動了附近的居民，有人揚著火把走近瞭解情況。

李閏完全豁出去了，衝來人倒頭就拜，哭訴，爹爹病亡，連夜回瀏陽，渡船在對岸，她恐怕要在渡口待上一夜了。一時之間，渡口來了許多男女，對李閏的遭遇非常同情。這時候，人群中走出一位中年漢子，來到馬車面前，說道：「跟我來吧！」

好心人領著大夫第的馬車來到河堤邊，那兒有一株柳樹，樹下拴著一條大帆船，說道：「我送過河。」

突然的轉機，李閏的思想一時還沒有拐過彎來，那位中年漢子又衝圍觀的人大聲吆喝：「大家都搭把手啊——」

眾人如夢初醒，一擁而上，將李閏一行，連人帶馬車，一齊弄到帆船上了。很快，帆船駛離了渡口，陌生的人群還站在那兒，有人不斷地揮手……

三十七

夕陽在瀏陽河對岸的天馬山麓熊熊燃燒，映紅了波光粼粼的河水，周家碼頭被染上了絢麗的色彩，大夫第的黑漆大門一直洞開，院子裡壟罩著惴惴不安的氣氛。老爺子譚繼洵撐著一根枚棍出出進進，連他自己也不記得多少回了。他站在路旁，兩眼看著長沙方向，等候馬車的歸來，待得時間久了，便會有過往的熟人招呼。本來是一句不痛不癢相當於問天氣的廢話：「大人在看什麼呀？」

怎麼回答呢，想了半天：「不看什麼……」

話一出口，那人已經走了，老爺子這才意識到，這不過是應酬的禮節，人家不需要回答。他猶豫著又站了一會兒，轉身，踉踉蹌蹌地回到家裡。盧夫人、黎玳貞，黎春梅一齊圍了攏來，三雙眼睛緊盯著他。

「應該回來了啊，老爺。」盧夫人的焦急，與老爺子差不多吧。

譚老說：「昨天晚上，也不知道他們宿在……譚凱家嗎？不太可能，也許門已經被查封了！」

盧夫人說：「老爺啊，我看昨天不應該讓閏娘去，她一個女人，行走不方便，又是這樣的一件事——老爺，你這事可是考慮不周到——」

老爺子說老伴兒了：「閏娘是一個有見識的人，你看她在不纏足會的一些活動，辦女學前前後後的事蹟，證明了她能幹。」

「都這個時候了還不見動靜，不會出什麼事吧？」

「烏鴉嘴！」

幾十年的夫妻，相濡以沫，恩愛有加，老爺從來沒有給過她這樣的臉色，盧夫人不吭聲了，知道老爺此刻心裡有多焦慮，如果腿腳方便的話，她真想出去看看。

夕陽收盡了最後的一抹餘暉，瀏陽往長沙方向的官道上還是靜悄悄的，不但沒有馬車的聲響，連過往行人也沒有了幾個。老爺子還杵在路旁，譚貴走了攏來，說聲：「老爺，外面風大，別著涼了，夫人叫你回去……」

老爺子沒有反應，也許是沒有聽見，近來，他的耳朵聾了許多，譚貴的聲音大了：「老爺，回去吧，夫人怕你著涼……」

譚老回到院子裡，待了一會兒，重新走出大門，兩眼往長沙方向看過去。他感覺到身後的腳步聲，轉過身，發現了知縣賴成裕率領四名公差來到門前。衙役將一張懸賞告示貼在黑漆大門右側的圍牆上，見到譚老了，還是客氣地一揖：「大人，本縣奉湖廣總督衙門之命，多有得罪，請予以諒解。」

老爺子昏花的目光在告示上的幾個畫像上看了一遍，最後盯在譚凱的頭像上，心裡一陣狂跳，畢竟是大風大浪中闖過來的人，慌亂的情緒很快便鎮定下來，看著知縣，嘲諷道：「你不會懷疑老夫藏了欽犯吧？」

賴知縣笑笑：「大人言重了！大人啊，瀏陽人都知道，譚凱曾經在府上做管家多年，主僕關係也不錯，口碑也好，而今成為了逃犯，萬一走投無路時竄逃到瀏陽來了呢？」他頓了頓，一副無奈的模樣，聲稱自己來瀏陽時間不長，情況不是很瞭解，但是，對譚嗣同葬禮的聲勢，影響，還是早有所聞的。

譚老雙手作揖：「大人還是進屋搜查一遍，請——」

賴知縣指了指門楣上御筆題贈的三個大字，笑道：「豈敢、豈敢——人在官場，身不由己，我想大人的體會一定比本縣深刻……」

老爺子道一聲「恕不奉陪」，轉身顫顫巍巍地進了大門，盧夫人急忙問：「外面好像很多人……」

老爺子扔下一句「不要管他」便往自己的臥室走去。

晚飯擺在桌上，大夫第全家都沒有吃，氣氛沉悶得令人窒息，只要門外有一點動靜，便會一個個彈了起來，往外張望。譚老神情呈現從來不曾有過的凝重、焦慮，身邊，盧夫人不時說幾句寬慰的話，他也沒有反應。譚能的腳步聲傳到耳朵裡了，他將他叫了進去，吩咐：「你趕快到北門口去等候……」

「好，老爺。」譚能的頭髮鬍子全都白了，腰桿也佝僂，在大夫第的幾十年間，雖然能力不是很出色，但是，他有一種本事，可以從主人沒有說完的話揣摩出意思，而且一猜一個準。他走出大夫第，往北門口疾步而去，譚老在後面大聲叮囑：「慢一點，你也是老胳膊老腿的人了……」

譚能在北門口等候，帶著焦急心情，兩眼注視著長沙方向的官道，只要有一點動靜，立刻跳了起來。夜色越來越濃了，天地間一片朦朧，往長沙方向始終沒有發現馬車的動靜，他感覺頭上有些冰涼，用手一摸，濕漉漉的，都是露水。在煎熬中官道上終於傳來他熟悉的馬車碾壓在砂石路上的的聲音，他頓時來了精神，迎上去，站在路中間，揮舞兩臂。譚然先發現了路口的譚能，李閏也發現了譚能，譚然從車上跳下來，李閏也要下來的時候，譚能趨前一步，叫了一聲：「三少奶奶，老爺都急死了！」

譚然歎息道：「今天能活著回來，已經是祖宗保佑！」

「什麼情況啊？」譚能與李閏幾乎是異口同聲。於是，老管家將家裡出現的狀況都告訴了李閏，李閏說道：

「老爺還有什麼吩咐嗎？」

老管家搖了搖頭說：「沒有了。」

李閏輕輕地啊了一聲說：「我明白了。」

譚然在旁邊一頭霧水，問道：「你明白什麼呀？」

李閏說：「我明白老爺的意思。」

譚然重複問道：「你明白什麼呀，三少奶奶？」

李閏還是沒有回答，她的頭腦裡正在緊張地思索，要對一個重大事件馬上做決策了。老公公的信任使她更加感到要決斷一件大事的艱難。不能久留了，這是在瀏陽啊，認識他們的人很多，尤其是大夫第的這駕馬車。幸而是在晚上，如果在白天，目標就大了，容易引起注意。她已習慣性的第N次掏出懷錶，表上的指標指向羅馬數字的十八，也就是說現在已經是酉時，時間已經不多了。李閏抬起頭來看遠處大夫第院子裡那棵樟樹的樹梢……她的目光又轉向女子學校，暮色朦朧，什麼也看不見，腦海裡浮現劉松芙的一張稍長的臉……她相信劉松芙也是一個幫手，但一想到學校畢竟是一個公共場所，一天兩天還可以，待的日子久了難免不洩露出去。最後，她語氣堅定地衝車夫說出了一個地名：「冷水井！」

馬車繼續前進，譚能傻眼了，說道：「什麼，三少奶奶，老爺沒有講去冷水井呀？」

李閏說：「你只要告訴老爺我去了冷水井就是，其他的都不用說了。」

譚能還是沒有明白，欲再問，李閏卻吩咐車夫快馬加鞭。此時此刻，她忽略了外界的事物，只感覺懷裡貼身放的懷錶不停地跳動，心裡不停地重複：「酉時……酉時……」

譚能趕回大夫第，一頭撞開大門，坐在客廳裡的譚老盧夫人立刻站起來緊盯著他，譚能上氣不接下氣地說道：「老爺，三少奶奶往冷水井去了！」

譚老的神情卻忽然變得特別的緊張，對譚能做了一手勢，說道：「你小點聲！」

盧夫人沒有聽明白譚能的話，驚訝地問道：「閏娘為何還沒有回來啊？」

譚老壓低聲音說：「她去冷水井了！——譚凱在車上。」老爺子感到特別困惑，接下來的話是說給他自己聽的，「沿途一定關卡重重……怎麼可能呢，這——」

盧夫人還是糊塗：「這個時候，去冷水井幹嘛？」

譚老向她做了一個制止的手勢：「不要再問了，我現在和你一樣——以後就會明白的。」

盧夫人不吭聲了，感覺老爺的神情很少這麼嚴峻過。

與此同時，李閏的馬車越過了瀏陽縣城，往冷水井奔去，她的懷錶一直緊緊地抓在手裡，手心出汗了，汗水染濕了懷錶。

最先發現大夫第馬車進村的是一條黑白相間的狗，谷雨家養了八年的老狗，名黑花。孩子出生那年買的小狗，孩子與小狗一起長大。谷雨倆口子外出幹活，將一對不滿周歲的孩子扔家裡，黑花忠實地守護。看門狗放在黑花的身上絕非貶義，而是實實在在的誇獎。銀華成為瀏陽女子學校學員，報名的那一天，黑花堅持送到，報到。銀華辦完入學手續，在學生寢室安頓好之後，才記起了黑花。黑花不見了。黑花的護送任務完成了，它沒有告訴女主人，悄然回家了。如果是人的話，離開的時候一定會告訴一聲。它卻沒有這樣做，就因為它是一條狗吧。

黑花的叫聲招來了大大小小七、八隻狗的叫聲。愛湊熱鬧是狗的性格使然，盲目跟風也是狗的性格之一。這個時候狗叫得如此厲害，冷水井的人感覺異常。谷雨吩咐一對兒女在家裡老實給他待著，他自己則是要出去看看，是什麼情況引起了狗們如此激烈的反應。

從谷雨的大門出來約十來丈的距離就是冷水井通往縣城的官道，馬車上下來的李閏和夜色裡冒出來的谷雨幾乎撞了一個滿懷。兩人同時一愣，同時認出了對方。情況緊急，李閏一改往日的從容不迫，開門見山：「譚凱被官府通緝，你家是目前最安全的躲避處。」

谷雨語氣堅決：「跟我來。」他緊走幾步，打開進院子的側門，話語還是那麼簡單：「進去吧。」

村子裡黑花的七條同類一齊撲了過來，谷雨伸手在黑花的頭上摸摸，說聲：「貴客來了，你不歡迎呀？」

黑花立刻停止了叫聲，搖晃著尾巴在李閏腳下纏繞，以示親熱，李閏沒有領會，感到很恐怖的，谷雨見李閏不習慣，便在狗頭上拍了一下，說道：「走吧。」

其他的狗也停止了狂吠，悄無聲息地四散開來，消失了。

李閏捏懷錶的手心出汗了，谷雨見譚然從車上跳下來了，車夫手拉著馬的韁繩，卻不見譚凱，用眼神問李閏他在哪兒?李閏的手往車上一指。谷雨奇怪地瞥李閏一眼，走近車廂，車廂裡直挺挺地躺著一個人，看模樣，五十多歲，臉色灰暗，兩眼半睜半閉，沒有光澤，嚇得他一聲大叫：「我的媽呀——」急忙轉過身來，上氣不接下氣地說道：「一個……一個……死、死人……」

李閏的聲音似乎是從很遠的地方傳來：「他就是譚凱呀！」

李閏對谷雨和譚然說：「抬下車來，放屋裡，快！」

譚然很聽指揮，將「死人」從馬車上慢慢地往下移動，見谷雨還在發愣，李閏吆喝他幫忙，等下再給他解釋。谷雨一臉驚異地協助譚然李閏抬著一個被單捂得嚴嚴實實的「死人」往堂屋裡抬。他想阻止，卻又說不出理由，顯得狼狽。

譚然、李閏將「死人」抬到門口的時候，他突然來了勇氣，一把堵住，語氣堅決：「你們都底要幹什麼?!」

譚然說：「等一會你就明白了。」

谷雨還是不肯挪開身子，李閏吁了一口氣，說道：「請你相信我，絕對不會害你的，放下後我再給你解釋吧？」

谷雨的嘴臉吐出很硬的兩個字：「不行。」

李閏說：「官府追殺他，郎中給他吃了藥，還會活過來的。」

谷雨似乎明白了：「啊，原來是詐死啊，那——進屋！」

譚凱被順利地抬進堂屋，谷雨說：「還是進房間，放在我床上吧。」

谷雨搶先一步進去，匆匆撿拾一下床上用品，而後協助將譚凱放到上面，李閏吁了一口氣，掏出懷錶一看，說一句：「戌時已經到了。」

谷雨聽不懂李閏的話，兩眼還是有些驚恐地看著擺放在面前的死人。李閏右手伸進內衣掏出一顆黑色的藥丸，示意譚然行動。譚然接過藥丸，蹲在「死人」旁邊，眼睛轉向李閏。

李閏說：「扒下褲子。」

譚然的手觸到譚凱的肌膚時，本能地叫了一聲「娘呀」，幾乎摔倒，奪門而出，李閏衝他的背影生氣了，說道：「你不像男人——」

譚然站住了，遠遠地站著，一臉的惶恐地看著李閏，小腿顫抖，說不出一句囫圇的話來。谷雨衝他淡淡一笑，眼神傳遞著看不起的意思。

李閏蹲下，在谷雨目光的關注下，伸出女人的雙手，儘量不顫抖，扒譚凱的褲子。漸漸地，男人雪白的屁股便裸露在昏暗的桐油燈下。女人的雙手顫抖得更厲害了，將黑色藥丸塞進肛門，一系列動作，旁邊的男人谷雨看傻了。

李閏完成塞藥丸的動作，長長地吁了一口氣，重重地跌坐在一條長凳上，這才有時間向谷雨說明在過去十二個時辰發生的一切，她說話的時候，不緊不慢，娓娓道來，谷雨卻更傻了——這是真的嗎？

李閏沒有吭聲了，兩眼緊盯著沒有動靜的「死人」，臉色變得慘白，——還是沒有動靜，她的嘴唇哆嗦了一下：「……柳郎中不會開這樣的玩笑吧？」

她走到大門口，將一隻眼睛緊貼在門隙上，看了看外面，良久，再轉過臉來，看著還是沒有動靜的「死人」。窗臺上的桐油燈暈黃的光填滿了房間，另一間房子裡有孩子的哭聲，兩個，谷雨起身，說道：「我要去看看。」

谷雨出去了，堂屋裡剩下一男一女，譚凱依舊直挺挺地躺著，沒有動靜。置身此情此景，譚然未免有些尷尬，漸漸地回過神來，走進房間，但還是不敢靠「屍體」太近。李閏伸手往他的臉上摸了摸，轉向譚然，說道：「沒有。」

譚然說道：「再等等。」

又過了一會兒，李閏的手第二次觸到譚凱的臉，還是冰涼，手指移到鼻孔，沒有鼻息，她看著譚然。

譚然說道：「柳郎中……假的吧？」

李閏生氣了：「胡說！」她喉頭哽咽，淚水奔湧，掙扎著說出三個字：「再……等……等……」

堂屋裡死一般的沉寂，兩男一女在焦急地等待奇跡的發生，等，等，等……

窗口吹入一線輕風，燈火跳了一下，三個等候的人還沒有反應過來，滅了。屋子裡頓時一片漆黑。谷雨將燈重新點亮的時候了，突然——這是奇跡產生的突然，死人長長的吁了一口氣，這是李閏熟悉的聲音。這是世界上最美妙的聲音！

「我……這是在哪兒？」

譚凱喉嚨有些嘶啞，有氣無力，卻是無比的熟悉，李閏激動地撲上去，雙手緊緊地抱著譚凱的頭，「哇——」放聲大哭，谷雨被眼前的一幕驚呆了！

李閏抹了一把淚水，吩咐譚然趕快回家，把所有的情況都告訴老爺，她知道，此刻的大夫第，註定也是一個不眠之夜。

譚然答應一聲「好」，然後看著李閏，「我走了，你怎麼辦？」

李閏往外揮手，說道：「不要管我，你快走，老爺肯定著急了，走啊——」

譚然上了馬車，李閏跟到門外，再叮囑一句：「請轉告老爺，不要牽掛，這裡的事情我會都處理好的，」她的臉上泛起淺淺的一笑，「我是老爺選拔的家長，不會讓他失望……」

譚然上了馬車，從車簾探出頭來，問道：「三少奶奶，你要多加保重，注意自己的身體，你已經一天兩晚沒有睡覺了……」

馬車駛出冷水井之後，立刻被黑暗吞沒了，李閏轉身進屋，發現譚凱雖然直挺挺地躺著，不能動彈，情緒卻非常好，李閏的臉在門口一露，他用一個微笑的眼神迎接。二十四小時，十二個時辰，這位自立軍的頭目往陰曹地府走了一遭回來，雖然還不到喝一杯茶的功夫，但是，彷彿換了一個人似的。這變化，只有熟悉他的人才能感覺。李閏回到譚凱面前，看著他，忽然問道：「你那個本本是什麼寶貝啊，死死抓在手裡，現在卻不見了？」

譚凱給李閏一個意味深長的微笑：「天機不可洩露。」

李閏不問了，從衣袖裡掏出幾張藥方，在譚凱面前晃了晃，說道：「還記得你師父的話嗎？今後一段時間，你歸我管，都要聽我的！」

「那好啊，」譚凱蠟黃色的臉上泛起紅暈，說道：「好啊，我早就盼著這一天！」

「你說什麼?!」李閏眉頭一揚，兩眼直視譚凱，但是，很快又充滿柔情蜜意，「閻王爺發善心打發你回來了，一條命要看得重一些才是……」

「表姐啊，我說錯了……」譚凱抑制不住內心的激動，聲音哆嗦，「我這條命是你給的。如果沒有你的話——」

李閏阻止譚凱說下去，揮了揮手，說道：「你只要聽我的話，就錯不了！」

「嗯，嗯，我會的。」在李閏面前，譚凱簡直就像一個闖了禍的孩子。

李閏發現了身旁的谷雨，有點不好意思地笑了，說道：「谷雨啊，給你添麻煩了！這位管家的情況你都清楚了吧，今後，恐怕還會有一段日子要給你添麻煩……」

谷雨說：「七太太不要客氣，能為恩人出一點力，心裡蠻高興的，千萬不要提什麼麻煩不麻煩了。」

譚凱也說：「谷雨啊，對不起，真的給你添了不少麻煩呢！」

李閏拿起從望城帶來的藥材，張望了一下房間，沒有地方可放，只好放在一張板凳上，同時對谷雨說：道：「廚房在哪兒？」

谷雨恍然大悟。敲了一下腦門，不好意思地說道：「你看我，怎麼忘了吃飯的事，吃飯大事呀。你歇著吧，我這就去做，七太太！」

李閏連忙揮手道：「不用，不用，我們一路上有煎餅鹹鴨蛋……能給管家熬一點白米粥就可以了——啊啊，」李閏拍一下腦門，不好意思地笑道：「我怎麼也糊塗了，我是想燒一點熱水，給管家換藥。」

「你歇著吧，你不熟悉情況，還是我來！」

「那好吧。」

谷雨出去了，房間裡只剩下譚凱與李閏了，這是他們兩個人第二次零距離相處，那一次是在漢口巡撫衙門，譚凱為嗣襄客死臺灣前往報信，這是第二次，與上一次比，心境卻大不相同。上一次是基於青梅竹馬的情感，酸澀，單純；這一次卻要複雜得多。沒有激情，無所謂欲望，更沒有抑制不住的衝動。充溢心頭的是依戀，疼惜。

譚凱沒有忘記斷了的肋骨還在治療，而且自己還是一名被通緝的要犯。命運不掌握在自己的手裡。李閏眼皮子打架，又困又乏，只想美美地睡一覺。她終於支撐不住頭一歪，倒在譚凱的右臂上發出了均勻的鼾聲。譚凱沒有抽回自己的手，零距離端詳鼻翼兩側的雀斑，兩眼釋放柔情，靜靜地待著，氣色，比剛才好多了。

谷雨燒好了熱水，裝入一只木桶，走到房間門口，說道：「七奶奶，水來了——」

回答他的是一個女人忽高忽低的鼾聲，眼前的一幕景象使他驚呆了：紙包的藥材、幾張處方撒了一地，李閏伏倒在床上，額頭壓在譚凱的右胳膊上，已經睡著了。譚凱面露微笑，不動聲色，聽她的呼吸，神情無比安詳。谷雨的動靜使他抬頭，輕輕地說道：「七夫人奔波了兩天兩夜，沒有闔眼，她太累了……讓她睡一覺吧！」

谷雨說道：「那——你怎麼辦？剛才七夫人交待了的事？」谷雨的話沒有說完，後面本來還有「你的傷病不能耽誤治療呀」。

「等她睡醒一覺再說吧——要不請你幫忙？」

谷雨已經走進了房間，放下水桶，從地上將被李閏散落的東西一樣一樣都拾撿起來，譚凱又說道：「不行，不要叫醒她，讓她睡……我可以自己換藥……麻煩你了，不好意思啊！」

譚凱左手抬起來做了一個動作，用力大了一些，痛得他滿頭大汗。

谷雨急忙制止道：「你別動啊，我來吧。」

譚凱堅持：「還是讓我自己試試吧，不然就成廢人了！」

三十八

李閏在校辦公室剛露面，伏案用功的校長劉松芙立刻跳起來，站在面前，從頭到腳打量一遍，不勝驚訝：「你這是怎麼啦？」

李閏笑笑：「我不知道你說什麼呀？」

「你看你，瘦成這樣了，我都認不出來了！」

李閏微笑：「你也別太誇張了……這幾天的經歷，我的膽兒練大了！」

劉松芙將李閏按在椅子上，給她倒了一杯水，在她對面坐下：「說說吧！」

於是，李閏便將這次去望城的經歷敘述了一遍，說的坐著，聽的站著，在面積不大的辦公室轉著圈兒，劉松芙有一雙沒有裹過的天足，行走起來比李閏方便多了。李閏敘述這些情況的時候，顯得很平靜，而劉松芙卻瞪大兩眼，時而緊張，時而放鬆。

李閏說完之後，站起來，說道：「松芙校長，我還得請假……因為笨飛還離不開我……」

她將柳至誠開的藥方子抖了抖，給劉松芙看。劉松芙說道：「抓藥，我；休息，你，就這麼定了！」

劉松芙手快，將李閏的藥方子一把奪過去了。

李閏伸手想要回來，懇切地說道：「還是給我吧，你去不合適……」

劉松芙愣了一下：「你說什麼，我去不合適?!」情緒變得很激動，聲音也大了，「你以為這是你的私事嗎？愛國不是你一個人的事，我辦這個女學幹什麼呀？還是顧炎武說的好，天下興亡匹夫有責，我尊敬的七夫人吔——」

李閏打了一個長長打呵欠，搖頭道：「你誤會了，我不是這個意思……」

劉松芙推了她一把，語氣堅決：「到房間裡去，給我好好睡一覺，我買完藥就會回來了！」

李閏見劉松芙拿著藥方子要走，瞌睡一下子跑光了，說道：「不僅僅是抓藥，還有其他的事，我家與王璋人老先生是世交，你去了不管用！」

話一出口，李閏自己也吃了一驚，今天這是怎麼回事啊，口不對心，這樣生硬的口氣，絕非真實意願的表達，肯定要造成誤會。但是，話說出口，是無論如何也追不回來的。

「松芙——」

劉松芙沒有理會，她是真的生氣了。

「松芙，」李閏突然喉頭哽咽，「松芙，昔日復生的死，而今佛塵的前赴後繼，沿途的所見所聞，看到畫像上的譚凱，你不知道我的心裡好害怕……眼下譚凱是死裡逃生了，可是，他還在官府的通緝之中，稍有疏漏嘛，又將是一條鮮活的生命灰飛煙滅。我現在已經捲入了，萬一——我的思想上也做好了準備，如果真有那一天，我也會快快樂樂地走，去另一個世界，與我的老公，我的蘭生相聚……我不忍心讓你受到牽連。你是一個好人，瀏陽女學還剛剛起步，你可是重任在肩！」

劉松芙聽了李閏的一番話，忍不住熱淚奪眶而出，拉拉她的手，說道：「去吧去吧，學校的事你別管，我都會處理好的——」

李閏走了，三寸金蓮，走路時身子搖晃得厲害，劉松芙與她相處多時，這還是第一次認真地觀察。李閏每行走一步，劉松芙的心就被一隻無形的手拽一下，直到李閏的影子在視線裡完全消失。

李閏來到「璋人藥鋪」的門口，上半午，正是一天之中藥鋪顧客最多的高峰段，熙熙攘攘擠滿了人，看門口停靠的一些豪華型馬車，轎子，家丁……表明其達官貴人的身份。其中有幾位點名要老先生親自問診。

李閏個子不高，穿一件普通的藍竹布長衫，被堵在門口，要擠進去都很困難。好不容易逮著一個進去的機會，但是，在上樓的時候，還是被擋住了。她急忙對擋在前面的一位夥計說：「大哥，不認識我呀，我是大夫第的閏娘呀？」

另一名保安粗暴地說：「親娘老子都不行。」

李閏說：「我是老先生預約的，也不可以嗎？」

「不行就是不行，管你是什麼娘。」

李閏抬起頭來，衝樓上使盡全身力氣大聲道：「我是大夫第的李閏，有急事找王老先生！」片刻的安靜，樓上下來一位年輕人，衝李閏客氣地說：「七夫人，老爺有請——」

李閏氣喘吁吁地上樓，發現一位白髮童顏的長者已經在門口迎候了，她慌忙趨前幾步，按標準的禮儀相見。王老卻沒有她這麼嚴肅，因為過去兩年，他為盧夫人針灸按摩，已經是常客了。當然，主要和他接觸打交道的是譚老爺子。就王老而言，他是對大夫第的晚輩破格接待，他總覺得蘭生的夭亡自己負有一定的責任。譚嗣同只有一個兒子啊，戊戌流血事件後，老先生幾個晚上不能安枕。為烈士的捨生取義感動，也為其絕後感到內疚。

李閏被引進王老先生的診室，分賓主坐定，夥計奉上一杯清茶，便退出去，順手將門關上了。王老先生面露微笑，看著李閏，說道：「老夫對七夫人創辦的瀏陽女子學校，早有所聞，有道是夫唱婦隨，實在難得。今天不知道有何見教，親自登門？」

這些客套話，李閏也會應酬，可是，總感到不真實，就像戴了面具。如果能像她和老公公交談時一樣無拘無束輕鬆愉快，多好啊。可是，人家老先生這麼客氣，你能隨便得了麼？她口裡應對，心裡卻十分惦記躺在冷水井谷雨家的床上不能動彈的譚凱，掏出藥方子遞給王璋人。柳至誠開藥方的時候出於安全的考慮，上沒有按慣例寫患者的名字，後面也沒有郎中的署名。

老先生接過藥方，不待李閏開口便驚訝地說道：「這是望城柳至誠先生開的……這方子是開給誰的，斷了兩根肋骨，傷得不輕呀？」

李閏覺得，在這樣一位知根知底的長者面前，沒有必要隱瞞了，如實告訴真相，有利於治療，於是，便將譚凱的情況，前前後後說了一遍。她說的時候，老先生目光久久地停留在藥方子上，沒有抬起頭來看李閏一眼。他不願意讓別人看見自己的失態，世間有幾個郎中會在病人面前動感情呢？

他誇這個藥方子開得好，骨折治療，很簡單的疾病，普通一般的郎中即可治癒，名醫來說，還有點殺雞用牛刀的味道。還是因為病人的身份特殊吧，老先生不能老是誇同行啊，他接下來還是做了兩件很有針對性的事，叫來一名店員照方子抓最好的藥，然後希望大夫第安排一名家人往冷水井做護理工作。他強調說：「這十天的治療是關鍵，處置不當的話，即使能保命，也會落下終身殘疾。」

李閏很感激，說了兩個「記住了」拿起藥材，走下樓來，出得門去一邊走一邊想，所有家人中，譚然是做護理的首選。他參與了事情的全過程，柳郎中指導治療的時候他也在旁邊，李閏隱隱約約記得他還說了三個「我知道了」。

李閏回到家裡，第一時間向老公公做了詳細彙報，之後又轉達了王璋人老先生的叮囑，他們說話的當兒其他家庭成員，只要是在家裡的都攏來了。

李閏彙報完畢，就等候老爺子拿出一個意見來，關鍵時刻，這個家庭的事，還是老爺子說了算，也就是一錘定音吧。

老公見事情說得差不多了，臉朝大院使勁喊道：「譚然，譚然呢，叫他趕快來一下。」

李閏心裡真高興：我們想一塊兒了。

譚然很快就出現在大夫第的家長李閏和絕對權威譚老面前，老漢沒有發表意見，他讀了一肚子的書，唯獨對醫學不是很瞭解。只有聽家長的了，一次望城之行，又跑了一趟璋人藥鋪，李閏儼然是半個郎中了。

看李閏對譚然說話的腔調，那個勁兒。這情景，被旁觀者盧夫人看在眼裡，自是別有一番滋味，女人更瞭解女人。可笑的是老爺子看家人和兒媳討論另一個男人治病，還樂呵呵的。

譚然帶上李閏買回的藥走出大門了，李閏又叫住了他，叮囑已經在堂屋裡說過N遍的話了：「一定要按郎中的吩咐去做啊，翻身子的時候手放輕一些……記住了吧？」

譚然已經走遠了，李閏在院子裡還要嘀咕：「可惜馬車目標太大了，尤其是大夫第的馬車……」

這時候，老爺子似乎感覺到了有些不對味兒，說了一句：「譚然腿腳好，走走無妨！」

打發譚然去冷水井之後，一直對譚凱事件沒有怎麼發表意見的盧夫人說話了：「閏娘啊，現在學校的情況如何，你一個負責人擔子不輕呀？」

李閏坦然地說道：「是的，還好，情況不錯，多虧了人家松芙校長，她吃了不少累……」

盧夫人卻不以為然：「我們大夫第的人，名聲在外，你又是主要負責人，將事情都扔給人家總歸不太好——閏娘，我沒有說錯吧？」

李閏聽出了盧夫人的話裡有話，說道：「二娘的教導兒媳記住了，我這就去學校！」

李閏走進屬於自己的房間，可是，遲遲地不見她出來啊，一直關注她言行的盧夫人感到有些怪事，由於腿腳還是不大利索，只好叫上老爺子，攙扶著來到李閏的房門口，輕輕地敲了三下，沒有動靜啊？她隨手一推，門開了，只見李閏倒在床上，鞋都沒有脫，睡著了，發出輕微的鼾聲。老爺子正要叫醒她，盧夫人揮手制止道：「這一晌，閏娘也太累了，讓她睡吧！」

隨即來到床前，替她脫鞋，雙手摟抱著雙腳，搬到床上，給她蓋上一床薄薄的床單。她自己卻差一點摔倒了。盧夫人的表現，老爺子都看在眼裡，他很滿意，笑道：「慧琳啊，我這輩子最值得驕傲的事就是娶了你！」

盧夫人淺淺一笑：「我這輩子最幸運的就是嫁了一個好老公，不過，這還應該謝謝大姐啊，如果不是她，我也來不了……」

「啊，五緣，是的。」譚老口裡叨念這個已經淡出他的生活多年的女人，往事無比清晰地浮現在腦海裡：姐妹易嫁、回門釣螃蟹、開荒種菜、縣衙大堂與涂啟先的第一次會面，尤其難以忘懷的還是光緒二年的京師大瘟疫，已經斷氣了還緊緊地抱著復生不放……這些事，彷彿就發生在昨天、今天、剛才。他的神情漸漸地變得凝重起來，兩眼正對著房門外天井旁邊的那棵樟樹，久久地不置一詞。

盧夫人提醒道：「老爺，為譚凱的事，你也操了不少的心，休息不好，回自己房裡躺躺吧？」

譚老答應一聲：「哎，好好。」

李閏這一覺睡的時間也夠長的，連吃中飯的時候，楊媽叫了幾聲都沒有醒。直到譚然回來了，他說話的聲音不算很大，李閏卻一下子睜開了眼睛，顧不上頭髮的凌亂，走到堂屋裡，見老公公、二娘，旁邊還有二位嫂子，他們正在聽譚然的彙報。譚然的神情有點尷尬，語氣有些吞吐：「老爺啊，我真的沒有辦法，我一伸手，剛沾著他的身子，就哇哇大叫說：『哎呀，輕一點，一點，好痛，我受不了！』」

盧夫人懷疑上了：「真的有那麼痛嗎？我不信。」

立刻得到在場的女人黎、黎二位寡婦和楊媽的質疑：「是啊，我不信。」

李閏沒有發表意見，等候譚然說下去。

譚然不經意地瞥了李閏一眼，繼續說道：「你們認為是裝的，有這個必要嗎，裝給誰看啊……人家額頭上冒出大顆汗珠，這個恐怕裝不出來的！」

經譚然這麼一說，在場的男女都不吭聲了，大家你看著我，我看著你。氣氛十分沉悶。

李閏開口打破了沉悶的氣氛：「……還是我去吧？」

「你去?!」

周圍投來的是一片驚訝的目光，老爺子率先表態：「救人的事刻不容緩，去吧，閏娘！」

盧夫人夫唱婦隨：「閏娘去我看行——譚然，備車，別耽誤了時間。」

譚老提出了一個比較完善的方案，馬車送一程，但是不進村了，因為認識大夫第馬車的人很多，萬一引起官府的注意，麻煩就大了。

很快，大夫第的馬車在一天之內第二次來到冷水井附近，李閏下車了，吩咐譚然隨車回去，在這兒目標太大了。譚然說：「那——你等會回家呢？」

李閏說：「我萬一回不了，就不回吧？」

譚然聞言，吃驚不小：「我怎麼向老爺交待呀？」

李閏語氣堅決：「不需要你交待，我自己會和他說清楚的。」

譚然還在磨蹭，李閏生氣了：「我這個家長的話不管用嗎?!」

她扔下這一句重話，自顧走了。譚然與李閏在一個家庭相處的時間不算短了，這位當家的女人脾氣很好，這是第一次發這麼大的火，他還能說什麼呢，只好爬上馬車，衝車夫吼一嗓子：「回去——」

譚凱熟悉李閏的腳步聲，兩眼一下子變得特別明亮，往門口迎接。李閏剛剛露臉，譚凱便說話了，語氣中充滿喜悅，期待：「表姐，你怎麼又來了？」

李閏走近谷雨的床，雖然此刻床上躺的是譚凱，身上散發出很濃的藥材氣味，但沒有影響到她按規程操作：揭開舊綳帶，藥水擦洗，敷藥膏，再打綳帶，穿衣服……真是怪事，他豈但不叫喊疼了，臉上還泛起淺淺的微笑，看那模樣，他還挺享受的。

譚凱由李閏獨自操作換藥之後，精神狀態安詳，蒼白的臉色漸漸地泛起紅暈，最後一道程式就是服藥丸了。谷雨端來一杯水，李閏伸手接過去，說道：「我來吧。」

她將一把黑色的藥丸放在掌心，伸到譚凱的嘴邊，說了一句廢話：「張開嘴。」

譚凱很聽話，張開大嘴等候那隻女人的手將藥丸放進去。谷雨在旁邊忍不住噗哧一聲笑了，李閏的手抖了一下，有幾顆藥丸從譚凱的嘴角掉床上了。

李閏說他了：「你呀，三十多歲的人，還像一個孩子！」

服藥完畢，譚凱忽然說道：「有什麼吃的東西嗎？我好像有點餓了。」

李閏立刻興奮起來，聲音也大了一些：「好現象，好現象，這說明你的身體開始好轉了！」

谷雨熬了一碗燕麥粥，端進房間，李閏立刻接過去了：「辛苦你了，還是讓我來吧。」

李閏端著粥碗湊近譚凱，就要餵他，譚凱有點不好意思，伸手去接谷雨的調羹，被李閏搶先拿在手裡，說道：「還是我來吧。」

李閏舀了一調羹粥先在嘴邊吹吹，還用舌尖試探了一下，才送到譚凱的嘴邊，說道：「吃吧，不燙了。谷雨手藝不錯。」

「嘿嘿——」

旁邊站著的谷雨突然笑了起來，李閏有點莫名其妙，問道：「你笑什麼呀？」

谷雨說道：「我看你們真像倆口子……」

谷雨率直而言的一句話，令譚凱感到尷尬，兩眼迷茫的看著谷雨，搖了搖頭，故作輕鬆地笑了笑，說道：「這樣的話不能隨便說的呀？這位七夫人過去一直是我的主子，現在還是大夫第的大當家，你這樣說是犯上，知道不？」

谷雨話一出口，自己也感到尷尬，不停地用手指撈頭髮。正在這時候，另一間房子裡的兒子跑了過來，說道：「爹，我要拉屎。」

孩子的一句話，谷雨借這個機會跟兒子離開了，分明聽見他在外面還說了一句：「牛糞呀，你這屎來的正是時候。」

譚凱聽了谷雨這話，先是一愣，隨即忍不住「哈哈哈——」笑出聲來。他見李閏沉默，氣氛顯得有點兒沉悶。沒有過多久，谷雨冒出來杵在房門口的一句話再一次置他們於尷尬之中：「今晚如何睡呀？」

李閏一個下意識的動作向後挪了挪身子，這樣，拉開了與譚凱的距離，她這個細微的動作，使譚凱也變得拘謹起來。

隔壁房間裡出現孩子的哭聲，谷雨轉過頭去叫道：「牛糞，你剛拉完屎，又是怎麼啦？」

谷雨第二次在李閏譚凱的眼皮子底下消失，譚凱吃吃地笑了，說道：「這是誰給取了一個這麼亂七八糟的名字。」

谷雨一本正經地解釋：「牛糞是寶貝呢，種芋頭、茄子、紅薯都少不了的。」

譚凱笑道：「你姑娘該不會取名糞筐吧？」

谷雨驚訝地瞪大兩眼看著病床上的客人，說道：「你知道了？」

譚凱儘量克制不笑，因為笑起來，傷口就像撕裂一樣疼痛。

旁邊的李閏卻不吭聲了，譚凱的話使她深深地思索，也想起了在女子學校的銀華，「如果這兩個孩子遲幾年出生的話，肯定不會有這樣一個名字了。」

譚凱也許是受了李閏情緒的影響，沉思良久，臉上充滿自信地說道：「這個孩子長大後，世道變了，他的名字也會變的！」

譚凱說這話的時候聲音不是很大，卻似曾相識，復生在日，這樣內容的話其實也說過不少，兩個與李閏關係密切的男人形象在她的腦海裡疊映，突然分開，而後再疊映在一起，具有同樣的吸引力。雖然譚凱就在身邊，他的話卻像是從遙遠的地方傳來：「你幾顆雀斑其實蠻好看的，表姐——」

輕輕的一句話，將李閏拉回了現實，她看到的是一張笑嘻嘻的稚氣未脫的臉。

李閏的眼睛看著門外，輕輕地回了一句，語氣像教訓：「三十多歲的人了，還像那個爬柳樹掏鳥窩的小男孩，一點也沒有長大……」

「是嗎，」譚凱長吁一口氣，說道：「真想回到從前，我們還一起比賽背書，一起在河堤上挖洞燒鳥蛋吃，甚至被我爹罰跪——你還記得我們第一次背書的情景嗎？」

「別胡思亂想了，人怎麼能回到過去呢！」

譚凱一聲嘆息：「你說的是，人怎麼能回到過去呢！」

他們沒有聊多久，谷雨又出現在門口，對李閨說道：「七太太，時候不早了，你也該歇息了，我和管家睡一屋，晚上有什麼情況方便照顧，你就和兩個孩子睡一屋，我已經撿拾了床鋪。我家條件不好，請你將就一下吧，不好意思……」

李閨回一句：「打擾了，不好意思的應該是我啊！」跨過門檻的時候轉過頭來對譚凱道了一聲：「晚安！」

「晚安——」譚凱回一句，臉上泛起久違的微笑。

夜幕籠罩著冷水井，這個偏僻的鄉村像死一樣的沉寂，李閨睡在一張臨時整理的床上，雖然簡陋，但被收拾得很乾淨。床單顯然是還沒有使用過的瀏陽土布，粗糙，卻柔軟舒適。李閨迷迷瞪瞪想睡，在這樣一個陌生的環境，躺倒在這樣的一張床上，聽著旁邊那張床上兩個孩子磨牙、夢囈，頭腦變得無比的清晰，往事紛至遝來。復生的臉與譚凱的臉交相出現……

時間過得真快，不知不覺，譚凱在冷水井度過了四十一天，李閨也一直守候在身邊。她無意間發現了那個黃色封面小本子的秘密。那是谷雨攙扶他上茅房的時候，枕頭稍微移動了一下，滑落地上，她趕緊拾起來，真想看看這個連死了都不放手的本子裡到底記載著什麼秘密。

李閨只看了一頁，立刻面紅心跳，趕緊闔上，準備放回原處。剛放回原處，忍不住重新拿起來，繼續讀下去——

為愛流淚，是許多人情感傾瀉的方式，淚流過後，有的人重新又拾回甜蜜，找回從前，有的人從此，擦去無助的淚水，勇敢地投入下一個驛站。生活是公平的，給你這樣，就不能再給你那樣。

生命是一場又一場的相遇和別離，是一次又一次的遺忘和開始，可總有些事，一旦發生，就留下印記，總有個人，一旦來過，就無法忘記。愛一個人，即使不開心，也想在一起。

悲哀是真的，而淚是假的，沒有什麼可執著；一百年前，你不認識我，我不認識你；背影是真的，人是假的，本沒有因果；一百年後，沒有你，也沒有我。相遇和離去都是必然的……

這些纏綿的情絲，瑰麗的文字，撞擊心扉，彈撥心弦，致使她血脈噴張，面紅耳赤，激動得不能自已。曾記否，打從譚凱進入大夫第做下人以來，整個大夫第上上下下，唯有她知道他的秘密。她排斥，譏諷，瞧不起他，不止一次當面說他是一個沒有出息的男人。每當譚凱千里迢迢而來，「假公濟私」見上一面，她從沒有給過好臉色，其實，她的心裡也是很矛盾的，如果見面的時間隔得久了一些，她的內心會暗自嘀咕：「譚凱好久沒有來了呀。」

譚凱的婚姻一拖再拖，她心裡比誰都明白這是為什麼！復生罹難，她成未亡人了，這時候，如果他們走到一起，豈但沒有人反對，肯定會被親友祝福，即使復生九泉有知，也會欣慰。老公公的心目中，其實已經把譚凱看成是自己的兒子了……可是，力拔山兮氣蓋世的項羽，世所公認的英雄豪傑，英雄末路時發出「時不利兮騅不逝，虞姬虞姬奈若何」的悲鳴，李清照惜乎「至今悲項羽，不肯過江東」。維新志士為民族國家的捐軀，菜市口淋漓的鮮血，激發了他的家國情懷，關鍵時刻，挺身而出，為了民族大義毅然捨棄兒女私情，視死如歸，這才是頂天立地的英雄！她還記憶猶新，譚凱吟誦復生的絕命詩「四萬萬人齊下淚，天涯何處是神州」的時候淚雨滂沱的情景……

李閏的手顫抖得厲害，譚凱的文字，傾訴的心聲，說明他對青梅竹馬的愛，一直在堅守！她實在控制不住了，淚水洶湧，在蒼白的臉上汪洋恣肆……

茅房的門響了，腳步聲，很輕，李閏趕緊將本子放回枕頭下，心砰砰地狂跳，儘量克制自己的情緒，不讓外露。這樣相處，便少一些尷尬。

在冷水井的這段日子裡，譚凱最大的收穫是與谷雨的一對孩子成了師生，相處融洽。開始一段日子，他還不能動彈，便將兩個孩子召喚到床前，教他們讀《三字經》、《百家姓》。

這天下午申時左右，在冷水井的村口停放著一駕馬車，車上沒有人。而往谷雨家的方向，卻有一位白髮蒼蒼的長者，在一位中年漢子的陪同下，慢慢地移動腳步。他們就是譚老與家人譚然。農事正忙季節，男女老幼都幹活去了，整個村子都十分冷清，老爺子體會了一把「農家無閒時，五月人倍忙」的意境。

他們主僕老遠便聽到稚嫩的讀書聲——

趙錢孫李，周吳鄭王。
馮陳褚魏，蔣沈韓楊。
朱秦尤許，何呂施張。
孔曹嚴華，金魏陶薑……

久違的讀書聲，喚起了老爺子對往事的記憶，感到特別的親切，他的思緒一下子穿越到了六十多年前，苦讀寒窗，姐妹易嫁，五綠殺雞，小河邊釣螃蟹，周家碼頭附近的賣菜風波……一張張面孔在腦海裡鮮活起來——

農家土坯壘的房子，窗子不是很高，老爺子將一張臉貼上去，發現一男一女兩個幾歲的孩子看著正面牆壁上掛的一塊木板，上面是他熟悉的李閏娟秀的字體，沒有教師，孩子們看著木板，很認真地誦讀。非常自覺，這使他感到特別欣慰。他示意譚然腳步放輕一點，不要打擾了孩子的學習。

主僕二人又猶豫了一會兒，譚然說：「老爺，那間屋就是谷雨的，管家住那一間房。」

老爺子點頭，跟著家人往那間房走去。門虛掩著，裡面隱隱約約傳來譚凱與李閏說話的聲音，「復生」、「自立軍」幾個字眼明確無誤地傳進老爺子聽覺不是很好的耳朵裡。

「世間無物抵春愁，合向滄溟一哭休。」這是李閏的聲音。

「四萬萬人齊下淚，天涯何處是神州。」這是譚凱的聲音。

短暫的沉默，輕輕的哭泣。

譚然驚訝地看著譚老，脫口而出：「老爺，這不是七公子的詩嗎？他們……怎麼……還哭了?!」

譚老點了點頭：「是的，復生的詩……」

譚然舉手就要敲門，譚老用杖棍攔住了，低聲說道：「走吧，我們回去。」

譚然愕然：「回去?!」

老爺子重複一遍：「回去。」

正如悄悄地來，而今又悄悄地走了，譚老與譚然主僕在冷水井逗留的時間不長，沒有一個人發現他們的行蹤，披著斜陽的彩霞，返回瀏陽縣城。一路上，他們誰都沒有吭聲，一任馬車在官道上搖晃。他們剛剛來到大夫第門口，便與璋人藥鋪那駕熟悉的馬車不期而遇，王璋人老先生需要借助車夫的手臂，才能從車上下來，朝譚老深深一揖：「真是太巧了——敬甫兄到哪兒來啊？」

譚老頓了頓，說道：「去了一趟鄉下……看望一位朋友……」

王老先生指了指張貼在院牆上的告示，意味深長地說道：「去看望這位老朋友，對嗎？」

告示上譚凱的頭像經過一段日子的日曬雨淋，有些模糊不清了。

譚老坦然作答：「正是。」

王老先生的情緒有點激動，連說三聲：「好，好，好啊——」

譚老將客人迎進客廳，分賓主坐定，向他說了在冷水井見到的一切，這位行醫半個世紀的郎中聽了，連聲稱：「奇跡，這是我這一輩子遇到的又一個奇跡！」

奇跡發生的時候，譚凱卻哭了，待心情平靜下來之後，他決定提前離開，因為感到自己留在冷水井這段日子，已經給谷雨，更給李閏增添了許多麻煩，李閏和谷雨都不答應，希望他再多待幾天，讓身體更結實一點走。李閏還搬出了柳郎中的告誡「傷筋動骨一百天」為留下來的理由。譚凱一句：「我要想辦法見到我爹娘，他們這麼久沒有得到我的消息，肯定急壞了……兒行千里母擔憂，何況我又是在這樣一種狀況下離開的。想起我活到三十多歲了，沒有讓爹娘過上一天省心的日子，現在想起來覺得很對不起他們的……更重要的是，我得與組織上取得聯繫，烈士未竟的事業必須繼續……」

譚凱說到最後一句的時候，眼睛濕潤了。

明天離去，後會難期，今夜無眠，告別的話重複過多次，總覺得意思還有很多沒有表達。李閏回到房間，她已經習慣了與兩個孩子同處一室。孩子睡得很香，她心頭感到一絲甜蜜，雖然她已經失去了做母親的資格。

也不知道躺了多久，被一陣狗叫的聲音驚醒，窗外人聲嘈雜，吶喊與一群狗的狂叫彙集在一起。李閏頓時睡意全消，趕緊從床上爬起來，打開門，只見一群黑衣人揚著火把，推著一輛囚車，徑直往谷雨家逼近。整個冷水井都被這夥黑衣人鬧翻了。各個屋場的人紛紛走出家門，遠遠地站著，無數雙眼睛看過來，傳遞驚恐與憤怒。谷雨雙手一左一右緊緊地摟抱著兩個孩子，孩子的小手拽著他們爹的衣角。譚凱從容不迫地整理了一下衣服，將一條又粗又黑的長辮甩在背上，然後大步走出去，一點也不像折了兩根肋骨的人，火光掩映著臉上堅毅的神情。李閏出現在門口，揚起手裡的一個牛皮紙包和那個黃色封面的小本子，大聲說道：「請等一下！」

在眾人目光關注下，李閏以小腳女人特有的步伐，搖晃著身子靠近譚凱，坦然地將紙包塞給他，說道：「記住換藥，先用鹽開水洗，擦乾，再上藥。」然後將小本子塞到譚凱手裡，說道：「這是你的寶貝，別弄丟了啊，笨飛——」

譚凱澄澈的目光看著李閏，將東西接過去，聲音很輕很從容：「謝謝你，表姐。」繼而昂起頭來，大聲道：「保重，表姐——見了復生兄我會代你問好……」

在暗淡的星光下，李閏目送譚凱的背影漸漸遠去，消失在官道的盡頭，天地一片朦朧……村角，突然傳來幾聲犬吠——

汪、汪、汪！

釀小說59　PG1247

譚嗣同的家春秋

作　　者　劉運華
責任編輯　陳思佑
圖文排版　周妤靜
封面設計　蔡瑋筠

出版策劃　釀出版
製作發行　秀威資訊科技股份有限公司
114 台北市內湖區瑞光路76巷65號1樓
電話：+886-2-2796-3638　傳真：+886-2-2796-1377
服務信箱：service@showwe.com.tw
http://www.showwe.com.tw
郵政劃撥　19563868　戶名：秀威資訊科技股份有限公司
展售門市　國家書店【松江門市】
104 台北市中山區松江路209號1樓
電話：+886-2-2518-0207　傳真：+886-2-2518-0778
網路訂購　秀威網路書店：http://www.bodbooks.com.tw
國家網路書店：http://www.govbooks.com.tw
法律顧問　毛國樑　律師
總 經 銷　聯合發行股份有限公司
231新北市新店區寶橋路235巷6弄6號4F
電話：+886-2-2917-8022　傳真：+886-2-2915-6275

出版日期　2014年12月　BOD一版
定　　價　450元

Printed in Taiwan

國家圖書館出版品預行編目

譚嗣同的家春秋 / 劉運華著. -- 一版. -- 臺北市：釀出版, 2014.12

面； 公分. -- (釀小說 ; PG1247)

BOD版

ISBN 978-986-5696-61-0 (平裝)

857.7 103024116

讀者回函卡

感謝您購買本書，為提升服務品質，請填妥以下資料，將讀者回函卡直接寄回或傳真本公司，收到您的寶貴意見後，我們會收藏記錄及檢討，謝謝！
如您需要了解本公司最新出版書目、購書優惠或企劃活動，歡迎您上網查詢或下載相關資料：http:// www.showwe.com.tw

您購買的書名：________________________________

出生日期：________年________月________日

學歷：□高中（含）以下　□大專　□研究所（含）以上

職業：□製造業　□金融業　□資訊業　□軍警　□傳播業　□自由業
□服務業　□公務員　□教職　□學生　□家管　□其它_____

購書地點：□網路書店　□實體書店　□書展　□郵購　□贈閱　□其他

您從何得知本書的消息？

□網路書店　□實體書店　□網路搜尋　□電子報　□書訊　□雜誌
□傳播媒體　□親友推薦　□網站推薦　□部落格　□其他__________

您對本書的評價：（請填代號　1.非常滿意　2.滿意　3.尚可　4.再改進）

封面設計____　版面編排____　內容____　文／譯筆____　價格____

讀完書後您覺得：

□很有收穫　□有收穫　□收穫不多　□沒收穫

對我們的建議：________________________________

____

____

____

請貼
郵票

11466
台北市內湖區瑞光路 76 巷 65 號 1 樓
秀威資訊科技股份有限公司 收
BOD 數位出版事業部

（請沿線對折寄回，謝謝！）

姓　　名：＿＿＿＿＿＿＿＿　年齡：＿＿＿＿　性別：□女　□男

郵遞區號：□□□□□

地　　址：＿＿＿＿＿＿＿＿＿＿＿＿＿＿＿＿

聯絡電話：(日)＿＿＿＿＿＿＿＿ (夜)＿＿＿＿＿＿＿＿

E-mail：＿＿＿＿＿＿＿＿＿＿＿＿＿＿＿＿